2041년 여자만세

저자와
협의하여
인지 생략

2041년 여자만세

지은이 | 김이연
펴낸이 | 一庚 장소님
펴낸곳 | 답게

초판 인쇄 | 2018년 11월 20일
초판 발행 | 2018년 11월 25일

등 록 | 1990년 2월 28일, 제 21-140호
주 소 | 04994 서울시 광진구 면목로 29(2층)
전 화 | (편집) 02) 469-0464, 02) 462-0464
         (영업) 02) 463-0464, 02) 498-0464
팩 스 | 02) 498-0463

홈페이지 | www.dapgae.co.kr
e-mail | dapgae@gmail.com, dapgae@korea.com

ISBN 978-89-7574-298 -9

ⓒ 2018, 김이연

나답게 · 우리답게 · 책답게

김이연의 51번째 단편소설

2041년 여자만세

도서출판 답게

문학은 나의 잔인한 친구

사람 사는 얘기에 관심이 많고 그 얘기를 듣고 전하는 일에 열정을 쏟다보니 곧 그 일이 나의 직업이 되고 말았다.

어렸을 때엔 엄마를 즐겁게 해드리기 위해 밖에서 있었던 얘기에 더 보태서 재미있게 들려 드리거나 친구들한테도 재미있으라고 거짓말을 만들어내기도 하던 습관이 결국 글 쓰는 일과 맞닿아버린 것이다.

오랫동안 생각을 글로 옮겨 전하는 습관에 익숙해진 탓에 이젠 말로 전하는 것에는 서툴어지고 말았다. 되도록이면 듣는 편이고 하고픈 말이 있으면 간단하게 요점만 말하고 마는데 저절로 말없는 사람으로 분류된 셈이다.

그런 내가 어떻게 방송진행자로도 20년 넘게 일해 왔는지 의문이다.

하기야 진행자가 말 많은 건 별로 좋은 게 못되기에 잘된 일이었는지도 모른다.

그렇지만 책으로 만난 독자들은 내가 만들어낸 얘기를 끝까지 잘 읽어주고 재미있어하기에 그지없이 고맙고 행복했다. 말하는 도중에 내 말을 끊거나 차례를 빼앗을 염려는 없는 일이다. 재미없어서 책을 덮어버리는 독자도 있겠지만 직접 볼 수는 없으니 그것 또한 다행이다.

원고지 100장짜리 단편 소설 "유리벽의 찻집"으로 월간문학 신인상을 받고 문단에 등단하던 그 시상식에서 당선소감을 발표했다.

앞으로 소설책 50권을 쓰겠다고 말했을 때 문단의 스승이나 선배들이 걱정스럽게 들었을 것이다.

50권은커녕 다섯 권도 못 쓸 것이라고 생각했겠지만 끝내 나는 50권을 채우고야 말았다. 30년이 걸렸다. 이제 후유 한숨 놓고 즐거운 일만 찾아서 살아야지 하며 잘 지내고 있을 때 출판사 "답게"는 잠들었던 나의 "쓰고 싶은" 욕망을 흔들어 깨운다.

누가 50권 이상을 쓰지 말라고 했느냐고 다그친다. 옳은 말씀이다.

요즘 도로에 자율차량이 굴러다닌다고 한다. 자율버스도 있고 자율승용차도 있다고 하는데 그 자율이란 말에 두려움과 거부감이 드는 건 내가 그 자율이란 시스템하고는 거리가 먼 사람이기 때문이다.

학교 공부도, 글 쓰는 일도 누가 다그치고 시키면 시킨 것 이상으로 잘 해내지만 스스로 한 적은 없다. 학교에서도 상급학교에 진학할 목적이나 장학금을 준다거나 하는 채찍이나 당근이 없었다면 마냥 놀기만 했을 것이다.

글 쓰는 일도 매일 연재되거나 매달 이어지는 소설일 때 더 잘 써지곤 했다. 하지만 이제 자율이란 말을 이해할 나이가 되지 않았을까.

그래서 오늘 찾아낸 두 마디 말이 있다.

"억제된 인간성"과 "잔인한 친구"란 두 마디이다.

내가 좋아하는 작품 속의 인물들은 대개가 "억제된 인간성"을 보여주었거나 또 나에게 문학이란 "잔인한 친구"였단 생각이 든다.

하나, 자연에 가까운 인간을 찾아낼 수 있다면 글 쓰는 일이 더 즐거웠을 거란 생각을 했다.

둘, 그런 의미에서 나는 일생을 문학이란 잔인한 친구와 지내느라 나를 내버려두었던 것이 아닐까 하는 생각이다.

그렇지만 지금 내가 행복한 건 역시 "억제된 인간성"과 "잔인한 친구" 덕분인 걸 어쩌나.

2018년 가을에

경이른

누구세요?

한 남자가 전화했다. 대학 정문 수위실에서 구내전화로 걸어온 것이다. 주민경은 전화기를 귀에 댄 채로 수위실 쪽을 바라봤다.

검은색 긴 코트를 입은 남자가 수위실 창문 앞에 인터폰 줄에 매달려 말하고 있다. 그가 하는 말과 그의 몸짓을 연결하면서 바로 앞에서 보고 있는 것 같은 느낌이 들었다.

하도 오랜 시간이 흘러서 기억이 잘 안 나겠지만 중학교, 고등학교를 같이 다닌 동창생 이현진이라는 사람인데 남녀공학이긴 했어도 남녀 반이 따로 나뉘었어서 모를 수도 있을 거라고.

그렇지만 아무리 멀리서 봐도 알 만한 사람은 머리카락 끄트머리만 봐도 그가 누구라는 걸 알아볼 수 있는데 그렇지가 않았다.

아주 생소한 사람이었다. 어쨌거나 동창생이라는데 당장 얼굴은 모르더라도 마주 보고 말을 이어보면 기억을 해낼 수 있을 거란 생각이 들었다. 게다가 서울서 멀리 떨어진 지방에 있는 캠퍼스까지 찾아온 사람인데 연구실에 있으면서 만나주지 않을 수 없었다.

2층 연구실로 올라오라고 말하고는 그가 학교 건물을 향해 몸을 돌리는 걸 보고 나서 대충 책상에 널린 물건들을 정리했다.

지방 캠퍼스로 옮긴 뒤부터는 연구실로 찾아오는 사람이 없어서 연구실을 꾸미거나 정돈해둘 이유가 없었다.

자고 일어나서 침대커버를 훌렁 들어 덮어씌우고 나면 청소의 반은 되어 있는 것 같은 기분으로 대충 치우고 지냈다.

오늘처럼 이런 특별한 손님이 방문하게 될 줄은 상상도 못 했다.

꽃병에 꽃이라도 몇 송이 사다가 꽂아 두는 것인데. 그러잖아도 여자다운 맛이 없다고 하는데 꽃 몇 송이로 그 분위기를 만들어낼 수 있다면 얼마나 간단한 일인가 말이다.

계단을 날아왔는지 순식간에 문을 노크하는 소리가 들렸다.

주민경은 못된 짓을 하다가 들킨 사람처럼 괜히 가슴이 덜컹 내려앉았다.

잠시 시간을 두었다가 아주 침착한 목소리로 대답했다.

주민경의 대답을 못 들었는지 문밖에 서 있던 그는 다시 노크했다.

더 크게도 아니고 더 급하게도 아닌 그래서 재촉하거나 서두르지 않고 있음을 충분히 전달하는 안정된 리듬으로 문을 두드리는 소리가 들렸다.

주민경은 문 쪽으로 걸어가서 문을 열었다.

문밖에 모르는 남자가 서 있었다. 그가 머리를 숙여서 인사했다. 주민경도 마주 인사하며 그를 안으로 들여 넣었다.

의자를 권하자 그는 앉기 전에 먼저 명함을 내밀었다.

주민경은 불편한 미소를 띠고 그의 명함을 받았다. 주민경이 명함을 자세히 들여다보는 동안 그는 방 안을 천천히 훑어보고는 의자에 앉았다.

주민경은 창가에 놓인 커피메이커에서 유리 주전자를 꺼내 머그잔에 아침에 뽑아놓은 커피를 따랐다.

그가 누구인지 기억해내려 애썼지만 아무 기억도 나지 않았다. 마치 기억상실증에 걸린 사람처럼 그에 대한 기억은 터럭만큼도 없이 캄캄했다.

언젠가 각막이 떨어져 어긋났을 때 오른쪽 시야에 벽이 막혔던 것 같은 느낌이 되살아났다. 기억의 벽이 막혀있는 그 뒤편에 그가 있었던 것이다.

─ 주민경 교수는 옛날 어린 시절 모습 그대로군요.

─ 그래요? 그런데 저는 왜 이현진 씨 기억이 전혀 나지 않죠?

명함에 적혀있던 이름을 들여다보면서 불러보았지만, 입에도 귀에도 그 이름은 생소했다.

─ 주민경 교수는 원래 학교 때 공부 잘하고 반장도 하고 유명해서 전교생이 다 알았지만 나 같은 미미한 존재는 졸업 앨범을 자세히 들

여다 봐도 긴가민가할 정도지요.

그렇게 공부 잘하던 수재는 나중에 커서 어떻게 되는가 했더니 역시 교수가 되시고 또 머지않아 학장이 되실 거라는 소문이 있던데요.

- 누가 그런 헛소문을 냈어요? 그건 괜한 말일걸요.

주민경은 그렇게 말하면서도 이현진을 바라보는 시선에 지금까지 가졌던 의문을 걷었다.

차기 문과대학 학장에 물망이 올라있다는 소식을 알고 있는 걸 보면 동창생임에 틀림없다는 믿음이 섰다. 몇몇 동창생들하고 학교 내부에 교수들밖에는 모르는 얘기였다. 사립대학은 원래 파벌 싸움이 심해서 어떤 일이 성사되기 전까지는 물밑 작업으로 진행되어야 한다는 것은 다 알려진 사실이었다.

이제 그가 갑자기 찾아온 이유를 물을 차례였다.

오랫동안 소식 모르던 동창생이 찾아오거나 전화를 걸어오면 보험을 들라거나 경조사가 있거나 아무튼 도움을 청한다는 것이다.

주민경은 으레 그가 그런 부탁으로 찾아왔을 거라는 걸 예상하면서도 성격이 급해 그가 말을 꺼낼 때까지 기다릴 수가 없었다.

- 저를 찾아온 이유는요?

그는 검정색 가죽 가방을 열면서 주민경의 시선을 피했다.

종이봉투를 꺼냈다, 그가 건넨 종이봉투 안에는 아트지에 인쇄된 팜프렛이 들어있었는데 현대음악을 녹음한 CD 시리즈를 소개한 광고책자였다.

　- 이건 음악을 잘 아는 사람들만을 위한 CD인데 레퍼토리 선택도 좋지만, 세계적인 오케스트라 중에서 대표하는 악단과 지휘자들로만 구성되어 있다는 점이지요. 주민경 교수는 학교 때에도 음악을 좋아했잖아요?

　- 음악을 좋아한댔어야 그저 합창반에 들었던 것뿐인데요 뭘.

　과외 활동으로 합창반에 들어서 저녁 늦게까지 음악실에서 연습하던 생각이 났다. 남녀 공학이라서 혼성합창단이 되어서 좋다고 말하던 음악선생의 얼굴도 떠오른다. 정말 아주 멀리 아주 깊이 파묻혀 있던 기억들이었다.

　- 그럼 이현진 씨도 합창반이었어요?

　- 아니오. 학교만 끝나면 아르바이트하러 달아나야 하는데 합창이고 뭐고 놀 시간이 없었지요.

　그렇다. 그때는 웬만하면 아르바이트를 해서 학비를 벌든가 지방 학생들은 하숙비를 절약하려고 입주 과외선생을 했던 때였다.

　- 커피 드세요. 지난번에 아프리카 케냐에 갔을 때 나이로비에서 산 모카커피예요. 연구실에다 두고 나 혼자 홀짝홀짝 마시니까 꽤 오래 가네요.

　- 모카커피는 한 잔에 만 원도 받는다 하던데 아직 한 번도 못 마셔봤거든요. 생전 처음 마시는 커피라 가슴이 떨리는데요?

— 향이 좋고 맛은 순하고 구수해요.

— 그렇군요.

그가 한 모금 커피를 마시면서 눈을 감고 그 맛을 음미했다. 은근한 표정과 나직한 목소리로 말했다. 또래 남자치곤 말끔하고 나이 들어 보인다는 느낌이 없었다. 그만하면 신선해 보일 정도였다.

권위 세우려고 무게 잡는 교수들이라면 그 나이면 늙은 티가 흐르는데 말이다.

— 좀 나눠드릴까요?

— 아닙니다. 주민경 교수나 혼자서 아껴 드세요. 제가 사다 드리지도 못하면서 얻어 가면 쓰겠습니까? 아프리카 여행은 어땠는데요?

— 아주 멋졌어요. 친구들에게 더 늙기 전에 한 번쯤 가보라고 권하고 싶은 곳이었어요.

주민경은 아직도 식지 않은 아프리카의 충격이 다시 건드려지면서 아프리카에 대한 얘기를 시작하려 하다가 다시 정신을 가다듬었다. 그가 찾아온 목적으로 되돌아가야 할 것 같았다. 주민경은 30장짜리 현대음악 CD 세트를 팔아주기로 했다.

오죽하면 나이든 남자가 동창생이란 오래되고 낡은 끈을 붙잡고 여기까지 찾아왔을까 하는 생각에 미치자 CD 값 이상으로 더 얹어서 주고 싶어졌다.

남자로 태어나서 출세하지 못하고 다 된 나이에 외판원으로 머리

숙이면서 부탁하고 구차한 소리 하며 살고 있을까 하는 측은함이 주민경의 마음을 적셨다.

어린 시절 학교 교실에서 공부할 때에는 모두 무엇인가 큰 것을 잡아 보겠다고 아니면 크게 출세할 수 있을 것이라고 꿈을 꾸면서 자랐을 것이다. 어느새 시간이 흘러 막다른 골목에 들어섰음을 깨달은 나이에 지금 자기 모습은 어떤 모습인지.

주민경은 그가 커피를 마시는 동안 가마득한 어린 시절로 돌아갔었다.

― 현금 아니라도 되나요? 카드를 쓸게요. 죄송해요.

― 물론 카드도 좋습니다.

그는 척척 가방 안에서 카드 등록기를 꺼냈다. 그 어떤 몸짓도 오랫동안 익혀온 듯 손놀림이 서툴지 않았다.

지금은 현대음악 CD를 팔지만, 외판원으로 취급 안 해본 상품이 없다면서 바로 이전에는 옥돌 매트를 팔고 다녔는데 판로도 바닥이 났고 이제 그만 팔아야지 하는데 여기저기서 가짜상품이 나와서 그 성능에도 의문이 많다는 혐의를 받고 경찰에서 수사 중이라는 말을 침을 튀기며 늘어놓았다.

이 물건은 시중에서 사려면 50만 원은 하는데 40%나 싼 가격이라고 말한다. 주민경에게 있어서는 이 CD가 필요 없는 것이기 때문에 100% 비싼 셈이었다. 게다가 인터넷으로 들으면 공짜인데.

- 덕분에 음악을 공부하게 되었네요.

- 할부로 할까요?

- 아니에요. 현금으로 못 드렸는데 할부까지 한다면 이건 도와드리는 게 아니지요.

그가 사무적인 절차, 영수증을 떼고 싸인을 받고 AS 받는 본사의 전화번호가 적힌 카드까지 건네는 일을 빨리 끝내곤 가방을 챙겼다.

그가 급히 일어났다. 되도록이면 방해를 하지 않겠다는 듯 뒤로 물러났다.

그가 들어오던 길을 따라서 교문 밖으로 사라졌다. 주민경은 한참 동안 의자에 앉지 못하고 그가 테이블 위에 놓고 간 CD 세트를 멀리 바라보았다.

현대 음악이라면 어떤 작곡가를 말하는가.

주민경은 그제야 자기가 얼마나 음악에 대해서 깜깜한 여자인가를 알 것 같았다. 교수여서 강의 준비에만 전념한다고 해서 전공과목의 정보 외에는 전혀 무지한 상태로 몇십 년 동안 살아온 셈이다. 머리 속도 그렇고 살아온 인생의 내용도 그럴 것이다.

늘 학교 안에서만 살다 보니 친구도 없고 동창생도 없다. 학교라는 조직도 경쟁과 알력이 심해 조금이라도 긴장을 풀어서는 안 되는 사회였다. 그러다 보니 음악회 한번 간 적이 없고 출퇴근 시간 라디오에서 듣는 음악 정도로 만족하며 살아왔다.

동창생 외판원과 현대음악 CD, 이 두 가지는 주민경의 오늘을 사정없이 흔들어 놓았다.

그가 애써서 비굴하지 않은 표정으로 마주 앉아 있다가 가긴 했지만 결국 물건을 사달라고 간절하게 부탁하러 온 외판원이었는걸.

간단한 저녁이라도 사줄 걸 그랬다는 후회가 남는다. 남자 동창생끼리였다면 술 한 잔 같이 하면서 그가 얼마나 어렵게 살고 있는지 왜 이렇게 되었는지에 관해서 물어보기라도 했을텐데.

그렇다면 CD 값만 아니라 그 위에 얼마를 더 얹어서 주었어야 마땅하지 않았을까.

학생을 가르친 것보다 지나치게 매달 월급을 받고 퇴직하면 연금도 받을 것이고 그 외에 연구비도 받는 주민경이 어렵게 찾아온 남자 동창생을 그렇게 무정하게 돌려세웠다니 나이 값도 못하는 사람이 교수는 무슨 교수야. 학장은 무슨 학장.

여자란 이럴 때 속 좁은 존재라는 걸 보여주고 어쩔 수 없는 존재임을 스스로 증명하는 것이지.

주민경은 자신이 이렇게 부끄러워 본 적은 없었다.

며칠 동안 주민경의 머리를 무겁게 짓눌렀다.

주민경은 서랍 속에서 오래된 동창회 수첩을 찾아냈다. 이현진을 찾아봤지만 그 이름은 없었다.

주민경은 참을 수가 없어 고등학교 동창생 중에 남학생들과 잘 어

울려 다니던 친구를 생각해내고 그 전화번호로 전화를 걸었다

몇십 년 만에 걸려온 주민경의 전화를 받은 동창생은 벌써 목소리가 방어적이었다.

보험을 들라거나 동창회에 기부금을 내라거나 아니면 자선 바자에 물건을 내놓으라는 얘기일 것이라고 미리 짐작한 모양이었다.

반가워하지도 않는 친구에게 이현진 얘기를 꺼내기가 내키지 않았지만 그냥 싱겁게 끊을 수도 없어서 말을 꺼낼 수밖에 없었다.

그는 본명이 이정남이고 이정남이를 잘 아는 친구는 영어 잘하던 신미자라고 했다.

신미자는 미 8군에 타이피스트로 일했었는데 지금은 미국에 살고 있어서 연락이 안 될 거라고 했다. 신미자를 만났다는 친구가 없는 걸로 봐서 수첩의 전화도 아마 오래된 것일는지도 모른다는 얘기였다. 거기서 줄이 끊어지고 주민경은 다시 멍청하게 창밖을 내다보았다.

너무 오랫동안 돌보지 않았던 잡초가 수북한 고향 집 마당에 서 있는 것 같았다. 옛 시간 속으로 걸어들어온 느낌이었다.

신비한 기운이 감돌기도 한다.

열여덟 살 고등학교 2학년 겨울방학.

크리스마스이브였다. 차량 통행이 차단되고 모처럼의 축일이었다. 광화문네거리를 걸어서 대각선으로 건너보는 그 기분을 어떻게 설명

해야 할까.

거리를 미친 듯이 웃고 휘청거리면서 몰려다니다가 대형 까페에 들어갔는데 자리가 모자라서 자리가 날 때까지 문밖에서 기다렸다.

그중에 한 쌍의 남녀 학생이 어깨를 서로 끌어안고 친구들을 둘러보면서 큰 소리로 말했다.

오늘 우리는 결혼할 거라고.

그 남학생은 학교 교장선생님 아들이었는데 얌전하고 몹시 수줍어하던 아이여서 그 놀라움이 우리들 모두의 머리를 때렸다.

잠시 뒤에 우리들은 모두 그들에게 축하의 박수를 보냈다. 그러면서 그들이 한다는 결혼이 무엇인지도 잘 몰랐다. 거부감도 없었고 두려움도 없었고 그것이 추하지도 않았다. 다만 커다란 모험일 거란 생각은 했다.

그렇게 충격적으로 결혼한 친구를 빼면 나머지 친구들은 숙맥처럼 남자가 무언지 여자가 무언지 아무것도 모른 채 졸업을 했고 지금도 그 순수 그대로 늙어온 친구도 더러 있다.

주민경도 그런 부류에 속할 것이다.

신미자처럼 특별한 아이도 있긴 했다. 영어회화를 공짜로 배우려고 외국인들과 어울려 커피나 위티를 마시면서 시간을 마련하던 돌 연변이 아이들도 있긴 했다. 그 친구들이 불량하거나 염치없다고 보이는 게 아니라 용기 있고 진취적이어서 부럽다고 생각했으니까. 졸업하면 외국 무역회사에 취직하는 게 꿈이라고 말했던 신미자의 말이 생각났다. 그 애는 선천적으로 타고났는지 유난히 영어를 잘했다. 다른 시간에는 졸기나 하고 잡담이나 하던 아이가 영어시간만 되면 새파랗게 살아나는 것 같았다. 발음도 좋아서 선생은 늘 신미자한테 읽기를 시켰다. 그러더니 기어이 영어를 써먹는 인생을 살고 있는 모양이었다.

주민경은 다시 수첩을 펴고 신미자를 찾았다. 다행히도 미국 전화번호가 있었다. 주민경은 거기가 지금 몇 시인지 생각하지도 않고 핸드폰의 버튼을 눌렀다.

전화는 신호만 갈 뿐 받지 않았다. 자는 시간인지 아니면 이미 안쓰는 전화인지 알 수가 없었다. 그러는 게 다행이란 생각이 들었다. 몇십 년 만에 전화를 걸면서 한밤중에 전화를 걸어 놀라게 했다면 그것도 미친 짓이고 큰 실례일 것이다. 핸드폰을 끄고 주민경은 한숨을 내쉬기까지 했다.

지금까지 만나본 일이 없는 어려운 인간관계에 맞부닥뜨린 것이었다. 신미자를 찾는 이유는 별다른 게 아니었다. 어린 시절의 이현진은 어땠는지가 궁금했다. 물으면 이현진 본인이 대답하겠지만 꼭 알아야할 것도 아니기 때문에 주민경이 전화 걸어서 물을 수도 없었다.

뭔가 찜찜한 것이 남아있던 어느 날 이현진이 다시 찾아왔다.

염력이 통한 것일까.

주민경은 두 번째로 보게 된 그를 조금은 반갑게 맞이했다. 떠맡기듯 물건을 팔러 온 동창생 외판원으로가 아니라 다소 우정을 가지고 그를 만났다.

소원하는 이상을 가지고 있는 사람으로써의 여유를 그에게 보여주고 싶었다. 처음으로 사람의 향기를 풍겨보리라 마음먹었다.

두 번째로 그를 보았을 때엔 보다 친숙해졌다.

- 모카커피를 드릴까요?

- 아닙니다. 그건 아끼시고 전 그저 냉수 한 잔이면 되요.

- 그 날 얼마나 후회했는지 아세요? 저녁이라도 같이할 걸 그랬다 하고 말이예요. 모처럼 어린 시절 소꿉친구가 찾아왔는데 말이죠.

- 오히려 제가 대접해야지요. 물건도 팔아주었는데. 오늘 제가 점심사면 안 될까요?

- 누가 사든 좋아요. 그런데 왜 오셨는데요?

- 지난번에 주신 카드가 유효기간이 지난 것이어서요.

- 그래요?

주민경은 지갑에서 카드를 꺼내봤다. 역시 유효기간이 두 달이나 지난 것이었다. 몇 가지 카드가 있는데 특별한 지출일 때 쓰는 카드를 따로 정해두었다. 그래서 잘 쓰지 않는 것이라 유효기간이 지난 줄도 모르고 있었다. 우편으로 새 카드가 왔을 테지만 무심하게 뜯어보지 않고 서랍에 넣어두었는지도 모른다.

- 다른 카드를 드리면 될까요? 두 번 걸음을 하게 해서 미안해요. 한 번 오는 것도 어려웠을 텐데요.

- 그렇지만 두 번 만나게 되는 것도 인연이겠지요. 그래서 점심도 같이 하게 되는 것 아닌가요?

점심을 같이하면서 그는 지금까지 어떻게 지내왔는지에 대해서는 말하지 않았다. 고등학교 다닐 때 있었던 얘기만으로도 즐거웠다. 목소리 떨며 노래하던 음악선생 얘기 유학 갔을 때 개 사료 캔을 사먹었다던 영어선생 얘기 그리고 지각했을 때 교장선생한테 쫓겨서 질벅거리는 시장바닥을 정신없이 뛰었던 얘기며 새벽에 할인가격으로 영화 보던 얘기 등이 줄줄이 나왔다.

모두 있었던 얘기인데 주민경의 머릿속에는 아주 작은 먼지만큼 작아진 얘기들이었다. 그런데 다시 들춰내서 들으니까 얼마나 재미있는지 배를 잡고 큰 소리로 웃었다. 그러고 보니까 주민경은 주로 듣고 웃기만 했고 이현진은 먹지도 못하고 얘기만 한 셈이었다.

얼마나 웃어댔는지 가슴이 조여들어서 아팠다. 턱뼈 쪽도 뻐근했다. 이렇게 마음 놓고 실컷 웃어보기는 처음이었다.

다시 어린 시절로 돌아간 기분도 괜찮았다. 그러면서 크리스마스이브 날 겨우 열여덟 살 때 결혼한다던 친구들이 생각났다. 지금도 그 친구들은 어렸을 때 그 기분으로 살고 있을까 하고 궁금했다.

그것도 나쁘지는 않겠구나.

주민경은 지금까지 자기에게 어울리는 그럴듯한 남자 한 사람을 만나지 못해서 이렇게 학교 강의실에서 혼자 늙어왔는데 그렇게 철 없을 때 소꿉친구하고 짝을 맞춰 결혼할 생각은 왜 못했을까?

지금도 보통 남자를 찾으려고 한다면 얼마든지 있을 거란 생각이 들었다.

눈높이에 맞는 남자란 대체 어떤 남잔데 라고 자문해 본다.

이렇게 신선한 주민경의 어린 시절의 얼굴을 기억해주는 그런 남자도 괜찮지 않아?

그 이후 주민경은 현대음악 CD를 다섯 세트나 다른 교수들한테 소개해 팔아주었다. 음악을 좋아하는 교수거나 주민경 교수 말이라면 꼼짝 못하는 후배교수들이었다. 지금까지 무리한 부탁을 한 번도 해본적이 없는 주민경 교수였기 때문에 그런 부탁이 통했을 것이다. 두 번도 있을 수 없는 일이었다.

그는 결혼을 했을까. 그래서 먹여 살려야 하는 가족이 있고 공부 시켜야 하는 아이들이 있을 테지. 그러니까 이런 외판을 하고 있는 것이겠지.

주민경은 이상하게도 이현진이란 인물에 대해서 궁금증이 부풀어 갔다. 그에 대한 관심을 꺼버리지 못하는 자기가 한심하기도 하고 이토록 남자한테 굶주려있었나 하는 측은감도 느끼면서 그가 팔고 간 현대음악 CD를 1번부터 차례대로 정복하기로 했다.

그는 음악을 얼마큼 알고 있는 것일까? 대학은 나온 것일까? 도대체 무슨 공부를 했을까?

여기까지 생각하다가 주민경은 다시 핸드폰을 열었다.

이번엔 편리한 기능을 눌러 먼저 세계시간을 확인했다. 동쪽으로 커서를 보내면서 도시 이름을 읽었다.

도쿄, 시드니, 시애틀, 로스앤젤레스, 덴버, 달라스, 시카고, 워싱턴, 뉴욕.

뉴욕 시간은 일곱 시. 뉴욕에 있는 신미자는 어쩌면 집에 없을지도 몰랐다. 미국 사람들은 아침 일찍부터 움직이기 때문에 일곱 시면 직장에 나가 있을 시간이었다.

신미자의 전화번호를 찾아 눌렀다.

저쪽에서 먼저 쉰 목소리로 굿모닝 이라고 인사했다.

– 미세즈 신 캘빈인데요, 누구세요?

분명히 외국 남자하고 사는 한국 여자이고 한국 사람이 거는 전화임을 벌써부터 알고 있었다.

– 주민경이라고 하는데요. 혹시 신미자 씨 아니세요.

– 왜 아냐? 나 신미자. 누구라고?

– 고등학교 동창 주민경이예요.

세월이 많이 흘러서 이젠 어릴 때 친구라고 마구 반말을 쓸 수가 없었다. 시간도 공간도 너무 멀리 떨어져 있다는 걸 깨달았다.

주민경도 신미자도 옛날의 그 사람들이 아니었다.

- 그동안의 얘기는 생략하구요, 물어볼 말이 있어서 전화했는데 바쁘지 않아요?

- 오후에 파트타임으로 일을 나가기 때문에 괜찮아. 교수님이라는 소식 듣고 있지.

- 혹시 이현진이란 동창생 기억나? 학교 때 이름이 이정남이라고.

신미자의 빠른 말은 학교 때 영어를 잘하던 투로 잊어버리지도 않았는지 한국말도 그렇게 잘했다. 대학 졸업하고 직장 가지고 3, 4년 정도까지의 소식을 알고 있을 뿐 그 후의 소식은 모른다고 했다.

얘기로 하기엔 복잡하고 길어서 시간을 내서 E메일로 보낼 테니 이메일 주소를 달라고 했다.

주민경은 E메일 주소를 주고 일단 전화를 끊었다. 신미자가 쓴 E메일은 천하 명문이라고 해야 할까. 많은 시간을 팡팡 튀는 젊은이들만 상대로 살아온 교수인데도 처음 보는 E메일이었다.

이정남은

서울 상대를 졸업

나중에 방통대 강의로 영어 중국어 러시아어를 공부하여 외무고시에 합격한 수재

외무부에 근무했음

과묵하고 사색형 철학적 사고를 가진 남자.

가까운 친구가 없었고 애인 같은 여자는 있었다가 없었다가 했음.

그의 애인들이 확인되거나 인사를 나눈 적 없음.

입에 가시가 돋을 만하면 나를 찾아와서 여자하고 지냈던 얘기를 했고 그동안 배웠던 요리 얘기를 곧잘 했음.

그 요리 중에는 뱀 요리도 있었거든.

하도 징그럽고 소름 끼쳤던 얘기라 지금도 안 잊혀지네.

듣거나 말거나 자기 얘기를 혼자서 떠들어대다가 슬쩍 가버리곤 했음.

그가 관심 가졌던 일은 출세라든지 돈을 버는 일이 아니고 인체학과 철학이었음.

결혼을 한번 했다고 말을 들었지만 일 년도 채 못 가서 헤어지고 빈손으로 집을 나와 혼자 살았음.

혼자 살 때 그때에는 그는 청와대에서 일하고 있다는 말을 한 적이 있었지만 확인된 사실은 아님.

우리는 주로 연대 앞 작은 까페에서 만났고 우리는 언제나 위스키를 딱 두 잔씩을 마셨지.

역시 말없이.

그가 혼자 살던 연대 앞의 하숙집에 딱 두 번 갔었는데 두 번 다 그와 같이 잤지.

한번은 자정이 가까운 쓸쓸한 가을이었고 한번은 어느 일요일 낮 두 시쯤이었지.

그의 방에는 책과 군용 카키색 슬리핑 백 하나뿐.

아 그리고 낡은 일회용 면도기 하나 창문턱에 놓여있었지.

정말 그것뿐이었지.

며칠 있다가 나는 미군 오빠한테 부탁해 성능 좋은 고급 미제 면도기를 얻어서 그에게 선물했지.

그걸 받으면서 수염을 기르면 미제 면도기가 필요 없을 거라고 우스개 말을 했지.

그게 마지막이야.

면도기도 칼이라서 우리가 헤어지게 되었는지도 몰라. 칼을 주고 받으면 이별한다는 우리나라 미신이 있지.

난 그 뒤 3년 있다가 미국으로 들어왔지. 그래 연락이 끊어졌고.

한국에 그런 속담 있잖아? 친한 사이엔 칼을 선물하는 것이 아니라고.

그 뒤로 이십이 년 동안 한 번도 못 만났으니까 말이야.

납작한 슬레이트 지붕 집 2층에 있는 옥탑방이었는데 계단이 밖으로 통하는 통로가 있어서 주인의 눈에 띄지 않고 드나들기 편한 집이었어.

내 기억엔 지금까지 만난 한미 남자 중에서 섹스를 제일로 잘하는 남자였음.

난 좀 허술한 여자였고 그는 말이 없는 데다가 머리 좋고 매력 있
는 남자였지.

허술한 여자와 수재형 말 없는 남자가 그렇게 어쩌다가 운명적으
로 만나다.

그 뒤 그는 행방불명.

그러나 지금도 나는 가끔 그가 그리워.

만약 우리가 어느 날 뉴욕 어느 빌딩 지하 화장실 앞에서 만나게
된다면 그때 우리는 화장실 안으로 같이 들어가 버렸을 거야.

그때 우리들 나이가 백 살이라 해도.

난 알아. 우리가 다시는 못 만날 것이라는 걸 알지.

그런데 넌 왜?

신미자의 E메일은 그렇게 끝났고 주민경의 안부나 자기에 관한 현
재 얘기는 한 마디도 없었다.

마지막으로 던진 질문 그런데 넌 왜? 라는 말이 약간의 여운을 남
기긴 하지만 주민경의 답장을 기대하는 것은 아니었다.

주민경은 신미자의 E메일을 삼켜버렸다. 22년 동안 기다리고 있는
여자한테 이현진이 외판하며 산다는 소식을 전해줄 수는 없었다.

침대에 딩굴딩굴 누워서 음악 들으며 책을 읽고 있는 금요일 오후

는 혼자 사는 행복이 극치에 이른 시간이었다. 문득 이현진이 보고 싶어졌다. 묘한 느낌의 남자였다. 신미자가 그렇게 기다리고 있는 남자를 주민경은 지금 알고 있었다. 요리를 잘한다 했는데 지금도 그럴까.

당장 눈앞에 안 보이거나 소식이 없으면 행불이라고 말하는 세태에 대해 다시 생각해보기로 했다. 같은 서울 하늘 아래 살면서도 몇 십 년 동안 만나지 못하는 사람이 얼마든지 있다.

명함을 찾아서 거기 적힌 대로 버튼을 눌렀다. 신호가 계속 가지만 받지 않았다.

채 5분도 안 되어서 그에게서 전화가 걸려왔다. 주차장 비탈길을 운전 중이어서 전화를 받지 못했다고 했다.

– 어딘데요?

그렇게 물어 놓고도 주민경은 얼른 다른 말을 붙였다.

– 지금 피아노 연주로 메시앙을 듣고 있는데 정말 새롭네요. 나, 유식하죠?

– 저는 지금 전자 상가에 왔어요. CD 플레이어를 하나 사려구요.

– 우리 집이 전자상가에서 멀지 않은데 일 다 보시고 들리지 않을래요?

– 그래도 돼요? 혼자 사는 여자 친구네 집에 남자가 드나들면 안 되지요.

– 가족들이 함께 살아요.

주민경은 일부러 거짓말을 했다. 이현진의 꼬장꼬장한 성격에 주민경의 집에 아무도 없는 줄 알면 절대로 들를 사람이 아니라고 생각했다.

주민경은 그때부터 꽃집에 내려가서 꽃을 사 왔고 슈퍼에 들러서 마실 것과 신선한 야채 몇 가지를 사다가 샐러드 보울에 씻어 담았다.

주민경은 내게도 이렇게 여자답게 섬세한 데가 있었던가 하고 스스로 놀랐다. 마음만 먹으면 못할 것이 없는 게 여자들의 무한한 능력이었다. 전쟁에 나가 총을 들고 살인을 할 수도 있고 화재 난 고층에서 아이를 안고 뛰어내릴 수도 있는 게 여자라고 했지.

그 다음엔 침대의 시트 카버를 갈아 끼우고 방안에 방향제를 지독하게 뿌려 집안에 배어있는 냄새를 지웠다.

주민경의 이마에 땀이 번졌다. 타올로 땀을 찍어냈다.

이제 그만 해야겠다. 어딘가 빈 구석도 있어야지 너무 완벽하면 허둥지둥 이현진을 위해서 준비했음을 알리게 되는 셈이었다.

나이든 여자가 교수나 되어 가지고 만난 지 며칠 안 된 남자를 집으로 끌어들이질 않나 그를 위해 침대 카버 까지 바꾸질 않나.

그는 한 시간도 채 안 되어 나타났다.

밖에서 기다리고 있었던 것처럼 그는 주민경의 예상보다 항상 일찍 나타났다.

문에 들어서면서 집안에선 쥐 죽은 듯 다른 기척이 들리지 않는 걸 느끼면서 이현진은 안절부절이다.

- 안심하세요. 누굴 겁주는 여자가 아니에요. 밖에서 맛없는 걸 사 먹느니 집에서 만들어 먹으면 좋잖아요? 그래서 오라 했어요. 지금 우리 나이에 겁날 건 없어요. 인생을 다 살았으니까요.

- 내가 아직이듯이 주민경 교수도 아직이잖습니까?

- 그렇게 봐주시면 고맙구요.

- 솜씨는 없지만 최선을 다 해 볼게요. 가정실습시간에는 참 재미 있었는데.

- 요리는 내가 더 잘할걸요?

신미자가 그랬다. 뱀 요리도 할 줄 안다고 했다.

그는 방금 사 온 CD플레이어를 주민경한테 선물했다. 연구실에 CD플레이어가 없는 걸 그는 알고 있었다.

요즘은 이런 작은 음향기기가 음향효과가 더 좋다면서 연구실에서 지내는 시간이 즐거울 수 있기를 바란다고 했다.

이렇게 비싼 걸 선물하면 뭐가 남아요 라고 말하고 싶지만 참았다. 그의 열등감을 건드리는 말은 삼가야 했다. 단순히 그가 현대음악 CD세트 외판원으로라면 그를 두 번 다시 만날 필요가 없었다.

20여 년 전 소꿉친구로 그리고 구부러지거나 비틀어지지 않은 외모 준수한 남자로 게다가 음악CD를 팔러 다닌다는 것 말고도 결정적인 이유는 신미자가 아직도 기다리고 있는 남자라는 것이었다.

세상에 있는 한·미 간의 남자 중에 제일이라는 남자.

주민경은 혼자서 웃음을 흘렸다. 좋아서라고 하는 게 솔직한 말이었다.

이현진은 CD플레이어에 판을 끼워 넣고 헤드폰을 장치해서 자기가 한번 들어보고 주민경의 귀에 씌워주었다.

그의 손이 주민경의 머리를 감싸고 손바닥으로 귀를 지긋이 눌렀다. 참으로 오랜만에 사람의 감촉을 몸으로 느껴본다.

이 나이의 혼자 사는 여자는 의례적인 악수 말고는 타인의 피부감촉을 느낄 기회가 없었다.

그의 손이 따뜻하다. 손으로 음악을 모아서 들려주는 것 같았다.

갑자기 세상이 시원하게 넓어지는 느낌이었다.

– 음악이 없었다면 세상이 어떻게 되었을까요?

– 진공 막 속에서 지내는 것 같았겠지요. 자기 목소리도 듣지 못하는 비극의 시간을 생각해 봤어요?

20여 년의 공백을 메울 수는 없었지만 그 공백 속에 들어있는 것이 용암이든 원유든 빈 동공이든 상관없었다.

참 다행인 것은 두 사람 사이에 마주 잡을 수 있는 음악이라는 손잡이가 있다는 것이었다.

그를 아는 친구들이 비록 그가 행방불명으로 알고 있다 해도 주민경은 그걸 따져 물을 필요가 없었다. 그가 지금부터 바로 전에도 또 오늘 이후에도 어떤 장소에서 어떻게 살아갈 것이라는 상상은 그들 각자의 것이기 때문이었다.

- 마실 것은 무엇으로 하시겠어요? 뭐든지 있어요.

- 그대 좋으신 걸로 정하면 돼요.

주민경은 신미자의 E메일을 떠올리며 위스키를 선반에서 꺼냈다. 장식장 안에 넣어두었던 향초도 꺼냈다.

지난 겨울에 일본 북해도 한복판에 있는 아사히가와에 여행한 적이 있었다. 아사히가와에는 봄부터 여름에 라벤다가 온 들을 덮는다 했다. 주민경이 그곳에 갔을 때는 10월 초였는데 그때 거기서 첫눈을 만났다.

국제공항에 넓은 벽에 보랏빛 라벤다 농원을 찍어 놓은 사진이 있었는데 붉은 색깔의 땅과 어우러져서 무척 아름다웠던 기억이 살아났다.

거기서 네모난 라벤다 향초를 몇 개 사 왔지만 켤 기회가 없어 장속에 넣어 두었었다. 언제 불을 붙여서 향내를 맡아보나 하고 고민이었는데 오늘이 바로 그 날이 되었다. 혼자 있을 때 초를 밝히는 것보다 둘이 있을 때 향초를 켜는 것이 훨씬 더 행복하지 않을까.

식탁 한구석에 있는 촛대에 꽂았다.

주민경은 멋쩍은 시선으로 그를 마주 보았다. 인생에서 정해진 운명의 날이 있는 것이 아니라 그것은 자기가 만들어 가지는 것임을 확실하게 믿으면서 주민경은 그 운명의 날이 오늘이어야 한다고 생각했다.

여자가 세상을 살아가는 동안 누구든 세 사람의 남자를 만나게 된다고 했다.

그렇다면 이 남자는 마지막 남자가 될 모양이다.

놓치지 말고 맛있는 사탕을 천천히 아껴서 핥아먹듯 이 남자와의 시간을 아껴야 할 것 같았다.

긴 코트를 입고 학교 정문 수위실 앞에 나타났을 때부터 그의 벗은 몸을 짐작했다.

군살 없고 등에 만들어진 근육의 굴곡과 역삼각형의 등판 육중한 대퇴부 배의 근육에 옆으로 새겨진 세 줄짜리 임금 왕짜.

— 운동을 많이 하시나 봐요.

— 뭘 보고요?

— 이현진 씨는 먼 데서 보면 청년 같아요. 우리 동창생들을 어쩌다 길에서 만나게 되면 쭈그러지고 너무 변해서 못 알아볼 때도 있거든요. 무슨 운동을 하세요?

— 그냥 걷지요. 외판원이 하는 일은 한없이 걷는 것이니까요. 빠르게 걷기도 하고 때로는 맥없이 천천히 목적도 없이 걷기도 하지요. 그럴 때는 힘이 드니까 운동을 한다 생각하고 즐겁게 엉덩이에 힘을 주

어서 리듬을 만들어 걷지요. 하루에 적어도 30Km 이상 걸을걸요.

- 그 밖에 다른 운동은요?

- 문턱에 매달리기 팔 굽혀펴기 윗몸 일으키기요. 300번씩 합니다.

주민경은 이제 더 이상 물어서는 안 될 지점에 왔다고 느꼈다. 다시 말해 그는 독종이었다.

- 항복했어요.

- 인생살이에는 항복할 시기를 잘 잡는 것이 가장 현명한 사람이라고 했습니다.

그가 말하는 항복의 의미는 무엇일까.

그가 주민경이 묻는 말에 성실하게 대답하면서 요리를 했다.

재료가 어디에 있다고 설명을 하지 않아도 그는 잘 찾아냈다.

라면을 삶아서 동치미 국물을 부어서 개운한 국수를 저녁으로 준비했다.

그가 땀을 흘렸다. 두터운 스웨터가 더운 모양이다.

- 더우면 스웨터를 벗으세요. 나한테 조금 헐렁한 티셔츠가 있는데 갈아입으실래요?

- 괜찮습니다.

주민경은 굳이 옷장 서랍에서 티셔츠를 찾아내왔다.

그 셔츠는 여행 가서 잠옷으로 갈아입기에는 번거롭고 입은 채로 자기엔 답답할 때 가끔 여름 잠옷으로 입는다.

실은 남자 티셔츠를 일부러 사 둔 것인데 별 쓸모가 없어서 잠옷으로 입기로 한 옷이다.

오늘 바로 그 임자를 만난 셈이다.

그는 주민경의 성화에 못 이겨 화장실에 들어가 갈아입고 나왔다. 그렇게 헐렁한 티셔츠가 그의 몸에는 딱 달라붙을 정도로 작았다.

주민경은 미안해서 웃기 시작했다.

- 멀쩡한 사람을 바보처럼 만들었나 봐요. 남자는 보기보다 옷을 크게 입나 봐요.

- 언내 같아서 난 좋은데요.

- 안 되겠어요. 도로 벗으세요. 무척 큰 사이즈여서 맞을 것 같았는데 어림도 없네요. 다음엔 큰 것으로 마련해 둘게요. 사람들은 말하죠. 다음이란 없다고요.

- 다음이란 없다고 했습니까? 그 말 마음에 드는군요. 좀 마음 아픈 말이긴 하지만서두.

조금 뒤에 몸을 죄는 듯 작은 티셔츠를 벗고 그는 맨몸으로 식탁에 마주 앉았다. 이제야 숨을 제대로 쉴 수 있다는 듯 크게 숨을 내쉰다.

두 사람은 오랜 동안 같이 살아온 부부처럼 스스럼없이 마주 앉아 동치미 국수를 먹는다. 이래서 나이를 먹는다는 것은 참 좋은 것이로구나 라는 생각을 했다. 남자는 원래 스스럼없이 잘 벗는다는 걸 이해했다. 장가가기 전 남동생들도 늘 그랬었다.

자기를 아무렇게나 던져버리고 웃통 벗은 낯선 남자와 천연스럽게 마주 앉을 용기가 어디서 온 것일까. 어린 시절의 친구였기 때문이었을까.

이상하게도 중 고등학교 동창이라면 설명 없이 이해되는 어떤 부분이 있었다. 조금도 두렵지 않았다.

– 와인도 있어요. 위스키보다는 난 와인이 좋은데요.

– 난 술 못합니다.

– 그럼 잔을 받아두기만 하세요. 분위기란 것이 있잖아요?

– 그렇군요.

와인 병의 콜크 마개를 익숙하게 따는 그를 보면서 주민경은 그가 왜 술을 못한다고 하는지 곰곰이 생각하고 있었다.

신미자의 E메일에는 그가 위스키를 좋아한다고 했는데.

주민경은 한껏 기분을 내보기로 했다. 다음이란 없는 것이니까.

커다란 와인 잔에다 반 잔씩 따러 마주 들었다.

– 감사합니다.

– 잠깐만요. 촛불 켜는 걸 잊었어요. 더 분위기가 날 텐데요.

– 내가 켜지요.

그래 누군가 집안에서 무엇이든 도와줄 남자하고 같이 사는 것도 그리 나쁘지는 않은 일이네 라고 생각하고 있을 때 그는 벌써 촛불을 켜고 전등을 껐다.

촛불이 눈 아래쪽에 있어야 얼굴이 아름다워 보인다는 걸 안다.

– 이제 와인을 드시지요. 여왕마마.

– 매일 이렇게 여왕이고 싶어요.

와인을 마신다. 그리고 그는 주민경의 잔에 와인을 더 따른다.

주민경은 취하고 싶어서 와인을 마신다. 맨정신으로는 그를 침실로 데려갈 수가 없을 것 같다.

석 잔째 와인을 따르고는 잔을 들고 있는 주민경의 손을 잡아 일으킨다.

쇼퍼로 간다.

주민경이 NO라고 하면 순순히 그 말을 들어줄 수 있는 사람일거라고 믿었다. 주민경은 NO라고 말할 수 없었다.

처음부터 계획된 초대였음을 그는 이미 알고 있었을 것이다.

아니 그들 두 사람은 처음부터 알고 있다. 여기까지 오게 될 것이란 것을 알고 있다.

이 남자가 CD 외판원이라는 것과는 아무 상관 없다. 어느 여행지에서 만난 남자 그것도 말도 통하지 않는 외국인 남자라고 생각하자. 아니면 돈을 지불하기로 하고 골라온 남자라고 생각하자.

아마 그도 이런 생각을 하면서 주민경의 몸 안에서 헤엄치는지도 모른다.

주민경은 눈물이 난다. 오늘까지 외롭게 살아온 날들이 억울해서
다. 이런 남자한테 몸을 쉽게 내준 것이 분해서 운다. 누구인지도 모
르는 남자한테 구걸하듯 쾌감을 얻어 가진 것이 부끄러워서 운다. 나
중에는 감사하고 기뻐서 운다.

그는 주민경의 눈물을 혀로 닦아준다.

- 당신은 참 아름답습니다.

- 현진 씨도요.

- 당신은 내가 만난 여자 중에 제일 맛있는 여자요. 잊지 않을게
요. 신은 우리에게 모든 것을 다 주지는 않습니다. 이 정도의 허기는
느끼면서 살라는 거지요.

- 허기. 그래요 이건 허기일 뿐이에요.

그가 말했듯이 남자에 대한 허기일 뿐이다. 배고플 때 밥을 먹는
것처럼 허기를 달랜 것 뿐이다. 이제부터는 가끔 이렇게 살아갈까?
이런 남자를 만날 수만 있다면 얼마나 행복할까.

- 원래 술은 한 방울도 못 하세요?

주민경은 목마름을 와인으로 축이면서 묻는다. 그러곤 지난 느낌
들이 쑥스러워지면서 주섬주섬 옷을 찾아 한 가지씩 걸친다.

그가 술을 하거나 못하거나 그 대답이 필요한 게 아니란 것도 그
는 잘 안다.

그도 옷을 주섬주섬 어둠 속에서 찾아 입는다.

– 샤워는요?

– 됐습니다.

어느새 그는 양말까지 찾아 신는다. 그는 벌써 현관으로 몸을 돌리고 등을 보이면서 말한다.

– 오늘은 여기까지입니다. 그리고 내일이 우리한테 허락이 될 것인지는 아무도 모르지요. 당분간 저는 여행을 떠납니다.

– 어디로요? 얼마 동안이요? 저도 방학인데 같이 여행하면 좋겠어요.

주민경은 그를 잡고 싶었지만 그는 벌써 현관문의 손잡이를 잡고 서 있다.

– 좀 걸리겠지요. 험한 산을 탈 겁니다.

– 몸조심하세요. 서울 오시면 전화주세요. 기다릴 사람이 있어서 좋네요.

그는 웃음도 없이 어떻다 말도 없이 눈으로만 인사하고 현관 밖으로 사라졌다.

그가 어이없이 사라져 간 뒤에도 주민경은 멍한 채로 식탁에 앉아 있었다.

와인 한 병을 다 비웠다.

그는 정말 술을 못 마시는 걸까. 그는 어떻게 맨정신으로 처음 만난 여자와 섹스를 할 수 있을까.

주민경은 취해서 언제 잠이 들었는지 눈을 떴을 때는 아침 열 시가 넘은 시간이었다. 머리칼을 움켜잡고 후회했지만 개꿈이다라고 중얼거렸다.

낮에도 침대에 누워서 천정만 바라봤다. 이런 소문이 동창들 사이에 돌기라도 한다면 어쩔 것인가. 갑자기 망치로 머리를 맞은 것 같은 충격으로 벌떡 일어나 앉았다.

차가운 물로 샤워를 하고 집안 청소를 했다. 집에서 그의 냄새 그의 흔적을 깨끗이 지웠다. 지워지지 않는 것 그것은 주민경의 몸에 남아있는 행복한 느낌이었다.

잊어버릴 수 없는 느낌 그가 말한 대로 맛있는 느낌이었다. 억울하고 분하고 부끄러운 느낌일 수도 있지만, 그보다 강한 것 그것은 맛있는 느낌이었다.

CD 한 장을 CD 플레이어에 끼워 넣었다.

한 손가락으로 치는 듯 단조롭고 맑은 피아노 소리가 들린다. 에릭 사티의 음악이다.

그러다가 주민경은 컴퓨터를 켠다. 뉴욕에 있는 친구 신미자의 E 메일을 다시 읽어보고 싶어졌다.

이정남은 이라고 시작한 바로 그 남자에 관한 설명 중에 한 가지도 안 맞는 것이 없었다. 그 뒤 행방불명이라는 말에 주민경은 신경이 쓰였다.

주민경은 동창회 수첩을 꺼냈다. 이정남이란 이름 아래에는 사진도 없고 주소란에도 주소불명이란 하얀 칸으로 남아있다.

다른 동창생한테도 그에 관해서 물어볼 수 없다. 조용하게 지나는 것이 좋은 일이다. 긁어 부스럼을 만들 필요가 없는 일이었다.

며칠 지나고 주민경의 몸속에 살아 꿈틀거리는 느낌이 깨어 일어나면 어딘가 그의 소식을 알고 싶어 가슴에 불이 일어난다.

참지 못해 주민경은 그래도 쉽게 닿을 수 있는 남자 동창생 강 변호사한테 전화를 걸었다.

주민경의 전화가 반가웠는지 그가 먼저 점심을 같이하자고 했다. 변호사 사무실 근처에 있는 서초동 어느 일식집에서 만났다.

– 시집을 안 가서 그런지 조금도 늙지 않네.

– 늙지 않는다는 말이 나와서 하는 말인데 이현진이란 친구 알지?

– 이정남이? 주 교수가 걔를 어떻게 알아?

– 얼마 전에 CD를 팔러 학교엘 왔었지.

– 농담하지 마.

– 내가 왜 농담을 해?

– 걔는 죽었어.

– 언제?

– 설이 분분하지. 머리 좋은 놈이었는데 어느 날 갑자기 사라졌지. 그 설이 분분하다구. 간첩으로 이북에 갔다가 다시 남한으로 북한의

간첩으로 넘어왔다가 그러길 여러 차례 하다 결국 이중간첩의 말로
는 정해진 것 아니야? 어느 쪽에서든 제거되어야 했겠지. 아니 CD
팔러 온 놈이 지가 이정남이래? 어떻게 생겼는데? 주 교수는 이정남
의 얼굴을 알아?

　－ 물론 모르지.

　－ 얼굴을 모른다는 것을 알고 찾아간 놈, 그것도 역시 심상치 않
은 놈이네. 가만 있어 봐. 처음부터 잘 설명해봐. 아니 생긴 것부터
말해봐.

　말로 어떻게 설명할 수 있나. 그리고 그 느낌 그것을 말로 설명할
수는 없다. 근육이 발달하고 술을 못 마시고 요리를 잘하고 굵고 나
직한 목소리…….

　주민경은 그에 대해서 그 어느 것도 설명할 수 없다.

　－ 걔는 적어도 20년 전에 죽었어. 신미자가 잘 알지. 이정남하고
살았었으니까.

　신미자는 딱 두 번 같이 잤다고 했다. 그 말이 사실일 것이다. 그
런데도 동창들 사이에선 그들이 같이 살았었다고 알려져 있는 모양
이다.

　－ 그건 주 교수가 그놈의 상술에 넘어간 거야. 얼굴 모르는 동창
생들을 찾아다니면서 물건을 파는 악랄한 놈이 있네. 동창회에서 소
문을 내야겠군. 계속 그따위 거짓말을 하면서 팔러 다닐 테니까.

- 죽은 게 확실하다면 하필 죽은 사람 이름을 대고 다닐까? 금방 들통이 날 텐데.

- 그렇군.

- 진짜 이정남은 어떻게 생겼는데?

- 키가 작고 다부진 체격에다가 눈이 작고 목소리가 약간 허스키지. 그놈이 술을 많이 마셔서인지 목소리가 갔지.

- 술 잘해?

- 웬만큼 마셔 가지곤 취하지도 않지.

아니다. 그는 술을 못 마신다. 주민경은 점점 소름 끼친다. 그는 누구란 말인가.

- 다음에 또 올 리가 없겠지만 오면 나한테 즉각 전화해. 내가 달려가서 확인할 테니까. 주 교수는 역시 학교에만 있어서 어수룩하거든. 누가 이런 여자 마누라 삼으면 살림 잘할 텐데 말이야. 그건 사기꾼으로 경찰에 신고할 놈이야.

- 그러네.

- 그렇지만 그놈이 이정남을 어떻게 알고 있을까? 그거 이상하지 않아? 혹시 그놈이 간첩일까?

- 요즘 간첩이 어디 있어?

- 그렇지? 그런데 주 교수는 왜?

그런데 넌 왜? 라고 신미자도 마지막으로 물었다. 물론 강 변호사도 주민경의 답을 기다리지 않았다.

어쩌면 그가 험한 산을 탈 것이라고 한 그 험한 산이 북한으로 넘어가는 산이라 해도 그가 다시 나타나는 날을 기다릴 것이다.

22년 동안 기다리고 있는 신미자처럼 이정남도 아니고 이현진도 아닌 그 남자, CD를 팔러다니는 그 남자를 기다릴 것이다.

연어가 날다

- 용문에서 빠져나오면 지제면으로 가는 길이 나오거든요.

그 여자의 목소리는 작고 풀어진 느낌이었다. 실로 치자면 이불 꿰매는 무명실이랄까. 잘 꼬이지도 않고 힘도 없는 실 말이다. 그저 듬성듬성 여러 번 홈질을 하다 보면 힘이 생겨서 천을 이어 놓을 수는 있을 정도의 실처럼 풀풀 보풀이 일어난 실 말이다.

분명 목소리를 내는 성대의 모양은 그렇게 생겼다. 갑상선 수술할 때 열어놓은 목 부위의 겉면에서 핀셋으로 집어올려 보여준 실처럼 하얀 줄이 생각난다.

- 잘못하다가 이 줄을 끊으면 이 사람은 목소리가 안 나오지.

외과의사인 선배 송 박사가 하던 말이 생각난다.

초록색 헝겊 안으로 구명 뚫어 열어젖힌 환자의 목살은 핏기없이 그저 정육점에 걸려있는 돼지 껍질 같았다. 사람은 가운으로 덮여있고 환부만 보이는 그 부위는 사람이나 짐승이나 별다름 없다.

게다가 매직펜으로 수술부위를 표시해 놓은 둥근 금은 마치 도살장에서 껍질 위에 찍는 검필 도장을 연상케 한다.

환자가 남자인지 여자인지 나이는 몇 살인지 알 수가 없다. 알 필요도 없다.

실 같은 이 성대가 실크처럼 곱게 잘 꼬여지고 탄력이 있는 사람도 있고 꼬임이 맥없이 풀어진 사람도 있지. 그 굵기도 다 다르고 탄력도 달라서 튕길 때 그 울림이 다 다르지.

성재는 일부러 쿡쿡 웃음을 참는 소리를 내면서 송 박사가 들어올려 보여주는 성대를 자세히 들여다본다.

송 박사가 수술의 긴장을 풀려고 농담을 하고 있다는 걸 성재는 알고 있다. 송 박사의 손톱은 자랄 새가 없이 짧고 뭉툭하다. 손톱 끝의 살이 삐져나와 손톱보다 살이 더 올라온 손가락이다. 수술하기 전 열 번도 더 화장실을 드나들고 그때마다 손을 씻는다. 손을 씻을 때는 빳빳한 브러시로 스무 번도 더 문질러대곤 한다. 부엌에서 수세미로 냄비 닦는 소리를 낸다.

그런 소심한 의사가 환부를 들여다보면서 우스갯소리를 할 여유가 있을 리 없다. 수술이 끝난 뒤에 술을 말로 퍼마시는 그를 보면 가엾다는 생각이 저절로 든다. 성재는 그때마다 그의 술친구 역할을 한다.

적성에 안 맞는 의학공부는 해 가지고 게다가 미련하게도 요즘은 아무도 하지 않으려는 외과의사가 되어 저 고생을 하지, 심지어는 자기 여자친구를 위로해주라고 후배 성재한테 부탁하는 걸 보면 산다는 게 뭔지 알 수 없는 일이다. 성재는 송 박사 생각을 툭툭 털어내곤 저만치 보이는 표지판을 읽는다.

용문이란 표지판이 보인다. 큰길을 버리고 작은 길로 내려간다.

그 뒤로 얼마 만에 그 여자가 말한 지제면이란 표지판을 찾아낸다. 그러고 나서 어떻게 하라고 했는지 도무지 생각이 나질 않는다. 그 표지판 옆에 차를 비켜 세우고 다시 초록색 통화 버튼을 누른다.

한번은 받지 않더니 잠시 기다렸다가 다시 눌렀을 때 그 여자는 전화를 받는다. 아까보다도 더 푸석거리는 목소리다. 다소 귀찮아진 느낌이 드는 목소리다. 천천히 다시 되풀이한다.

– 지제면 지평리까지 오면 희망 기도원이 있죠. 그 앞을 지나면 고개가 나와요. 고개를 넘기 전에 삼거리에서 오른쪽 길을 버리고 왼쪽 길로 오세요.

그 여자의 길 설명은 끝이 나질 않는다. 성재는 지평리란 동네 이름만 머리에 넣어 두었을 뿐 왼쪽이고 오른쪽이고 한 마디도 귀에 담지 않았다.

삼거리에 가서 지금 그 여자가 말한 대로 눈에 보이면 다행이고 아니면 다시 전화를 걸어야지 하는 생각으로 출발한다.

아주 깡 시골이라 물어볼 사람을 만날 수 없고 표적이 될 만한 건

물도 없고 그래서 고개를 넘지 말라고 설명할 수밖에 없을 것이다.

번지수도 없고 번지수가 있다 해도 문패를 달았을 리 없다.

반갑게도 지평리란 작은 글씨 표지판이 보인다.

그러고 나서 어떻게 하라고 했나 하고 생각하고 있을 때 핸드폰이 울렸다.

– 핸드폰을 끊지 말고 운전하세요. 희망기도원을 찾았나요?

– 아직이요.

– 점심은 어떻게 했어요?

– 휴게소에서 대충 먹었어요. 아, 기도원 500m랍니다.

한동안 잠잠했다. 기도원을 지날 때까지 길을 물어볼 일이 없다. 핸드폰을 대고 있던 오른쪽 귀에 땀이 난다. 잠시 귀에서 전화를 떼고 창밖 길 옆의 경치를 본다.

아주 오래전 언젠가 한 번 와본 적이 있는 동네 같은 느낌이 든다.

그 여자가 말한대로 삼거리가 나온다. 참 신기하기도 하다. 핸드폰에서는 모기소리 같은 앵앵거리는 여자의 목소리가 들려온다.

오른쪽을 버리고 왼쪽으로 오라고 했다.

그다음에 어떻게 하라고 했는지 생각이 나질 않는다. 핸드폰을 귀에 대고 묻는다.

아무 소리도 들리지 않는다. 그 여자가 끊어버린 모양이다. 다시 초록색 통화 버튼을 누른다. 기다려도 신호만 갈 뿐 받지 않는다. 차는 자꾸만 앞으로 진행하고 있다. 다리도 건너고 작은 동네도 지난다 해가 조금씩 기울어지고 있다.

어두워지면 시골길은 적막강산인데 차가 논두렁으로 빠지는 경우도 있지.

나지막한 산이 석양을 받아 편안해 보이는 골짜기로 들어가는 작은 길이 보인다. 그 길에 차를 세우고 전화를 다시 건다. 이번엔 성재의 핸드폰에서 삐빅 배터리 부족의 신호음이 들린다. 이젠 절망이다. 곧 전원은 끊어질 것이고 그러면 그 여자의 집을 찾을 방법이 없다. 그 여자의 전화를 받을 수도 없고 공중전화를 찾을 때까지는 시간이 걸릴 것이다.

서울로 돌아갈 수밖에 없다. 다시 한번 시도를 해보는데 배터리가 그 중간에 끊어질는지 모르니까 이번엔 메모지를 준비하고 다시는 전화를 걸 필요없이 완벽하게 기록을 해야했다.

차에서 내려 한숨을 돌리고 뒤쪽으로 가 뒤 트렁크 위에 메모지를 올려놓고 전화를 건다. 아마 이번에 걸면 열 번도 더 거는 셈이다.

신호 가는 소리가 계속 들리는데 응답은 없다. 배터리 걱정에 전화를 끊는다. 그 여자가 전화를 받을 준비가 다 된 다음에 걸려고 잠시 기다린다.

준비될 때가 언제쯤일까. 성재는 원두막이 멀리 보이는 밭두렁을 걸어 내려간다. 참외밭 주인아주머니가 팔다 남은 참외를 커다란 비닐 자루에 주워담고 있다.

주머니를 뒤적뒤적해서 지갑을 꺼낸다.

– 한 개 얼마에요? 파는 거예요?

아주머니는 힐끔 성재를 바라보더니 손에 들고 있던 참외를 건넨다.

– 칼 거기 있수. 깎아드슈.

땅바닥에 수북이 쌓여있는 참외 껍질 쓰레기 더미 위에 꽂혀있는 칼을 뽑아 들고 참외를 깎기 시작했다. 다 깎기도 전에 한입 베어 문다. 혀가 아릴 정도로 달다. 약간 시장 한데다가 목이 무척 말랐기 때문일 것이다. 꿀참외란 말이 바로 이런 걸 두고 하는 말인가 보다.

성재는 참외 오천 원 어치를 사서 옆에 놓고 먹던 참외를 마저 먹는다.

성재는 핸드폰을 다시 건다. 띵띠잉 쏴르르 핸드폰에서 물이 쏟아지는 소리가 나더니 화면은 절벽이다. 검은 먹통이 된다.

끝이란 건 이런 것이다 라고 핸드폰이 가르쳐 준다. 아무것도 없이 깨끗이 비워낸 그릇 같은 것이다. 이젠 그 여자의 집을 찾을 방법이 없다. 공중전화가 있는 용문 시내로 되돌아갈 수 밖에 없다. 그러고 보니 그 여자의 전화번호를 핸드폰에 입력했을 뿐 메모해 둔 것이 없다.

어쨌거나 지금 당장 움직이기는 싫다. 뭔가 원점으로 돌아간 듯 허

탈한 기분이 든다. 무엇이 그렇게 성재의 기분을 가라앉히는 것일까.

어쩌면 그 여자의 둔함 같은 것이 아니면 그 여자의 푸석거리는 목소리가 그렇게 만들었는지도 모른다. 그렇지 않으면 단번에 그 여자의 집을 찾을 수 없었던 자신의 미련함 같은 것 때문인지도 모른다.

성재는 참외를 담은 봉지를 안고 차로 돌아와 사위를 본다. 점점 어둠이 깔리고 이젠 마주 오는 차들의 헤드라이트가 아니면 길이 어디고 밭이 어딘지 구분이 되지 않는다.

라디오를 켜고 음악을 듣는다. 등받이를 약간 뒤로 눕히고 머리를 기댄다.

최근 몇 달 동안 장거리를 운전할 일이 없었던 탓인지 다소 피곤하다.

비상등을 켜고 눈을 붙인다.

잠시 눈을 붙인 것 같은데 눈을 떠보니 깜깜한 밤이다. 성재는 황망히 시동을 건다. 방향이 전혀 잡히지 않지만 더듬이로 더듬듯 찾아봐야겠다. 그러다 안 되면 용문 시내로 들어가는 한이 있어도 마지막 시도는 해봐야 할 것 같다. 결국 서울로 되돌아가게 될는지도 모르겠다.

천천히 차를 움직여본다. 흰 지팡이를 들고 길을 걷는 장님들처럼 더듬더듬 천천히 거슬러 올라간다. 약간 높은 지대에 있는 동네라서 올라가는 길만 있다. 마주 오는 차라곤 한 대도 없다. 길을 묻고 싶어서가 아니라 무서운 생각이 든다. 이때 누굴 만나더라도 차에서 내릴 자신이 없다.

차라리 아무도 안 만나길 바란다. 문득 쓰레기 처리장이란 말이 생각난다.

성재는 쓰레기 처리장 팻말을 찾기 시작한다. 한참 만에 그 표지판을 찾아냈다. 그 팻말이 보이는 데까지 갔더니 길은 그 마당에서 끝이 났다. 여기가 그 여자의 집일 턱이 없다. 다음엔 어디로 오라고 했나. 그야말로 막다른 골목에 들어선 것이다. 차를 돌려서 오던 길로 나갈 수밖에 없다.

여기까지 들어올 때 못 보았던 길이 보인다.

성재는 어둠 속을 헤매면서 언젠가도 이렇게 길을 찾아 헤맸던 기억이 난다. 겨울이었다. 눈 속에 길이 사라지고 무릎까지 오는 눈길을 허우적거리면서 걸었던 기억이 난다. 뒤쪽에서 아이 업은 여자가 성재처럼 허우적대면서 따라온다.

쓰러지다가 일어서다가 성재를 부르며 손짓하는 그 여자가 뒤편에 있음을 느끼면서도 성재는 자꾸만 혼자서 앞으로 나간다. 성재가 돌아다보았을 때에는 아이를 업은 그 여자는 눈 속에 묻혀버리고 바람소리만 들려왔다. 흔적도 없이 증발하듯 시야에서 사라지고 말았다.

그때 성재는 목이 터져라 자기의 이름을 부르면서 눈 속을 파헤치며 되돌아 내려왔다.

성재는 꿈을 꾼 것도 아닌데 지금 보였던 상황이 현실처럼 명확하다. 쓸데없는 생각을 털어버리려고 머리를 흔들었다. 눈을 꾹 감았다 떴다. 시야가 다소 밝아진 느낌이다. 그때 헤드라이트 광역 저 끝에서 긴 스커트 자락을 펄럭이며 걸어오는 사람이 보인다. 긴 치마 자락으로 봐서 분명 여자다. 조금씩 헤드라이트의 중앙으로 걸어 들어온다. 길 한복판으로 차와 마주 걸어오고 있는 여인은 마치 차와 맞서기를 하듯이 시선 하나 찌푸리지 않고 다가온다. 머리카락도 긴 스커트 자락만큼이나 길다. 나풀거리는 물결이랑 그 여자의 걸음걸이가 같은 리듬으로 출렁인다. 성재는 차를 멈춘다. 그 여자는 차 쪽으로 가까이 다가와서는 주저함 없이 성재의 차창을 두드린다. 성재는 차 문 유리를 내린다.

– 이렇게 오다 말면 어떻게 해요? 김성재지요? 나 송 박의 친구 차 윤미.

성재는 차 문을 열고 차에서 내린다. 그러곤 꾸벅 고개를 숙여 인사한다.

바보같이.

그 여자는 차 앞으로 돌아가 성재가 앉은 운전석 옆자리에 올라탄다.

– 어디서 참외 냄새가 나요?

– 참외 몇 개 샀어요. 참외 좋아하십니까?

– 그럼요. 그렇지 않아도 참외를 사 가지고 올라오라고 심부름 시키려고 했는데, 그 마음이 어떻게 통했죠?

뒷자리에 놓인 비닐봉지를 돌아다보면서 여자는 어린아이처럼 좋아한다.

웬만한 여자는 웃을 때엔 다 예쁜데 이 여자는 웃는 얼굴도 별 볼 일 없다.

얼핏 봤지만 낡고 삭은 얼굴이다. 나이를 짐작하기 어려운 얼굴이다. 어찌 보면 나이가 별로 많은 것 같지 않지만 송 박사의 친구라는 말을 감안한다면 나이는 사십 대 중반일 테지만 나이보다 젊다. 화장기가 없는 맨 얼굴이 싱그러워 보이긴 하다.

성재는 천천히 차를 몰았다.

아직도 더 가야 하는지 묻고 싶지만 길에는 끝이 있더라는 말을 생각하곤 입을 다물었다. 이 여자가 걸어내려온 걸 보면 별로 머지않은 곳에 집이 있을 것이다.

길이 생소해서 천천히 운전할 수밖에 없다. 그렇지만 갈림길이 없어서 그냥 앞으로만 가면 된다. 왼쪽이냐 오른쪽이냐를 물을 필요가 없다. 그 여자도 그냥 앉아있기만 한다.

– 저 산에 있는 나무들이 시시한 잡목들인데 헤드라이트가 비치니까 꽤 울창한 숲 같네요. 우리가 마치 캐나다 어느 깊은 삼림 속 길을 달리고 있는 것 같아요. 이런 길에 눈이 오면 더 멋있겠죠?

– 캐나다에 계셨드랬습니까?

– 아뇨, 사람들이 그러잖아요. 캐나다에는 깊은 숲이 많다고요. 그리고 눈도 많이 오는 나라라고요.

이 여자의 목소리가 갑자기 전화에서 들었던 그 쉰 목소리라는 느낌이 든다. 이불 홑청 꿰매는 무명실의 성대가 생각나 성재는 혼자서 피식 웃는다. 목소리가 탁한 사람은 팔자도 그리 평탄하질 않다던데 이 여자도 그럴까. 이상하게도 이 여자의 얼굴이 궁금해진다. 어둠 속에서 불쑥 나타나서 옆자리에 올라탄 사람이다

– 저기 외등이 보이죠?

성재는 전봇대 중간에 허술하게 묶여져있는 외등을 찾아낸다. 이 여자의 집 대문에 달린 외등이 아니어서 다른 외등을 찾느라 대답을 못한다.

– 저기 왼쪽 전봇대 위에 달린 외등 안 보이세요? 그 전봇대를 끼고 꺾으세요. 길이 좁으니까 멀리 돌아요. 잘못하면 밭으로 빠져요.

이젠 좀 자상하고 친절하다. 성재는 조심스럽게 우회전한다. 길이 없어지더니 비닐하우스가 보인다. 비닐하우스 끝으로 전등알이 매달려있다.

– 저 외등 아래 차를 세우세요.

생각보다는 넓은 자리가 있다. 마음 놓고 차를 돌릴만한 공터다. 이 여자는 저 비닐하우스에서 사는 것일까.

차를 세우자 차에서 먼저 내리더니 혼자서 비닐하우스 뒤로 사라진다. 성재는 발밑을 조심스레 골라 짚으며 그 여자가 사라진 쪽으로 따라 돌아간다.

비닐하우스 뒤로 납작한 컨테이너 식 집이 있고 그 집 문이 열려 있는 걸로 봐서 그 여자는 그 안으로 들어간 것이 틀림없다.

성재는 화가 불끈 치민다. 이렇게 어렵게 찾아오게 한 것만도 미안해 해야 하는데 하는 짓이 마음에 안 든다.

성재는 차 쪽으로 되돌아가서 보닛트에 몸을 기대고 어둠 속에 버티고 서 있다. 이 여자가 어떻게 하는지 두고 볼 일이다. 성재를 데리러 올 때까지 차 앞에서 기다린다.

― 참외를 잊고 갔잖아요.

여자가 되돌아오면서 말한다. 여자는 차 안을 들여다보면서 참외가 어디에 있는지 살핀다.

성재는 꽤씸한 생각이 들어 대꾸하지 않는다. 그 여자는 차의 뒷문을 열고 차 임자처럼 참외 봉지를 꺼낸다. 그러곤 행복한 미소를 짓는다.

성재도 따라 웃을 수 밖에.

여자는 참외 봉지를 가슴에 안고 들어오란 말도 없이 또 먼저 사라진다. 성재는 더 이상 피곤해서 버틸 수가 없다. 이대로 돌아가 버리든가 들어오란 말 없어도 따라 들어가든가 둘 중에 하나를 택해야 한다.

성재는 차 옆에 기대서서 담배를 한 대 꺼내 불을 붙인다. 깨끗한 공기가 코로 스미면서 담배 맛이 더 상큼하다.

담배 한 대를 다 태우도록 그 여자는 나타나지 않는다. 화가 머리 끝까지 차올라 되돌아갈까 하고 차 문을 여는데 그 여자가 나타난다.

- 집 안에서 담배를 마구 피워도 되거든요.

- 예에.

그 여자는 성재를 식탁으로 안내한다. 식탁이라야 마주 앉으면 이마가 맞닿을 정도로 좁은 밥상이다. 식탁엔 작은 앞 접시 두 개 나무 젓가락 두 개가 놓여있다. 그 여자가 돌아서서 무엇인가 식탁에 올리려고 준비한다. 파머 끼 없는 생머리를 길게 늘어뜨려 뒷모습은 대학생 같다. 구석에 낡고 작은 냉장고가 있고 그 안에서 음식물을 꺼낸다. 먼저 야채 바구니를 꺼냈고 다음엔 플라스틱 통에 담긴 김치를 통째로 꺼내 식탁에 올려놓는다.

- 냉장고에 있는 걸 한꺼번에 다 내놓으시려고요?

- 우리 처음 만난 날인데 아낄 게 뭐 있겠어요?

- 저는 여기서 하루 이틀 있을 게 아닌데요.

- 알아요, 내가 가라고 할 때까지 있겠다고 송 박한테 말했다면서요?

- 적어도 지금 현재까지는 그럴 생각입니다.

그 여자는 다시 부스럭대며 비닐봉지에 싸 두었던 전기 프라이팬을 꺼낸다.

아마도 고기를 구울 모양이다.

- 삼겹살 좋아하세요?

- 뭐든지 잘 먹습니다.

고기가 익으면서 타면 연기와 냄새가 작은 컨테이너식 집 안에 가득 찰 것이다.

성재는 창문을 살짝 열었다.

- 여기는 산속이라 문 한번만 열면 냄새가 금방 빠지니까 지금부터 창문을 열지 않아도 돼요.

- 그래도 살이 타는 냄새는 싫지요.

- 화장장에선 살이 타나요, 뼈가 타나요?

그 여자는 한 술 더 뜬다. 만만치 않은 여자라는 걸 눈치 채곤 성재는 싱긋 웃고 나서 대답한다.

- 둘 다죠.

그 여자가 한참 동안 깔깔대며 웃는다.

성재가 하도 진지하게 대답을 해서인지 말하다 보니까 지나치게 황당한 화제가 되어버렸다.

성재는 고기 굽는 냄새를 살이 타는 것이라고 생각한다. 일단 식욕을 떨어뜨려 놓고 고기를 먹기 시작해야 한다. 그래야만 폭식을 하지 않을 테니까.

그 여자는 냉장고의 냉동 칸에서 언 고기를 꺼낸다.

– 시골 정육점에선 얼리지 않은 생고기를 파는데 실은 살짝 얼린 고기를 구워야 맛이 있거든요. 굽기도 좋고요. 그래서 약간 얼려 두었어요.

성재는 그 여자가 고기를 굽는 표정을 아무 생각 없이 바라보다가 문득 어디선가 만났었다는 생각이 든다. 그리고 지금 상황과 똑같은 일이 언젠가 있었던 것 같은 생각이 든다.

물론 이런 느낌이 가끔 들 때가 있긴 하지만 이렇게 생생하게 떠오르는 건 처음 있는 일이다. 그런 느낌들은 엉뚱한 상황, 말하자면 개꿈을 꾼 것 같은 경우였지만 지금은 너무나 선명한 상황이 연상된다.

성재는 캐나다 어느 바닷가 방파제에서 연어를 낚시하고 있다. 그 옆에서 낚시에 얀을 옭아매주고 있는 누나가 있다. 누나의 얼굴은 기억에 없었지만 은색 곱슬머리 긴 머리카락이 바닷바람에 휘날려 온통 얼굴을 가렸다. 누나라고 하는데 얼굴은 전혀 모르겠다. 그냥 생각으로만 누나다.

누나가 센 바람에 몸을 옹크리면서 추위를 견디고 있다. 9월 중순의 바닷바람은 겨울처럼 거세게 불어온다. 성재는 점퍼를 벗어서 누나의 어깨 위에 씌워준다. 누나가 점퍼 자락을 두 손으로 움켜잡으며 조금 미안한 표정으로 웃는다. 따스한 성재의 체온이 점퍼에 담겨져 누나한테로 전해질 것이다.

이제 좀 괜찮냐 물으려고 누나를 돌아보는 그 순간에 연어가 물렸다. 묵직한 무게가 낚싯줄에 매달려 미끄러지듯 멀리 달아난다. 급히 줄을 풀어준다.

이제부터 끈질긴 연어의 저항을 이겨내야 한다. 위기를 감지하곤 누나는 성재 곁으로 바짝 다가선다.

– 어떻게 해야하니?

– 바다로 끌려들어갈는 지도 모르니까 뒤에서 날 잡아줘.

뒤에서 성재의 허리에 팔을 꽉 조여잡고 몸을 뒤로 젖힌다.

– 아직은 아니야. 이놈이 줄에 매달려 천천히 헤엄을 치고 있어.

기억의 끈은 거기서 끊어지고 연어를 다듬고 토막 내서 소금을 뿌리는 누나의 손길이 바쁘다. 그늘에서 바람에 잘 말리면 오래 두고 먹을 수 있다.

맥주 안주로는 그만이다. 성재는 알코올 분해 인자가 많은지 술을 잘 마신다.

성재가 어렸을 때엔 연어 잡는 꿈을 열 번도 더 꾸었다. 그때마다 장소도 같았고 은발의 누나도 늘 그 자리에 같이 있었다. 꿈을 깨는 장면도 같았다. 연어가 끌려 올라올 때 어떻게 했는지 알고싶은데 항상 그 과정을 건너뛰고 그 다음 장면이 나온다. 언제나 누나의 모습

만 보일 뿐 성재 자신의 모습은 보이지 않는다. 성재의 시선으로 꾸
는 꿈이기 때문일까.

그 여자는 프라이팬 위에서 타고 있는 고기를 뒤집는다.

– 삼겹살은 잘 익혀야 해요.

– 연어는 회로 먹어도 맛있는데요.

성재는 자기도 모르게 연어란 말이 튀어나왔다.

– 연어 좋아해요?

– 어렸을 때 누나하고 낚시로 연어를 잡곤 했어요. 캐나다 어느 방
파제에서 연어낚시를 하던 생각이 나요.

– 캐나다에서 자랐어요?

– 아니요. 서울 서요.

– 그럼 뭐예요? 얘기의 앞뒤가 맞지 않지 않아요? 강원도 양양의
남대천이라면 모를까.

남대천이란 이름은 처음 듣는다. 우리나라에도 연어 떼가 오는가.

심한 혼란이다. 성재의 혼란이 그 여자를 당혹하게 한다.

그 여자는 삼겹살을 뒤집으면서 연신 기름을 휴지로 닦아낸다. 기
름이 타면 연기가 더 많이 나기 때문이다.

– 이제 알았어요. 화장장에서는 살과 뼈가 타는 게 아니라 기름이
타는 거네요. 확실해요.

그 여자가 확신에 찬 목소리로 말했다.

– 이 세상의 물질은 모두 가연성이죠. 타기 시작하는 온도가 다를 뿐이죠. 심지어는 물도 타죠.

– 어려운 얘기는 하지 말아요 머리 아파요.

– 돌 깨는 건 머리 안 아픈가요? 머리가 울려서 더 아플 것 같은데요. 애들 말로 골 때리는 작업일 것 같은데요.

– 그래서 내 머리가 나빠졌는지도 몰라요.

– 원래 나쁜 거 아니구요?

그 여자가 아까처럼 또 깔깔대며 웃는다. 원래 웃기를 잘하는 여자인지 성재의 말이 재미있어서 웃는 건지 잘 모르겠지만 나이 든 여자가 어린아이처럼 잘 웃는다는 건 심성이 고운 여자라는 의미로 해석할 수 있다.

산속에서 혼자 살면서 아무 욕심 없이 돌을 다듬어 조각을 하는 여자가 나쁘면 얼마나 나쁠까. 그 여자가 잘 익은 삼겹살 서너 점을 집어서 성재의 접시에 올려준다.

작은 체구에 비해 손이 크고 거칠다. 돌을 만지는 작업이 이름 좋은 조각가라지만 여자의 손으로는 그리 매력이 있는 건 아니다.

수술실에서 칼을 잡고 살을 베어내는 송 박사의 희고 부드러운 손을 떠올렸다. 송 박사는 취미도 별나다. 이렇게 남자 같은 여자를 여자친구로 사귀다니, 이 여자의 어디가 좋아서일까. 그래서 사람들은 남녀 사이란 아무도 이해하지 못한다고 하는가.

성재는 군 복무 마치고 복학을 하기 위해 쉬는 중이다. 다시 의학 공부를 계속할 것인지 아니면 신학대학을 갈 것인지 결정하지 못하고 있었다. 그때 의과대학 선배 송 박사의 특별한 제안에 마음이 끌렸다.

- 여류 조각가 혼자 산속에서 작업을 하고 있는데 조수가 필요하다 하던데 자네가 한번 가 보겠나?

- 날 더러 조각을 하라고요?

- 조각이랄 것 없고 시키는 대로만 도와주면 될 거야. 잘은 모르겠지만 그저 돌을 깨는 단순 노동일 거야. 말하자면 남자의 힘이 필요한 것이지.

- 남자의 힘이라면 다른 힘도 필요할 것 같은데요?

- 미친 녀석. 그야, 가서 보고 눈치껏 도와주게. 요즘은 연상의 여자를 좋아하는 사내들이 많다는데 말이지. 그건 농담이고 개인전을 앞두고 속도를 내야하는 작업인 것 같던데. 조각가의 돌 깨는 작업을 도와주는 거 그럴듯하잖아?

성재는 호기심에서라기보다 이 기회에 몸을 시달리면서 힘든 노동을 한다면 그 속에서 배부른 고민의 답을 빨리 얻을 수 있을 거라고 생각했다.

성재는 고기가 익을 사이 없이 접시를 비웠다. 삼겹살이 이렇게 맛

있어 보기는 처음이다. 한참 먹다 보니까 마주 앉아있는 이 여자는 한 점도 먹은 것 같지 않다. 열심히 고기를 뒤집어 가며 굽는 일에만 몰두하고 있다.

- 저만 열심히 먹고 있었군요. 같이 드시지요.

- 맛있게 먹는 걸 보니까 기분이 좋네요. 오랜만에 사람 사는 집 같아요.

- 지금부터는 내가 구울게요.

성재는 고기 담은 그릇을 자기 앞으로 가져왔다. 군대에 있을 때 삼겹살 먹을 때마다 고기 굽는 일은 도맡아 하곤 했다. 누구보다도 살점을 다루는 솜씨가 섬세하고 부드러워 고기 맛이 더 난다고 상관이 칭찬을 하곤 했다.

핀셋을 다루는 실습을 많이 한 탓이라고 생각하는 모양이다. 그것은 성재가 의과대학생이라고 하는 선입견 때문이다. 이 여자가 가지고 있는 느낌도 마찬가지였다.

그렇지만 성재가 삼겹살 굽는 요령은 모두 군에서 익힌 것일 뿐이다.

한 번 이상 뒤적거리지 말기, 확실하게 익히기, 뜨거울 때 기름빼기, 한꺼번에 많이 올려놓지 않기 등이다. 이 여자가 먹는 속도를 맞춰서 고기를 올려놓는다. 이 여자가 먹는 속도도 만만치 않았다. 돌을 깨는 중노동으로 단련된 조각가는 보통 여자들과는 달랐다. 식탁에서의 매너도 조심스럽지 않았다. 된장을 한 숟가락 듬뿍 떠서 고기 조각에 바른다. 상치 쌈에 크게 싸서 입을 크게 벌리고 쑤셔 넣는다. 남자들처럼 와작와작 소리내어 씹는다.

성재는 좋은 구경거리나 되듯이 여자의 놀라운 먹성을 바라본다. 이 여자는 멋쩍은지 얼굴에 웃음을 띤다. 저렇듯 왕성한 식욕인데 왜 뼈와 가죽만 남았을까. 모두 에너지로 태워버리는 모양이다.

꼼짝없이 이 여자의 노예가 될 수밖에 없단 예감이다. 나이로 보나 열정으로 보나 말솜씨로 보나 무엇을 거절하거나 거부할 수 있을 것 같지 않다.

코로 스며드는 갓 볶은 커피 향기에 성재는 눈을 뜬다. 좁고 불편한 야전 침대인데도 잠을 푹 잤다.

열린 창으로 숲의 맑은 공기가 들어와 머리를 씻는다. 크게 기지개를 켜면 두 팔과 다리가 침대 밖으로 삐져나간다. 저절로 웃음이 난다. 뭔지 모르게 행복하다.

— 커피 뽑았어요. 빵을 구울까요?

옷을 입은 채로 자니까 편리한 점도 있다. 그냥 일어나면 그만이다. 간단해서 좋다. 편하게 살려면 얼마든지 방법이 있다는 걸 알았다.

커피 향이 성재를 식탁으로 부른다. 아침 인사도 없이 성재는 식탁 위에 놓인 커피잔 두 개에 커피를 따른다. 성재가 커피잔을 입에 대기도 전에 그 여자는 창문을 열어 마당을 가리킨다. 덩치 큰 돌들이 여기저기 널려있는 것이 마치 다리 놓는 공사판 광경이다. 성재는 돌을 보자 그 무거운 돌덩어리 아래로 깔리는 것 같은 느낌이다. 겁이 덜컥 난다. 저 돌들을 깰 자신이 없다. 아침 커피 한잔 얻어먹고는 그 여자가 눈치채지 않게 슬그머니 도망쳐야 할 것 같다. 무슨 수로 저렇게 육중한 돌덩어리를 깨서 그 여자가 말하는 대로 모양을 만들 것인가.

성재는 걱정이 돼 커피를 마시면서도 그 맛을 느낄 수가 없다.

그 여자는 청바지와 두터운 체크 무늬 티셔츠 그리고 앞치마를 안고 와서는 침대 끝에 내려놓는다.

– 먼저 있던 조수가 입었던 작업복인데 깨끗이 빨아 두었었거든요. 이걸로 갈아입어요.

성재는 대답 없이 작업복을 건너다보았다.

– 괜찮아요, 갈아입을 옷을 가지고 왔거든요.

– 몰라서 그러지 그건 안돼요. 먼지가 얼마나 나는지 알아요?

그 여자는 성재의 말을 두 번도 들으려 하지 않고 밖으로 나가 버렸다. 송 박사가 어떻게 말했기에 이렇게 마구 명령하는 것인가. 어떻게 말했든 조각가의 돌 깨는 조수로 왔다는 건 확실하다. 그 여자가 시키는 대로 작업복을 입어야한다. 그것은 돌 깨는 일에 따른 부수 조항이기 때문이다.

성재는 입었던 옷을 벗고 작업복으로 갈아입는다. 마치 성재가 입던 옷처럼 꼭 맞는다. 앞치마를 들고 마당으로 나갔다

— 어, 멋져요. 그 앞치마도 입어야해요. 먼지도 문제지만 돌 조각이 튀어서 옷이 찢길 수도 있고 다칠 염려도 있어요.

성재는 리모컨으로 움직여지는 전자 제품처럼 그 여자의 명령대로 앞치마를 입는다. 작업대 위에 준비되어있는 모자 장갑 마스크를 모두 걸친다.

— 어, 전문가 같아요.

— 돌 깨는 전문가도 있습니까?

— 물론이죠, 내가 경제적으로 넉넉할 때에는 전문 조수를 썼어요. 그들은 나보다 더 잘하죠. 때론 작품을 내 대신 만들기도 하죠. 물론 마지막 손질은 내가 하지만서두요…. 아무리 그들이 내 의도대로 잘 깎는다 해도 혼을 넣을 수는 없죠.

성재는 그 여자의 입에서 혼이라는 말이 나왔을 때 머리를 때리는 심한 충격을 받았다. 처음 헤드라이트를 향해서 정면으로 걸어오던 여자가 주었던 느낌은 사람의 실체가 아니고 혼이 다가오는 것처럼 느꼈다는 걸 이제야 깨닫는다.

그 느낌은 캐나다 해변에서 함께 연어 낚시하던 누나의 얼굴로 바

뀐다. 수십 번 꾸었던 꿈이 이제야 선명하게 보인다. 같은 장소에서 늘 똑같은 장면에서 꿈이 중단되었던 연어잡이의 기억이다.

마당에 아무렇게나 누워있는 크고 작은 직육면체 돌덩이를 한참 바라보다가 담배를 피워 문다.

- 이 돌로 무얼 조각할 것인지 알아맞춰볼까요?

성재는 장난기 어린 표정으로 말을 건다.

- 내 작업실에 서 있는 다른 작품들을 보고 하는 말이죠? 그렇지만 이번 전시는 달라요. 확 달라지고 싶고요. 내 예술에 혁명이 될 것이고 그렇게 해서 미술계를 깜짝 놀라게 할 각오로 작업을 할 꺼예요. 어쩜 내가 보여줄 내 예술의 정점이 되는지도 모르겠어요. 내가 지금 무슨 얘기를 하고 있는 거지?

절대로 자기 자랑으로 하는 말이 아니고 내 각오가 그렇다 하는 말이예요. 그러니 열심히 성의껏 몸 아끼지 말고 도와달란 부탁의 말이죠. 그런데 내가 무얼 조각할 것 같아요? 재미있네요. 어디 한번 들어보죠.

그 여자는 들고나온 커피잔을 돌 위에 내려놓고 성재 옆에 걸터앉는다.

- 말해 봐요?

- 음

- 물고기요, 연어나 참치 같은…….

성재는 그냥 꿈에 보았던 캐나다의 낚시를 떠올리며 무책임하게 말을 던진다.

그 여자는 갑자기 두려운 표정으로 성재를 살핀다. 그리곤 작업대 위에 있는 크로키 여러 장을 펼쳐 보여준다. 연어 두 마리가 겹쳐져 있는 크로키다.

연어들이 원무 하듯 머리와 꼬리를 맞물고 돌아간다. 그들의 뜨거운 몸짓이 느껴진다.

또 다른 크로키는 강물을 거슬러 오르는 힘찬 몸놀림이다. 연어의 몸통은 물속에 가려져 있고 물거품 속에서 머리와 꼬리만 보인다.

열 장이 넘는 연어 크로키들이 모두 다른 모습으로 생동한다.

그 여자도 성재도 말없이 굳어져 있다. 정지된 동작을 풀 열쇠가 필요하다.

– 연어를 어떻게 요리해 먹는 게 제일 맛있는지 아시나요?

– 글쎄, 스시 나 연어구이가 어떨지.

– 난 아닌 데요. 난 훈제 연어가 좋아요.

두 달 넘게 직육면체의 돌을 계란처럼 타원으로 깨는 작업을 계속한다.

하루 종일 돌과 씨름을 하고 나면 서로 말도 하기 싫어진다. 돌을 깨는 시간을 빼곤 하등 동물의 숨 쉬고 생존하는 데 쓰는 작은 에너지로 헤엄칠 뿐이다. 두 사람은 점점 말이 없어진다. 예술가와 돌 깨는 조수로 확연히 구분되는 사실을 인정하는 셈이다.

가끔 그 여자가 어디론가 차를 몰고 나갔다가 돌아오곤 하지만 그 목적이 무엇인지 알고 싶지 않다. 시장에 나가 식료품이랑 생활 필수품을 사 오는 건 분명하다. 식탁에 오르는 부식이 달라지는 건 눈이 알고 입이 알 수 있다.

― 마트에 가서 연어 반 마리 사 왔어요. 연어한테 사과하려고요.

― 먹어주는 걸로요?

― 내 몸으로 안아주려고요.

이 여자가 생각하는 것은 옳다. 연어한테 사과하려는 이유는 살아 있는 연어를 돌 속에 가둬놓는 걸 용서받기 위한 것이다. 연어를 먹어 몸으로 안아주는 건 연어를 돌에서 빼내 체온이 있는 몸 안에서 자유롭게 살게한다는 의미다. 성재는 입가에만 희미한 웃음을 짓다가 곧 무표정해진다. 그 여자가 생각하는 방향으로 성재의 상상력이 따라갈 수가 없다.

조각이란 형체를 만들어가는 작업이라는데 이 여자가 만드는 작업은 그 반대의 작업이다. 안으로 형태를 파 들어가는 음각이다. 투명한 알들을 돌 표면에 가득 파 놓고 그 알 위에 연어가 몸 트림을 하는 작품을 제일 먼저 완성한다.

아프리카의 짐바브웨에서 온 돌이라고 했다. 어떻게 쪼아내면 하얀 색으로 보여 투명한 빛으로 보인다.

알 더미 위에 죽어 넘어진 어미 연어인데 그 죽음이 몹시 아름답다.

― 힘이 덜 드는 회화를 하시지 왜 이렇게 힘든 조각을 하십니까?

성재가 같은 질문을 여러 차례 했지만 이 여자는 한 번도 대꾸하지 않는다. 이 여자는 작업 중에 말하는 걸 싫어한다.

날이 선선해지자 길 쪽에 있는 비닐하우스로 작업장을 옮겼다. 그전엔 땅 주인이 여기서 닭을 기르던 양계 하우스였다지만 골짜기를 돌아 불어오는 산바람을 막아주니까 겨울엔 그런대로 유용하다. 아직도 닭똥 냄새가 좀 남아있긴 해도 그 안에 들어가 있으면 아무렇지도 않다.

햇빛이 좋은 날엔 오히려 난방 효과도 좋아 두꺼운 옷이 부담스럽다. 점심 먹은 오후에는 나른해지면서 졸음이 살살 오기도 한다.

이 여자는 전시 날짜가 다가오는 지 밤을 꼬박 새기도 한다. 체력도 체력이지만 정신력도 놀랄 정도로 강인하다. 깡마른 체구에 뼈대마저 낭창거리는데 어디서 저런 힘이 나오는지 알 수가 없다. 가까운 데서 매일 얼굴을 마주 보다가 이젠 판별력을 잃고 말았다. 이 여자의 인물이 좋은지 나쁜지 나이가 얼마나 되었는지 전혀 알 수가 없다. 심지어는 남자인지 여자인지조차도 말이다. 그저 익숙해진 시선으로 마주 볼 뿐이다. 그들이 지닌 다른 조건들이 의미가 없어지고 말았다.

오늘 밤 안에 일단 두 개의 작품이 끝날 것이다. 그러면 그때 비닐하우스 안에서 작품을 평가하면서 와인을 마시기로 했다. 송 박사도 그 자리에 초대했지만 수술이 있다는 핑계로 거절했다. 늦은 시간에 차를 몰고 오기가 부담스러웠는지도 모르지만 그 이유 말고도 뭔가 그들 사이에 낮게 둘러진 가시 울타리를 보는 것 같았다. 성재를 이곳에 보낼 때부터 송 박사의 마음은 반대 방향으로 달아나고 있었던 것 같다.

신기하게도 이 여자가 송 박사의 거절에도 별로 기분 나빠하지 않는 것이다. 그냥 유치원 원아가 부모 따라 이민 가면서 내일부터는 이 유치원에 나오지 않는다고 말했을 때처럼 불가항력으로 수긍할 수밖에 없는 표정이다.

어쩌면 처음부터 풀어진 사이였는지도 모른다. 성재가 짐작하는 그런 남녀 사이가 아닌, 지금의 성재와 이 여자의 사이 같은 것인지도 모른다.

작품 마무리를 하는데 손을 놓을 수가 없이 초조해하는 모습이다. 벌써 작품 위치를 다섯 번째 옮긴다.

성재는 저녁을 준비한다. 연어 스테이크와 김치 샐러드 그리고 와인이다. 열 시가 되었는데도 이 여자는 비닐하우스 안에서 나오질 않는다. 아직도 마무리가 안 되는 모양이다. 성재는 기다리다 못해 와인 병과 잔을 들고 비닐하우스로 간다.

– 저녁은 안 드실 건가요? 저는 와인이 고파 죽겠는데요.

- 혼자 마셔요.

구석 자리에 있는 의자에 구겨 박혀 앉아 있어서 보이지도 않는데 목소리만 들린다. 성재는 작업대 위에 와인 병을 내려놓고 구석으로 간다. 그 여자는 의자에 거꾸로 앉아서 의자 등받이에 얼굴을 파묻고 울고 있다.

성재는 와인 마개를 따서 잔에 붓는다. 또 다른 잔에도 와인을 따른다. 와인 잔 두 개를 들고 의자에 웅크려 붙어 앉아있는 여자한테로 다가갔다. 그리고 여자의 손에 와인 잔을 들려준다. 여자는 잔을 잡더니 고개를 든다.

깨질 것처럼 쇳소리를 내며 잔들이 부딪는다.

- 미안해요. 김성재. 고생 많았는데 수고했단 말도 못 해서요.

- 예술이 위대한 거란 걸 처음 알았어요. 한 개 돌덩어리가 이렇게 힘차게 헤엄쳐 오르는 물고기로 변하다니요. 그것도 거꾸로 된 조각으로 말입니다 존경합니다.

- 김성재는 아무것도 몰라요. 난 내일부터 일 안 할 꺼 예요. 이런 정도 깎는 작가는 수두룩해요. 아무리 발버둥 쳐도 머리와 손이 따로 놀아요. 난 절대로 위대해지지 못해요. 사람들의 눈에 띌 수 없다구요. 난 이제야 내 실체를 알았어요. 내가 세월을 잘못 만나 썩어가나 보다 하고 세상 사람들을 원망했어요. 그렇지만 이제 알았다구요. 그들의 눈이 정확했어요.

– 너무 피곤하신가 봐요. 와인 드시고 좀 쉬세요. 며칠 동안 밤샘을 해서 머리가 엉망이 된 거 아니세요?

그 여자는 갑자기 몸을 일으키더니 조각 작품 위에 하얀 헝겊을 덮어 씌워 버리곤 작업대에 놓인 와인 병을 안고 비닐하우스에서 바람처럼 빠져나간다. 그 여자가 빠른 걸음으로 움직일 때는 혼이 날아다니는 것처럼 느껴진다. 그 여자를 처음 만났을 때처럼 실재하는 사람으로 느껴지질 않는다.

성재는 그 여자를 놓칠세라 따라 뛰었다. 컨테이너 하우스 안으로 들어간다. 그 여자는 단정하게 차려진 식탁을 발견하곤 힘없이 웃고 만다. 무너지듯 식탁 의자에 앉는다. 성재도 마주 앉았다.

식탁에 마주 앉아보는 게 거의 보름만이다.

와인 한 병을 다 비우고 다시 새 와인을 꺼냈다. 그리고 또 세 병째 딴다. 세 번째 새 와인 병을 따는 동안 그 여자는 접시에 담아 놓은 연어 스테이크를 조금씩 잘라 입에 넣는다. 성재도 안심하고 식사를 시작한다. 연어 스테이크의 맛이 그런대로 맛이 있다.

두 사람은 아무 말도 하지 않았다. 그 여자는 피곤한 데다가 작품이 마음에 안 들어 화가 날 대로 난 탓이지만 성재는 왜 말을 하지 않는 걸까.

이 여자를 무슨 말로든 위로해 주고 싶은데 적당한 말이 생각나지 않는다.

오히려 잘못 접근했다가는 폭발할 것 같다. 지뢰밭을 더듬고 있는 기분이다.

– 어린 시절 내 꿈에서는 낚시로 잡은 연어를 누나가 손질해서 바람에 말렸어요.

성재는 입에 연어 스테이크를 가득 물고 잘 알아듣지 못하게 혼자 말로 중얼거렸다.

여자는 성재의 중얼거리는 혼잣말에 쫑긋 귀를 세운다.

– 연어를 바람에 말렸다고?

– 내 말을 듣고 계셨어요?

그 여자는 벌떡 일어나서 이마가 맞닿을 듯 가까이 마주 앉은 성재의 목을 끌어안는다. 이마에 뺨에 그리고 입술에도 키스를 퍼붓는다. 성재는 몸을 빼내지 못하고 엉거주춤 앞으로 기울인 채 정지해 있다.

돌 속에 갇힌 연어가 살아있는 것처럼 싱싱하다면 그건 거짓말이다. 그래서 수술실에 누워있는 마취된 환자 꼴이 된 거다. 그래서 작품이 죽어있던 거다.

성재는 미친 듯이 기뻐하는 그 여자의 기분을 이해하려고 애썼다. 그러나 아무래도 모르겠다. 그 여자는 그러다가 기진해서 가랑잎처럼 성재가 자는 야전침대 위로 떨어진다. 성재의 목을 끌어안은 채다. 체력이 소진되었다는 말이 맞는다. 그 여자한테는 겨우 숨 쉴 수 있는 에너지만 밑바닥에 남아있을 뿐이다. 좁은 야전침대에 두 사람이 누웠다. 그 여자가 누웠고 그 위로 반쯤 겹쳐서 엎드렸다. 그 여자는 종잇장 같이 성재의 몸에 깔려있다.

그 여자가 거친 호흡을 내쉬다가 호흡이 멈추기도 하고 다시 짧게 들이마신다. 그것도 잠시 그 여자는 죽은 듯이 움직임이 없다. 성재는 한 팔로 체중을 지탱하고 윗몸을 일으킨다. 그 여자가 부여잡고 있는 두 팔을 가만히 푼다. 두 사람의 체중으로 야전침대가 부서질 것 같다. 두 사람의 무게를 사방으로 나누려고 애썼다.

성재는 그 여자를 깨우지 않고 간신히 야전침대에서 내려온다. 의자 등받이에 걸쳐 놓았던 담요를 펼쳐 그 여자의 몸에 덮어준다.

담요 속에 누워있는 그 여자는 베개보다도 더 납작해 부피가 없다. 저 몸 안에 살고 있는 영혼은 대체 무슨 기운으로 그 단단한 돌을 깎아 혼을 불어넣는 것일까. 성재는 밤새도록 비닐하우스와 마당을 오락가락하며 서성였다. 희뿌옇게 산 너머에서 새벽이 오고 있다. 대학입시 공부하던 시절 밤을 새워 본 기억 말고는 나이 들어 오랜만에 뜬눈으로 밤을 새워 본다.

멍한 머리와 나른한 몸 안으로 잠이 쏟아진다. 어디서든 눈을 좀 붙여야 할 것 같다. 방안을 둘러보지만 그 여자의 침대 말고는 누울 자리가 없다. 하는 수없이 성재는 옷을 입은 채로 그 여자의 침대에 누웠다. 이 집에 온 이래로 옷 입은 채 잠을 자는 것이 습관이 되었다. 그래도 단잠을 잔다. 저 밑바닥 어둠 속으로 무겁게 가라앉는다. 마치 잠수하듯 깊은 잠속으로 미끄러져 내려간다.

잠결에 얼핏 커피 향이 느껴진다. 그 여자가 일어나 커피를 뽑는 모양이다.

성재는 눈을 감은 채로 몸을 일으켜 침대 끝에 앉는다. 반 수면 상태다. 어쩌면 커피 향도 꿈을 꾸며 맡은 것인지도 모른다.

- 더 자요.

- 지금 몇 십니까?

- 이 집엔 시계가 없어요. 그냥 살아가는 게 내 인생의 시계거든요. 연어 말인데요, 바람에 말릴 때 어떻게 말려요?

- 동태 덕장에가 봤어요?

- 물론,

- 원시적인 저장 방법에 있어선 세계 어디든 같다는 겁니다. 신기하죠?

그렇다면 꼬챙이에 껴서 바람 골에 걸어 놓는다는 거다.

- 연어를 사다가 바람에 말려보세요.

그 여자는 하루 종일 나무 끝에 부는 바람을 본다. 성재는 혼자서 책을 읽다가 음악을 듣다가 커피를 마신다. 늘 그랬듯이 점심 식사는 라면이다. 냉장고 안에 있는 야채들을 썰어 넣고 계란도 풀었다.

그 여자는 말없이 라면 사발 앞에 앉는다.

- 우리, 라면 먹고 연어 사러 갈래요?

- 굳이 연어를 사다가 말려보지 않아도 난 알아요. 그들이 몸에 있는 수분을 어떻게 세상에 내놓는지 알아요. 바람과 바람이 빼앗아가는 물방울을 그릴 꺼예요. 김성재는 나중에 감상하기만 하면 되요.

- 난 겁이 나요. 만들어 놓은 작품이 또 작가의 마음에 들지 않을까 봐서요.

또 그렇게 될 꺼다 지금까지 마음에 드는 작품은 한 개도 없었으니까.

그 여자는 슬프게 웃는다. 지금까지 늘 그런 삶을 살아왔다. 늘 가슴 찢어지도록 실패하고 그 실패작을 뭉개버려도 결코 아무 일도 없었던 시점으로 돌아가지 못하는 소모의 삶이다.

마당에는 조각난 돌덩어리가 산더미처럼 쌓여가고 그것은 그 여자가 만든 작품과 시간의 무덤이 된다. 지워버리고 태워버릴 수 없는 작업의 끝은 전쟁을 겪은 폐허처럼 처절하고 아프다. 그 여자를 마주보고 앉아있는 시간이 길어질수록 그 아픔이 전해 온다. 성재의 마음 어느 구석에서 통증이 시작되고 그것은 산꼭대기의 수원지에서 흘러나오는 가느다란 물줄기처럼 성재의 마음을 조금씩 적신다.

성재는 나무젓가락 종이껍질에 편지를 썼다. 젓가락에 쪽지를 꽂아서 그 여자 앞으로 내민다. 쪽지를 받고 그 여자는 처음으로 웃는다. 쪽지를 편다.

드라이브해요 우리. 그리고 찜질방에 한 시간만 들어갔다 나오면 안 돼요? 돌아오는 길에 연어도 한 마리 사 오죠.

두 시간 남짓 달려 강릉 동해 바다에 닿았다. 겨울 바다가 주는 느낌은 누구하고 와도 같다. 쓸쓸하다. 두 사람 사이에 무언가 끼어있는 것 같다 서로 살아온 지난 시간의 기억들이 텐트를 치고 그 안에 가둬놓은 것 같다.

서로 다른 시간과 그 장소로 건너가서 헤맨다.

바람을 등지고 젖은 모래를 밟으며 걷는다. 참 오랜만에 걸어본다.

– 차윤미는 특별히 가보고 싶은 곳 없어요?

성재는 처음으로 그 여자의 이름을 불러본다.

성재는 그 여자가 에너지와 의욕을 되찾을 수 있는 방법이라면 무엇이든 함께 해주고 싶다.

– 말하자면 추억의 장소라든지….

– 메마른 인생을 살아와서요. 추억 같은 거 없어요.

– 조각가가 메마른 인생을 살았다면 누가 믿습니까?

– 정말이예요.

그 여자가 속에 묻어두고 말하지 않는 아픔이 있다는 걸 안다. 그렇지 않고서는 그 힘든 돌 깨기를 쉬지 않고 하면서 몸과 마음을 혹사할 이유가 없을 것이다.

그 여자가 팔리지 않는 작품인데도 삼사 년에 한 번씩 전시회를 꼬박꼬박 여는 이유는 살아있음을 스스로 확인하는 일일 뿐이다. 전시회마다 매번 송 박사가 후원해준다. 송 박사가 팔아주는 것이 외에는 한 작품도 팔리지 않는다고 했다. 조각 작품은 원래 손쉬운 것이 아니기도 하지만 그 여자의 작품은 어려워서 대중적이지 못한 탓도 있다. 그 여자의 행복은 사람들이 알아주지 않지만 사람들의 관심에 매달리지 않고 늘 조용히 작품 앞에 앉아서 돌을 깨고 다듬을 수 있다는 것이다.

그래도 화가 나거나 실망하거나 초조하지 않다. 중국인들이 태산을 옮기듯이 그 여자는 시간의 돌을 다듬고 있는 것이다.

작업하는 그 여자를 곁에서 가만히 보면 저절로 존경심이 생긴다. 마치 도인처럼 자신을 다듬고 있다. 조금씩 아주 조금씩 돌을 다듬는다.

의과대학 도서실에서 같이 시험공부 하던 긴 머리 여학생의 모습이 생각난다. 아는 사이도 아니고 관심이 있던 여학생도 아니다. 그저 옆자리에 앉아 있던 여학생이다. 틀림없이 지금은 여의사가 되었을 것이다.

그 여자의 얼굴에 그 여학생의 모습이 겹친다. 스물 두세 살의 여학생으로 보인다. 그렇게 멍하게 그 여자를 보고 있을 때 조금은 민망했는지 엉뚱한 질문을 한다.

－ 김성재는 앞으로 어떻게 할 건데요?

– 연말까지 생각해 보고요, 지금 성재는 어느 조각가의 돌 깨기를 열심히 돕는 일 말고는 다른 걸 생각하지 않고 있어요.

– 김성재는 복학할 거 잖아요?

– 병 난 사람을 치료하는 일도 좋지만 예술가를 돕는 일이 더 보람 있는 것 같은데요.

– 환자를 돌보는 일은 끝이 있지만 나를 돕는 일은 끝이 안 나는 일이죠.

– 그래서 좋거든요. 끝이 보이는 일은 두려워요. 그 일이 끝난 다음에는 뭘 할까 하는 두려움 말이죠. 우리가 함께 걸어가는 길은 끝이 안 보이거든요. 골프 코스로 말한다면 블라인드 홀이죠. 그래서 즐겁잖을까요?

우리가 죽으면 어디로 갈까하는 호기심이 우리를 두려움 없이 죽게 하는 것처럼요. 바다에서 돌아온 이후 그 여자는 무서운 에너지를 쏟아 작품을 만든다. 바람에 말린 연어와 소금을 품은 하얀 소금바람을 돌에 새긴다. 눈에 보이지 않는 바람을 검은 돌 벽에 조각 한 작품이다. 백 호짜리 네 부분으로 이어진 벽화로 깎은 조각이다. 이 작품은 그 앞에 서 있는 사람을 바람 속으로 데려가는 것 같다.

자기도 모르는 사이에 옷깃을 여미게 한다.

성재는 안다. 그건 캐나다 바다에서 보았던 바람이라는 것을.

– 이번 전시회는 뭔가 잘 될 것 같은 예감이거든요. 작품 팔아서

돈 벌면 우리 결혼할까요? 그 돈 다 쓸 때까지만요. 김성재 겁먹지 말아요.

맞다 그 여자와 결혼한다 해도 별로 달라지지 않을 것이다. 김성재에게 그 여자는 오래 전에 자주 꾸었던 꿈속의 누나이기도 하고 의과 대학 도서실에서 보았던 여학생이기도 하지만 품에 안고 밤을 새울 여자는 아니다.

그 여자한테 김성재는 돌 깨는 남자이고 그 여자의 상상력을 깨워 흔드는 바람과 같은 존재다. 그렇지만 둘이 함께 산다면 분명히 지금보다는 행복해질 것 같다.

표적

　어둠 속에서 형광으로 발광하는 낙하산 모양의 해파리가 살랑살랑 헤엄치고 있다. 푸른빛이 하얀 피부를 투과하면서 뽀얀 막을 만들고 그 막 안에서 맴돌다가 그 형광 빛은 원심분리기 속에서 빠져나오는 물줄기처럼 흩어진다.

　해파리는 우산을 쓰고 물밑 바닥에서 수면 위로 떠 오른다. 다시 사선 방향으로 내려온다. 스무 마리 해파리들이 수족관 안에서 헤엄친다. 적당한 거리가 되면 부딪치지 않고 서로 튕겨 나듯이 멀어지곤 한다.

　나는 긴 의자에 비스듬히 누워서 해파리의 유영을 바라본다. 저 해파리들은 인조해파리들이다. 인조해파리들은 음이온을 발산하고 원적외선을 방출하면서 웰빙 건강 장식어항 속에서 떠다닌다.

　수면 장애가 있는 나는 이 어항 없이는 밤을 지낼 수가 없다. 주위가 밝으면 잠이 더 멀리 달아나서 전등을 켤 수도 없고 전등을 끈 채

억지로 눈을 감으면 눈이 아파서 견딜 수가 없다. 어둠 속에서도 눈을 뜬 채로 있어야 편하다. 형광 해파리가 떠다니는 어항의 밝기라면 눈을 피곤하지 않게 하는데 적당하다. 어둠 속에서 해파리의 움직임을 지켜보는 데는 그리 밝은 광량이 필요하지 않다. 시력을 다 쓰지 않아도 된다.

생명공학 연구실에서 나는 15년을 일했다 연구실에서 유전자를 관찰하면서 전체를 보는 시력 감각은 퇴화하고 국소범위의 미세한 유전자의 개수를 세고 그 움직임을 관찰하는 일만 하던 나의 시력을 평가한다면 좋다면 좋고 나쁘다면 나쁘다.

사람을 보는데 전체적인 모습은 볼 수 없고 코면 코 입이면 입 그것도 아주 국소부위만을 보는 시력이 발달되었다.

나는 서른일곱 살이 되도록 혼자 살고 있는 홀로 여자다. 중국에선 이런 여자를 단신귀족(單身貴族)이라고 말한다. 아쉬운 것 없고 연봉 많아 마음대로 먹고 쓰고 일이 있으니 외롭지 않고 모두가 부러워하는 조건에서 살아가는 여자다.

밤낮없이 연구실에서 일하다 보니까 낮에는 일하고 밤에는 잠자는 보통 사람들이 살아가는 일상의 다이얼이 망가지고 말았다.

지금 나는 일 년간의 연가를 받아서 아무 생각 없이 바보처럼 쉬는 중이다. 음악도 듣고 가족들과 식사도 함께 하고 친구들도 만나고 영화도 보고 책도 읽고 전시회도 가보고 사우나 탕 속에서 하루 종일 뒹굴기도 하면서 시간을 보냈다. 서랍 속에 있는 잡동사니들도 정리하고 유행에 뒤진 옷들이랑 구두도 버렸다.

그러느라 한 달이 훌쩍 지나갔다. 이제부터 할 일이 무언가 생각하기 시작하면서 불면증이 생겼다.

밤에 잠을 자야한다는 일상의 생활에 익숙하지 않아서겠지 하면서 열흘 스무날을 견뎌냈다. 점점 불면증은 불면증이란 확실한 이름으로 내 목덜미를 조여 왔다.

어느 날 컴컴한 극장 로비에서 해파리 어항을 발견했다. 15년 동안 해파리 유전자를 연구하면서 지냈지만 해파리의 실체를 만나 그 전체의 모습을 본 것은 처음이었다.

그것도 어항 속의 해파리는 인조해파리이다. 반가운 느낌으로 다가갔다. 신기하게도 그들의 유영이 아름다운 율동처럼 보여서 한참 동안 그 앞에 서 있었다.

인터넷에서 젤리피시(jellyfish)를 찾아본다. 바로 아래 칸에 인조해파리도 있다. 인조해파리를 담아서 파는 장식어항 제작 회사도 있다.

인터넷 몰에서 제일 큰 것으로 주문했다. 인조해파리 스무 마리를 넣어 파는 장식어항이다.

이런 걸 운명이라고 해석할 수밖에 없을 것 같았다. 15년 동안 해파리 유전자를 들여다보면서 살아온 내가 인조해파리 어항을 방에 들여놓고 지내게 되었다는 것을 누가 어떻게 해석할 수 있을까.

우리 연구실에서 해파리 유전자를 연구하는 목적을 불과 이삼 년 전에야 알게 되었다.

해파리의 발광 유전자를 다른 동물의 유전자와 교체해서 그들의 세포가 발광하도록 하는 목적이었다. 그 실험이 성공하면 발광 유전자를 가진 쥐를 만들고 그 부위를 귀나 엉덩이 부위, 선택이 가능하다면 그들의 야행성 움직임의 관찰이 쉬워지고 애완동물이나 나가서는 군사용으로도 이용하게 될 것이라는 설명이다.

그래서 어쩐다는 건데, 라고 연구원들은 해파리 발광 유전자를 술안주 삼아 웃어넘겼다.

인간은 부질없는 일에 목숨 걸고 인생을 걸고 수많은 인간의 인생이 소모된다.

월급을 준다는 변명으로 정당화하면서 구차하게 과학자의 위대한 길을 찬양함으로 그 안에서 많은 연구원의 인생이 바람처럼 모래바람처럼 사라진다.

모래 산의 모래가 바람에 쓸려 모서리가 생기고 태양의 방향에 따라서 산 그림자가 생긴다. 거대한 사면체가 시간마다 그 높이와 체적을 달리하면서 움직인다.

어느 날 평평한 사막으로 변하기도 한다.

내가 긴 의자 위에 비스듬히 누워 어항에서 퍼져 나오는 불빛을 본다. 출렁이는 해파리의 율동에 따라 물결친다.

해파리의 율동은 마젤란 해협에 떠 있는 스페인 선적의 화물선이 수평선 너머로 빠져나갔다가 해협 안으로 들어왔다를 거듭하듯이 그렇게 큰 움직임으로 보인다.

칠레 남단 푼타아레나스 앞 바다는 마젤란 해협이다. 지금은 세계를 뒤흔들던 해적의 폐선들이 가라앉아있는 쓰레기장이다. 시간 개념도 거리 개념도 없는 지도 위에 정지된 해협이다. 파나마 운하가 열리고 배들은 운하를 통과하면서 마젤란 해협을 돌아갈 이유가 없어졌다. 대학 선배였던 연구원 A가 몇 년 전에 보내온 그림엽서의 마젤란 해협이 생각났다. 그는 연가를 받았을 때 칠레를 여행하고 있다고 했다. 여행이라기보다 마도로스로 일하던 동생의 행적을 따라 그를 찾으러 왔다고 했다. 동생이 보내온 마지막 편지의 스탬프가 칠레였기 때문에 그의 행적을 추적하는 가장 최근의 장소일 것이라고 추정한다고 했다.

몇 줄 안 되는 엽서의 내용 속에 그런 무거운 얘기를 담아 보내온 그가 부담스러웠고 그 무거운 세계사 속 마젤란 해협이란 이름이 나를 끌어들여 깊은 바닷속으로 데리고 갈 것 같은 기분이 들었다. 그 엽서를 책상 아래 쓰레기통에 버리고 말았다.

그러나 그 엽서는 내 머릿속에 남아서 칠레와 마젤란 해협과 갑판 위에 서 있는 연구원 A의 동생인 마도로스의 모습이 지워지질 않았다. 나는 그제야 말도 없고 표정도 없던 연구원 A가 10년 넘도록 같은 연구실에서 일하고 있었다는 사실을 처음 깨달았다.

연구원 A도 연가를 받고 떠난 여행 중에 나처럼 불면증이나 모래바람에 흩어져버린 자기 시간에 대해서 회의를 가졌던 모양이다. 인조해파리 어항을 바라보면서 밤을 새는 것도 그가 칠레에서 엽서를 쓴 것도 말랑말랑한 감성에서 나온 짓이 아닌 게 분명했다.

더 이상한 것은 일 년 동안의 연가를 마치고 연구원 A가 연구소로 다시 돌아왔지만 마젤란 해협 사진이 있는 그 엽서를 보냈다는 사실을 까맣게 잊은 사람처럼 인사도 없었고 시선 한번 내게로 보내오지 않았다.

일 년 동안의 자리 비움도 표 안 나게 그 모습 그대로 그 자리에 앉아 있었다.

잠시 바람에 모래가 날려 다른 모양의 산이 되었다가 또 다른 높이의 모래 산이 된 것처럼 그 자리에 그대로 앉아 있었다.

실종되었던 동생의 소식은 좀 알게 되었는지 묻고 싶기도 했지만 그만두었다. 연구원 A는 연가를 받은 일 년 동안은 말 그대로 증발이었을 뿐이다.

꿈을 꾼 것으로 착각할 수도 있었다. 어떤 일에 몰두하다 보면 그 기억이 실재했던 것인지 상상 속의 것인지 구분이 잘 안 될 때가 있는 것처럼 연구원 A는 그런 상태였던 같았다.

그냥 여행 기분에 아무한테든 엽서를 보내고 싶었을 때 알고 있는 주소에 사는 사람 중에 생각나는 이름이라곤 나밖에 없었던 게라고 짐작이 갔다. 수신자가 누구든 좋았다.

그냥 보낼 곳이 있다는 것이 다행이었다고나 할까.

하필이면 나일까. 그 많은 연구원들 중에서 남자 동료도 많고 나이 어리고 싹싹하고 만만한 여성 연구원들도 많았는데 하필이면 나였을까 말이다.

밤늦게까지 나는 실험 결과를 기다리고 있었다. 연구원 A도 실험대 뒤편 끝쪽에서 전자 현미경을 들여다보고 있었다. 연구실엔 연구원 일곱 사람이 일하고 있었다. 누구한테도 관심이 없었다. 다만 내가 연구원 A에게 가끔 시선을 보내는 것 외에는 모두 실험실의 실험기구 같은 존재로 앉아 있을 뿐이었다.

실종되었다던 동생 소식은 들었을까 내가 문득 그의 동생 생각을 하고 있을 때 연구원 A가 저쪽 끝에서 시선을 보냈다. 마주 보고 있는 건 아니었지만 그 시선의 방향을 감각으로 느꼈다. 나는 연구원 A 쪽으로 고개를 돌렸다. 역시 무표정한 얼굴이었다.

실험기구의 타이머가 '띠잉' 하고 울리는 순간에 실험대로 고개를 깊이 박고 말았다. 그러고 나서 연구원 A가 다른 데로 시선을 돌렸는지 알 수 없었다.

5동의 연구실 연구원들과 7동의 연구원들이 모여 크리스마스 파티를 열기로 하자는 광고문이 실험실 출입문 유리창과 화장실 문에 나

붙었다. 그쪽 방의 식구들과 모두 합해봐야 열세 명이다. 일차는 프랑스 식당 보르도에서 와인과 생선 요리로 식사를 할 것이고, 이차는 교수들이 내는 독한 술과 노래이고, 삼차는 살아남는 자들이 자유로 미쳐보는 심야의 방이라고 했다.

평소 숨죽이고 집중하면서 스트레스에 시달린 연구원들이라 이날 만큼은 모두 내던지고 화끈하게 스트레스를 풀어볼 작정이었다.

용기가 필요했다. 기대도 되었다. 연구실 생활 15년 만에 처음 있는 일이었다.

대부분 얼굴도 잘 모르지만 이름은 더욱 모르는 사이였다. 다만 시시하게 생기거나 찌그러진 어깨 위에 몸집보다 더 큰 가방이 걸려있어서 사람의 모습은 보이지 않았지만 그들이 모두 박사 학위를 어린 시절에 따낸 천재들이라는 것만은 분명했다.

그러니까 이번 크리스마스 파티에는 열세 명의 박사들이 모이는 것이다. 누가 앞장섰을까.

나는 기다란 깜장색 외투 속에 빨간 드레스, 그것도 가슴이 배꼽 위까지 파인 드레스를 입기로 작정했다. 한번 나를 벗어 던지고 싶었고 튀어보고 싶었다. 여자 나이 서른 중반을 넘었다. 두려울 것도 없고, 무서울 것도 없고 주저할 것도 없다는 생각이 들었다.

'멍석을 깔고 놀아봐라'고 했을 때 '실컷 놀아보자'라고 작정했다.

프랑스 보르도는 강변에 있는 시골이다. 바다로부터 화물선이 강을 타고 올라와 와인을 실어 나르고 밖으로부터 물자를 들여오는 내항이다.

보르도의 와인은 유별나게 맛이 있어서 세계 사람들이 보르도 와인을 쳐준다. 프랑스 식당 보르도에서 보르도 와인을 준비했다. 그 주인은 무언가를 아는 사람인 모양이다. 우리가 주문한 와인 여섯 병에다가 주인이 한 병 더 서비스해서 일곱 병이다. 둘이서 한 병 정도의 주량이 가장 적절하다고 계산한 모양이다. 전원이 와인 잔을 높이 들고 '메리 크리스마스'를 외쳤다.

연구원 생활 15년 넘도록 처음 있는 해프닝이다. 오래 살다 보면 이런 날도 있구나 하는 표정들이다. 세상이 변한 것 같은 느낌이 들었다.

돌아가면서 차례가 오면 자기소개를 했다.

연구원 A가 자기 차례가 되어 일어났다.

- 1980년 크리스마스이브에 쌍둥이로 태어나 고아로 자랐습니다. 그러나 매년 세계인들이 우리 형제의 생일을 축하해주고 있습니다. 독일 뮌헨대학 공과대학에서 공부했습니다. 그 뒤로 이 연구소에 들어와 지금 현재 17년 동안 재직했습니다. 아직 미혼입니다. 이 안에 내 짝이 될 여자가 있을는지도 모르지만 억지로는 되지 않을 일입니다.

연구원 A가 말한 대로 이 안에는 여자 박사가 여섯 명이나 되고 게다가 대부분이 미혼이다. 머리도 좋은 데다가 얼굴도 예쁜 여자들이다. 누가 감히 색싯감으로 덤비지 못해서 그렇지 모두 일등 신부 감들이다.

그의 표적이 된 여자는 누구일까.

열세 명의 연구원들은 서로 쳐다보면서 표정을 살핀다. 막상 그런 말을 던져놓은 연구원 A는 태연하게 와인을 마시면서 고개를 숙인 채 침묵했다.

옆자리에 앉았던 연구원 B가 자기 앞에 있던 치즈 조각을 손으로 집어 나에게 건넸다. 자기소개할 차례가 되어서 자리에서 힘겹게 일 어났다. 체중이 좀 나갈 것 같은 덩치였다.

– 궁금하시지요? 내 체중이 얼마나 나가는지 아십니까? 무려 95Kg 입니다. 조만간 100Kg을 채울 예정입니다.

우리 팀은 초파리를 연구합니다. 파리의 일종이지요. 최종 목표는 수면제를 만들기위해섭니다. 90% 진전이 되었습니다. 그렇지만 0.01%가 모자라도 결국 완성될 수 없는 거 아닙니까? 연구 디데이가 6개월밖에 남지 않았습니다. 연장할 수 없으면 우린 해산합니다. 이 러고 놀 때가 아닌데 왜 이러는지 모르겠습니다. 오늘의 수확은 제가 빨강색 드레스를 입고 여신처럼 나타난 닥터 최의 옆자리에 앉을 수 있었다는 것입니다. 닥터 최한테는 이상한 마력이 있습니다. 이번 연 구가 성공하게 되면 우리 초파리 연구원 모두가 단번에 부자가 되지 요. 그렇게 되면 닥터 최한테 청혼하려고 했습니다. 그렇지만 아무래도 우리 연구가 성공할 것 같지 않습니다. 다른 스폰서를 구할 수 있으면 다행이지만 그것 역시 가망이 없지요. 따라서 닥터 최한테 청혼하는 것 역시 불가능하게 되었습니다. 꿈을 말로 뱉어버리면 이뤄지지 않을 것 같아서 꽁꽁 가슴에 묻어 두었었지요. 이젠 그럴 필요 없을 것이고 부자가 되기도 틀렸고 닥터 최를 붙잡을 방법도 없습니다.

연구원 B는 허공에 뜬 표정으로 혼자 웃고 있었다.

나는 왜 연구원 B의 표적이 되었던 것일까. 연구원 B가 말했던 나의 마력은 무엇일까.

연구원 B를 보면서 초등학교 4학년 때 담임선생이 생각났다. 그는 사범학교를 갓 졸업한 스무 살 청년이었다. 학교 수업이 끝나면 아이들은 청소를 했다. 언제나 선생은 아이들보다 더 열심히 청소를 했다. 유리창도 깨끗이 닦았다. 깨끗해진 교실에서 선생과 아이들은 재미있게 놀았다. 공부할 때보다 더 열심히 놀았다.

아이들은 선생의 등에 업히고 팔에 매달리고 무릎에 올라앉아서 놀았다.

열 살짜리 아이들과 스무 살짜리 선생과 죽이 잘 맞았다.

선생의 무릎은 항상 내 차지였고 선생은 나를 뒤에서 끌어안고 흔들어 주었다 가끔 까슬까슬한 선생의 턱수염이 나의 옆얼굴에 닿곤했다. 선생은 일부러 내 얼굴에 턱수염을 문지르고 있었는지도 모른다.

그때 내 나이 너무 어려서 선생이 장가 안 간 청년이었다는 걸 한 번도 생각해 본 적이 없었다. 그냥 선생과 친하게 놀고 지낸다는 것이 좋았고 자랑스러웠다. 그렇게 같이 놀던 아이들은 선생이 유별나게 나만 더 예뻐한다고 소문을 내기 시작했다. 소문이야 어쨌거나 개의치 않았다. 그럭저럭 4학년이 끝나자 5학년으로 올라갔고 담임선생이 바뀌었다. 새 학년에 정을 들이지 못하고 마음은 늘 4학년 교실로 가 있었다. 낙제라도 할 수 있다면 다시 4학년 교실로 돌아가고 싶었다. 지금까지도 그 시절을 잊지 못했다. 나를 무척 사랑하고 예뻐했던 선생으로 기억되었다. 그에게도 처음으로 교사생활이 시작되었던 그의 인생에서 가장 아름다웠던 시간으로 남아있을 것인지 그건 아무도 모른다.

아무튼 지금 생각하면 그때 나는 그 선생에게 표적이 되었던 것이 분명했다. 열 살밖에 안 된 어린아이한테 남자들이 느낄 수 있었던 그 무엇이 표적이 되었을까.

연구원 B가 말했던 것처럼 나에게 마력이 있었을까. 매력이 아니라 마력이란 표현을 곰곰이 생각해 본다.

초파리 연구가 수면제를 만드는 것과 무슨 상관이 있느냐고 내가 멍청이처럼 물었다.

당신도 박사 맞느냐고 연구원 B가 심각하게 되묻는다.

– 초파리는 야행성 미세생물이지요. 그들한테서 그 야행성을 관장

하는 어느 염색체만을 제거할 수 있다면 야행성이 없어집니다. 야행성을 관장하는 염색체를 제거한 초파리들은 낮엔 깨어 있고 밤엔 잡니다. 자 이만하면 이해가 되십니까?

그건 50%도 못 되는 과정이었다. 그 염색체를 추출해서 어떻게 할 건데. 불면증 환자의 야행성을 지배하는 세포를 약화시키는 역할을 하는 성분을 투여한다면 잠을 재울 수 있다는 가설을 증명하기만 하면 될 것이다.

어려운 연구를 하고 있군요. 돈이 정말 들어오는 거냐고 크게 웃으며 내가 물었다. 당신이 기다려 준다면 목숨이 다 할 때까지 초파리 연구를 할 수도 있습니다.

내가 왜 기다려야 하는데요. 난 알 수 없었다. 내가 왜 연구원 B의 표적이 되었는지.

보르도에서의 식사는 금방 끝나고 말았다. 할 얘기도 별로 없었고, 사교문화에 익숙하지 않은 연구원들의 비사교성이 확실하게 드러났다. 한번 연구실에 박히면 여간해선 밖으로 나가지 않는 그들의 일상에서 오늘 같은 모임은 혁명에 비할 수 있을 정도의 일이었다.

얼굴이나 알고 지내자. 이름이나 알고 지내자는 그 의도조차 그들한테는 필요하지 않았다. 연구실 안에서 낡아버리는 청춘과 삭아버리는 인생조차 느끼지 못했다. 초파리의 생명 사이클이 2주일이거나 연구원들의 생명 사이클이 6, 70년이거나 그 차이를 깨닫지 못했다.

독한 술과 노래의 순서로 옮겨 갔지만 아무도 독한 술 위스키를 마시지 않았고 아무도 노래를 부르지 않았다.

독주와 노래를 책임지겠다고 자원한 고참연구원 C가 '울고 넘는 박달재'를 구슬프게 불렀을 뿐 그 뒤를 이어 마이크를 받지 못했다. 하는 수 없게 되자 연구원 C는 무작위로 나오는 메들리로 알건 모르건, 잘 부르건 못 부르건 힘들게 메꿨다.

연구원 C는 드디어 지친 목소리로 마지막 노래의 후렴을 뽑아대더니 마이크를 내게 넘겼다.

사백 미터 릴레이에서 바통을 넘길 때처럼 거절하거나 뒤로 뺄 수 없도록 강력하게 내 손안으로 밀어 넣었다.

나는 달리기 콤플렉스에 걸린 여자였다. 초등학교 운동회 때면 공책이나 연필이 걸려있는 달리기 대회에 출전한다. 처음엔 잘 달리다가도 막판에 가서는 꼭 넘어지곤 했다. 다른 선수들과 부딪친 것도 아니고 누가 뒤에서 떠민 것도 아니다. 그냥 혼자서 제김에 넘어지곤 했다. 넘어져서 무릎에 피가 철철 흐르고 손바닥엔 굵은 모래가 박혀서 열이 올랐다. 손수건으로 무릎의 피를 닦아주던 담임선생이 조용하게 가라앉은 목소리로 내게 일러주었다.

너는 말이지 달릴 때 마음이 앞서 간 나머지 다리보다 상체가 먼저 나가는 거야. 그러니 체중이 앞으로 기울어져서 넘어지는 거지. 이상하게 꿈에서도 달리기만 하면 넘어지곤 했다. 때로는 높은 산에 올라가서 발아래를 내려다보면 경사가 너무 심해 내려오지 못하고 진땀을 흘리다가 꿈을 깨곤 했다.

어느 날 연구원 생활을 오래 하면서 자세가 조금씩 비틀어지고 다리 힘이 빠져 간다는 걸 자각하기 시작했다. 대퇴부에 살이 빠지기 시작하면서 바지통이 헐렁헐렁 해지고 있다는 것을 알았다. 일종의 노화현상이라고 했다. 서른 살 중반의 여자가 노화라니. 하기야 여자 나이 스무 살이 지나면 그때부터 노화가 시작된다고 하지 않는가. 대중목욕탕에 가보면 나이 든 여자들의 체형은 거의 비슷했다. 다리가 가늘고 배가 나오고 허리통이 굵다는 것.

그럴 수 없다. 그렇게 되면 안 된다. 나는 아직 시집 안 간 여자기 때문에. 새벽에 삼십 분씩 연구소 안에 있는 동산을 산책하면서 다리 근육을 강화시키기로 작정했다. 시간을 정해 놓고 걷는 게 아니라 아무 때나 시간 나는 대로 걷곤 했다. 운동시간은 밤 10시이기도 하고 새벽 2시이기도 하고 때로는 새벽 5시이기도 했다. 동산을 크게 돌면 40분 정도 걸렸고 작게 돌면 20분이면 충분했다.

그날도 내가 운동화 끈을 묶으면서 얼핏 본 시계는 새벽 다섯 시가 조금 넘은 시간이었다. 아직 사위는 어두웠다. 현관문을 열었을 때 밖에는 서리처럼 가느다란 싸락눈이 내리고 있었다. 이런 날의 산책은 처음이었다. 그런대로 기분 좋은 산책이 될 것 같았다.

현관에 던져져 있던 빨간색 야구 모자를 찾아서 썼다.

평소보다 빠른 걸음으로 걷기 시작했다. 어둡기도 했지만 눈이 더 많이 쌓이기 전에 돌아와야 했다. 다른 날 같으면 운동하러 나온 사람들과 마주치곤 했지만 오늘은 아무도 보이지 않았다.

동산 중턱쯤에 올랐을 때 뒤에서 치르륵 치르륵 자전거 바퀴가 구르는 소리가 들렸다. 나는 길 한쪽으로 비켜가면서 걸었다. 오랫동안 자전거는 앞질러 가지 않고 계속해서 내 뒤를 따라오고 있었다. 조금 걷는 속도를 높여 보았다. 자전거도 속도를 조금 높이는 것 같았다. 다시 걸음을 늦춰봤다. 그때에도 자전거는 나를 앞지르지 않았다. 길이 좁은 것도 아니고 내가 길 가운데를 차지하고 걷고 있는 것도 아닌데 자전거는 끈질기게 내 뒤를 고집하는 것이다.

온 신경이 자전거 소리에 가 있었고 지금 내가 동산을 오르고 있는 것인지 내려가고 있는지조차 알 수 없었다.

뒤를 돌아다 볼 수도 없었다. 잠시 자전거 바퀴 소리가 멈췄다. 머리카락이 곤두섰다. 자전거가 더 이상 따라오지 않는 것일까, 아니면 자전거 세우고 자전거에서 내렸을까. 등에서 땀이 흘러내렸다. 숨이 턱까지 찼다. 그래도 걸음을 멈출 수 없었다. 종아리가 뻣뻣해지도록 걸음을 빨리했다. 거의 뛰는 상태였다. 그때 뒤에서 나를 잡았다. 두 팔이 겨드랑이 밑으로 파고들어 가슴을 가로질러 빗장을 질렀다. 손깍지를 끼워 조였다. 심장이 멈추는 것 같았다. 소리치고 싶어도 소리가 나오질 않았다. 악몽을 꿀 때 소리가 나오지 않았던 것처럼 벙

어리가 되었다. 깍지 낀 팔에서 빠져나오려고 몸을 뒤틀어 봤다. 밑으로 몸을 빼보았지만 가슴에 걸려 더 이상 아래로 내려오지 않았다. 가쁜 숨소리가 머리 위에서 들렸다. 손깍지를 풀려고 그의 손을 잡았다. 하얗고 고운 손이었다. 소년의 여린 손이었다. 고등학생이거나 대학생 정도의 맑은 피부였다. 치한은 아닐 것이란 느낌이 들었다. 연구단지 동산이어서 외부 사람들은 들어올 수 없는데다가 연구단지 안에 살고 있는 연구원 가족이거나 그 직원들 중에 하나일 것이다. 그 얼굴을 보았을 때 서로 당황하게 되는 불행을 안 당하려면 나는 기다려야 했다. 그가 스스로 팔을 풀고 자전거를 돌려 달아나기를 기다려야했다.

나는 움직이지 않고 정지했다. 숨도 멈추었다. 그가 길게 심호흡을 하고 나서 팔을 풀었다. 다시 길게 숨을 내쉰다. 아주 조심스럽게 죄송한 마음을 담아서 그렇게 숨을 내쉰다. 그는 분명 오던 길로 돌아갔을 것이다 돌아가는 자전거 소리를 듣지 못했다. 아직도 내 가슴은 떨리고 있었다. 머리까지 멍해졌다. 충동이 있었다. 뒤에서 끌어 안아보고 싶은 충동 말이다. 어쩌겠다는 것이 아니라 단순히 그렇게 접촉을 해보고 싶었던 마음이었을 것이다. 여자들은 그 단순한 충동을 흔들어 치한으로 만든다. 우리는 길에서 만난다 해도 서로 누구인지 알아볼 수 없을 것이다. 똑같은 상황에서 마주치지 않는 한 서로 알아볼 수 없을 것이다. 나도 다시는 연구단지 동산에 산책을 나가지

않을 것이고, 그도 그럴 것이다. 나에게 들키지 않으려고 자전거를
타지 않는지도 모른다. 그래 이런 일은 일생에 단 한 번 있는 일이
다. 나는 천천히 걸었다. 충격으로 다리가 후들후들 떨린다. 발바닥
에 땅이 먼저 닿으면서 거친 바닥에 걸린다. 몇 번이고 넘어질 뻔하
면서 동산을 내려왔다.

왜 나의 뒷모습이 어린 소년의 시선에 표적이 된 것일까.

나는 달리고 그 아이는 자전거를 타고 옆에서 같이 달려주는 아침
의 좋은 풍경 속에 우리가 있었다면 얼마나 행복했을까.

따르릉따르릉, 비켜나세요.

자전거가 나갑니다. 따르르르릉.

저기 가는 할머니 조심하세요.

우물쭈물하다가는 큰일 납니다.

나는 재즈 풍으로 박자를 흐트러뜨려서 불렀다. 연구원 C가 오랫
동안 열광적으로 박수를 쳤다. 연구원 C가 재즈풍의 자전거 동요에
감동을 받은 건 그만큼 그가 음악적 감각이 뛰어났기 때문이었다. 연
구원 C가 아직도 성이 차지 않은 연구원들을 몰고 그의 방으로 이동
했다. 연구원 C는 직위도 높고 연륜도 많아서 후배들보다 넓은 평수
의 집에 살고 있었다. 혼자서 60평이나 되는 공간을 어떻게 주체하
는지 궁금했다.

방 전체가 작은 음악 스튜디오 같았다. 문짝만 한 스피커가 네 개

나 세워져 있고 음악을 들으면서 편안하게 앉을 의자들이 놓여있다.

저 스피커를 어디서 보았더라. 달나라에 지구의 물건들을 실어 보낸 캡슐에 넣었다는 오디오의 스피커였다. 꽤 값이 나간다는 것인데 그걸 네 개씩이나 구입했다면 스피커값만도 일억 원이 넘는데 대단한 오디오 매니아임에 틀림없었다. 그러고 보니 집안엔 살림도구라곤 아무것도 없었다. 다만 오디오 시스템뿐이었다. 지독한 편집광일 수 있다.

연구원 C는 빈집에 들어갈 때 쓸쓸하지 말라고 늘 CD를 걸어놓고 외출한다고 했다. 현관문을 열었을 때 음악이 들리면 기분 좋잖을까. 집 안에 사람이 있는 것처럼, 음악을 좋아하는 사람이 살고 있는 집처럼 기분을 낸다고 했다.

바흐로 할는지 모차르트로 할는지 프로코피에프로 할는지 연구원 C가 물었다.

마치 자장면으로 하겠느냐 짬뽕으로 하겠느냐고 중국집에서 주문을 받듯이 메뉴를 불렀다. 차라리 자장면이나 짬뽕을 선택하라면 좋았을 텐데. 누구도 먼저 선곡하려고 하지 않았다. 십여 년 동안 시험관 속만 들여다보면서 살아온 그들이 음악을 모른다 해서 흉될 것이 없다는 걸 알면서도 이럴 때 당당하지 못함은 백 가지 중에 한 가지만 알고 아흔아홉 가지는 백지상태인 그들 자신을 너무 잘 알고 있기 때문이다. 그때 그들은 연구원 C의 영토에 들어선 걸 모두 후회하고 있었다. 한참 동안 음악에 무식함을 보이기 싫었는지 조용했다. 기다리다 못해 내가 대답했다.

'머리 좋아지는 약을 먹어보자'고 대답했다. 머리가 좋은 천재를 기르려면 모차르트를 많이 들려주라는 육아서적을 읽은 적이 있었다.

연구원 C는 볼프강 아마데우스 모차르트의 '레퀴엠'을 올려놓았다. 모차르트가 세상을 떠나던 해 그해 작곡된 진혼곡이다. 1791년 여름 모차르트는 죽은 자를 위한 진혼곡을 마치 자기의 죽음을 위해 쓴 것처럼 되었다는 것도 신비한 일이다. 연구원 A, B, C가 한자리에 모이게 되었다는 것도 신비한 일이다. 그중에 누구 한 사람이라도 빠진다면 자기 험담을 할 것이라 생각했는지 나를 중심으로 네 사람이 둘러앉아서 모차르트를 듣는다.

– 생텍쥐페리가 소설 '암살당한 모차르트'에서 모차르트를 말하지요. 주인공 입을 빌려서 '모차르트는 가장 위대한 음악가'라고 말하지요. 그러나 생텍쥐페리는 이렇게 말합니다. '모차르트는 바로 그 음악 자체야'라고 말입니다.

우리가 위대한 과학자로 만족해서는 안 된단 말입니다. 우리는 초파리나 해파리 그 자체거나 수면제거나 아니면 발광체 그 자체라야 한다는 것입니다.

그들은 연구원 C의 열변에 박수를 치고 말았다. 그렇게 해야만 할 것 같았다.

– 모차르트는 죽은 뒤에 공동묘지에 그대로 버려졌지요. 우리 실험실에서 수많은 흰쥐와 초파리 나 해파리들의 시체가 쓰레기통에 버려진 것도 마찬가지지요.

모차르트가 그의 음악인 것처럼 우리도 초파리이고 해파리인 것입니다. 안 그렇습니까?

연구원들은 손바닥이 깨져라 박수를 쳤다. 아직 모차르트의 레퀴엠은 끝나지 않았다.

언제 내 곁으로 와서 가까이 자리를 잡았는지 연구원 A가 티 테이블에 있던 초콜릿 한 개를 집어다가 반으로 꺾어 그 한 조각을 내게 준다.

나는 초콜릿을 받으면서 연구원 A의 귀에 대고 물었다. 음악과 섞이지 않을 만큼 작은 목소리로 말해야 하기 때문에 그의 귀에 가까이 대고 물을 수밖에 없었다.

– 칠레에서 동생의 소식을 들으셨나요?

– 배 위에서 실종되었답니다. 죽어서 바다에 던져졌겠지요. 마도로스의 간단한 종말이지요. 그 동생이 나를 공부시켰는데, 난 이제 삶의 의미가 없어졌습니다. 나도 모차르트처럼 해파리 그 자체가 될 날이 오겠지요.

레퀴엠의 어두운 합창이 우리 연구원 모두를 밤하늘 어디론가 차가운 어둠 속으로 데려가고 있었다.

새벽이 되어서야 음악회가 끝났고 모처럼 연구원 A, B, C는 여자가 있는 심야의 밤을 지새운 셈이었다.

눈을 좀 붙여야 연구실에 나가 일을 할 수 있을 거라고 밤새 몸에 묻은 퇴폐를 툭툭 털면서 그들은 일어났다. 연구원 C가 마지막으로 더 맛있는 코냑을 준비했는데 조금 더 앉았다가 날이 새거든 헤어지기로 하자고 했다. 그들 연구원 A, B는 기어이 일어나고야 말았다. 그러나 나는 일어날 수 없었다. 그렇게 희끄무레한 이른 시간에는 절대로 혼자서 새벽 길을 걸을 수 없었다.

그때 자전거의 그 사내아이는 지금 몇 살일까. 지금도 이 연구단지에 살고 있을까. 장가를 갔는지도 모른다.

얼굴도 모르고 뒷모습조차도 못 보았던 자전거의 사내아이가 하루에도 여러 차례 내 머릿속에 떠올랐다가는 사라지곤 했다. 새벽 길의 안개 속에서 멀리 보이는 사람의 모습으로 때로는 자전거 바퀴가 브레이크에 잡히는 억제된 속도로 내 뒤를 쫓아오곤 했다.

코냑보다는 커피 한 잔 마시고 싶었지만 아직 크리스마스 기분을 그대로 끌고 싶은 연구원 C의 마음을 지켜주고 싶었다. 나도 서른 살 중반을 넘어 알 건 다 알고 있는 여자였으므로.

커다란 코냑 잔에 붉은 핏빛 코냑을 바닥에 조금 깔아 따뤄 들고 기분만이라고 말하듯이 잔을 들었다. 잔을 튕긴 음향이 방안에 오래 남았다.

그 소리가 잦아들기 전에 그 음향을 몸으로 막으며 연구원 C의 입술이 내게로 왔다. 얼굴의 어느 쪽을 내줄까 잠시 생각하다가 아예 입술을 내주고 말았다. 이미 나는 그들의 표적이 되어있는 운명을 지닌 여자라는 걸 순하게 받아들이기로 했다. 연구원 C는 거부하지 않는 내가 두려웠는지 점차로 식어갔다. 나는 보안경으로 잠시 내다보다가 이중 잠금장치까지 걸어 잠그고 말았다.

화장실로 가서 차가운 물로 얼굴을 씻었다. 기분 같아서는 얼음처럼 차가운 물로 샤워도 하고 싶었다. 내 인생에서 지워버려야 할 지난 밤이었다. 거울을 한참 들여다보았다.

너는 지금 잘 살아가고 있는 거냐.

그렇지.

모래바람이 산을 옮겨 놓듯이 내 인생을 옮겨가고 있는 게지.

화장실 문을 열자 연구원 C가 문 앞에 서 있었다. 타월과 칫솔을 내밀었다.

나는 그냥 웃어버렸다.

바보 같은 놈.

내가 일 년간의 연가를 받게 된 것은 얼마나 다행스런 일이었나.

초파리와 해파리 그 자체를 꿈꾸고 있는 그들. 연구실의 책상이나 다름없는 그들과 일 년 동안 헤어져 지내게 되었다는 것이 나의 행운이었다.

비록 인조해파리 어항을 바라보면서 불면증에 시달리고 있다 해도 그건 고맙고 행복한 시간이었다. 일 년 동안의 연가가 끝난 뒤에도 나는 또 연구실로 돌아가서 그 속에서 잘 늙어갈 것이고 연구원 A, B, C도 그렇게 모래 산처럼 매일 밤 바람에 옮겨다닐 것이다.

청설모

산동 산수유가 빨갛게 맺힌 그 여름에 우리는 지리산을 종단하기로 했다. 지리산은 원래 여성스러워서 봄에 아름답지만 그들은 지리산이 높고 잘생긴 탓으로 남성적이이라고 생각한다. 그러나 지리산은 사철 안개 낀 날이 많아서 상봉에 올라 그들이 지리산 전경을 내려다보는 걸 좀처럼 허용하지 않는다. 늘 가리고 감추어놓고 부끄럼을 잘 타는 여인 같다.

그래서 남자들이 지리산을 좋아하나 보다.

곧 큰비가 올 것이다. 여름이 다 가고 있지만 여름이 가기 전에 지리산이 그들 누군가를 삼키지 않고는 그냥 지나칠 리 없다. 그런 비상이 걸린 시기에 지리산을 오른다는 건 큰 모험이다. 우리는 그걸 알면서도 산행을 결정했다. 우리들 중에 아무도 고집을 부리거나 꼭 그래야만 될 이유가 있는 것도 아니면서 예정대로 오르는 것은 그냥 우리들의 사랑을 그 무엇도 이기지 못할 것이라는 믿음이 있기 때문이다.

사랑이라고 했다. 처음으로 사랑이란 말을 붙여보았다.

금요일 오후 서울을 떠나 산동 행 직행버스를 탔다. 영주는 달랑 핸드백만 한 색을 등에 달고 나타났고 유진이는 텐트와 침낭까지 준비한 집채만한 색을 메고 나타났다.

삼십 킬로나 되는 무게라고 유진은 설명했다. 유진은 유격훈련을 떠나는 군인처럼 비장한 표정으로 배낭을 차에 싣고 자리를 마련하곤 영주를 불러 앉혔다. 목에 동여맨 빨간 손수건이 히말라야에 오르는 산악인들처럼 멋지다. 여산 휴게소에서 백반을 사 먹었다. 버스 안에는 지리산 산행을 하는 남자들이 몇 명 타고 있었고 대부분은 산동에 볼 일이 있어서 가는 그곳 사람 같았다. 산수유를 사러 가는 사람도 있고 내년 고로쇠 물을 예약하러 가는 사람들도 있을 것이다. 요즘 개발한 온천에 목욕 좋아하는 사람들이 타고 있을 수도 있다.

아무튼 산동은 참 쓸모 있는 땅이 되어가고 있다. 지리산에서 죽은 공비와 아군의 피가 흐르던 계곡이라는 기억은 이제 희미해지고 있다. 하기야 60여 년이 넘어가고 있으니까 그 당시 사람들이 늙어 죽었거나 이미 정신이 흐려져서 후세들한테 잊지 말라고 전하기조차 힘들 것이다.

우리는 그 피의 계곡을 빨갛게 덮은 산수유의 열매를 보며 아름답다고 감탄하게 될 것이다. 핏빛처럼 선홍색이라고 아름답게 기억하게 될 것이다.

산동 직행버스 터미널에 우리가 내렸을 적에는 저녁 일곱 시가 넘어가고 있었다. 그런데도 여름날 긴 해는 아직도 밝은 낮이었다.

망설임도 없이 우리는 장을 찾았다.

온천장 앞이어서 눈에 띄느니 숙소들이다. 모두들 간판에 네온을 달고 돌아가고 있다.

호텔 모텔 장 그리고 민박.

장은 모텔과 민박의 중간쯤이다. 당당하게 모텔이라고 이름을 달 만큼 세련되지 못하고 따라서 숙박료도 그 중간쯤일 것이다.

그 보다는 모텔의 느낌보다는 장의 느낌으로 잠자리를 잡는 것이 마음 놓일 것이다. 우리는 아주 자연스럽게 장의 현관으로 들어갔다.

주뼛거리지 않고 누가 먼저랄 것도 없이 나란히 들어섰다. 우리들 중 누구도 끌려들어 가거나 끌어당기는 역할을 하고싶지 않았다.

다른 사람들에게 그런 모습으로 보이는 것은 우리 서로에게 피해를 주는 일이라고 생각했다.

늘 그렇게 장을 드나들던 사람들처럼 익숙하게 창문에 얼굴을 들이 대고 열쇠를 받았다. 계단을 올라가서 방문에 붙여놓은 호수를 찾았다.

어두운 통로에 발 아래가 겨우 보일 만큼 붉은 전등이 켜져 있다.

호수를 찾아서 문을 열었다. 열쇠로 잠근 문이라 해도 그냥 허술한 손잡이에 열쇠를 꽂은 것뿐인데 문이 열렸다.

손수건만 한 노란색 비닐 방바닥이 문 안에 놓여있다. 문을 밀어 닫고 우리는 좁은 방 안에 갇혔다. 등산화 끈을 풀어서 신발을 벗는데 시간이 오래 걸리는 게 다행한 일이었다. 방바닥에 엉덩이를 붙이고 문턱에 나란히 걸터앉아서 등산화 끈을 풀었다.

유진은 자기 신발끈을 풀다 말고 영주의 왼쪽 신발끈을 풀어준다. 영주는 오른쪽 신발끈을 푸는데 정신이 팔려 유진의 손 느낌을 느끼지 못한다.

우리는 직행버스를 타고 서울에서 산동에 내린 것뿐인데 등산화를 벗는 모습은 마치 지리산에서 하루 종일 산행을 마치고 내려온 사람들 같았다.

우리들 중 누구도 이런 곳에 들어와 본 적이 없었지만 처음 온 것 같지 않게 익숙했다. 세상에 모든 일이 처음 경험의 연속이라는 것이다. 그래서 사람 사는 세상 일이 지루하지 않게 이어지면서 죽는 날까지 견딜 수 있는 것이 아닐까.

우리가 이렇게 좁은 방안에 갇히면서 어떻게 될 것인지 아무 계획 없이 여기까지 왔다. 우리들 중 산동행을 제안한 사람은 유진이다. 입사 삼 년 기념이 되는 동시에 우리가 만난 지 삼 년이 되는 기념이기도 했다.

경영의 합리화 그리고 IT 발달로 졸업과 동시에 취직난이 심해지면서 S그룹 신입사원 채용은 그냥 명색으로만 그칠 요량으로 남녀

사원 10명으로 대폭 축소했다. 따라서 각 대학 상위권 졸업생들이 머리를 싸매고 몰려들었다. 대학의 명예 개인의 명예를 걸고 취업 전쟁에 참전했다.

S그룹에 생각이 없었던 사람도 오기로 응시해보는 지경이었다. 그래 어디 해볼까 하는 심경이었을 것이다. 마치 에이즈 바이러스 감염 검사를 해보는 심정이랄까.

그래서 그해 S그룹의 신규채용 시험 경쟁률은 700대 1이었다. 서류심사로만 반을 잘라내고도 필기시험 장소로 S중,고등학교 교실 전체를 빌렸다.

그 치열한 경쟁에서 승리한 10명의 합격자들은 서로가 서로를 구경하고 싶어 했고 사내에서도 별 같은 존재들이었다.

우리는 그 열 명의 별 중의 하나였고 그렇게 만났다.

여자 넷 남자 여섯 명이었는데 서로의 모습을 바라보면서 서로가 장하다는 생각이 든다. 공짜로 우주여행을 시켜준다 해도 이렇게 몰려들지는 않았을 것이다. 그러나 그 우월감도 얼마 안 가서 출퇴근 시간에 맞춰 움직이는 한낱 샐러리맨이라는 자기확인을 하게 되었고 위대한 경제황제 앞에서 머리를 조아려야 하는 미세먼지 같은 자기확인의 시간이 다가왔다.

그러면서 자괴감에 빠지기도 했고 알게 모르게 파고드는 시기와 적대감의 시선에 시달리기도 했다. 그 대책으로 그들의 시선을 피해서 동기모임을 가지게 되었고 특별하면서도 결국 특별하지 않은 존재임을 확인하는데 별로 오래 걸리지 않았다. '우리'라는 모임의 이름을 정했고 누구든 개별적인 존재임을 스스로 지워버리려는 의미였다.

자기 자신에 대한 혐오감의 상징이기도 했고 사회 전반에 대한 혐오감의 상징이기도 했다.

시력도 안 좋으면서 세상 꼴 보기 싫어서 안경을 쓰지 않고 산다는 어느 만화가의 얘기가 생각난다.

우리는 장으로 충분하다는 설명이 필요 없이 들어와 마주 앉았다. 벽을 한 면씩 차지하고 기대앉았다. 금요일 오전 근무를 끝낸 뒤 곧바로 장거리 버스 여행길에 오른 것은 신입사원 MT에 맞먹는 힘든 일이었다.

그때는 나이가 어렸고 신입사원이라는 긴장으로 힘든 줄 몰랐지만 오늘은 좀 달랐다. 그 뒤로 삼 년이라는 시간이 흘렀고 몸은 책상에만 앉아있으면서 머리와 손가락으로만 일을 해온 탓으로 신체의 근력이 줄었다. 버스 타고 산동에 온 것만으로도 지쳤다. 저녁 식사도 해야 할 텐데 꼼짝하기 싫었다.

유진은 배낭 안에서 컵라면 두 개를 꺼냈다. 뜨거운 물을 가지러 아래층에 내려간 사이에 영주는 간단히 손을 씻고 편한 옷으로 갈아입었다.

나무젓가락으로 컵라면 뚜껑을 눌러 놓고 다시 벽에 등을 기대고 앉았다.

우리는 지금 공동의 관심사는 오직 컵라면이 완전하게 불어서 먹을 수 있게 되는 시점에 맞춰져 있다.

실은 컵라면의 완전한 숙성도 아니다. 시간을 보내고 있음이다. 컵라면이 잘 불어서 먹을 수 있는 완성도를 점검하면서 유진은 웃는다. 회사에서 일을 처리할 때보다도 더 신중한 자기 표정을 상상하면서 영주를 본다.

살짝 뚜껑을 열어본다. 라면의 수프 냄새가 밖으로 새 나와 시장기를 부추긴다. 라면 먹고 이 닦고 양말 빨아 널고 KBS TV 9시 뉴스 보고 자리 깔고 자야 할 시간이 당장 코앞에 다가왔다. 더 이상의 유예는 없었다.

우리는 요를 펴서 깔았다. 넓지도 않고 두텁지도 않은 요가 한 개뿐이다.

요 끝에 무릎을 꿇고 엉거주춤하게 앉아 있던 유진은 밖으로 나갔다. 요를 한 개 더 얻어오려는가 했더니 1층에 있는 방 한 개를 더 얻었다.

아예 거기서 잘 거라고 알리곤 그 이후 올라오지 않았다. 같은 이불에서 잠을 잔다 해도 별일이 일어나지 않을 수도 있었는데 라고 생각 해보지만 실은 예측할 수 없는 일이 세상 일이고 남녀 사이의 일이니까.

요즘 유행하는 게 누디즘이고 스와핑이라지 않는가.

결혼식 전에 찍는 웨딩 비디오를 누드로 찍는다는 말세의 놀이로부터 몇 쌍의 부부가 모여 와인을 마시고 사교적 대화를 한다. 처음부터 팬티 바람으로 시작한다. 어떤 남자는 팬티 바람으로 넥타이를 매고 나타나 최고의 인기를 누렸다는 얘기도 있다. 놀이까지 너무나 인간의 민망한 모습이 벌거숭이로 드러난 마당이다.

멀쩡한 판사가 변호사가 목사가 이런 짓거리를 한다고 방금 9시 뉴스에서 말했다. 이런 세상에서 우리처럼 딴 방에서 자는 남녀는 없다. 말하자면 희귀종이다. 건강한 남녀가 신앙적으로 자물쇠를 잠근 것도 아니면서 장에 들어와 방을 따로 잡는다거나 별일이 생길 것도 아닌데 라고 자신을 가진 남녀가 있다는 것은 이해하기 힘들 것이다.

어쩌면 성욕을 못 견디고 서로를 넘볼 수도 있음을 우리가 모르는 건 아니다. 태연한 것도 폭발직전의 팽창일 수도 있다. 700대 1의 취업경쟁에서 살아남은 우리가 절대로 바보이거나 비정상일 수는 없다.

신체적으로 정신적으로 우수한 인간들임이 증명된 인물들이 아닌가. 우수한 유전자를 가진 정자를 얻을 수도 있고 건강하고 우수한 대리모가 될 수도 있는 인간임을 검증받은 우리들이다.

어쨌든 우리는 편안한 잠을 잤다.

지리산 정기가 감도는 산동의 아침 공기는 청아했다. 아침을 먹기 전에 온천탕에서 목욕을 하면 좋을 거라고 유진이 말한다. 처음으로 우리들 중 누군가 앞장서는 발언이다. 지금까지는 말이 없어도 일정이 잘 진행되어왔다. 어젯밤의 일그러진 사건이 있고부터는 말없이 진행되어가는 일정에 불만이 생길 수가 있음을 조금씩 느끼기 시작했다.

노천탕이 있다고 크게 광고 하고 있는 탕으로 들어갔다. 따로따로 갈라져서 탕 안으로 들어갔다. 새벽 이 시간에 탕으로 들어가는 남녀가 그렇고 그런 사이라는 걸 아이들도 다 안다.

얼마 뒤에 만나자는 약속 없음이 좋다. 온천탕이니까 느긋하게 온천욕을 즐겨 보는 것도 좋은 여행이 될 것이다.

노천탕 안에 벌거숭이로 앉아서 하늘을 바라보는 느낌은 참 묘하다. 허전하고 서운한 그 무엇이 느껴진다. 그것이 무엇일까. 우리는 엉성한 나무 울타리로 막아 놓은 남녀 노천탕에 갈라 앉아서 같은 생각을 하고 있다.

어깨는 허전하지만 뜨거운 물 속에 잠긴 몸은 더할 수 없이 편안하다. 몸은 매끄럽고 가볍다. 산행이 수월할 것 같은 기분이다.

화엄사에서 시작하는 코스를 잡는다. 가파르고 험한 길을 피해서 일박 이일 일정으로 종단하기로 한다. 텐트 치고 잘 지점을 안내 받고 수걱수걱 앞 사람의 발꿈치만 내려다보면서 산을 올라간다. 조급하게 마음먹어서도 안 되고 기운이 있고 컨디션이 좋다고 스피드를 내서도 안 된다. 산은 인내하며 침착하고 겸손한 사람을 사랑한다.

우리는 인내하며 침착하고 겸손한 사람으로 등급을 먹인다면 특급이다. 산행에 가장 적성이 맞는 사람들인 셈이다. 한 시간마다 십 분씩 쉬기로 한다.

다른 사람들은 쉬는 동안 물도 마시고 담배도 피고 뭔가 배낭에서 먹을 것을 꺼내 입노릇을 한다. 그냥 앉아서 하늘을 바라보기엔 심심하다.

골짜기를 타고 올라가는 청설모를 쫓아 돌팔매질을 한다.

다람쥐 먹이를 죄다 털어가는 놈들이라고 미워한다. 그 이유 말고도 그들은 누군가를 공격하고 싶은 심정이고 심하게는 살의마저 내면에 숨겨져 있음을 자기 자신도 모른다. 그들이 돌팔매질을 하는 데에는 설명할 수 없는 이유가 있을 것이다.

딱히 누구라고 지목할 수 없는 그 어느 대상에 대한 적개심이 들어있다.

청설모는 몸집에 비해 길고 부피가 있는 털 많은 꼬리를 가졌다. 꼬리를 하늘로 치켜올리고 달아난다. 그 모습이 더 얄밉다. 어느 지점에 오면 더 이상 달아나지 않는다. 안전하다고 생각하는 지점에 이르면 그 자리에 멈춰서 이쪽 상태를 살핀다. 더 이상 멀리 달아나지 않을 모양이다. 그들의 청설모에 대한 설명은 언제나 같았고 그 이상의 진전은 없다.

청설모는 그들이 알고 있는 것처럼 외래종이 아니다. 오래전부터 우리나라 북부 지방과 남부지방에 서식하는 쥐목에 속하는 한국의 야생동물이다.

영양실조로 털이 엉성해진 청설모 말고 살찌고 털에 윤기가 흐르는 깊은 산속의 청설모는 목도리 감으로 제격이다. 잣을 좋아해서 산에 열린 잣을 털어가는 도둑으로 미움을 받기도 한다. 나무 위에 까치집처럼 둥지를 만들어 그 속에 산다. 그 높이가 10m에서 15m를 넘지 않는다. 그것은 더 낮으면 땅으로 다니는 큰 짐승들이 귀찮게 할 것이고 더 높은 곳에 지으면 날아다니는 큰 새들의 밥이 되기 때문이다. 우리 귀에 아름답게 들리는 음역이 있듯이 그들이 평화롭게 살아가기 위한 안전한 높이가 있는 것이다.

자세히 관찰하면 귀에 난 털이 길어서 마치 뾰족한 털모자를 쓴 것 같아 아주 귀엽다. 나무에 거꾸로 매달려 털을 고르는 모습은 아름다운 야생이란 느낌이 볼수록 좋아 사진작가들이 몹시 찍고 싶어한다.

청설모는 동쪽 또는 남쪽 아니면 동남쪽으로 문을 낸다. 북으로는 절대로 문을 내지 않는다. 북풍은 차갑기 때문일까.

우리는 길옆으로 비켜 들어 나무둥걸에 걸터앉는다. 생수병을 배낭에서 꺼내 뚜껑을 열어 영주한테 건넨다.

– 쟤가 웃기는 애야.

유진은 청설모를 턱으로 가리키면서 말한다.

세상엔 웃기는 일이 한두 가지가 아닌데도 그들은 언제나 화만 내고 살까?

유진이 말하는 '웃기는 청설모'는 정말 웃기는 얘기다.

교미를 하기 위해 사나흘 동안 수컷 청설모가 암청설모를 열정적으로 목숨 걸고 쫓아다니다가 겨우 허락을 받게 되면 하루에도 대여섯 차례씩 교미를 한다나.

땅 위에서 나무 위에서.

그러다가 결국 암컷의 둥지에 입주하게 되는데 그게 영원한 동거가 아니라 단 스무날 동안이라나. 그 스무날이란 계산은 어디서 나왔을까.

아마도 임신이 확인되는 시점이라고 해야할 것 같다.

스무날이 지나면 수컷은 그 둥지에서 쫓겨나게 된다. 수컷 청설모는 이유도 모르는 채로 내몰리게 되는데 그것도 가까운 근처에도 접근할 수 없는 일정한 거리가 정해져 있을 거란 얘기도 있다.

법원이 폭력남편에게 내리는 접근금지 선고처럼 엄격한 접근금지령이 떨어진다.

수컷의 꼴도 보기 싫고 냄새도 싫고 가까운 곳에서 얼씬거리는 모습조차 보기 싫다는 의미일 것이다.

― 매정하고 사납고 억센 암컷 청설모에 대한 얘기가 넌 웃긴단 말이야?

― 그럼. 웃기고말고. 더 웃기는 얘기가 있지. 청설모는 말이다, 35

일 만에 새끼를 낳는 거야. 그것도 다섯 마리씩이나. 그래서 일 년에 두 배를 생산하지.

어때 우습지 않아?

– 아니. 사람들처럼 꼭 열 달 만에 생산하란 법이 어디 있어?

– 그런데 말이지 저 청설모가 이 지리산에는 어떻게 왔을까?

여긴 개네들의 구역이 아니란 말이야. 중부 이남에는 쟤네들이 오면 안 되는 구역인데 말이지.

– 오래전에 고속철 시대가 시작되었고 이미 전국이 하루 생활권에 들어왔거든. 쟤네들한테도 구역의 구분이 없어진 모양이지 뭐.

– 청설모 쟤네들은 그렇다 치고 넌 어젯밤에 잘 잤어? 어디서 잤는데?

영주는 오래된 얘기를 묻듯이 그러나 대답을 기대하고 있지 않다는 듯 시선은 딴 데를 보면서 묻는다.

역시 유진은 대답하지 않았다. 변명이나 설명을 듣고 싶어서 묻는 것이 아니라는 걸 이미 알고 있다.

– 오늘 밤엔 어디서 잘 건데?

– 텐트 속에서. 산속이니까 텐트 밖에는 몹시 춥다는 거 알지?

우리는 킬킬 웃는다. '웃기는 청설모'에 정신 팔려 십 분만 쉬다는 것이 한 시간도 더 앉아있었다. 우리는 만나 얘기하면 시간이 정지된 것처럼 시간의 흐름이 느껴지지 않는 우주 속을 비행하듯 눈 깜박할 사이에 시간이 아주 많이 지나가버리곤 한다.

그렇게 둘이서 살면 재미있게 지루하지 않게 지낼 수 있을 거란 생각을 해보곤 한다.

700대 1의 경쟁률을 헤집고 들어온 별들 중에서 서로 마음 맞는 상대를 찍기란 또 얼마나 작은 확률인가. 그렇게 좁은 시야로 따질 게 아니라 한 시대를 사는 75억의 인구 가운데서 만났다는 걸 생각해보자.

다시 산행을 시작한다. 유진 보다는 영주가 더 산을 잘 탄다. 타고난 피 때문일 것이다. 네팔 사람들이 고산을 잘 견디는 것처럼 숨이 차지도 않고 다리가 아프지도 않고 발을 내디딜 때 망설임도 없이 그냥 걸으면 된다. 땅 굽이도 산길의 돌림도 몸이 알아서 걷는다.

정말 해가 진다. 산속이어서 아직 해질 시간이 아닌데도 어두워진다. 해가 빠지고 급격하게 기온도 내려갈 것이고 텐트를 칠 여유도 없이 캄캄해질 것이다.

텐트 칠 자리를 찾아 놓고 배낭을 내려놓는다. 아주 천천히 텐트를 친다. 무언가를 하면서 집행유예를 받지 않으면 좁은 텐트 속에 단둘이 갇히게 될 시간이 빨리 다가오게 될 것이다.

우리는 버너에 불을 지피고 물을 끓인다. 유진이 철저하게 준비해 온 먹을 것 중에 하나 햇반이 있다. 참치 캔과 양념구이 김 김치 캔 슬라이스 햄 그리고 오이 튜브 고추장이다. 진수성찬이다. 이만한 남자면 아내가 아플 때라도 아침 굶고 회사에 출근하지는 않겠다는 생각을 하면서 영주는 혼자 웃는다.

슬리핑 백이 두 개였다는 깜짝 쇼가 벌어진 건 식후에 커피를 마실 때였다.

– 싫다 난. 이라크 바슬라 자살폭탄테러 현장에서 실려 나오는 사망자들처럼 자루 속에 들어가 나란히 자자구?

유진이 콧김을 뿌리면서 싱겁게 웃는다.

– 우리가 애들이니?

영주가 화를 낸다.

그들은 화만 내고 사는 이유를 이제야 알 것 같다. 무언가 마음대로 되어가지 않기 때문이라는 걸.

이처럼 간단하지 않은 산행을 영주는 왜 하자고 제안했는지 알 수 없다.

– 그럼 어떻게 자니?

– 그렇게 자신 없어?

영주가 말하는 자신이란 무엇인지 두 가지로 해석할 수 있다. 남자와 여자로서의 자신일 수도 있고 자제력이 있느냐 없느냐는 의미의 자신일 수도 있다.

그 의미를 어떻게 받아들이든 우리는 지금 아주 자연스럽게 지내고 싶다. 여기까지 떠나올 때에는 각오를 하고 출발했다. 억제하거나 거부하거나 그 어떤 것도 원하지 않는다. 분명한 것은 어떤 일이 생기든지 그 책임은 자기 자신의 몫이라는 것이다.

슬리핑백 두 개를 겹쳐 깔고 나란히 누웠다. 처음엔 팔과 어깨 그리고 엉치 순서로 마주 닿는다. 우리는 몸이 닿으면 닿아있는 대로 비키지 않았다.

잠이야 오지 않겠지만 몸은 편안한 자리에 누웠기 때문에 쉴 수는 있을 것이다. 사랑한다는 말조차 아직 주고받은 사이도 아니면서 나중엔 결혼하게 될 것이라는 믿음을 지니고 있다. 우리는 생각하는 것이 거의 같고 느낌이 같다. 우리는 서로의 표정을 보면 무슨 생각을 하고 있는지 알 수 있고 무슨 말을 하려는지 안다. 그래서 거짓말 할 때도 금방 알 수 있다.

텐트 속에서도 하늘의 별을 볼 수 있도록 하늘로 창을 뚫어놓았다.

보이는 하늘에 바람이 부는 걸 알 수 있다. 나뭇잎의 흔들림으로 바람을 느낀다.

지금과 똑같은 일이 언젠가 있었던 것 같은 착각이 들었다. 그런 느낌이 있는 것은 전생에서 겪었던 일이라고 말하기도 한다. 전생이라는 건 우리에겐 아예 없는 걸로 친다.

몸을 뒤척이다가 등을 돌리기가 미안해서 얼굴을 보이게 되면 끌어안지 않고는 자세가 나오질 않는다. 자는 척하면서 팔을 어깨에 올려놓는다.

그러나 입안에 고인 침을 소리 안 내고 삼킬 수가 없다. 다시 팔을 풀고 돌아누우며 입안의 침을 삼킨다.

- 따로 잘까?

잠이 들지 않았음을 들키고 말았다.

- 잠을 못 자면 내일 산행이 힘들어.

유진은 졸려 맥없는 목소리로 말한다.

- 내가 재워줄까?

한 팔은 팔베개를 해주고 다른 한 팔로 등을 가만히 두드려준다. 흥얼흥얼 자장가 비슷한 멜로디로 알 듯 모를 듯한 노래를 불러준다.

영주는 듣다못해 제대로 된 자장가를 작은 소리로 부르기 시작한다.

- 우리 회사 들어올 때 노래 부르는 시험도 있었는데 어떻게 합격이 되었지?

- 노래 잘 못 하는 사원도 필요하다더군. 그래야 다른 사람들을 웃긴다나?

- 그렇겠네.

- 답답하지 않아? 우리 겉옷은 벗고 자자.

- 그러지 뭐.

아무리 옷을 벗어도 더운 열기로 잠을 이룰 수 없다. 맞닿은 부분에서 땀이 고여 흐를 정도다.

- 이건 지독한 고문이지? 성직자나 수행하는 스님의 인내심보다 더한 걸 요구하는 거지.

우리는 성직자가 될 사람도 아니고 수행하는 스님도 아니기 때문에 불필요한 공부는 안 하는 게 좋다는 결론에 이르렀다.

- 난 너에게 나의 순결을 주고 싶어. 남자한테도 순결이 있다는 걸 넌 아니?

- 그렇게 어려운 말 하면 못 알아들어.

끝내 우리는 보통 남자와 보통 여자이고 말았다. 우리가 오랫동안 경멸하면서 피하고 감춰왔던 동물성을 보이고 보여주면서 한 껍질을 벗는다.

더 가까이 더 깊은 데로 접근하기 위하여 때 같은 껍질을 또 한 꺼풀 벗는다. 동물이 되었을 때 비로소 인위적으로 만들어 입고 있던 껍질을 다 벗어던지게 되었다. 그러나 껍질 다 벗은 우리는 과연 우리가 원하던 우리였을까.

그래도 더 이상 벗을 껍질이 없다 했지만 못다 벗긴 껍질이 더 있다는 걸 우리는 안다.

털이 있어 잘 난 짐승은 털이 있는 채로 있어야 하는 것처럼 우리도 껍질 안 벗은 모습으로 있을 때 멋있어 보였고 그 자체가 '우리'였음을 알게 된 것은 다음 날 아침 텐트 안에서 눈을 떴을 때였다.

캔 커피 한 개를 영주한테 던져준다. 유진은 캔 탭을 딴다.

아직 캔 탭을 따지 못한 영주의 캔 커피와 바꾼다. 우리는 서로 눈을 안 맞춘 채 모닝커피를 마신다. 말없이 우리는 텐트를 걷었다. 말없는 산행의 시작이다. 이제 우리는 할 말이 없어졌다. 제일봉까지 쉬지 않고 올라갔다.

정상에 올라 안개 덮인 산 아래를 내려다보면서도 싸운 사람들처럼 말이 없었다. 안개에 가려 희미하게 드러나 있는 산맥이 아름답다.

점점 더 화가 난다. 우리는 산을 내려오다 중턱에서 배낭을 내려놓고 쉬었다.

이번엔 치즈와 비스킷이다. 그 맛이 꿀맛이다. 화가 잔뜩 나 있는데도 먹을 것은 목으로 잘 넘어간다. 끝내 우리는 추한 꼴을 다 보이고 만다.

지리산 산행을 하고 난 다음 주 월요일에 영주는 사표를 내고만다. 유진이 말리고 달래도 영주는 다시 생각할 것 없다면서 회사를 그만두었다.

영주는 '우리'로부터 자유로워진다.

결코 '우리'일 수 없었던 자신을 발견한 것이다. 영주는 서울을 미련 없이 던지고 고향으로 내려갔다.

영주가 회사를 그만두고 난 뒤 유진은 깊은 죄책감에 빠졌다. 영주의 집이 어디인지 집 전화조차 모르면서 한 여자와 핸드폰 넘버로만 존재했던 관계가 얼마나 허망한 것이었나를 생각한다.

회사를 그만둔 사람의 주소나 신상명세를 알아보기 위해 인사과에 찾아가기도 이상한 일이다. 영주로부터 연락이 있기 전엔 그에게 닿을 방법이 없다.

그날의 섹스가 영주에겐 그렇게 큰 충격이었을까. 그렇다고 직장을 그만두기까지 하는 것은 지나친 일이다. 서로 얼굴 보는 것이 싫었다면 기회를 봐서 부서를 옮겨달라면 되는 것을.

모를 건 여자다. 영주가 퇴사한 이후로 '우리'는 더 이상 모이지 않았다.

사람이 가까워진다는 것에 대한 공포가 커지면서 영주에 대한 궁금증이 날이 갈수록 커졌다. 왜 그랬을까. 영주를 만나서 물어보기 전엔 영주에 대한 의문은 아무도 풀 수 없다.

일 년이 지나 다시 산수유가 익어갈 때쯤 유진은 지리산을 혼자 올랐다.

일 년 전 기억을 더듬으며 똑같은 코스로 올랐다. 가슴이 아프다는 말이 괜한 말이 아니다. 정말로 가슴을 칼로 저미는듯 아프다.

텐트를 치고 혼자 누워 밤하늘을 본다. 그때 영주하고 주고받던 말을 생각해본다.

월요일에 회사에 나가거든 인사과에 가서 영주의 신상명세를 알아보아야겠다.

영주의 주소는 강원도 정선군 임계면이라 적혀있다. 번지수도 없는 촌이다.

금요일 오후 다시 배낭을 메고 강원도 임계면을 찾아갔다.

번지수가 없는 집은 화전민들이 정착해서 개간한 땅일 것이라고 군청 직원이 설명한다. 몇 가구 산속에 듬성듬성 떨어져 살고 있는데 그들은 대개 장뇌를 심거나 약초를 캐면서 살아간다고 했다.

그중에 영주의 부모가 산다는 집을 알려 주었다. 유진은 거의 길이 없는 산길을 더듬어 올라갔다.

밭에서 김을 매고 있는 아주머니를 만났다. 영주네 집을 물었더니 그 여자는 돌아보지도 않고 대답했다. 조금만 올라가면 집이 있다고 말했다.

그 집에 올라가는 길에서 잠깐 걸음을 멈춘다. 영주를 만나서 무슨 말을 할지 아무 준비도 없이 찾아온 걸 후회했다. 영주가 알리고 싶지 않는 그의 모든 비밀을 들춰내는 실수를 또 저지른다면 이젠 마지막이 될 것이라는 생각이 든다.

그때 조금 전에 만났던 아주머니가 급히 올라온다. 빠른 걸음으로 팔을 휘저으면서 뛰듯이 걸어온다.

- 청년. 날 좀 봐요.

가까이 다가온 그 아주머니는 장님이었다. 앞 못 보는 여자가 밭을 메고 산길을 이렇게 뛰듯이 걸어오다니.

- 영주가 내 딸인데 댁은 누구시오?

- 영주 씨는 지금 어디 있습니까?

- 영주는 집에 있는데 제발 그 애를 좀 서울로 데려가 줘요.

우린 앞을 못 보지만 지금까지도 잘 살아왔으니까 우리 걱정은 하지 말라고 말해주시오.

- 우리라니요? 그럼 영주 아버님께서도 앞을 못 보십니까?

- 우린 장님끼리 혼인을 했어요. 어리석게도 욕심을 냈지 뭐예요. 딸 하나만 있었으면 좋겠다고 말이에요. 그런데 그 아이가 이렇게 불행해지리라곤 상상도 못 했던 일이에요.

좋은 직장도 다 때려치우고 우릴 도우려고 내려왔는데 머리가 아깝지요.

이담에 돈을 벌어서 우릴 위해주면 되는데 말이지요. 안 그래요?

유진은 어떻다고 대답을 할 수 없었다.

눈먼 아주머니가 다시 밭으로 내려가고 유진은 그 자리에서 발을 뗄 수가 없었다.

영주를 만나는 게 두렵다. 만나서 무슨 말을 할 수 있을까.

장님 부모를 내버려 두고 서울로 가자고도 말할 수 없고 그렇다고 장님 부모를 모시려면 얼마나 힘들겠냐고 위로할 수도 없다.

어쨌든 영주를 보고싶다.

유진은 마당으로 들어섰다. 영주는 마루에 앉아서 아버지한테 책을 읽어주고 있었다. 영주는 마당에 들어선 유진을 발견하곤 굳어진 사람처럼 꼼짝하지 않았다.

　- 내가 아무리 고층 빌딩을 엘리베이터로 오르내리며 출퇴근하고 거기서 유능한 사원으로 평가되어 진급하고 월급이 오르고 유진 씨 같은 장래 유망한 남자를 만나 사랑하고 혹시 이담에 결혼하게 된다 해도 내가 장님인 우리 부모한테 해야 할 효도는 달라지지 않을 것 이고 내가 쉽게 입에 담는 이담이란 말은 지금 당장 하루 한 시간이 라도 내 손이 없이는 못사는 부모님께 돌이킬 수 없는 후회의 시간 이 될 뿐이야.

　난 지리산 텐트 속에서 깨달았어. 내가 잡아야할 행복은 유진 씨가 아니라 임계 화전민의 딸로 청설모처럼 남자를 쫓아내고 혼자서 살 아내는 일이야.

　이렇게 찾아와줘서 고마워.

　두 번 다시 날 만나러 오지 마. 산길 조심해. 일 열심히 하고. 유진 씨는 꼭 출세할 꺼야. 섬세하고 정이 많은 유진 씨.

　영주는 산길을 배웅해주곤 산모퉁이에서 발을 멈추었다. 산모퉁이 를 돌면 서로의 모습을 볼 수 없는 그 지점이다.

아들은 어머니의 눈물로 자란다

코로 스며드는 음식 냄새가 잠을 깨운다. 이게 무슨 음식일까. 늘 먹고 자란 것인데, 가마득한 시간 속에 묻혀져 있던 기억들을 거슬러 올라간다. 뽀얀 국물에 굵은 파가 떠 있는 콩나물국 냄새다. 황태를 찢어 건더기를 만들어 넣은 아침 해장국이다. 아버지가 과음한 다음 날 아침이면 으레 밥상에 올라오던 황태해장국이다. 이런 냄새가 그리웠다. 집에서 나는 냄새가 그리웠다. 사람 사는 냄새. 혈육의 냄새가 거기에 묻어있다.

더 참을 수가 없어서 이불을 걸어 던지고 아래층 식당으로 내려간다. 침대 아래 잠들어 있던 내 친구 보스턴은 놀란 듯 벌떡 일어나 나를 따라 계단을 내려온다.

– 아, 좋다.

어머니가 조리대에서 무언가 열심히 음식을 만들고 서 있다. 뒷모습이 옛날 같지 않다 벌써 9년이 지났으니까. 어깨엔 살이 많이 붙어서 둥글게 곡선이 만들어졌고 산듯하게 빗어 내렸던 생머리도 아닌 파머 결이 있는 머리카락을 아무렇게나 말아 올린 채 나이든 보통여인의 모습이다.

나는 소리 없이 조리대로 다가가서 어머니를 뒤에서 끌어안아 본다. 두루뭉술 묵직한 여인의 느낌이 내 가슴으로 전해온다. 어린 시절에 나는 어머니의 품에서 자랐겠지만 9년 동안에 그 정감이 점점 사라지고 지금은 그걸 되찾아보려고 노력하는 중이다.

제왕 절개는 아이한테 나쁘다면서 하루 온종일 계속되는 진통을 배겨내고 자연분만을 고집했던 어머니다. 시간 맞춰 모유를 먹이려고 직장 앞에 전세방을 얻은 극성 어머니다.

나는 지금 스물여섯 살이고 어머니는 쉰일곱이다. 쉰일곱이란 나이도 있나 하고 나는 무언가 감감하여 잠시 숨을 멈추었다. 내가 열일곱 살 고 1때 이태리로 유학을 가서 공부 반 방황 반으로 세월을 보내고 있을 때에도 어머니는 한 번도 책망하는 편지나 전화를 한 적이 없었다. 잘 있느냐 공부는 잘되고 있는지 돈은 넉넉한지 보고 싶다는 말 대신 늘 사랑한다는 말로 끝을 맺곤 했다.

내가 세상을 어떻게 걸어갈지 걱정하면서 기다리고만 있는 어머니다.

옛날 같았으면 내 손을 뿌리치면서 저리 비키라고 내 팔을 털어냈을 텐데 어머니는 한동안 움직이지 않고 조용히 뒷모습을 보인 채 서 있다. 아마도 등으로 느끼는 아들과의 거리감을 당겨보려는 것 같았다. 나도 그런 느낌으로 어머니의 숨소리를 귀로 들으면서 조용히 서서 눈을 감는다.

피로 이어진 사이란 이런 것일까. 아무리 오랫동안 헤어져 있어도 한순간에 이어지는 체온을 느끼게 되는 사이일까.

보스턴이 밖으로 나가자고 끙끙대기 시작한다. 늘 하던대로 아침 산책을 하고 싶은 모양이다. 목줄을 찾아 목에 묶어서 강변으로 나간다.

여전히 아침 운동을 하는 사람들이 많다. 이 아침의 행복한 풍경을 마음으로 가득 안으면서 천천히 걷기 시작한다.

좀 먼 거리에 머리가 벗겨진 남자가 흐느적거리면서 걷는지 뛰는지 구분이 안 되는 속도로 다가오고 있다. 낯익은 모습이다. 목에 수건을 매고 마스크를 쓴 모습이 다른 사람과 차이가 있다.

조금 가까워지면서 그 모습이 아버지란 걸 알 수 있었다. 집안 불빛 아래서 어젯밤 마주 앉아 있었지만 아직 눈에 익숙하지 않다, 여러 사람 속에 섞여서 달려오고 있는 낯선 모습의 아버지를 본다는 건 당황할 일이다.

내가 이렇게 자라서 누구도 몰라보게 변한 데 비하면 아버지 어머니는 그리 많이 변하지는 않았지만 그래도 아주 낯설다. 낯선 것은 시각으로 느끼는 느낌이 아니고 뭔가 내가 생각하는 부모가 아닐 것 같은 서먹함이 더 크다. 며칠 있으면 이런 느낌이 사라질지 모르지만 지금은 불편할 뿐이다.

아마 아버지도 나를 알아보지 못했을 것이다. 내가 그 앞에서 발을 멈추고 그가 달려오길 기다리고 있지 않았으면 그대로 스쳐 가고 말았을 게 틀림없다. 물론 아들을 못 알아봤을 턱이 없겠지만 내가 이 시간에 산책하러 나왔을 것이고 또 아버지하고 마주칠 길을 걷고 있다는 걸 그는 상상도 하지 못했기 때문이다.

아버지는 달리던 속도를 늦춰서 나와 보폭을 맞춘다. 나는 방향을 바꿔 아버지와 나란히 걷는다. 보스턴도 보폭을 맞춘다. 이 녀석은 걸음 맞추는 데는 천재니까.

– 아, 좋다.

강물 위에 물안개가 자욱하게 덮여있다.

아버지를 닮았다면 이담에 나도 대머리 되겠네. 이런 불행한 일이 올 거란 말이지. 이 담에 닥칠 일이니까 지금은 걱정하지 않아도 되는 일이다.

집에까지 그렇게 말없이 걸어서 돌아온다. 한 시간쯤 뒤에 우리 가족은 식탁에 마주 앉았는데 이상하게도 침묵이 흘렀다.

나는 기분이 조금씩 가라앉아 가면서 점점 불안해진다. 이들이 내게 전하는 무언의 거부는 무엇일까. 오랜만에 집에 돌아온 아들과 처음 하는 아침 식사다.

아직 나는 9년 동안 이태리에서 지냈던 얘기도 앞으로 어떻게 하겠다는 얘기도 꺼내지 않은 상태다. 그들이 지금 무슨 생각을 하고 나에 대해서 어떻게 말을 서로 주고받았기에 이런 분위기가 되었을까.

바로 어제 집에 돌아와 하룻밤을 자고 일어났을 뿐인데 앞으로 내가 어떻게 살아갈 것인가에 대한 계획이나 대책이 있는지를 지금 당장 듣고 싶은 것일까. 아직 아무것도 얘기하지 않았는데 이들은 왜 이렇게 마음속으로 불만을 미리 안고 있는 것일까. 콩나물국을 단숨에 마셔버리고는 국그릇을 식탁에 내려놓고 일어났다.

숨이 막혀서 도저히 견딜 수가 없다, 왜 이러는 것인지 이유를 묻기도 싫다. 변했다. 떨어져서 지내온 9년 동안 머릿속으로만 부모 자식일 뿐이었지 실제 눈앞에 나타난 실물들은 서먹서먹한 남과 같았다.

2층으로 올라간다. 보스턴이 앞장서서 내 방으로 올라간다. 이 녀석은 말없이도 모든 것을 알아차리고 내 마음에 맞도록 움직여준다. 이미 그들이 자기를 싫어한다는 걸 눈치채고 말았다.

큰 가방 속에 챙겨온 그의 사료 봉지를 꺼내 아침을 준다.

갑자기 쓸쓸함이 몰려온다. 이태리에서도 혼자였고 여기서도 혼자라는 생각이 든다. 아무 곳에도 정을 붙일 곳이 없다는 생각이 들면서 차라리 이태리가 그립다.

그렇게 이틀을 지냈다. 잠자고 일어나 아래층에 내려가 보니 집안에는 아무도 없다. 이태리에서도 늘 그랬듯이 허허로운 집 안을 한 바퀴 빙 둘러본다.

차려져 있는 식탁 위의 밥을 주워먹고는 다시 2층으로 올라가고 더 심심하면 강변을 한 바퀴 돌아 들어오곤 한다.

사흘째 되는 날 저녁 처음으로 우리 식구들은 과일을 깎으며 둘러앉게 된다.

– 그동안 충분히 쉬었냐? 그럼 인제 네 얘기 좀 듣자. 우리가 모르는 곳에서 혼자 살아가면서 공부하고 이만큼 어른이 되어서 건강하게 돌아와서 고맙다.

– 저는 아버님 어머님이 첫날부터 왜 저한테 이렇게 차갑게 대하시는지 잘 압니다. 아들에 대한 무슨 소문을 들으셨겠지요?

– 소문은 상관없고 너한테 직접 듣고 싶으니까 말해 봐.

나는 아버지가 경영하는 운수회사 경영을 도울 수 있고 앞으로 그의 후계자로서 자질을 갖추기 위해 경영학을 공부하기로 했다. 그것도 우수한 성적으로 대학에도 진학하였고 2학년까지는 공부도 잘하고 있었다.

그러다 갑자기 어느 날 돈을 벌기 위한 목적으로 젊음을 다 바쳐서 공부하고 나중에도 돈을 세면서 돈을 쫓아서 다니다가 마지막 날에 아무것도 가지지 않고 빈손으로 세상 밖으로 내던져질 때 그때 나는 얼마나 헛된 일로 시간을 보냈을까 하는 후회가 올 것을 깨닫게 되었다. 그게 스물한 살 되는 생일이었을 것이다.

생일날 아침 핸드폰에서 울리는 해피 버스데이 투 유 노래가 잠을 깨웠을 때 눈물이 마구 쏟아졌다.

그 눈물이 외로움이었는지 어른이 되는 탈피의 눈물이었는지 잘 모르지만 어쨌든 그렇게 많은 눈물을 철철 흘려본 게 처음 있는 일이었다.

마음속으로는 자퇴하길 결심했지만 우선 교수와 면담 후에 휴학 사유서와 휴학 허가신청서를 써냈고 그때부터 나는 다시 내 인생을 설계하기 시작했다. 우선 이태리를 거점으로 하여 유럽 전역을 여행하면서 나를 해방시켰다. 어딜 가든 이 세상에서 나는 나 혼자라는 생각과 어떤 힘도 나로부터 나온다는 생각과 결국 모든 것은 나에게 귀결된다는 것이었다.

반년을 돌아다니면서 거지처럼 먹기도 했고 왕자처럼 고급 식당에서 식사도 해봤다. 잠도 마찬가지로 노숙도 해봤고 텐트를 치고 자기도 했고 고급 호텔에서 자기도 했다. 입었던 옷을 빨지 못하면 버릴 때까지 입기도 했다. 최상과 최하의 처지를 오락가락하면서 지냈다.

반년 만에 이태리로 돌아오는 떼제베 속에서 내가 하고픈 일을 생각 해냈다.

ㅡ 이거다.

나는 요리 잘하는 요리사가 되어보겠다. 그 일처럼 신나는 일은 없을 것이다. 쉽지 않은 도전이며 끝이 없는 길일 것이란 것도 안다. 요리 만드는 일을 얕보거나 하찮은 일이라고 대들 생각은 아니다. 아직도 매일 아침에 만들어 먹는 계란후라이조차 제대로 뒤집어 본 적이 없다. 그렇다고 소질로만 덤빌 것이 아니라 제대로 학구적으로 조리를 공부하면서 손동작도 연구할 셈이다. 경영학을 공부하는 것보다 더 진지하게 접근할 각오로 시작해 볼 생각이다.

처음엔 단골로 다니던 일본 식당 로바다야끼 집에서 접시 닦고 식당 쓰레기 치우고 다 쓴 주방용품들을 정리하는 일로 시작하였다. 그 일이 다 끝나는 시간은 새벽 5시였다. 워낙 낙천적인 이태리 사람들과 불규칙한 시간표를 가진 여행자들을 위한 식당이어서 늦은 손님들을 내쫓지 못하고 마냥 이어지는 발길에 얽매게 되어있다.

그 길로 도매 시장에 나간다. 그 날 필요한 자료들을 사서 가게 안에 부려 놓고 나서야 잠을 잔다. 이십 대 나이에 피곤한 일이라고는 없었다. 잘은 알아듣지 못하지만 눈치로 대화가 통한다. 일본인 오너는 대견한 듯 '재미있나? 인마 피곤하지 않나'라는 말을 반복하면서 내 머리를 툭툭 쳐주곤 했다.

야채를 다듬는 일에서 통닭을 조각내서 꼬치구이에 알맞도록 다듬는 일과 그걸 꼬치에 끼는 일 그 다음엔 간 맞추는 일 다음으로 꼬치를 구면서 장을 바르는 일로 요리 단계를 밟아 올라가기에 일 년이 걸렸다.

　잠자면서도 코에서 꼬치구이 냄새가 나는 것 같은, 로바다야끼에 푹 절여진 시간이었다.

　손님이 앉은 카운터 앞에서 꼬치구이를 할 수 있게 되었을 때 나는 일본 로바다야끼 집의 일을 졸업했다. 그들은 내가 어디 가서 독립된 가게를 차리거나 다른 식당으로 자리를 옮길 생각으로 그만둔다고 생각했지만 나는 절대로 그런 생각은 아니었다. 그동안 잘 알게 된 일본 스시 집으로 자리를 옮겼다. 테이크아웃용 도시락 초밥을 만드는 코너에서 하루 종일 초밥을 부채질로 식히는 일을 하다가 한두 번 일손이 모자랄 때 초밥을 빚게 되기까지 2년 걸렸다.

　다음으로 이태리 식당으로 옮겨 3년이다. 올리브 오일을 병 채로 기울여 필요한 만큼을 양을 정확하게 쏟아 불 수 있을 때까지다.

　레몬을 올리브 오일을 두른 팬에 엎어 놓고 반쯤 익혀서 짜내면 갈색 레몬 향이 밴 레몬 오일을 얻을 수 있다는 것을 알게 되기까지라고 하는 게 더 확실하다. 이태리 요리는 올리브 오일과 레몬이 전부라고 알게 되었지만 아직도 조금의 의문은 있다.

　그때 쯤 나는 집에 돌아가고 싶어서 하루도 더 이상 견딜 수가 없었다.

　집으로라기 보다는 서울에 가고 싶어서 견딜 수가 없었다. 무엇인가 시작해보고 싶었다, 내가 설계한 내 궤도 속으로 진입해야할 시기가 다가왔다고 생각되었다.

시작은 이를수록 좋은 것이다.

꼬치구이 집에서 아르바이트하기 시작한 이후로 집에서 만들어 준 현금 카드를 사용하지 않았다. 아마도 그 사실을 그들은 알고 있었을 것이다.

그때 이미 그들은 아들이 그들의 품 안에서 떠나갔음을 짐작했을까. 지금 내가 돌아와 쉬고 있는 이 집은 내게 무엇인가. 어머니의 자궁 같은 어린 시절의 포근함을 기대하면서 몸을 뉘고 싶어서 찾아왔다. 너무 오랫동안 떠나있었다. 끈 끊어진 연처럼 하늘로 솟아오르다가 공중에서 맴돌고 다시 수직으로 거꾸로 꼰아박히는 도중에 팔다리를 휘저으며 공기를 갈라 브레이크를 만들어 속력을 줄인다.

무서운 속력으로 곤두박질하다가 다시 천천히 비스듬하게 비상하기 시작한다. 지금은 아픔 없이 아주 피곤한 날개 짓을 접고 내려앉은 상태로 쉬는 중이다. 피곤한 날개 사이로 핏발이 선 깃털의 뿌리를 가다듬고 있는 중이다. 그들은 내가 헝클어진 깃털을 잘 고르는 동안 지켜보다가 그렇게 말을 꺼낸다.

나는 그들이 심하게 다그치기 전에 일자리를 찾았다. 이태리에서의 로바다야끼 집 스시 집 그리고 이태리 레스토랑에서 배운 일의 경력을 가지고 H 호텔 요식부에 취직했다. 어디서나 마찬가지로 주방의 룰이 적용되었다. 우선 쓰레기 치우고 주방 바닥 청소하고 주방기구들을 정리하는 일로 시작했다.

하루 종일 수도물 소리가 귀를 씻는 주방은 사면이 스텐레스스틸로 막혀있다. 긴 고무장화를 신은 채 물 위를 걸어 다니면서 서 있다. 곁눈질로도 요리하는 쪽을 넘봐서는 안 된다는 무언의 규약이 있는 것 같다. 같은 일을 하지만 약간의 선배가 일부러 조리대 쪽을 외면한 채로 바닥을 치우고 다니는 걸 보면 알 수 있었다.

어느 날 밤 반쯤 차 있는 쓰레기통을 주방 밖으로 들어 내놓으려는 데 이상하게 무게가 느껴진다. 대강 예측했던 무게보다 더 묵직한 무게가 허리에 충격을 주었다. 쓰레기통을 들다가 말고 그 자리에 내려놓고 뚜껑을 열어봤다. 별 것 아닌 야채 다듬은 쓰레기였다. 그런 쓰레기 치곤 무게가 있었다. 무심코 쓰레기를 헤쳐 쓰레기통 바닥을 들여다 보았다. 쓰레기 아래로 검은 비닐 봉투에 담긴 물건이 보였다. 기분이 좋은 건 아니지만 더러운 물건을 만지듯 꺼냈다. 여러 겹의 비닐 봉투를 벗겨 내자 그 안에서 고기 덩어리가 나왔다. 스테이크 용 고기 20킬로그램 정도의 큰 덩어리 두 조각이었다.

갑자기 무서운 생각이 들었다. 누군가 이 고기 덩어리를 훔쳐서 숨겨두었을 것이다. 지금도 어디선가 나를 지켜보고 있을지도 모른다는 생각이 든다. 그대로 쓰레기통에 넣어둘까 하다가 정의로운 쪽으로 용기를 더했다.

비닐봉지를 조리대 위에 올려놓고 주방 바닥 청소를 시작했다. 그리곤 숙소로 퇴근했다.

바람 소리에 눈을 뜨고 사방을 살폈다. 내가 누워서 자던 숙소의 침대 위는 아니었다. 몸을 일으키려고 했지만 움직여지질 않았다.

희끄무레하게 좁은 시야에 조금씩 조금씩 빛이 들어왔다. 밤인지 새벽인지 검정과 회색의 구분이 가능한 정도의 어둠 속에 누워 있었다. 시멘트 바닥이다. 눈을 비비고 시력을 모았지만 아주 낯선 장소였다. 나는 지금 시멘트 바닥에 누워있는 것이고 몸을 움직일 수 없을만큼 심하게 다친 상태이고 다만 실내는 아닌 것 같았다. 그렇다면 건물의 옥상이거나 아니면 인적이 드문 길 위 어느 모퉁이인지도 모른다.

겨우 몸을 모로 세우고 무릎을 구부려 보았다. 엎드릴 수 있었다. 바닥을 기어서 움직여보았다. 출구를 찾았지만 앞을 볼 수 없기에 무턱 대고 기어갔을 뿐이다. 벽에 부딪힌다. 길 위는 아닌 것이 분명하다. 벽에 몸을 기대고 앉아 보았다. 끈적거리는 액체가 손바닥에 느껴진다. 피였다. 다쳤구나였지 아프다는 느낌은 아니었다. 날이 밝았을 때에라야 내가 바다가 보이는 어느 빌딩의 옥상에 던져져 있다는 걸 알았다.

바닷물이 빠진 진흙 뻘에 물길을 만들어 내려가고 있었다. 뻘 위에 검정 비닐 봉투들이 붕긋이 바람을 담고 잠겨 있었다.

검정 비닐 봉투들이….

나폴리 같은 항구에도 검정 비닐 봉투들이 있었을까.

인천 송도에서 피투성이가 된 채로 병원을 제 발로 걸어 들어가 치료를 받고 이틀 동안 몸을 추스려 집으로 들어갔다.

그때에도 집엔 아무도 없었다. 다행한 일이었다. 그들이 알았으면 왜 이렇게 되었는지 따져 물었을 것이고 내 육체적 통증에 아무 도움도 안 되는 걱정을 했을 뿐 나는 나대로 외로웠을 것이다. 나는 호텔로 돌아가지 않았다. 그런 도둑들과 같은 주방에서 먹는 음식을 만드는 일이 내 머리로는 도저히 받아들일 수 없었다.

다시 집에서 놀기 시작했다. 호텔에 취직한 지 일주일도 채 안되어서 생긴 일이었다. 예리한 주방 칼에 목이 달아나질 않길 천만다행인 거다.

내가 집에서 놀면서 빈둥거리니까 보스턴이 좋아한다. 독버섯을 소화시킬 수 있는 자가 면역체를 양성하는 과정이 필요하다. 다시는 쓰레기통을 뒤집지 말일이다. 미역국이 매일 식탁 위에 올라있다. 누가 애기를 낳았을까 라고 혼자 생각하며 미역 건더기를 젓가락으로 건져 먹는데 머리를 딱 치면서 스쳐가는 전기 충격파 한 줄기, 그건 어머니의 사랑이었다.

온몸이 피멍투성이인 걸 어떻게 아셨을까. 가슴에 흐르는 눈물을 섞어서 뜨거운 미역국을 훌훌 들이마셨다.

나는 꼬박 스물네 시간을 내 방에 숨어서 지냈다. 하루 종일 벽에 기대앉은 채 생각해본다. 여기서 손을 들고 말 것인가 다시 도전할 것인가 두 가지 선택을 놓고 따져 본다. 이대로 물러선다면 다시 발을 짚을 계단을 차지할 수 없을 것이다. 여기서 물러나지는 않을 것이다. 손목이 잘려나가는 한이 있어도 전진한다. 재료를 훔치는 도둑은 막을 수 없다 해도 요리하는 실력에서는 밀리지 않을 자신이 있다. 그 일로 이길 수 있을 것이다. 누가 이기는지 두고 볼 것이다.

나는 얼굴에 멍든 자국이 지워지는 날 말쑥한 양복 차림으로 다시 H호텔 주방으로 출근했다. ID 카드를 전자 체크 머신에 긁어내고 주방으로 통하는 문을 열고 들어섰다. 캐비닛에서 작업복을 꺼내 갈아입었다 회의실에서 곧 미팅이 시작될 것이다. 모두들 허둥지둥 출근해서 옷을 갈아입느라고 주변이 소란하다. 그들이 회의실에 다 들어간 뒤 맨 나중에 문을 닫고 소리 없이 들어가 자리를 잡는다.

요식부 부장이 들어온다.

창의성 성실성을 살려 일할 때 호텔이 좋아지며 따라서 자기 성취가 따를 것이라고 훈시를 간단명료하게 끝내고는 직원들의 표정을 한 사람씩 살핀 다음 씨익 웃어주곤 사라진다.

부장이 나간 뒤 주방장이 앞으로 나선다. 맨 뒷줄의 나를 찾더니 무단으로 결근하면 어떻게 되는 줄 아느냐고 묻는다.

어머니가 갑자기 혈압으로 쓰러져서 응급실로 옮기고 간병하느라 제정신이 아니었다고 변명하면서 사과했다.

우선 반성문을 쓰고 그것이 세 번이면 퇴출이라는 걸 알라고 경고한다. 그러나 그 목소리는 당당한 용서의 의미가 아니라 뭔가 불안한 떨림이 섞여있다.

쓰레기통을 뒤지지 말 일이다. 라고 혼자 입속으로 중얼거리면서 주방을 정리한다. 아무것에도 시선을 주지 말고 주방 바닥만 내려다보면서 일을 한다. 귀에 들리는 수돗물 소리로만 주방 사람들이 얼마나 바쁘게 돌아가고 있는지를 짐작할 뿐이다.

이들 중 어느 놈은 내 얼굴에 희미하게 남아있는 멍든 자국을 찾아냈을지도 모른다. 어느 놈이 이긴 것인지 두고 볼 일이다.

두시 반이면 주방 식구들이 모여 점심 식사를 한다. 그때 요리는 나 같은 말단 요리사가 맡게 마련이다.

사나흘에 한 번씩 당번이 돌아오는데 그때 실력을 발휘해 볼 기회를 잡게 되는 것이다. 일식과 이태리식 음식을 유감없이 만들어낸다. 아주 빨리 간단하게 뚝딱 식탁을 차려 놓는다.

언제 죽게 두들겨 맞았는지 꿈을 꾼 것처럼 나를 때린 그들조차 잊어버린 것이다.

일주일에 한 번씩 비번이 돌아오는데 그 날도 나는 쉬지 않았다. 허드렛일도 도와주고 그들이 먹는 식사를 준비하는데 거의 주역을 맡아서 해치웠다.

소위 일급 요리사들이 직원 식당에 내려가서 아무렇게나 배를 채우고 일을 한다는 것은 자존심이 허락하질 않았다.

휴일에는 집에서 라면으로 끼니를 때운다는 동료들의 개그를 그냥 개그로 듣기도 이젠 식상했다.

감자 그라땅으로 간식을 준비해 놓고 잠시 화장실에 다녀온 사이에 오븐에 넣었던 그라땅 판이 비워져서 싱크대 안에 들어있었다. 모두 일을 하고 있었고 먹은 흔적도 없었다. 그렇다면 음식을 버렸다는 것인데 누가 왜 그렇게 했을까 라는 의문이 생긴다.

어디에서 나를 향해 비수를 던지려고 겨냥하고 있는 것처럼 긴장감이 돌았다. 몸을 움직이지 않고 고개를 숙인 채 시선을 주방 바닥으로 떨구고 잠시 서 있었다.

그래 내가 만든 음식을 먹기 싫다는 의미로 받아들인다. 이태리 음식이 느끼하다는 의미로 받아들인다. 한국 놈이 김치찌개나 잘 만들어 봐라 라는 의미로 받아들인다. 회 덮밥에 초고추장을 듬뿍 쏟아붓고 비벼봐 얼큰하고 정신이 번쩍 들고 혀가 개운해지고 미각이 살아나지 라는 의미로 받아들인다.

쓰레기통으로 갔을 거다, 쓰레기통을 뒤지지 말일이다. 그때 턱으로 주먹이 날아왔다.

물에 젖은 주먹이라 얼굴에 가죽 채찍처럼 짝 달라붙는다. 상대방의 손등에 내 얼굴의 세포가 묻어나기라도 하듯 잠시 밀착하였다가 떨어지는 느낌이다. 접착제의 풀기마저 느껴진다.

다시 배로 무릎이 들어온다. 묵직한 바위 덩어리가 굴러와 안기는 것 같았다. 주방 바닥에 무릎을 꿇고 엎어졌다. 뒤에서 목덜미에 팔꿈치가 파고들었다. 온몸을 볼처럼 동그랗게 말아서 바닥에서 대굴대굴 굴렸다.

수돗물 소리가 그치질 않는다, 접시 닦는 소리도 계속해서 들린다. 주방의 일상은 멈추지 않는 시계처럼 그대로 돌아가고 있었다.

쥐도 새도 모르게 주방 바닥에서 죽어가는구나. 토막이라도 내려는 건가 하는 생각도 잠깐이고 그 뒤에는 아무 기억도 없다.

나는 어둠 속에서 겨우 정신을 차리고 멀리 보이는 불빛으로 주위를 둘러보았다. 식품 구입 차량들이 드나드는 주차장 바닥에 구겨 박혀 있었고 몸을 일으키려다 다시 앞으로 고꾸라졌다. 어지러운 머리를 가라앉히고 차체를 붙잡고 일어섰다. 락커룸으로 통하는 문을 찾아 열었다. 화장실에서 찬물로 세수하고 긴 머리카락을 손가락으로 대충 빗겨 올려 정리해서 잘 묶었다. 더러워진 작업복을 비닐 봉투에 담았다. 점퍼를 꺼내 입고 큰길로 나왔다.

죽은 듯이 조용한 밤공기로 봐서 새벽 두세 시가 넘은 것 같았다. 가까운 모텔에 들어가 방을 잡았다. 작업복을 특급으로 세탁을 맡겨놓고 잠시 눈을 붙이려 했지만 잠이 오질 않았다. 몸은 쑤시고 마음은 아프고 머리는 점점 차가워지는데 몸은 뜨겁게 열이 나기 시작한다. 카운터에 전화 걸어서 감기약으로 마실 드링크를 주문한다. 진통제 같은 것도 있으면 좋겠다고 부탁해 봤다. 약을 들고 온 아주머니한테 여섯 시에 깨워달라고 말했다.

지금이 이미 다섯 시가 다 되었는데 여섯 시에 깨려면 어떻게 잘 수가 있겠냐면서 걱정 어린 표정이다.

그렇군. 자면 안 되겠다. 다시 반성문을 쓰게 되면 안 되지. 그러면서도 자꾸만 눈이 감긴다. 결국 나는 잠이 들고 말았다. 비번 날에도 주방에 출근해서 껍적대던 어리석은 사내가 정작 출근해야 할 날에는 모텔 방에 널브러져 잠들어있는 것이다. 이번에도 어머니는 고혈압으로 응급실에 실려 갔다고 해야 한다. 고혈압 환자의 발병은 결코 예고되는 것이 아니기 때문이다.

턱뼈가 으스러지지 않았고 다행히도 젊었기에 충격을 이기기에 탄력이 좋았다. 나는 부장 방으로 불려갔다. 마스크로 상처를 가리고 부장 책상 너머에서 반성문을 쓰려고 종이를 들여다본다. 눈알이 아래로 빠질 것 같다. 아무래도 눈 안에 있는 모세 혈관이 터진 모양이었다.

부장은 내게서 시선을 돌려 등을 보이면서 말했다.

주방 동료들의 시기심과 경계심이지, 그러나 그들의 노골적인 질투를 자네는 얼마나 더 견딜 수 있겠냐고.

여기까지 라고 대답하고 싶었지만 다시 오기가 발동했다.

나는 이길 것입니다. 나는 독립투사가 독립운동을 하듯이 혼자서 끝까지 싸울 것입니다.

실은 끝이 어디인지 모르지만 이제 또다시 쓰러진다면 그땐 다시 일어서지 않을 것이다. 퉁퉁 부어오른 얼굴로 오래오래 버티다가 끝내 링에서 쓰러지고 마는 복서들의 비참함에 비할까.

권고사직이었다. 끝내 나는 링에서 쓰러지지 않았다. 부장이 링 가운데로 수건을 던졌기 때문에 게임이 끝나게 되었을 뿐이다.

축 늘어진 나를 데리고 어머니는 차를 몰았다. 어머니와 나는 북한강 가에 있는 M 갤러리 레스토랑에 마주 앉았다. 강 한가운데 작은 섬 안에 키 큰 미루나무가 그림처럼 서 있다. 그 가지 꼭대기에 까치집 두 채가 걸려있는 게 보인다.

– 저 나무 꼭대기에 까치 집 두 채가 보이지? 주인이 같다는구나. 그런데 아래채는 작년에 지은 것이고 위채는 올해에 지었는데 아래채는 비워두고 안 쓴다는 것이야, 네 생각에는 그 이유가 뭘 것 같으냐?

– 주인이 같은지 어떻게 알죠? 주민등록 대조했을까요? 이름도 모르고 얼굴도 모르잖아요? 그냥 거기 사는 까치라는 것 뿐이죠.

어머니가 모처럼 재미있으라고 꺼낸 대화의 물꼬를 그렇게 비틀어 놓는 게 아니었는데 어쩌다가 내가 이렇게 되었을까.

조금 뒤에 아버지가 나타났다.

여간해선 만들어지지 않는 가족 나들이다. 그들은 운수회사를 가내 수공업 식으로 운영하면서 두 사람이 모두 손발을 그 속에 빠뜨려 넣고 살아가고 있다. 직원에게 줄 월급을 절약하는 방법일 수도 있겠지만 우두커니 집 안에서 혼자 지내게 되는 삶도 바람직한 것이 아니라는 생각에서 젊어서부터 같이 하던 일을 지금도 계속하고 있는 것이다.

집이나 직장이나 일하는 것이나 쉬는 것이나 구분이 잘 안 되고 있지만 굳이 구분할 필요가 없는 두루뭉술 형 인생이었다.

그들의 변화 없던 일상에 내가 나타나 흙탕물로 만들어 시야를 어지럽히고 있었다. 상상도 할 수 없던 일들이 일어나고 있는 것이다. 아무리 무관심하게 넘겨버리고 싶어도 더 이상은 참을 수 없는 지점에 이르렀음을 깨닫는다. 아무리 아프지 않으려 해도 뼛속까지 아파 오는 걸 견딜 수가 없었다. 그들은 내 얼굴을 바로 바라보지 않는다. 차마 일그러지고 뒤틀어진 왼쪽 광대뼈 아래쪽 볼을 마스크로 반쯤 가렸어도 옆으로 삐져나온 상처를 외면하고 싶은 거다.

나는 부자연스럽게 가리느니 차라리 오픈하고 말자는 심사에서 마스크를 벗는다. 입이 막혀서 말이 제대로 나오지 않을뿐더러 음식을 입에 넣을 수가 없었기에 애초부터 그렇게 하기로 마음먹는다. 이제 와서 감출 것도 없고 속일 일도 아니다.

어머니보다 아버지가 더 충격을 받은 듯하다. 그가 남자기 때문에 주먹으로 얼만큼 맞아야 이 지경이 되는지를 잘 알고 있었기 때문이다.

그는 내 얼굴에서 시선을 돌려 강 건너 섬으로 도망친다. 가슴 가운데로 예리한 칼날이 깊은 금을 긋고 지나가는 것 같은 통증이 일어난다.

내가 서울에 돌아와 차지하게 된 자리가 고작 이런 것이라면 아예 다시 이태리로 가버리라고 그는 말하고 싶을 거다. 나도 안다. 그가 지금 내 얼굴을 보고 무슨 말을 하고 싶은지 안 들어봐도 안다. 어머니가 소리 없이 눈물을 닦으며 긴 한숨을 내 쉰다. 장난으로도 머리쪽으로는 꿀밤 한 대도 때리지 않고 키운 자식이다. 얼마 전에도 내가 잠든 사이에 일그러진 턱이며 피멍이 든 가슴과 등어리를 보고 놀랐던 어머니였다. 오늘 또 그보다 더 지독한 상처를 보이게 되었다. 놀랐던 가슴 위에 다시 고통을 안겨주게 된 셈이다.

괜찮습니다. 하나도 안 아파요. 이 상처가 아픈 게 아니라 화가 치밀어 견딜 수가 없습니다. 이 세상이 왜 이럴까요. 나는 이길 겁니다. 이기고야 말 겁니다. 어머니 울지 마세요. 아파하지 마세요. 이 상처는 조금도 아프지 않다니까요. 지금 나는 독립운동을 하고 있습니다. 이제부터는 어머니 아버지의 힘이 필요하지 않습니다. 혼자서 걸어갈 것입니다. 걱정도 하지 마시고 모정을 그냥 잔인하게 끊어 버리십시오. 나도 그렇게 생각하고 살아갈 것입니다. 어머니 제발 울지 마세요.

어머니는 흐느끼며 숨을 몰아 내쉬었다. 어머니한테 테이블에 꽂힌 종이 나프킨을 몇 장 뽑아서 건넸다. 어머니가 슬픔을 가라앉히는 동안 나는 종이 나프킨으로 장미꽃 몇 송이를 접어서 어머니 앞으로 밀어 놓았다.

점심 메뉴는 주방장이 쉬는 월요일이어서 간단한 카레라이스 밖에 준비되어 있지 않다고 주인이 양해를 구한다.

잘된 일이다. 무슨 음식을 먹어도 제대로 먹을 수 있을 것 같지 않았는데 간단한 걸로 주문한다면 그런대로 자리 값이나 하는 셈이 되겠다.

입 안쪽 볼도 죄다 찢겨져 나가 음식을 먹을 수 없을 것 같았다.

– 에이.

아버지는 카레라이스가 나오기 전에 자리를 박차고 나가고 말았다. 못난 아들의 모습을 더 이상 마주보기 싫었던 거다. 온다간단 말없이 그 자리를 뜨고 말았다. 나는 예감했다. 더 이상 아버지의 얼굴을 볼 수 없을 것이다. "에이"라는 외마디는 시간의 금을 긋고 그 자리에서 아들을 버린 셈 치고 모든 걸 끝낸다는 외침으로 들렸다.

카레라이스는 전자레인지로 데웠는지 금방 뜨거운 접시에 담아 내왔다.

주인은 묻지도 않고 카레라이스 삼 인분을 테이블에 놓고 갔다. 세 그릇의 카레라이스는 식어 갔고 아무도 그 밥을 먹을 수 없었다.

어머니는 울면서 강을 바라보았고 나는 꽂혀있는 종이 나프킨으로 한없이 장미꽃을 접었다. 잘 보이지 않는 눈으로 대충 보고 손으로 더듬어 금을 맞추면서 꽃잎을 접는다.

어머니와 나는 강을 따라 걸었다.

아직 강바람 속에는 겨울이 남아 있었다. 그래도 바람을 쏘이니까 조여들던 가슴이 조금은 시원해지는 것 같다. 깊이 숨을 들이쉰다. 갈비뼈에 금이 갔는지 악 소리가 나올 만큼 가슴에 통증이 느껴진다. 숨이 멎는 것 같다. 호흡을 멈추고 아주 미량의 공기를 조금씩 조금씩 조용히 내뱉는다. 어머니가 놀란 표정으로 걸음을 멈추고 두 팔을 올려 내 어깨를 잡아준다.

횡경 막이 올라와서 호흡이 곤란해진 것이라고 어머니는 설명한다. 보스턴한테 밥을 주었냐고 묻고 싶은 걸 억지로 참아내고 있다. 사료가 가방에 안에 있다는 걸 어머니한테 알려 주어야 하는데.

가엾은 보스턴.

나는 네가 더 불쌍해 라고.

그러나 어머니가 말없이 나를 부축하고 걷는다.

– 병원에 가보자. 가서 엑스레이를 찍어 봐야 할 것 같구나.

뼈는 가만히 놔두면 다시 붙는다. 칼에 찢긴 상처도 약을 바르는 것보다 꼭 붙여서 묶어두는 게 더 빨리 붙는 수가 있다. 며칠 동안 방에 틀어박혀서 잠만 잤다. 마음과 몸이 동시에 회복되었다.

그러나 여전히 집 안에 돌고 있는 차가운 공기는 회복되지 않는다. 늘 비어 있는 집안에 차려져 있는 밥상과 잘 접어서 정리한 빨래가 변하지 않는 것 같지만 매일 변하는 일상의 흔적이다.

— 아버지가 물으시더라, 저 강아지는 언제 내보내느냐고. 비위생적이어서 숨조차 쉴 수 없다는 것이야. 개털이 호흡기 속으로 날아들어 오는 것만 같다니까. 또 강아지 기생충이 바닥에 기어 다니는 것 같다는구나.

그럴 수 없다. 보스턴은 여섯 살이다. 스무 살 생일 선물로 내게로 와 형제처럼 내 살에 붙어서 살아온 친구다. 혈통 좋은 보스턴 테리어의 족보를 가진 강아지로 이태리에서는 개를 아는 사람이면 다 탐내는 놈이다. 특별히 기억력이 좋아서 한번 입력된 내용은 언제나 잘 기억한다. 그의 생명이 다할 때까지 우리는 같이 있기로 약속 한 사이다. 내가 있어야 할 장소라면 보스턴의 자리까지 마련되어 있어야 한다. 다른 사람들이라면 몰라도 그들이 보스턴을 치우라고 말한다면 피할 수 있는 방법이 없다. 몰인정하고 야박스럽고 야만적이다. 발길로 차고 주먹질을 하는 직장 동료들보다 더 잔인하다.

— 너는, 기르던 개를 데리고 갈 테니까 집 안에서 키우게 해 달라고 양해를 구한 적이 있느냐. 그렇게 하려면 가족들의 동의를 구해야 되는 것 아니냐고 말씀하시더라. 개를 내보내든지 그게 싫다면 너도 같이 나가든지 해야 할 거라고 하시더라. 그리고 그 꽁지머리는 언제

까지 기르고 다닐 것이냐고 물으시더라.

어머니의 차를 빌렸다. 코앞에 닥친 생활에 대한 위협을 타결해야 할 숙제가 머리를 눌렀다. 칼 몇 자루만 잘 벼러 가지고 다니면 먹고 사는 일이야 걱정이 될까 하고 쉽게 생각했었다. 아무것도 쉬운 것은 없다. 점점 큰 산이 시야를 가리는 것만 같아서 막막했다.

한 번 갔던 강가에 있던 M갤러리 레스토랑을 짐작으로 더듬어 찾아갔다.

구면이라고 여주인이 반긴다. 그 날 어머니는 많이 울었고 내 얼굴도 매 맞아 퉁퉁 부어 있었다. 물론 그 여주인의 기억에 진하게 남을 만한 손님들이었을 것이다. 또 카레라이스 단일 메뉴였다. 주방장이 비번이라고 했다.

나의 어머니가 고혈압으로 쓰러지듯이 주방장은 예고 없이 상습적으로 결근인 모양이다.

– 제가 주방 일을 해드릴까요?

– 손님이 별로 없어요.

– 당분간 무보수로 일할께요. 그러다 보면 무슨 방법이 나올 겁니다. 먹고 잠만 재워주시면 되는데요. 여긴 집에서 거리가 머니까요.

그 여주인은 쉽게 결정했다. 아마도 그 날 보았던 내 어머니의 눈물을 믿는 모양이다. 적어도 어머니가 사랑하는 아들은 나쁜 놈일 수 없을 것이란 담보를 잡은 셈이다.

─ 이놈도 같이 있어야 하는데요.

─ 좋아요, 나도 개를 무척 좋아해요.

뱉아내는 사람이 있는가 하면 안으로 삼켜 넘겨주는 이도 있다.

다음 날 아침 가방을 꾸린다. 보스턴의 사료와 밥그릇도 함께 가방 안에 챙긴다. 어머니가 방문 밖에서 말없이 지켜보고 서 있다.

어쩌게 라고 묻고 있는 눈치였지만 설명하기 싫다. 가방을 아래층으로 끌고 내려와 현관 앞에 놓고 식탁에 차려 놓은 아침을 먹는다.

어머니는 커피를 뽑는다. 커피 향기가 집안을 따스하게 만든다. 어머니는 누런 종이봉투를 식탁 위에 내놓는다.

─ 이거 네가 어릴 때 살던 집 문서다. 대지가 백오십 평 건평이 60평이다. 나중에 잘 고쳐서 까페를 차릴 수도 있다더라. 네 몫이니까 네 맘대로 해라.

─ 어머니 지금은 아무것도 필요 없습니다. 언젠가 어머니의 힘이 필요하게 되면 그때 도와주세요. 부디 건강하게만 지내고 계세요.

아직도 철이 덜 들어서 어머니 마음 아프게 해드렸습니다. 많이 죄송합니다.

보스턴을 안고 큰길로 나와 택시를 잡는다. 지금 어머니는 아무도 없는 집 안에서 큰 소리로 흐느끼고 있을 것이다. 그 흐느낌이 내 귀에 들리는 것 같았다. 아들은 어른이 되어도 끝내 어머니의 눈물로만 자라는 모양이다.

금어(金魚)

불화(佛畵)를 그리는 스님에 대한 호칭으로 편수(片手)
또는 금어(金魚)로 불리기도 한다

짐승들은 암컷보다 수컷이 아름답다. 모양새도 수려할 뿐 아니라 색깔이 있는 것들은 그 색깔도 화려하고 선명하다.

그런데도 그 잘생긴 수컷들이 암컷들한테 꼼짝 못 하는 걸 보면 참 신기하다.

그 강점이 무엇일까.

숲속의 수컷 새 한 마리가 며칠 동안 무엇인가를 물어 나른다. 나무 아래 아늑한 한 귀퉁이에 울타리를 치는 중이다. 산속에 있는 예쁜 물건들을 찾아내 물어온다. 예쁜 색깔을 가진 것들이다. 등산객들이 버리고 간 물건들이다. 깨진 유리병 조각들 플라스틱 조각들 색색깔의 비닐 끄나풀 색칠해져 있는 나무 조각 헝겊 조각들. 아직 단풍이 낡지 않은 가을 나뭇잎 철 놓친 꽃잎들.

그런 것들은 자기가 만든 울타리 안팎으로 늘어놓는다.

자기 딴에는 아름답게 장식을 하는 셈이다.

그 수컷 새는 먹이를 주워오는 것보다 더 열심히 혼자서 집안을 꾸민다.

며칠 뒤에 드디어 손님이 나타난다.

털은 몽당비자루처럼 몸을 감쌌을 뿐 꼬리 쪽으로 숱이 작아지면서 쓰윽 미끄러져 버린 모양이다.

작고 보잘 데 없는 암컷 새가 어디선지 후루룩 날아와 날개를 접고 나뭇가지에 앉는다. 야트막한 높이의 가지를 골라 앉는다. 수컷이 집 지어놓고 울타리를 장식한 게 잘 보이는 자리일 것이다.

암컷이 집을 살피는 동안 수컷은 날개 짓을 쉬지 않고 암컷 주위를 맴돈다. 몹시 안절부절이다.

마음에 들지 않는지 암컷은 후루룩 날아가 버린다.

수컷은 잠시 실망하지만 곧 마음을 다잡고 다시 색깔 있는 물건들을 주둥이로 물어 나르기 시작한다.

햇빛을 반사하는 깨진 거울 조각도 찾아온다.

성황당 앞 나뭇가지에 묶여져 있는 당상줄 같다.

그 수컷 새가 오색을 아는가. 오색 빛나는 것들을 주워와 집을 꾸민다.

이번엔 다른 암컷 새가 날아와 그 집을 심사한다. 마음에 드는지 울타리 근처에 내려와 자세히 살핀다. 우리가 집을 살 때 이곳저곳 꼼꼼히 살피는 것처럼 집 주위를 돌면서 살펴본다.

수컷 새가 나무 위에서 두근거리는 가슴으로 지켜본다. 암컷 새가 고개를 갸웃거리면서 집임자를 찾는다. 그때 수컷 새가 폴짝 울타리 안으로 내려와서 암컷 새를 반긴다. 손님과 인사한다.

집을 이렇게 아름답게 꾸미느라 고생 많았다고 했을까. 내 마음 꼭 드는 이 집에서 그대와 함께 살고 싶다고 했을까.

고대 인간들은 사냥을 갈 때 온몸에 색칠을 한다. 맹수들이 두려워하라고 독충들이 근접하지 못하도록 하기 위해 오색을 칠한다.

동양의 기본 색채는 청·적·황·백·흑이다. 그중 가운데 황색을 예외로 하고 네 가지는 모두 원색이다.

정 다산은 여유당 전서 잡찬집에서 오색을 이렇게 쓰고 있다.

동쪽을 청이라 말하고 남쪽을 적이라 말하고 서쪽을 백이라 말하고 북쪽을 흑이라 말하고 그 중앙을 황이라 말하고 이를 오색이라 말한다.

청은 나무로 봄이며 동편이고 또 용에 비유한다.
적은 불로 여름이며 남쪽이고 주작에 해당하고
백은 쇠로 가을이며 서쪽이고 백호에 비유하고
흑은 물로 겨울이며 북쪽이고 현무에 해당하고
황은 흙으로 모든 것의 가운데를 차지한다.

뚫어지게 사찰의 본당에 칠해진 단청을 보고 있으면 커다란 원으로 변하고 그것이 자전하며 영원으로 이어지는 시간 속으로 빨려 들어가는 느낌이다.

그것을 내세의 상징이라고도 하고 영원불멸을 염원하는 인간의 욕망을 상징하는 것이라고도 한다.

서울의 북쪽 고양시 벽제동은 온 산 온 땅이 죽은 자들의 세상이다. 살아있는 사람들이 그들을 찾아다니느라 산을 깎고 길을 내고 다리를 놓는다.

서울 사람들 대부분이 벽제 하면 화장터를 생각하고 묘지를 생각하지만 막상 그곳에 가본 사람은 별로 많지 않다.

그 넓은 면적의 땅을 죽은 자들이 차지하고 그 땅을 지배하고 있다. 살아있는 사람들은 여간해선 그 동네로 이사하지 않는다. 죽은 자들의 동네에 살 집을 지으려 하지 않는 건 당연하다.

거기에 사찰을 세운다는 계획이 서고 그 편수로 재암사에 있던 금어 이덕우를 선출했다고 알려온다.

이덕우가 이번 편수를 맡게 되면 두 번째가 된다. 3년에 걸쳐 그린 재암사의 단청을 완성하고 이덕우는 금어가 된다. 금어의 칭호를 받고 나서 맡게 되는 첫 번째 단청이다. 그 일은 또 얼마나 걸릴는지 예측할 수 없다. 또 하나의 높은 산을 오르는 고행이 시작되는 것이라고 생각하며 우선 훌훌 몸을 털고 마음을 씻는 길을 떠난다.

그리 길지는 않게 다녀올 생각이지만 그것조차 마음대로 계획한대로 되지 않을 것이라는 걸 알고 있다.

겉에 방한 점퍼를 걸치고 털실 모자를 눌러 쓰고 등산화를 신는다. 등산용 배낭 한 개를 찾아 멘다. 다소 창백한 안색의 산행 꾼이다.

버스 차창에 비친 자기 얼굴이 어디서 본 듯한 얼굴과 같다는 생각이 든다.

가끔씩 이덕우의 머리에 연기처럼 피어나다가 사라지는 얼굴이다. 오랜 세월 동안 늘 똑같은 모습으로 잠깐 나타났다간 사라지곤 한다.

작은 체구에 약질의 뼈대 그리고 영양실조가 꽤 오랫동안 그의 몸에 매달려온 듯한 남자이다. 서른 살 안팎의 남자 그러니까 이덕우가 그림 공부를 마치고 절에 들어올 때 그 나이만한 남자다.

그렇지, 이덕우는 불현듯 급히 갈 곳이 생긴다.

이덕우는 벽제에서 멀지 않은 유동희 화백의 화실로 목적지를 정한다. 갑자기 발걸음을 서두른다. 지난 십여 년 동안 급할 것이 없고 흔들릴 일이 없던 이덕우는 이런 묘한 기분이 된 자기 자신을 바라보면서 혼자 웃는다.

승복을 벗고 등산화를 신고 방한 점퍼를 걸치기 만해도 몸과 마음이 동시에 절을 떠날 수 있는 것인지, 수행이 덜 된 탓인지.

여전히 대문 없는 화실이 뎅그마니 들판에 놓인 듯 멀리서도 보인다.

십 년 만이다. 이덕우가 화실을 떠나던 날 유동희 화백은 저 납작한 집 앞에 나와 서서 밝은 표정으로 손을 흔들어 주었다. 아마 지금 문을 열고 들어서면 바로 그 표정으로 이덕우를 반겨줄 것이 분명하다.

코앞에 있는 초인종을 누르려고 했을 때 그제야 빈손으로 찾아온 걸 후회한다. 그러나 어서 들어가 유동희 화백의 얼굴을 보고 싶단 초조감을 누를 길이 없다.

초인종을 누르고 기다렸지만 기척이 없다. 잠시 기다렸다가 문고리를 잡아 당겨본다. 힘없이 문이 열린다. 안에는 밝은 빛이 가득하다. 크고 높은 캔버스를 받침대에 뉘이고 그걸 들여다보고 있는 유동희 화백의 둥글게 굽은 등이 먼저 보인다.

선생님.

그렇게 유동희 화백을 불렀지만 목소리가 나오질 않는다. 십 년 동안이나 선생님이란 말을 입 밖에 내지 않은 입에선 말이 되어 나오질 않는 모양이다. 이덕우는 잠긴 목소리를 다듬으려고 기침을 해본다. 그 기침 소리에 유동희 화백이 두 손을 화폭에 짚은 채로 고개를 돌려 이덕우를 향한다. 유동희 화백은 양미간을 좁히며 이덕우의 얼굴에 초점을 맞춘다.

천천히 허리를 펴고 몸을 돌린다. 좀 떨어진 데서 보는 유동희 화백의 모습은 많이 늙었다는 느낌이다.

그래 세월이 십 년인 데야.

– 덕웁니다 선생님.

이덕우는 두어 걸음 다가가서 마룻바닥에 넙적 엎드려 큰절을 드린다.

고개를 들어 유동희 화백을 바라보는데 눈물이 쏟아져서 몸의 중심을 잡을 수가 없다. 유동희 화백의 물감 묻은 손이 이덕우의 팔꿈치를 잡아 일으킨다.

유동희 화백의 팔에 아직은 기운이 들어있어 안심이다. 겨우 몸을 세워 일어서자 유동희 화백은 이덕우를 왈칵 끌어안고 한동안 말을 하지 못한다.

가슴으로 감지하는 유동희 화백의 몸은 마른 소나무 등걸 같다. 잘 말라서 솔향이 짙은 장작더미의 나무처럼 느껴진다.

벽난로에 장작을 지피고 불가에 나란히 앉아있다. 아직 서로 궁금한 그 어느 것도 묻지 못한 채 시간을 흘려보내고 있다.

피나 살이 섞였다면 십오 년을 먹여 키웠는데 그렇게 발을 끊은 채 십 년씩이나 견디지는 못했을 게야.

그렇게 저를 아껴 주시던 사모님은 어떻게 되셨는가요.

두 사람은 마음 다잡아먹고 동시에 입을 뗀다. 그러다 말이 엉켜서 그만 고개를 돌리고 만다. 다시 머릿속으로 생각을 정리한다.

이덕우는 유동희 화백이 무슨 말을 묻고 싶어 하는지를 잘 알고 있다. 다만 덜 미안한 대답을 드리고 싶어서 머리를 가다듬고 있을 뿐인데 유동희 화백은 그걸 오해하고 있다. 변변치 않은 인생을 살아가고 있는 게 부끄러워서 말을 못 하고 있는 게라고 생각한다. 그리고 다시 식객으로 찾아온 걸로 짐작하고 있다. 그래도 자식이라면 무조건 받아들여야 한다고 마음을 다잡고 있다.

그러나 지금 이덕우의 얼굴에 비치는 고요와 평화는 그림으로도 그릴 수 없는 맑은 아름다움이다. 유동희 화백은 이덕우의 얼굴에서 그 아름다움을 발견하곤 고마운 생각이 든다. 이 얼굴만 마주보고 지내도 행복할 것 같다.

유동희 화백은 화실 구석 냉장고 옆에 두었던 소주 한 병을 들고 온다. 그리고 물감 묻은 손으로 마개를 비틀어 딴다. 벽난로 위에 그대로 엎어놓았던 종이 잔 두 개를 내려 반쯤씩 따른다.

― 십 년만인가 들지.

― 예.

이덕우는 손에 들고 있는 종이 잔이 어설픈 유동희 화백의 지금을 말해주는 것 같아 더 이상의 무엇을 알려하지 않기로 한다.

그리곤 유동희 화백의 손을 끌어다 가슴에 안아본다. 한 손에는 소주잔을 든 채로 한동안 눈을 감고 있다. 어렸을 적에 얼마나 고맙고 따뜻한 아버지 냄새가 배어있는 손이었는지.

― 고맙습니다. 선생님.

― 별 소릴 다 하는구먼.

벽난로 앞에 불빛을 안고 앉아있는 이덕우의 옆모습을 보면서 유동희 화백은 어디선가 많이 본 한 남자의 모습을 떠올린다.

잊어버릴 만하면 가끔 길 저편 나무그림자 아래 나타나서 이쪽을 향해 서 있던 남자가 생각난다. 어디를 보고 있는지 알 수 없는 방향으로 얼굴을 돌리고 서 있다. 일 년에 서너 차례 어느 해는 거르고 아니 걸렀다기보다 유동희 화백의 눈에 띄지 않는 시간에 와서 서 있었는지도 모른다.

그 남자는 짐작으로 지금의 이덕우 만한 나이였을까.

늦가을인데도 얇은 옷감 셔츠를 입었던 그해도 생각이 난다.

그 남자가 나타나기 시작한 것이 이덕우가 이 집에 오고 나서부터였으니까 분명히 이 남자는 사연이 있어 오는 거라는 걸 알 수 있었다.

그러나 유동희 화백은 그를 못 본체 무시해 버린다. 이덕우를 사랑양자회에서 입양해 오기까지 두 부부는 얼마나 많은 고민을 하고 말다툼을 하고 그들에게 닥칠 알 수 없는 미래에 대한 두려움까지도 이기고 난 후에 그 아이를 비로소 데려온 것이 아닌가.

고들빼기를 밭에서 캐다가 김치를 담그면 짜게 담아야 제맛이 나지 요즘 사람들의 입맛에 맞게 싱겁게 담그면 고들빼기는 간데없고 풀 김치만 남는다. 요즘은 비닐하우스에서 그 고들빼기마저 농사를 짓는다. 우럭도 양식하고 전어도 양식한다. 냉이도 달래도 비닐하우스에서 물을 주어 키운다.

양도 원숭이도 소도 복제해서 재산을 늘인다. 이제 게놈을 바꾸고 사람도 복제하고 그 부품들을 만들어 낼 시간이 온 것이다. 이런 시대에 피가 무슨 소용 있단 말인지. 차라리 복제된 인간을 만드는 편이 의미가 있는 것이지 아이를 데려다 양부모가 된다는 것은 싫다.

유동희 화백의 아내가 매일 밤 울면서 유동희 화백을 설득시킨다. 적어도 우리의 그림을 간직할 수 있는 사람은 필요하지 않겠냐고 유동희 화백은 거칠게 반박한다. 그 말 속에는 아이도 못 낳으면서 불평은 웬 불평이냐 하는 공격성 억양이 감춰져있다.

마침내 어느 쪽이 양보한 것이 아니라 아이 입양하자는 생각이 옳다는 것에 의견을 합친다. 세상 모든 사물을 복사하고 만들어 내는 터에 피가 중요해서가 아니라 그렇게 복사하듯 그런 아이 하나가 있으면 없는 것보다 더 좋을 것이라는 생각이다.

다만 딱 한 가지 입양의 조건을 비인간적으로 붙인다면 그림에 소질이 있는 남자아이로 데려오고 싶다.

그렇게 사랑 양자회에 신청해 놓고 기다려 온 지 반 년 만에 아이를 만나러 오라는 연락을 받는다. 유동희 화백은 그렇게 기다리던 일인데도 그 전화에 가슴이 내려앉는 기분인 건 웬일인지 모른다. 새로운 운명의 길을 걷기 시작하게 된다는 두려움 같은 것이었다. 스스로 선택한 길이다.

유동희 화백 부부는 서울 망원동 사랑 양자회를 찾아간다. 그날이 11월 9일이었는데 이상하게도 때 이른 첫눈이 내린다. 춥지도 않고 아직 겨울이 시작되지도 않았는데 미끄러운 고갯길을 올라가 그저 일반 살림집처럼 보이는 아늑한 양옥집 대문에 걸린 간판을 읽는다. 사랑 양자회란 글자가 따스해 보인다. 이런 좋은 느낌은 분명 좋은 인연을 줄 수 있는 징조라 생각하며 안으로 들어선다.

아이들이 착하고 순한 그러나 어딘가 빈 듯한 시선으로 낯선 손님을 구경한다.

문간방 문이 열리고 사무직원인 듯 젊은 여자가 그들을 반갑게 맞는다.

– 첫눈이 오네요. 기쁜 일이 있을 것 같은 날이죠? 올라오시기에 미끄럽지 않으셨어요? 앉으세요.

짧은 말로 쉴 새 없이 너댓 마디를 쏟아 낸다. 무엇인가를 잘 보여야 할 때 사람들은 친절에 친절을 덧붙이게 마련이다. 유동희 화백은 그 여직원의 친절이 눈물겹다. 무슨 부탁이든 들어줘야 한다고 마음을 굳힌다. 비록 그녀가 데려오는 아이가 마음에 안 들더라도 가슴에 안고 맞아들여야겠단 결심을 한다.

그 여직원은 차를 내온다.

– 드셔요.

– 고맙습니다.

그들이 차를 마시는 동안 기록장을 꺼내와 아이의 사진이 있는 페이지를 유동희 화백 앞에 펼쳐 놓는다.

– 이 아이가 여기 온 지 일주일 되었어요. 유 선생님이 기다리고 계시는 아이가 아닌가 해서 연락을 드렸습니다. 먼저 기록장을 검토해 보신 뒤에 마음에 맞으시면 아이를 데려오겠습니다.

유동희 화백이 기록장을 읽어보는 동안 여직원은 기록장에 적혀있는 것보다 더 상세하게 그 아이에 대해서 설명한다.

읽는 것보다 귀로 듣는 것이 더 빠르겠다 싶어 유동희 화백은 시선을 들어 창밖을 본다. 밖엔 제법 눈발이 굵어져 펑펑 내리고 있다.

좋은 날이라 했지.

– 여섯 살배기인데 몸이 약하고 키가 작아서 그런지 사진의 얼굴은 나이보다 더 어려 보이죠? 아버지가 맡기고 갔어요. 아버지는 페인트칠을 하는 막노동자구요, 애 엄마는 이 아이를 낳고 죽었대요. 할머니가 길렀는데 할머니마저 죽었다는군요. 가엾은 아이죠.

다른 건 다 믿어도 엄마가 죽었단 말은 믿을 수 없어서 호적등본을 떼 오라 했더니 그 서류를 얼른 내놓더군요.

혹시 서류가 필요해서 그걸 떼러 가려면 고향이 멀어서 시간과 돈이 드니까 아예 여러 통 들고 다닌대요.

사람을 하도 만나봐서 한번 척 보면 알 수 있지 않아요? 무척 착한 사람이었어요. 거짓말 같은 건 아예 모르는 사람일 겁니다. 제가 책임질게요 그뿐 아니라 입양한 후에 양부모와 친부모 사이에 생기는 모든 문제는 우리가 맡습니다. 그러니 아무 걱정 마십시오.

이 아이가 그림에 소질이 있다는 말은 그 아버지가 전해준 말인데 그건 잘 모르겠구요. 우리가 실험할 방법이 없으니까요.

그러나 아버지의 이런 소원 한마디에 선생님 댁에 전화를 드렸습니다.

제가 그림에 좀 소질이 있습니다. 워낙 어렵게 자라서 그림 공부를 한 적이 없어요. 그래 페인트칠 일이라도 하며 아파트에 색칠하면서 그림을 그린다 생각하지요. 제가 착하게 살면 내 아이가 내 소원을 들어줘서 그림을 그리는 화가가 될 것 같은데 이 아비가 그림 공부는커녕 먹여 살리기도 힘들어 아이를 여기에 맡기러 왔습니다. 부끄럽기 짝이 없습니다. 제 운명이라고 생각합니다만 그림을 공부할 수 있는 댁에 부모를 만나면 얼마나 좋겠습니까?

매일 잠들 때마다 소주잔 들고 기도하는 건 오직 그것뿐입니다.

소주잔 들고 기도하는 놈의 말을 누가 들어 주겠습니까?

아버지의 미안해 웃는 얼굴이 너무도 착해 보였습니다. 아이도 물론이지만 이 아버지와 함께 고생하며 살아줄 여인이 없을까 하는 생각도 했을 정도였어요. 저는 이게 병이죠.

그 여직원의 말은 그렇게 끝이 났다. 눈발이 더 굵어지고 있다. 고갯길을 내려갈 일을 걱정하고 있는 아내의 표정이 그제야 보인다.

- 데려올까요? 한번 만나 보시겠어요?

마음의 결정을 백 퍼센트 한 다음에 만나도 어려운 만남이다. 서로 상처를 받을 일이 뻔하다. 아내의 결정을 기다린다.

- 교수님이 마음 내키시면 만나세요.

아내가 생각보다 밝은 목소리로 시원하게 결론을 내린다.

풀죽은 아이가 여직원의 손에 끌려 사무실 안으로 들어서는데 유동희 화백과 아내가 동시에 그 아이를 향해 팔을 벌렸다. 아이는 잠시 망설이더니 유동희 화백한테로 몸을 돌린다.

아마 이 아이는 남자가 더 만만한 모양이에요. 우리 집에서도 남자 선생님을 더 잘 따라요. 서운해하는 아내의 마음을 달래려 여직원은 마음을 쓰는 모양이다.

유동희 화백은 아이를 안았다. 새처럼 가벼운 아이의 몸을 처음으로 느낀다. 아이는 이렇게 기운이 없는 것이로구나. 그래서 조금만 아프면 죽는 모양이지. 이 작은 몸에 이 가느다란 갈빗대에 무슨 힘이 들어 있을까.

- 여섯 살이라 했나요?

- 손이 왜 이렇게 파래요?

아이가 물감 묻은 유동희 화백의 손가락을 잡고 들여다보면서 묻는다.

- 그래 잘 봤다. 나는 그림 그리는 사람이란다.

아이는 웃는다. 맥없는 웃음이다. 영양실조로 핏기가 없고 애정결
핍으로 시선도 불안하다. 여섯 살밖에 안 난 아이가 이렇게 어려운
시간을 견디는 게 가엾어서 견딜 수 없다. 유동희 화백은 아이를 안
고 일어선다.

– 어떤 절차가 남아 있나요? 우린 지금 밖에 나가서 눈 구경을 하
면서 집에 가고 싶은데요.

– 그렇게 하시지요. 나중에 한 번 더 들러 주시지요.

아내와 아이 그리고 아비 그 세 사람이 보이지 않는 줄에 꿰어져
눈길을 걸어 내려간다. 히말라야를 등반하면서 로프로 서로 묶어서
졸지 못하게 발걸음을 쉬지 못하게 하려는 등반대원들의 산행처럼
그 세 사람은 이제 한식구가 되어 미끄러운 고갯길을 내려간다.

눈이 내리는 게 어른이 되어서도 좋은데 이 아이는 얼마나 좋을까.

– 눈이 와서 좋지?

– 음.

– 춥니?

– 아니.

– 눈을 발로 짚어 볼래?

– 음.

– 미끄러워?

– 아니.

아이는 음과 아니를 열심히 반복한다.

우리의 삶도 음과 아니의 연속이지 뭐야.

어두운 새벽부터 뒷마당에 있는 바위 밑에서 콩콩 두드리는 소리가 들린다. 유동희 화백은 창문을 열고 소리가 어디서 들리는 것인지 살핀다. 아이가 마당에 쪼그리고 앉아서 작은 돌절구에다 무언가를 빻고 있다.

아이는 하도 열중한 탓에 곁에 사람이 와 있어도 모르는 채 절구질을 해댄다. 보이는 것이 없다.

아이는 열여섯 살이나 되었는데도 남자 티가 조금도 없다. 아직 소년인 채로 영 자라지 않는다. 어깨 넓이도 동그란 게 여자아이인지 남자아이인지 구분되지 않는다. 잘 먹지 않는 식성 탓도 있지만 선천적으로 왜소한 체구에다가 내성적인 성격도 그 아이의 성장에 영향을 주었을 것이다.

바짝 다가가서 절구 안을 들여다볼 때까지도 인기척을 알아차리지 못한다.

절구 안에는 가루가 된 물질들이 날아다니고 있다.

그만 절구질을 멈추고 아이는 절구 안을 들여다본다. 손가락으로 가루를 집어 손바닥에 올려놓고 문질러본다. 매끄럽고 따스하다. 아이는 그 가루를 혀끝으로 찍어 맛을 보는지 아니면 혀로 만져보는 것인지 눈을 감고 그 느낌에 집중한다.

  - 그게 무어냐?

  - 안녕히 주무셨어요? 시끄러워 잠을 깨셨어요, 선생님?

  - 아니다. 넌 잠을 안 잤냐?

  - 이게 궁금해서 잠을 오래 잘 수 없었어요.

아이는 그림물감을 만들어 내고 색깔도 만들어 내고 싶은 거다. 왜 사람들은 있는 물감을 사다가 섞어서 쓰는 것으로 만족하는 것인지 모른다. 태초에 색깔은 어디서 왔을까.

색깔의 원천을 찾아낼 수는 없지만 색깔 있는 돌을 찾아서 원시적인 방법으로 그림에 칠해 보자는 생각이 든다.

유동희 화백이 그리는 그림물감을 그렇게 만들어 내민다.

원래 돌가루를 섞는 안료가 있다. 특히 석채를 즐겨 쓰는 화가들도 있지만 워낙 값이 비싸서 대부분의 화가들은 여간해서는 석채를 쓰지 않는다.

그러고 보니 바위 위에 돌 조각들이 많이 널려있다. 대부분 색깔이 있는 돌이고 물에 깨끗이 씻어 말리고 있다.

  - 선생님, 저 고등학교에 안 가면 안 될까요?

  - 왜? 공부하기 싫으냐?

  - 그냥 선생님을 도우며 하루 종일 화실에서 지내는 게 좋을 것 같아서요.

여섯 살짜리 어린아이를 데려와 십 년, 열여섯 살이 되도록 말썽 한번 부리지 않았고 양부모를 마음 아프게 한 적 없는 아이다. 마치 뜰에 심어 놓은 한 그루 정원수처럼 그들 사이에 시간이 흘렀을 뿐 걸림돌에 걸려 넘어져 본 적도 없어 입은 상처도 없다.

밥을 주면 먹고 새 옷을 사 주면 감사하게 입고 집에서 학교, 학교 에서 집을 왔다갔다 하는 것 외에는 다른 놀이에도 별 흥미가 없는 아이다.

어떻게 보면 어른스럽고 또 어떻게 보면 바보스럽기도 하지만 다 른 쪽으로 생각해보면 두려워지기까지 하는 차갑고 깊은 데가 있는 아이다.

다만 유동희 화백 부부가 입양해 와서 부모 자식 사이로 맺어진 관 계인데도 아이는 그들 부부를 엄마 아버지로 부르려하지 않는다. 굳 이 그렇게 부르기 싫으면 그렇게 하라고 내버려두고 싶다. 선생님이 란 칭호도 그 아이가 학교에 입학한 뒤로 그림을 가르치고 한글을 가 르치면서부터 자연스럽게 붙여진 칭호다.

아마 아이는 자기를 세상에 버리고 떠난 혈육들에 대해 붙여지는 그런 이름을 거부하고 싶은 건지도 모른다.

여섯 살 때의 기억을 놓치지 않으려 해도 점점 가늘게 점점 흐릿 하게 멀어져가는 걸 어쩔 수가 없다. 그 기억은 자꾸만 이어지는 것 이 아니라 사라져가고 있는 것이기 때문이다. 그냥 한번 길을 지나가

다 눈에 스쳤던 시골의 작은 초가집 지붕 위의 버섯 송이 같은 것이다. 무슨 버섯이었는지 회색이었는지 갈색이었는지 확실하지 않다.

– 학교는 친구도 사귀고 스승도 만나고 좋은 그림을 그리기 위해 필요한 모든 것을 얻을 수 있는 곳이야.

– 저는 친구도 필요 없고 스승은 선생님 한 분으로 충분합니다.

아이가 그 말을 하기까지 몇 년이 걸렸는지 모른다. 생각하고 또 생각하고 망설이고 망설이다가 오늘을 겨우 만나게 된 것이다.

– 알았다. 네 생각이 그렇다면 그렇게 해라. 그렇지만 잘못 생각했다고 느꼈을 때 곧바로 말해야 한다. 학교에 가는 것은 언제든지 계속할 수 있도록 해둘 테니까 휴학이라는 제도가 있지. 사람 사는 데는 휴학처럼 살다가 쉴 수는 없지만 사람이 만들어 놓은 학교는 그런 것이 가능하니까. 알겠지?

학교를 그만두었을 때 아이는 머리가 맑아지는 것을 느낀다.

그리고 그 기운이 하늘의 중간쯤에 올라가 있는 것 같은 가벼움을 느낀다.

세상에 발을 붙이고 사는 사람이 아닌 것 같은 느낌이라고 할까.

처음으로 학교 가는 길이 아닌 방향으로 길이 있다는 걸 알게 된다. 아이는 그 길을 따라가 본다.

작은 언덕길을 넘었을 때 갑자기 사람 사는 동네가 아닌 죽은 자들의 동네를 만난다.

온 산이 작은 무덤으로 덮여있다. 나무 한 그루도 없는 민둥산에 올록볼록 흙덩이가 아무렇게나 흩어져있는 것처럼 보인다. 모두 죽은자들이 들어있는 집이다. 산 고개 하나를 넘어서 높은 등성이에 올랐을 때 그 너머로 더 큰 산들이 그렇게 흙덩어리를 잔뜩 덮고 엎드려있는 걸 본다. 작은 무덤 곁에 파릇이 돋은 잔디 위에 누워본다. 아주 편안하다. 땅에 누우면 이렇게 편안해지는데 사람들은 왜 죽는 걸 무서워하지. 죽으면 큰일 나는 줄 알지.

그래 학교에 다니는 것이나 안 다니는 것이나 다를 것이 없고 살아있는 것이나 죽어있는 것이나 다를 것이 없다.

하늘을 본다. 구름과 바람으로 공기 기운의 무늬가 선명하다. 규칙적인 무늬이다가 둥글게 둥글게 이어지다가 한 덩어리로 뭉쳐져서 하늘 끝으로 사라진다.

둥그런 물체에서 느껴지는 무한성 그리고 아름다움 또 다정함 같은 게 아이를 끌어당긴다.

그 날부터 아이는 나무 조각을 다듬어서 작은 공을 만든다. 크고 작은 나무공이 상자에 가득 찬다.

- 색칠을 해보자. 무슨 색이든 네가 만든 색깔로 칠해 보면 재미있을 것 같은데.

- 청색은 어때요?

아이는 대뜸 청빛을 꼽는다.

청빛은 독이다. 그래서 파랑나비 모르포는 죽음을 상징하기도 한다.

– 그래 나무와 잘 어울리는 청을 칠해봐라.

일 년 내내 아이는 청빛을 나무 공에 칠한다. 그 청빛이 칠하는 것마다 다른 색이 된다. 유동희 화백은 고개를 가로젓는다.

– 백 개면 백 개 천 개면 천 개 모두 같은 색깔이 되게 하거라.

색깔의 두께 붓칠의 방향 나무의 결 붓칠의 속도 붓 칠하는 손의 힘까지도 그 청빛 색을 다르게 한다는 걸 아이는 금세 깨닫는다. 붓 칠하는 사람의 마음가짐도 색의 깊이를 다르게 한다는 걸 알게 되기까지는 조금 더 시간이 걸린다.

그럴 즈음에 유동희 화백은 이덕우에게 자기 그림의 밑그림을 맡기기 시작한다. 겨우 첫 번째 걸음마를 하게 된 것이다.

이제 아이는 그냥 아이가 아니라 이덕우라는 그림을 공부하는 아이다.

유동희 화백이 그리는 것은 언제나 산이다. 하늘을 이고 있는 산이기도 하고 하늘을 깔고 누워있는 산이기도 하고 하늘 위에 솟아 올라있을 때도 있다.

그런 산을 그릴 때 두 사람은 힘이 들어 헉헉 댄다. 그때 그 산의 빛은 바로 청빛이다.

– 청빛은 네가 칠해라.

이 세상 누구보다도 아름다운 청빛을 칠할 수 있는 사람이란 걸 인정받은 셈이다.

이덕우는 사흘 낮 밤을 쉬지 않고 청빛을 칠한다.

유동희 화백은 휘적휘적 동네 밖으로 나가 바람을 쐰다.

길이 나 있는 들판 끝에 가면 작은 가게가 있다. 거기서 소주 몇 병과 안주거리로 두부 한 모, 멸치 한 봉지를 산다. 비닐봉지를 무릎에 올려놓고 버스를 기다리는 사람처럼 버스 정류장 의자에 앉아서 한참 동안 길 건너 풍경에 눈을 판다. 서울 쪽에서 온 버스가 정류장에 멎고 사람들이 서넛 내린다. 이 동네에 걸맞는 모습이다. 겸손하면서 건강한 얼굴에 죄 없는 웃음을 띠고 내린다. 아마도 버스 운전기사한테 고맙다는 인사를 한 끝이라 그 표정이 그대로 남아있는 모양이다.

맨 끝으로 작은 한 남자가 내린다. 버스가 떠나고도 한참 동안 정류장에 서 있다. 시선은 유동희 화백 쪽이다. 유동희 화백 쪽이라기보다는 유동희 화백의 뒤쪽이다. 유동희 화백의 화실 쪽이다.

잊을만하면 보이는 남자다. 나이는 마흔 중반일까 그보다 더 되었을까한 남자다. 눈에 띌 때마다 이 동네 사는 사람일까 궁금했었는데 버스에서 내려 정거장에 오래 서 있는 걸 보면 이 동네 사람이 아니라는 건 확실하다.

유동희 화백은 그 남자를 관찰하는 게 정거장에 앉아있기에 심심치 않아서 좋다. 얼마 뒤에 그 남자는 길을 건넌다. 유동희 화백이 앉아있는 정거장을 지나 그가 늘 서 있던 나무 아래로 걸어간다.

그러면 그렇지.

그 남자는 유동희 화백이 미리 알고 있는 그 나무 아래에 가더니 걸음을 멈추고 그늘에 선다. 여전히 유동희 화백의 화실을 향해 서 있다.

시간이 꽤 되었을 때 그 남자는 발길을 돌린다. 그러고는 유동희 화백이 들렀던 가게로 들어간다.

금방 나오더니 버스 정류장으로 온다. 마주칠 것 같다. 아주 가까운 거리에서 그를 볼 수 있게 된다. 그가 그제야 정류장에 사람이 앉아 있음을 알고 조금 떨어진 거리에 고개를 돌리고 서 있다. 이번엔 버스를 기다리고 있는 게 틀림없다.

버스가 오는 방향을 여러 번 초조하게 바라는 보는 표정이다. 어딘가에 어느 부분인가에서 눈에 익은 얼굴을 떠올린다.

이덕우.

유동희 화백은 가슴이 철렁 내려앉는다. 이 남자가 가끔씩 나무 그늘에 몸을 숨기고 서 있는 것은 자기 아들인 이덕우를 먼발치에서라도 한번 보고 싶어서 오고 있는 것임을 알겠다.

이럴 때 아는 체를 해야 할지 모른 체 해야 할지 판단이 서질 않는다. 마치 도둑질을 하다 들킨 것 같은 기분이 드는 건 뭘까.

그는 외모로 봐서 그리 건강하고 힘 있어 보이지는 않는다. 게다가 경제적으로 여유 있어 보이지도 않는다. 여전히 이덕우를 양자회에 맡길 당시나 지금이나 나아진 것이 없음을 짐작할 수 있다. 아직도 그 남자는 아파트에 페인트칠하는 일을 하고 있는 것 같다.

풀죽은 어깨 계절에 맞지 않게 다소 두터운 옷은 묵을 집조차도 변변치 않다는 걸 말해주고 있다.

그가 아는 체 해올 때까지 그냥 있어야겠다고 마음먹는다. 그가 이만하면 유동희 화백의 얼굴을 모를 리 없을 텐데 그는 주변의 것에 신경을 쓸 만큼 여유 있는 상황이 아니다. 그저 자기가 생각하는 일에 급급할 뿐이다.

어쩌면 잘된 일이다. 그를 관찰할 수 있어서 다행이다. 다음에는 당황하거나 궁금할 필요가 없을 테니까.

그 남자는 서울 쪽으로 가는 버스를 타고 떠난다. 아무 미련도 없이 그래도 무언가 숙제를 하고 가는 듯 후련한 표정이기도 하다.

유동희 화백은 화실로 돌아와 이덕우를 물끄러미 바라본다. 그 남자와 이덕우가 이 세상에 살아있는 동안에 이어져 있어야 할 끈을 중간에 끊어버리고 있는 역할을 하는 이유는 무언가.

− 이리 와봐 우리 술 한잔하자.

− 아닙니다.

− 네 나이, 이제 술 한잔할 때가 되었지.

이덕우는 붓을 놓고 구석에 놓인 식탁으로 간다. 언제나 술상을 차리던 역할은 이덕우였는데 오늘은 다르다. 이덕우가 차리던 솜씨보다 더 그럴듯하게 차려 놓은 술상이다.

- 다음엔 붉은색으로 나무 공을 칠 해봐라.
- 제가 잘못했습니다. 선생님.

이덕우는 무릎을 꿇고 머리를 숙여 잘못을 빈다.

청빛 속에 선생님이 허락하지 않은 붉은색을 조금씩 섞어서 청빛을 만든 걸 유동희 화백은 알고 있었던 것이다.

- 괜찮아, 넌 적빛을 칠하고 싶은 때가 되었지.

이덕우는 적빛을 마치고 황색을 거쳐 흰빛 검은빛을 칠하는데 삼년이 걸린다.

- 이제 덕우 네가 나를 도울 일도 별로 없고 나한테서 배울 것도 별반 없는 것 같지 않은가. 이 세상 어딘가에 덕우를 기다리는 곳이 있을 거다. 그곳을 찾아가도록 하지. 답답하지도 않냐?
- 그곳이 어딥니까, 선생님.
- 그곳이 어딘지 나는 모르지.

스무 살에 처음으로 유동희 화백이 따뤄준 소주를 마시던 때가 생각난다.

그때 유동희 화백은 기운차고 멋진 젊은 화가였는데 이젠 조금은 지친 모습이고 어딘가 쓸쓸해 보인다.

아까부터 보이지 않는 사모님의 소식이 궁금하다.

보고 싶은 사람인데, 큰절을 올리고 싶은 사람인데.

이덕우는 그래도 입을 굳게 다물고 참고 있다.

– 저는 당분간 이 곳 벽제 땅에서 지내야 할 모양입니다.

– 자네가 내 작업실에 다시 오겠다는데 누가 말리나, 덕우는 내 아들인데.

– 한 번도 아버지라 부르지 못한 변변치 못한 아들도 아들로 받아 주십니까?

– 그건 나중에 말해도 되지 그동안 나는 상처를 했지. 말하자면 자네의 어머니가 세상을 떴지. 저기 산 너머 공동묘지에 누워있어. 무척 자네를 보고싶어 하면서 숨을 거두었네. 여자들이 자식에 연연하는 건 남자에 비할 바가 아니더구만.

이덕우의 눈에서 눈물이 왈칵 쏟아진다.

한동안 눈을 감고 사모님의 명복을 빈다.

늘 양지바른 데 앉아서 차를 달이고 뜨개질을 하던 모습, 도시락을 꾸려놓고 이덕우가 미안해할까 봐 다른 데를 보시던 모습이 떠오른다. 운동화를 새하얗게 빨아 난로 가에 세워 두던 토요일 저녁도 기억한다.

이덕우가 들꽃을 한아름 꺾어다 사모님의 거울 앞에 꽂아 놓았던 날 사모님은 이덕우를 안고 우신 적이 있다.

이덕우는 부모님을 기쁘게 해드리려고 그동안 그림 공부를 열심히 하였다.

십 년 전 유동희 화백이 이덕우에게 다른 곳으로 가보라는 말을 했을 때 내쫓긴 느낌이었다.

친부모라면 아니 선생님은 그럴 수 있다 해도 사모님은, 이덕우를 낳은 친어머니라면 이덕우를 그렇게 내보내지는 못하였을 것이라고 생각한다.

그러나 집을 떠나 넓은 세상을 떠돌아다니며 사람구경 세상구경을 했다.

얼마가 지나자 이상하게도 그 막막함이 원망이나 서운함이 아니라 이덕우를 키우는 또 하나의 든든한 기운으로 받아들이게 된다.

한 달을 헤매고 두 달을 헤매다 찾아간 곳이 산속에 짓고 있는 사찰이었다.

생나무를 켜서 말리고 돌을 쪼아 대는 망치 소리가 빈 산을 울리고 있다.

처음엔 밥을 얻어먹고 잘 자리를 얻기 위해 열심히 일을 한다. 단청을 그리는 일을 한다. 바로 선생님한테서 배운 청·적·황·백·흑을 칠하는 일이다.

그 빛깔이라면 누구보다도 잘 그려낼 수 있다는 자신이 있었다.

누구보다 빨리 칠하고 누구보다 잘 칠하지만 총감독인 큰스님은 늘 고개를 가로젓는다. 선생님이 늘 이덕우한테 보이듯 고개를 가로 젓는다.

이덕우는 빛깔에 마음을 담고 신심을 담으려면 신앙을 가지는 길 밖에는 없다고 생각한다.

불문에 들기로 결심한다. 나이 스물에 다른 인생을 시작한다는 것 이 쉽지는 않을 것이다.

이덕우가 이 세상에 나올 때 이미 그가 할 일은 정해진다. 단청을 그리는 일이다. 그렇게 쓰기 위해 이십 년을 빛깔을 가르치는 유동희 화백을 만나게 했고 때를 놓치지 않고 이곳으로 보내오지 않았는가.

낮엔 단청을 그리고 밤에는 불경공부하고 기도하고 하루에 한두 시간 잘까 말까 한 수행이 십 년 동안 계속된다.

사찰 사람들은 이덕우가 얼마 못 견디고 쓰러지거나 도망칠 것이 라고 생각한다.

그게 일 년이 지나고 이 년 그리고 십 년이 된다.

때로는 꼬박 선 채로 단청을 그리는데 그것이 스무날도 한 달도 계속될 때가 있다. 어느 한계가 지나면 이미 붓을 쥔 그는 없고 붓 을 잡은 손과 물감만이 보인다. 공중에 떠서 칠하는 마음만이 있을 뿐이다.

그가 절마다 떠돌며 단칠하길 십 년이다.

이제 드디어 재암사에서 금어 칭호를 받는 데까지 이른다.

이덕우는 재암사의 주지 해안 스님을 올라가 뵙고 이제 또 다른 데로 떠나고 싶다는 생각을 전한다.

나이 서른에 금어가 되었다고 이르네 마네하고 말들도 많지만 이덕우한테는 다만 단칠을 하는 중이라는 사실뿐이다. 어디든 단청을 칠할 일이 있는 절이면 그가 묵을 곳이다. 이 세상 어디든 말이다.

금어든 아니든 그건 단칠을 하는 것과는 아무 상관이 없는 것이다. 날이 갈수록 붓이 잘 미끄러지고 힘든 줄 모른다. 지금 쯤이면 힘든 일은 다른 화공한테 시킬 수도 있는 것인데 그런 일일수록 자기가 맡아 하고 싶다.

재암사에서는 쉴 수 있는 마음이 아니란 뜻에 해안 스님은 서운해하는 것 같았지만 굳이 아니라고 변명하기 싫다. 작은 암자로 거처를 옮기는 것도 생각해 보지만 삼 년을 꼬박 못 박혀 있던 이곳에서 잠시 나가 보는 것도 괜찮을 것이란 생각이다.

나가 떠돌며 세상을 건너다보는 것도 한 가지 수양이 된다. 돈 없이 아둥바둥 억지로 힘들게 짓는 절을 만나게 되면 이름을 숨기고 단청 칠을 해준다. 다른 사람 열 몫은 하는 셈이다 손이 빠르고 일의 머뭇거림이 없으니 일정이 줄어든다. 그것만도 큰 도움을 주는 셈이다. 그러다 그 절이 완공되면 온다간단 말없이 그곳을 떠난다.

그가 붓을 들고 일을 하는 모습을 보면 예사로운 스님이 아니라는 걸 짐작하지만 아무도 그걸 캐내려 하는 사람들은 없다. 절 안에서는

누구든 언제나 편안하게 묵을 수 있게 하라는 규율을 지키려는 마음
이다.

그렇게 떠돌기를 삼 년, 지나는 길에 재암사에 들렀다.

몇 달째 새로운 일이 이덕우를 기다리고 있다.

재암사로 연락이 와 있지만 이덕우를 찾지 못해 몇 달째 미루어진
일이다.

찾지 못했다기보다 이덕우가 이 일을 하러 찾아올 것임을 해안스
님은 미리 알고 있었는지도 모른다.

벽제 온 천지가 무덤인데 그 산에 절 하나 없다는 것은 죽은 자들
에 대한 예가 아니라는 뜻이 모아져 영현사를 짓기로 새 계획안이 통
과된다. 그 절의 단청을 누구에게 맡기느냐고 해안 스님에게 의논해
오자 물론 금어 이덕우를 천거한다.

벽제라는 말에 이덕우는 십여 년 동안 가라앉아 있던 강바닥의 모
래가 일어나 희뿌옇게 흐려진 것처럼 머릿속이 마구 흔들린다.

이덕우는 한참 동안 눈을 감고 조용히 앉아있다.

십 년 동안 까맣게 지워버리고 살아온 벽제의 유년시절 그리고 그
림을 가르쳐 준 유동희 화백이 불현듯 생각난다.

어떻게 살고 계실까.

이덕우는 자신을 세상에 던지고 세상을 등진 생모나 할머니 그리
고 양자회에 맡기고 떠나버린 생부 생각을 하지 않은 지 오래다. 원

망도 그리움도 없다.

이덕우를 키워주고 그림을 가르쳐주고 가끔씩 사람은 이래야한다고 지나가는 말처럼 맥없이 들려주던 양부 유동희 화백의 음성이 귀에 맴돌 때가 있다. 세상 일이나 세상 사람 중에 미련이 조금이라도 남아있는 사람이 있다면 바로 유동희 화백이다. 늘 검은 녹색 그 물감이 손톱에 끼어있고 손바닥의 살결이 터서 나무껍질처럼 거친 손길로 이덕우의 머리통을 쓰다듬어 주곤 했다.

벽제에 가면 만날 사람이 있다. 부처님이 나를 벽제로 보내 주시는 것이다.

이덕우가 금어가 되었다는 걸 기뻐할 사람은 이 유동희 화백일 것이다.

- 마시게.

- 예.

두 사람은 단숨에 잔을 비운다.

- 먼저 어머님을 뵙고 싶습니다.

처음으로 불러 보는 어머니란 말.

이제는 그 어머니란 존재도 이덕우한테 필요 없고 그렇게 불러주길 기다리던 여인도 이 세상에 없다. 그 모든 것이 바람에 불려가듯 사라지고 마는 것이 아니던가. 고개 하나를 넘어 어머니를 묻었다는 분묘 앞에 선다. 어린 시절에 보았던 봉분들 중에 하나다. 어머니가 온 산에 몽글 몽글 덮였던 봉분 하나를 차지하고 누워있다. 가져간 술을 올리고 큰절을 한다.

- 이 잔을 기쁘게 받아주십시오.

따끈한 밥을 지어먹여 키운 덕우가 여기 찬술을 올립니다. 이제 매일 어머님을 만나러 올 수 있습니다. 벽제 땅에 새 절 영현사가 들어섭니다. 어머님, 그 절을 짓는데 편수로 제가 오게 됩니다. 그 일이 삼 년이 걸릴는지 오 년이 걸릴는지 십 년이 걸릴는지 모릅니다. 그동안 어머님과 같이 이 벽제 땅에서 아버님 모시고 같이 지낼 수 있습니다. 이 잔으로 불효를 용서하여 주십시오.

- 그렇담 자네는 단청장이 되었는가?

- 그렇습니다. 선생님께서 가르쳐 주신 청 · 적 · 황 · 백 · 흑으로 칠을 하는 단청장이 되었습니다. 선생님 금어를 아십니까?

- 자네가 금어란 칭호를 받았단 말인가?

- 예. 그렇습니다. 선생님.

- 자네가 어떤 한 사람의 꿈을 이루어주었군.

- 꿈은 불에 타서 흔적도 없이 사라지는 인간의 살과 **뼈**보다 아름답지요.

지금 이 시간에도 저 산 너머에 있는 화장장의 화로에서는 다 쓰고 버린 영혼의 옷이 타고 있습니다.

곱게 입다 버린 옷도 있고 아직 입을 수 있는 새 옷을 버린 사람도 있습니다. 그래 그들이 간직하고 살던 꿈은 그 화로 앞에서 울고 애통하는 사람들 중 누구에겐가 옮겨지고 그 새 주인은 그 꿈을 대신 이루느라 애쓰게 되겠지요.

유동희 화백은 이덕우의 친부모에 관한 얘기를 해주려고 고개를 돌렸을 때 이덕우는 유동희 화백의 손을 두 손으로 감싸 쥔다.

— 말씀 안 하셔도 저는 다 압니다.

어렸을 때 저 큰 길 밖 나무 아래 우두커니 서서 우리가 살고 있는 집을 한없이 바라보고 있던 분의 모습을 생생하게 기억합니다.

그분의 꿈을 제가 대신 이루었다고 생각하십니까?

그분도 언젠가 입던 옷을 버리게 되겠지요.

선생님, 운수납자라는 말을 아시지요?

— 누더기처럼 헝겊조각으로 기운 옷을 입고 구름 가듯 물 흐르듯 세상을 사는 것 말입니까?

— 맞습니다. 선생님.

— 오늘은 내 마음이 아주 홀가분합니다, 스님.

— 그러십니까. 아버님.

두 사람은 마주 본다. 서로의 눈에 맞은편 사람의 아름다운 모습이 보인다.

눈부신 그대

- 닥터 한, 다음 주 토요일 스케줄이 어때요?
- 집에 일이 있는데요.
- 무슨 일인데요? 중요한 일이요?
- 집에서 김장을 한대요.
- 김장도 중요한 일이지.

그 말뿐 한참 동안 서 원장은 편안한 자세로 의자 깊숙이 앉아서 창 너머로 보이는 올림픽 공원을 내다보고 있다. 서준길 소아과 병원은 작은 규모의 병원에 비해 지나치게 넓은 대지에 지어졌다. 올림픽 공원이 창밖으로 그대로 모두 들어와 마치 끝없이 넓은 정원이 펼쳐진 것처럼 보였다.

대대로 물려온 작은 병원 건물이 조금씩 증축하고 개축해서 이제는 제대로 큰 병원 모습을 갖추게 되었다.

조상으로부터 물려받은 밭이 금싸라기 땅으로 변하면서 갑자기 부자가 된 것도 조상대대로 가난하고 병든 사람들을 불쌍히 여겨 병을 고쳐준 보상을 받게 된 것일 거라고 그들 선대를 아는 사람들은 그렇게 말한다.

서준길 박사는 하루 진료를 마치고 느긋하게 앉아서 인생의 여유를 즐길 때가 가장 행복하다. 그러다가도 문득 외아들 서정우를 생각하면 표정이 어두워진다.

대대로 물려온 병원을 가업으로 물려받지 않겠다고 집을 나간 아들이다. 외국으로 떠돌아다니면서 혼자 살고 있다. 욕심 같아서는 서정우가 스스로 알아서 의학공부를 해주었으면 했고 선택의 여지도 없이 의례 가업을 이어야 한다고 알고 있을 거라 믿었다.

의학부 본과로 넘어가면서 아들의 인생은 백팔십도로 전환했다. 학교를 집어치우고 집을 나갔다. 서 박사는 처음엔 당황했고 분노했고 절망했다.

그러나 이제는 이미 체념했고 아들을 원망하지도 않는다.

그 아들이 서울에 온다고 했다. 크리스마스를 가족들과 함께 보내고 싶어서라고 말은 그렇게 하지만 그의 속마음은 전혀 모른다.

- 원장님 차 한 잔 드시겠어요?
- 그러지요.
- 녹차를 준비할게요.

닥터 한은 물을 끓여가지고 다기 세트를 몽땅 들고 원장실로 들어와 자리를 잡는다.

서 원장은 녹차를 마시는 것도 좋아하지만 녹차를 우릴 때 온 방안에 퍼지는 차 향기를 더욱 즐긴다.

차 향기가 방안에 가득한 동안에는 마음이 깨끗해지면서 사는 데 대한 욕심이 가라앉는다. 명예욕 물욕 자식욕 그 밖의 모든 욕심으로부터 놓여나 편안해진다.

두 손으로 찻잔을 받쳐 들고 머리 구석까지 스며드는 향기에 취한 채 눈을 감고 있다.

- 김장은 하루 종일 걸리는 일이겠지요?

서 원장은 눈을 감은 채 조용히 묻는다.

- 무슨 말씀이신데 그렇게 뜸을 들이세요? 말씀하세요. 김장 담는 일에는 제가 있어도 없어도 마찬가지일 거라는 거 잘 아시면서 그러세요?

- 나하고 저녁 같이 하자는 말을 하려고 했지요.

- 그날이 무슨 특별한 날이세요?

- 아니 꼭 그런 건 아니지만 아들놈 정우가 오거든.

- 아 그러세요? 원장님 기쁘시겠어요. 얼마 만에 오시는 건가요?

- 9년 만이요. 기쁘다기보다 두려움이 드는 건 이상하지 않소?

- 하도 오랫동안 헤어져 살던 가족이기 때문이죠. 제가 자리를 함께해서 분위기가 좋아진다면 좋겠군요. 그건 김장보다 더 중요한 일

이잖아요?

닥터 한은 언제나 모든 일에 결단력이 있고 그 판단도 빨리 내린다. 그리고 항상 정확하고 합리적이면서 옳았다.

서 원장이 닥터 한을 그 많은 제자들 중에서 후계자로 선택한 것도 그런 이유 때문이다. 남자 의사들 못지않게 실력도 있지만 의사로서의 인간됨이 거의 완벽한 우먼닥터다. 다소 집안이 넉넉지 못해서 성격상으로 여유롭지 않은 게 흠이다.

이해심이 다른 사람들보다는 떨어지는 편이라는 것을 알지만 다른 장점에 비하면 그건 아무것도 아니다.

닥터 한의 실력으로는 모교의 부속 병원에도 갈 수 있었지만 잘하면 이 병원의 후계자가 될 수도 있다는 조건 때문에 이 병원을 선택했다. 그 지점까지 가는 데는 그리 쉽지 않을 것이다. 늘 병원에서 환자를 보는 일이 플러스알파다. 그 알파에 해당하는 일이 바로 이런 일이다. 휴일에도 병원 일 외에 싫은 표정 없이 해야 하는 것 말이다.

- 그럼 F 클럽에서 만나지요 여섯 시로 할까요?

장소와 시간도 이미 서 원장의 머릿속에 정해져 있었던 게다. 그것만 봐도 닥터 한이 예, 아니요 의 선택의 여지가 있을 리 없다.

F 클럽 여섯 시.

닥터 한은 칼날처럼 들어선다. 문 앞에 서 있던 종업원이 닥터 한을 안내하여 삼 층으로 올라간다. 어두운 초록색의 유리조각을 그려

놓은 백 호도 넘는 커다란 추상화가 계단에 걸려있다. 날카로운 유리 조각 같기도 하고 빛이 꺾여서 엇갈리는 만남 같기도 하다.

－ 하이.

3층 계단 앞에 서 있던 남자가 인사한다. 짧게 깎은 머리에 까만색 목이 높은 스웨터, 그리고 회색빛 재킷이 아주 잘 어울려 매력있는 남자에게 닥터 한은 손을 내밀었다.

－ 안녕하세요?

닥터 한은 황홀했다. 이렇게 멋진 남자는 처음이다.

미켈란젤로의 조각처럼 균형 잡힌 얼굴이다. 미술을 전공하는 아이들이 마주 앉아 크로키 할 때 쓰는 조각 같은 남자 얼굴이다. 나이가 서른다섯이라고 하지만 서른 살도 채 되어 보이지 않는 아직도 소년처럼 깔끔하고 여린 표정이다. 닥터 한은 서 원장의 아들을 보는 순간 '이 남자다' 하는 느낌이 들었다. 어떤 운명적인 끌림 같은 느낌이다.

－ 정우라고 합니다. 제이슨입니다.

－ 한예숙이예요. 참 멋있어요.

－ 고맙습니다.

서정우는 얼굴이 빨개진다. 아무리 나이가 많아도 여자한테서 이렇게 직접적인 찬사를 받는 데는 익숙하지 않다. 더욱 한국에서 의외의 대상으로부터 듣는 말이라서 그렇다.

서 원장은 고마웠다. 닥터 한이 분위기를 어색하지 않게 이끌어가는 게 마음 놓인다. 아들이지만 오랫동안 떨어져 살아온 탓에 그의 성격이나 버릇을 알지 못한다. 남이나 마찬가지로 느껴진다. 차라리 닥터 한이 아들보다 더 가깝다고 생각될 정도이다. 그도 그럴 것이 닥터 한은 대학에서도 제자로 줄곧 보아왔고 전문의 과정도 그리고 병원에서도 같이 일 해왔으니까 최근 십 년 동안 가족 이상으로 가깝게 생활한 사이다. 어려울 때는 언제나 닥터 한이 힘이 되어주었다. 오늘도 그런 경우이다. 서 원장의 마음으로는 정우한테 아내감을 보여준다는데 목적이 있었지만 정우나 닥터 한한테는 그냥 저녁을 함께 한다고 말했다. 그걸 이미 닥터 한은 눈치를 챈 것 같았지만 정우는 곧이곧대로 받아들였다.

서 원장은 저녁 식사가 끝나자마자 약속이 있다는 핑계를 대고 자리를 떴다. 닥터 한과 정우가 웬만큼 서먹서먹한 기분이 꺼진 듯한 때쯤이다. 그때가 바로 두 사람 모두 서 원장이 끼어있음을 장애로 느끼고 있을 때쯤이다.

- 병원 일 힘들죠?
- 아니요. 아이들을 만나는 일이라 즐거워요. 아이들은 모두 귀엽거든요.
- 병에 걸려 우는 아이도 예쁩니까?
- 아이는 우는 모습이 더 예쁠 때가 있어요.

- 천직이군요.

- 그걸 적응력이라고 하는 거 아닌가요? 전 어디든 적응을 잘하는 편이예요. 그래서 별로 불만 없이 지내요.

정우는 몸짓도 말투도 모두 미국식이다.

닥터 한은 한국에서 평범하게 자라고 살아온 남자들보다는 정우 같은 남자가 훨씬 변화 있고 특별한 사고방식을 가져서 인생의 재미도 줄 것이라고 기대했다.

솔직담백하고 마음을 터놓고 살 것 같은, 적어도 이중성은 없을 것 같다는 예감이다.

닥터 한이 기다리던 이상적인 성격의 남자는 이런 남자다. 이 남자를 만나려고 오늘까지 한눈을 팔지 않고 살아온 것인지도 모른다는 생각이 들었다.

- 우리 나가죠. 여기 이러고 있을 이유가 없잖아요? 십 년 만에 서울에 왔더니 궁금한 게 너무 많아요.

- 어디 가고 싶으세요?

- 학교 다닐 때 잘 가던 까페가 있는데 거기가 몹시 궁금했어요.

까페가 궁금하다는 생각 역시 닥터 한이 예상했던 정우다운 부분이다. 정우에 대한 선입견이 맞아들어간다는 생각이 들자 혼자 웃었다.

- 왜 웃어요?

- 재미있어요. 정우 씨의 생각이 순수하잖아요?

- 그런 제가 소아과 의사한테 잘 어울리는 남자입니까?

- 아마 그럴 거예요. 저도 유아기를 아직 못 벗어났거든요.

- 부탁 한 가지 해도 좋아요. 닥터 한?

- 뭔데요?

- 제 이름을 제이슨이라고 불러주실 수 있습니까? 그 이름이 귀에 익어서 좋은데요.

- 그러죠, 제이슨. 어렵지 않아요. 느낌이 새로워서 좋은데요.

닥터 한은 제이슨을 태우고 그의 기억을 더듬어서 같은 길을 열두 바퀴도 더 돌고 돌아서 겨우 그 까페를 찾아냈다. 주인이 바뀌고 분위기도 전혀 다른 곳이었다. 먼저 주인은 양평 쪽으로 옮겨 같은 분위기로 까페를 차렸다는 얘기를 전해준다. 드라이브 겸 닥터 한은 정우를 앞자리에 태우고 강을 끼고 달렸다.

정우는 창문을 열고 찬바람을 맞으며 휘파람을 분다.

- 이렇게 좋은 날은 나이 들고 처음인 것 같습니다. 고향이 좋긴 좋은가 봅니다.

- 그래요? 내가 편안하신가 보죠. 제이슨?

내비게이션이 알려준 대로 그 카페를 쉽게 찾아냈다.

주인이 제이슨을 알아보고 무척 반가워했다. 대뜸 주인은 기타를 안겨주며 즉석 노래를 부탁한다. 제이슨은 대학 시절에 부르던 노래를 서너 곡 연달아 불렀다. 닥터 한은 온통 그의 노래에 빠져서 아무 생각도 할 수 없다.

– 제이슨이 의사가 안 된 건 인류를 위해서 잘된 일이예요.

닥터 한은 제이슨이 자리에 돌아와 앉을 때까지 박수를 아끼지 않았다. 제이슨은 박수치는 닥터 한의 두 손을 모아 잡고 그 손등에 키스를 했다.

– 오늘은 닥터 한을 위해서 노래를 했습니다. 고마워서요.

– 제이슨 같은 남자라면 목숨 걸고 사랑할 수 있을 것 같아요

– 사랑이요? 좋죠. 사랑 없는 세상은 지옥입니다.

제이슨은 다른 사람들이 보거나 말거나 닥터 한을 끌어안고 뜨겁게 키스를 했다.

닥터 한이 병원 문에 차를 밀어 넣으려는데 그 앞에서 아이를 안고 울고있는 젊은 애기 엄마를 만났다.

주차시키려다 말고 급히 차에서 내렸다.

– 선생님.

– 그래요. 어서 안으로 들어가세요.

닥터 한은 경비 아저씨한테 차를 맡기고 애기 엄마를 데리고 안으로 뛰어 들어갔다.

– 옷을 다 벗기세요. 열이 많군요.

애기 엄마가 아이의 옷을 벗기는 동안 닥터 한은 가운을 입고 책상 위에 놓인 진찰 노트를 폈다.

– 밤새도록 설사하고 열이 안 떨어지고 죽을 것 같았어요. 이렇게 고열이 계속되면 머리가 나빠진다는데 그렇지 않을까요? 선생님?

– 심한 탈수증이에요. 아이들에겐 위험한 병이죠. 물은 먹이셨어요?

– 아니오.

– 저런. 이럴 때는 물을 계속 주어야 해요. 물을 달라고 보채지 않았어요?

– 왠지 물을 주면 설사가 더 심할 것 같아서요.

닥터 한은 아이의 상태가 최악의 탈수증이라고 감지했다. 응급처치를 하지 않으면 안 될 것이라고 판단되었다.

그제야 간호사들이 출근하는 기척이 들린다.

늘 닥터 한의 출근이 이르긴 했지만 이렇게 환자를 진료하고 있는 경우는 드물었다. 닥터 한이 일찍 출근하는 걸 그들은 떫게 생각하고 있었지만 오늘 같은 경우 닥터 한을 존경할 수밖에 없다.

조용히 그러나 빠른 솜씨로 닥터 한을 돕는다.

아이의 대퇴부에 수분을 직접 주사하여 응급처치를 한다. 그렇지 않으면 생명을 잃을 수도 있는 최악의 경우에 쓰는 비상 요법이다.

한바탕의 회오리바람이 불고 난 뒤 조용해진 병원에 서 원장과 함께 제이슨이 출근한다.

제이슨의 얼굴을 보는 순간 닥터 한은 며칠 동안 한 번도 제이슨을 생각하지 않고 있었다는 걸 깨달았다.

워낙 병원 일이 긴장되는 시간의 연속이기 때문이다. 처음으로 마음에 들고 매력 있는 남자를 찾았다고 생각했었는데 그것도 잠시일 뿐 이튿날로 깨끗이 잊어버렸었다. 아마도 닥터 한은 어떤 매력도 병원일 만큼 자신을 붙잡을 수 있는 일은 없다고 생각한다.

닥터 한은 잠시 마음을 가라앉히고 나서 원장실로 들어갔다.

– 수고했어요. 닥터 한. 녹차 드시겠소?

– 제가 준비하죠. 원장님.

– 저도 한 잔 주십시오.

제이슨은 창가에 서서 닥터 한을 뚫어지게 바라보며 녹차를 부탁한다. 닥터 한의 의사다운 모습에 존경어린 시선을 보내며.

닥터 한은 다기를 준비하면서 제이슨의 시선을 몸으로 느낀다.

만일에 제이슨을 사랑하게 된다면 병원 일을 제대로 할 수 없을 것이라는 걱정이 먼저였고 또 하나의 걱정은 제이슨을 가슴에 들여놓는 일은 자기 자신을 포기하는 것과 같은 것이라야 하는데 닥터 한은 그럴 자신이 없었다.

병원 일에 몰두하고 있는 자기의 모습이 훨씬 잘 어울리고 아름다울 것이라고 생각한다.

제이슨은 작은 녹차 잔을 받아 들고는 훌쩍 한 모금에 다 마셔버린다.

－ 무슨 차를 그렇게 멋없이 마시나? 닥터 한이 웃겠다.

－ 제가 웃겼습니까?

닥터 한은 웃음보다는 제이슨이 얼마나 문화적으로 정서적으로 닥터 한과 멀리 떨어져 있는 사람인가를 쉽게 설명되는 부분을 발견하곤 더 깊은 이질감을 느꼈다. 이런 남자를 사랑한다는 것은 불행을 불러오는 것이다.

그에게 끌리긴 하지만 절대로 제이슨에게 관심을 가지지 않기로 마음을 먹는다.

－ 점심을 저와 같이 드시겠습니까?

－ 병원 밖으로 나갈 수 없어요.

－ 닥터 한 그러지 말고 나갔다오지. 오늘은 내가 당직을 할 테니까.

－ 고맙습니다, 아버지.

억지로 떠밀리다시피 닥터 한은 제이슨과 함께 점심을 먹으러 밖으로 나간다.

호텔의 지하상가를 지나며 제이슨은 잠시 진열장 너머로 보이는 찬란한 보석을 본다.

－ 닥터 한, 작은 선물 하나 드리고 싶은데요. 저것 어때요? 체인으로 된 네크레이스요.

- 저는 목걸이가 어울리는 여자는 아닌걸요.

- 거절입니까?

- 말하자면 그런 거죠. 점심이면 됐어요.

닥터 한은 제이슨과 어깨를 나란히 대고 걸어가면서 무척 우쭐한 기분이었다. 지나가는 여자들의 시선이 제이슨에게 쏠리는 걸 보면 그는 수준 이상의 남자임이 확실하다.

제이슨은 선물을 거절당한 찜찜한 기분을 안고 프랑스 식당으로 들어갔다.

- 아버지는 절 더러 왜 결혼하지 않느냐고 묻더군요. 닥터 한이라면 어떻게 대답하시겠습니까?

- 좋은 사람이 나타나면 하겠노라고 애매하게 대답하는 게 현명하죠.

- 그렇다면 제이슨은 좋은 사람이 못됩니까?

그의 시선은 레이저광선처럼 닥터 한의 가슴을 관통하면서 제이슨의 이름을 새겨 넣는다.

제이슨은 샐러드 접시에 사우전 아일랜드를 듬뿍 퍼붓고 포크로 샐러드를 뒤섞으면서 시선은 닥터 한을 응시한다.

- 그렇게 마요네즈를 많이 드시는 건 별로 좋지 않으세요. 야채 그 순수한 맛이 다 없어지니까요.

- 그렇습니까? 이제부터는 드레싱 없이 먹어보죠. 이번 여행은 닥

터 한 덕분에 즐거웠습니다.

– 제가 뭘 해드린 것도 없는 데요.

– 부탁 한 가지 더 드려도 됩니까?

– 뭔데요?

– 제주도에 가보셨습니까?

– 아뇨. 거긴 신혼여행으로 가는 곳이잖아요?

– 신혼여행으로 가기에는 너무 오래 기다려야 할 것 같고 미리 가
보는 것도 좋지 않을까요?

– 우리 둘이서 만요?

– 이상한가요? 제 발상이 별난 건가요?

– 아뇨, 제이슨이라면 그렇게 생각할 수 있을 거예요.

– 그럼 닥터 한은 안 된단 말씀이군요?

닥터 한은 대꾸 없이 샐러드만 씹는다. 남녀가 그것도 아직 결혼하
지 않은 남녀가 만난 지 며칠 안 되어 서먹서먹한 사인데 어떻게 먼
여행을 할 수 있단 말인가. 그런 제이슨을 이해하지 못한다면 벌써
닥터 한은 화를 발끈 냈거나 자리에서 일어났을 것이다.

닥터 한은 제이슨을 이해해보려고 노력한다. 더 중요한 것은 제이
슨에게 끌리고 있다는 감정 때문이라고 해야 할 것이다. 여행이 뭐
어떻다는 것이야. 누가 말릴 수 있으며 누가 흠잡을 것인가. 친구라
해도 좋고 단순히 여행의 동행자라고 해도 그만이다.

닥터 한은 머릿속에서 용광로의 들끓음 같은 혼란이 진행된다.

제이슨은 서울에서 사는 남자가 아니다. 어쩌면 다시는 만나지 못할 사람인지도 모른다. 두 사람 모두 어른인데 누구에게 허가를 얻어야 하거나 누구의 간섭을 두려워할 사람들이 아니다. 가고 싶으면 가면 된다. 서른이 넘은 나이의 남녀가 아름다운 추억 한 가지를 만들어 가지는 것도 그리 헛된 일은 아니다.

제이슨이라면 닥터 한이 먼저 여행을 함께 떠나자고 말할 수도 있을 만한 남자다.

어쩌면 사랑하지 않는 홀가분한 사이의 여행이 부담스럽지 않아서 좋을는지도 모른다.

― 모든 스케줄을 제게 맡겨주십시오. 여행이라면 제가 전문가니까요.

― 박사님한테는 비밀로 할까요?

― 병원 밖에서의 사생활도 원장께 보고하십니까?

닥터 한은 제이슨의 합리적이고 활달한 성격이 좋다. 이런 남자는 여간해서는 만나기 어렵다.

제이슨은 스스로 여행전문가라고 말한 것처럼 공항에서부터 돋보이는 인물이었다. 작은 여행 가방을 들고 공항 로비에서 만났는데 모든 사람들의 시선이 제이슨에게 쏠리고 있음을 알 수 있었다.

― 여행만은 일류로 한다는 것이 저의 철학입니다.

비즈니스석 비행기에서부터 S호텔의 디럭스 룸으로 잡아 두었다.

점점 시간이 가고 어두워지기 시작한다. 둘은 바닷바람을 쏘이면서 파도 소리를 듣는다. 제이슨과 닥터 한은 다정한 연인처럼 아니면 신혼부부처럼 몸을 붙이고 걷는다.

방으로 올라온다. 제이슨이 카드로 문을 열고 닥터 한에게 먼저 들어가라는 몸짓으로 말한다. 닥터 한은 일초 정도 머뭇거리다가 안으로 들어간다. 여기까지 와서 거부한다는 건 말도 안 되는 짓이라고 빨리 결론을 낸 것이다.

문 닫히는 소리를 듣는다.

닥터 한은 커튼을 열고 가로등이 켜져 있는 호텔의 정원을 내려다본다.

제이슨이 소리 없이 다가와 닥터 한의 뒤쪽에서 긴 팔로 끌어안는다. 시선은 나란히 창밖을 본다.

제이슨의 입술이 닥터 한의 목덜미에 와 닿는다.

– 우리가 어떻게 여기까지 왔는지 모르겠어요.

자그마하게 말하는 닥터 한의 입을 제이슨은 입술로 꼭 막는다.

닥터 한은 가끔 이런 환상적인 여행을 꿈꾸어왔다. 우연히 어디선가 매력 있는 남자를 만나 눈이 마주치는 순간 불꽃이 튀는 듯 열기가 통하면 이름조차 모른 채로 동행하다가 그대로 헤어지고 나서 일생 동안 다시는 만나지 못하는 그런 여행이라면 얼마나 아름다울 수 있을까. 그 꿈이 이루어지고 있는 순간이다. 후회 없이 이 시간을 잡아야 한다. 어쩌면 이런 시간은 평생 다시 오지 않을는지도 모른다. 그 어떤 일도 두 번 다시 일어나지 않는다.

아무런 약속도 없이 아무런 조건도 없이 스물네 시간을 공유하는 것으로 충분하다.

- 바보처럼 나는 한눈팔지 않고 공부만 하였어요.

- 그럼 지금 닥터 한은 한눈을 팔고 있다는 건가요?

- 가끔 눈을 쉴 필요가 있군요. 아주 편안해요.

- 의사란 직업은 감옥의 간수와 다름없는 직업이지요. 결국 아픈 환자들의 병을 같이 앓고 있는 것 아닙니까?

- 그러네요.

닥터 한은 그제야 제이슨이 왜 의과대학을 집어치우고 유랑생활을 하고 있는지를 알 것 같았다.

그들은 한숨도 자지 않고 보냈다. 냉장고 속에 마실 수 있는 것은 모두 마셔버렸다.

제이슨은 전화로 아침 식사를 주문했다. 닥터 한은 여왕처럼 침대에 기댄 채로 커피를 마신다.

- 언제 떠나세요, 제이슨?

제이슨의 대답은 언제나 달콤한 입맞춤으로 대신한다.

제이슨은 그야말로 훌쩍 떠났다. 공항에서 지금 곧 비행기에 오른다는 말을 전화로 알렸다. 다정한 목소리였지만 그러나 그 떠남이 아무렇지도 않음이 확실하게 전해져왔다. 이렇게 떠날 것이라고 처음부터 말하지 않았느냐고 따져 묻는 것처럼 들렸다.

닥터 한은 잠시 가슴이 먹먹해서 말을 하지 못하다 겨우 가라앉히고 나서 또박또박 인사말을 종이에 적어서 읽어가듯 말했다.

- 그동안 제이슨을 만나서 내 인생의 색깔이 아름다워졌어요. 건강하고 또 즐겁게 지내세요. 언젠가 우리 다시 만날 날이 있겠죠.

- 물론이죠, 닥터 한도 잘 지내세요. 선물 한 가지 아버지한테 맡기고 갑니다. 당신이 하도 선물 받는 일에 거부 반응이 심해서 뒤로 미뤄 두었습니다. 선물 많이 받을 수 있는 여자가 행복하답니다.

- 그렇겠군요. 저는 제이슨에게 아무 선물도 못 해서 어쩌죠?

- 괜찮습니다. 저는 언제나 빈손으로 다닙니다. 어떤 물건도 간직하지 못하는 성밉니다. 추억조차도 말입니다. 시간이 되어서 들어가야겠습니다. 바이.

닥터 한의 안녕이라는 말을 듣지도 않고 제이슨은 시간의 저 반대쪽으로 사라졌다. 닥터 한은 수화기를 놓고 나서 차 한 잔을 내려서 혼자 마셨다. 정원을 내다보면서 파란 초여름의 풀잎을 처음 만났다. 세상에 일상 모든 것이 새로운 것처럼 느껴진다. 닥터 한은 처음으로 허전하다는 느낌을 알았다. 제이슨이 그동안 닥터 한에게 많은 것을 가르쳐 주었다. 우선 사람의 온기가 필요하다는 것을 가르쳐 주었다.

닥터 한은 그 무엇도 필요하지 않은 병원생활로 만족하는 그런 의사였다.

– 선생님, 환자예요.

– 네.

닥터 한은 책상으로 돌아가 앉았다. 엄마가 한 아이를 안고 들어선다. 닥터 한은 책상 앞에 있는 의자를 권한다. 간호사의 예비 상담 카드를 들여다보고 나서 아이를 바라다본다.

– 예쁘군요. 어디가 아파요?

– 아픈 데도 없는 것 같은데 언제나 미열이 있어요.

– 그래요? 젖은 잘 먹습니까?

– 우유요?

– 모유를 안 먹입니까?

– 아니요.

– 왜요?

– 귀찮아서요.

– 우유 먹이기가 더 귀찮을 텐데요.

– 어째서요? 모유를 먹이면 밖에도 못 나갈 텐데요.

– 그 반대 아닙니까? 젖병을 들고 다니지 않아도 좋고 일일이 젖병을 소독하지 않아도 좋고, 분유나 뜨거운 물을 가지고 다니지 않아도 좋고 편리한 점이 많을 텐데요.

- 아니죠. 아이를 두고 혼자 외출할 경우 말이죠.

- 아, 그런 경우에는 그렇겠군요.

닥터 한은 요즘 젊은 엄마들에 대해서 시시각각으로 생각이 변한다. 때로는 때 묻은 어른들 뺨치게 이기적일 때도 있고, 영악하게 살림을 잘한다고 생각되다가도 사는 일을 아무렇게나 다루는 모습을 만나기도 한다. 그러다가도 닥터 한은 아이를 안고 병원에 오는 어린 여자들을 보면 하나같이 신통하다는 생각을 한다. 저 어린 나이에 아이를 낳고 남편을 챙기고 살림을 꾸려가는 건 어떤 면으로건 닥터 한보다 훨씬 훌륭하다고 생각되기 때문이다.

닥터 한은 선천적으로 자신이 결혼하기에는 적합하지 않은 여자임을 하루에도 몇 번씩이나 깨닫곤 했다. 머리로는 어떻게 해야 한다는 것을 잘 알고 있지만 막상 그렇게 살아야 한다면 하루도 견뎌낼 수 없을만큼 자기 자신이 이기적이라는 걸 잘 안다.

제이슨이 어느 먼 날을 약속하지 않고 홀쩍 떠나도 편할 만큼 닥터 한은 지난 시간에 대해서 아무런 여운도 가지지 않는 여자다. 말하자면 멋없는 여자인 셈이다. 사랑할 수 없는 여자, 사랑받지 못할 여자, 정이라곤 머리카락 끝만큼도 없는 메마른 여자다.

닥터 한은 제이슨에 비해서 얼마나 단단하고 무서운 여자인가를 새삼스럽게 깨닫는다. 닥터 한은 퇴근 시간까지 줄 이은 환자 때문에 숨 돌릴 사이가 없었다. 그 동안만은 제이슨 생각을 하지 않아도 되었지만 곧 그가 남겼다는 선물이 뭔지 궁금해지기 시작했다.

- 원장님 제이슨이 맡긴 선물 있죠?

- 그 녀석이 그러던가?

- 그럼 안 전해주시려고 그러셨어요?

- 그 녀석은 무책임한 녀석이니까. 제멋대로 사는 놈이지. 난 맘에
안 들어.

원장은 서랍에서 작은 상자를 꺼낸다. 닥터 한은 그 자리에서 포장
을 풀어본다. 며칠 전 지하상가에서 보았던 네크레이스였다.

- 너무 고가한 선물이라 부담스러운데요.

- 아무 의미도 없는 물건일 꺼요. 그냥 받아두시오. 그 녀석은 삶
에 의미를 부여하지 않는 놈이니까.

그러나 닥터 한의 생각은 다르다.

이태리에서 제이슨한테 국제 전화가 걸려왔다. 퍼스널 콜이다. 닥
터 한을 지명한 전화였다. 이태리에서 닥터 한을 찾을 사람은 없다.
아니 닥터 한은 태어나서 지금까지 국제 전화를 받거나 걸어본 적이
없는 촌스런 사람이다. 어쩌면 그런 편이 한국 사람으로 태어나 더
없이 행복한 사람인지도 모른다.

어쨌거나 닥터 한을 정확하게 지명한 전화는 잘못 걸려온 전화일
리가 없다.

- 닥터 한 제이슨입니다. 그동안 잘 계셨어요?

- 그럼요. 거기가 이태리라고요?

- 밀라노에서 가구 쇼가 있어 구경하러 왔습니다.

- 여전히 즐겁게 지내시는군요.

- 닥터 한은 즐겁지 않으십니까? 제가 오늘 전화를 건 것은 이상한 꿈을 꾸었기 때문입니다.

- 제이슨의 꿈에 제가 나타났어요?

닥터 한은 웃음을 애써서 참았다. 제이슨은 의식구조가 전혀 다른 나라에서 성장한 사람이라 엉뚱한 대목에서 화가 나거나 부끄러워하거나 섭섭해할는지도 모른다는 생각으로 조심했다. 그것은 커다란 벽이 되었다.

- 우리가 갔던 제주도 앞바다에서 수영을 했습니다.

- 꿈 얘긴가요?

- 예, 해변에서 꽤 멀리 나갔는데 갑자기 바다 밑에서 뱀장어 떼가 몰려오는 겁니다. 온 힘으로 그 떼를 막았지만 그것들은 닥터 한의 몸을 휘감고 어디론가 끌고가는 겁니다. 생각해보시라구요. 얼마나 징그러운 상황인가. 드디어 닥터 한은 뱀장어 떼에게 끌려가 깊은 바다 속으로 사라지고 저는 기진맥진 해변으로 헤엄쳐 나와 쓰러졌습니다. 그 뒤 잠이 깨고 종일 죄의식에 빠져서 아무 일도 할 수 없었습니다. 그러다가 닥터 한에게 무슨 일이 생긴 것이나 아닌지 조바심이 나더군요. 그래서 전화를 걸었죠.

- 꿈이 맞지 않아서 안 됐군요. 저는 보시다시피 건재하구요. 또 아무런 변화도 없었구요. 아무튼 나쁜 꿈에서라도 저를 생각해주셔서 고맙군요. 원장님도 나오셨는데 잠깐 바꿔드릴까요?

- 아닙니다. 아버지께는 나중에 걸죠. 그럼 건강하세요. 목소리를 들을 수 있어서 기분 좋습니다.

닥터 한이 인사말을 머릿속으로 생각하는 동안 제이슨은 전화를 끊었다.

닥터 한은 하루 종일 뱀장어가 떼로 몰려와 자기 몸을 휘감았다는 제이슨의 꿈 얘기가 머리에서 떠나질 않는다. 오죽하면 집을 떠나면 편지 한 장 쓰지 않는다는 제이슨이 전화까지 걸었을까. 꿈속에서 몹시도 안타까웠던 모양이다.

그렇게 무심한 제이슨이 닥터 한에게 전화를 걸어주었다는 게 고맙기까지 하다. 이런 느낌을 사람들은 행복이라고 했을까.

점심을 들고 차를 마시면서도 닥터 한은 제이슨한테서 전화가 왔다는 얘기가 입술까지 나오는 걸 어렵게 참는다. 그때 원장실로 찾아온 손님이 있다.

- 맞군요, 선생님.

낯선 남자는 두 팔을 벌려 원장을 끌어안는 인사를 한다. 인사하는 모양으로 봐서 국내파는 아닌 것이 분명하다.

닥터 한은 손님에게 녹차를 대접하려고 보온병에 뜨거운 물을 다기에 따른다. 두 사람은 기억을 맞추고 마치 낡은 사진첩을 들춰가면서 신기해하듯이 손뼉을 치다가 큰소리로 웃는다.

— 닥터 한, 이 사람이 한 칠팔 년 선배가 될 꺼요. 서로 인사하지. 이쪽은 감기 백신을 연구하는 김인태 박사고 닥터 한은 내가 가장 아끼는 제자요. 이 병원을 물려줄 후계자로 정한 수제자요.

— 선생님 병원이 여기 있는 줄을 몰랐습니다.

— 그래 자넨 언제 귀국했는가?

— 지난 가을 S병원 연구실이 생기면서 팀장으로 왔습니다. 고향에 오니까 이렇게 편안한 걸 그동안 공연히 외국에서 떠돌아 다녔습니다.

— 공연히는 아닐 걸세. 그만큼 자네는 열심히 연구하지 않았는가.

— 그야 그렇지만 서도. 아무것도 손에 잡은 것이 없습니다. 친구들은 모두 병원을 개업하고 빌딩도 가지고 아이들도 잘 키웠는데 말입니다.

— 쓸데없는 소리. 병원 빌딩 자식 그게 뭐 그리 대단하다구. 자넨 백신연구에 김인태 하면 첫손가락에 꼽히는 세계적인 학자가 아닌가! 그것보다 더 값있는 게 있는가.

— 선생님께서 그렇게 말씀하시니까 긍지를 가지고 살아야겠습니다. 그렇지만 너무 가난합니다.

— 또또. 오늘 김 박을 이렇게 만나게 되다니 꼭 꿈을 꾸는 것 같구

만. 자 오늘은 우리 셋이서 맛있는 저녁을 먹으면서 한잔하세. 시간은 어떤가?

- 좋습니다. 그럼 연구실에 들어갔다가 시간 맞춰 다시 나오겠습니다.

- 그렇게 하게.

서 원장은 김인태 박사를 바짝 잡아당기는 것은 반가운 제자를 만난 이유기도 하지만 닥터 한을 생각해서였다. 은연중에 김 박의 얘기로 짐작한 바지만 그가 아직도 독신이라는데 욕심이 났다. 두 사람이 짝을 이루게 된다면 더없이 이상적일 거라는 생각을 미리 하고 있었다.

김 박이 B호텔 로비에 나타났다. 다시 보니 그가 지닌 머리에 비해 너무나 빈약한 외모에 닥터 한은 조금은 실망한다. 닥터 한은 원장이 설명하지 않아도 웬만한 것을 알아차렸다. 오랫동안 한 지붕 아래서 같이 지냈기 때문이다.

머리 좋은 여자는 남자의 외모가 눈에 띄면 마음이 끌린다. 잘 생겼다는 것만이 아니라 특별하다는 것도 매력이 될 수 있다. 안하무인이라든지 바보처럼 순수하다든지 목소리가 좋다든지 아니면 깜짝 놀랄 정도로 솔직하든지 아무튼 흔히 볼 수 없는 남자에게 호감을 가진다. 남녀 사이란 누구도 이해하지 못할 마음의 길이 있어서 그 길로 통한다. 머리 좋은 여자는 단순해서 한번 마음을 주면 쉬이 빠진다. 다른 남자와 비교할 줄을 모른다.

― 그래 김 박사를 어떻게 생각하시오?

며칠 뒤 서 원장이 불쑥 닥터 한에게 묻는다. 서 원장은 지나치게 신중한 사람이어서 그런 말을 쉽게 꺼낼 사람이 아닌데 요즘은 가끔 이런 질문을 한다. 직접적이고 적극적이다. 처음엔 닥터 한도 당황하고 놀랐지만 이젠 그 공세에 임기응변으로 도망칠 수도 있고 쉬이 이겨 낼 수도 있다.

― 김 박사님이요, 훌륭한 분이죠.

― 남편감으로 어떤가 말이오.

― 남편감으로도 훌륭하죠.

― 그래요? 그럼 두 사람, 결혼하지 그래요.

― 누구 하고요? 저하고 말씀이세요?

― 물론이오.

닥터 한은 웃고 말았다. 서 원장의 그 멋대가리 없는 화술에 늘 쓴 입맛을 다시곤 했지만 요즘은 그 도수가 심해진 것 같았다. 나이 들고 멋대로 살기로 했는지 서 원장은 닥터 한을 곤혹스럽게 할 때가 많다.

― 원장님 저는 결혼하지 않을래요.

― 어째서?

― 하기 싫어졌어요. 이젠 남편이 필요하지 않은데요.

겉으로는 그렇게 말하지만 속으로는 제이슨을 생각하고 있다. 닥터 한이 제이슨을 처음 만났을 때 느꼈던 황홀함은 아마도 일생 동안 지울 수 없을 것이다. 어떻게 생각하면 이런 남자를 상상 속의 연인으로 가지고 있다는 것만으로도 행복한 여자라고 생각했다.

– 닥터 한이 결혼하지 않고 나하고 병원에서 일생 일해주면 그야 나로서는 더 없는 복이겠지만 여자가 나이 들면 외로워질 텐데. 그땐 이미 틀니 끼고 어쩔 수 없게 되어 버릴 테고. 난 책임 못 질 세상으로 가버렸을 테고. 잘 생각해요.

닥터 한은 그렇게 먼 미래까지는 생각하지 않고 살아왔는데 서 원장의 말이 꼭 맞는 말일 것이다. 그러나 닥터 한은 워낙 편안한 성격이어서 걱정될 일은 아예 밀어버리고 산다. 오늘 열심히 살고 보람 있으면 된다고 생각한다. 거기에 조금 더 욕심을 내자면 즐거우면 좋다. 요즘은 가끔 그리운 사람이 있어 머리를 다른 데로 끌어가는 일이 생겼다. 전화번호라도 물어 두었으면 이럴 때 전화를 걸 수도 있었을 텐데 그것도 안 된다. 제이슨은 이미 닥터 한을 잊어버렸을는지도 모른다.

– 이 초청장을 읽어보시오.

서 원장은 책상 위에 놓인 카드를 내보인다. 스위스에서 열리는 소아과학회 초대장이다.

– 스위스의 경치도 구경하실 겸 해서 원장님이 다녀오시죠.

- 내가 가서 뭘 하겠소, 닥터 한이 다녀오시오. 제약회사에서 초청하는 거니까 비용도 없을 것이구만요.

닥터 한은 잠시 머리가 스위스로 뛴다. 어쩌면 거기 가면 제이슨을 만나게 되는지도 모른다는 생각이 들었다.

- 그럼 제가 학회에 다녀와도 원장님 혼자서 병원 일이 힘들지 않으시겠어요?

기회를 놓칠세라 얼른 붙잡는다.

- 힘들면 환자를 적게 보면 되는 거지요. 다녀오시오. 그리고 거기 가면 제이슨도 만나서 어떻게 지내는지 보고 오시오. 내가 가면 그 녀석은 아마도 날 피할 테니까.

서 원장은 닥터 한이 제이슨에게 관심이 있다는 걸 어렴풋이 알고 있다. 그러나 두 사람 모두 결혼이 적성에 안 맞는 사람이라는 것도 안다. 인생을 읽을 줄 아는 서 원장의 눈으로 봤을 때, 닥터 한에게는 S병원 연구실에 있는 김 박사가 잘 어울릴 사람으로 보일 것이다.

닥터 한은 스위스로 떠나는 날 오후까지 병원에서 바쁘게 일했다.

이튿날 닥터한은 다소 큰 서류 가방에 화장품 몇 가지와 속옷 두어 가지만 넣어가지고 떠났다. 서 원장은 아내에게 물어 제이슨의 전화번호를 적어 주었다.

학회란 으레 며칠 쉬다가 오는 것이므로 편안한 마음으로 출발했다. 공항에서 공중전화로 제이슨에게 전화를 걸었다. 그쪽이 몇 시인지조차 생각도 없이 그냥 숫자를 눌렀다. 제이슨의 목소리가 건너 왔다.

– 제이슨! 닥터 한이에요. 나 지금 스위스 취리히로 떠나요. 칼이에요. 거기서 만나 봤으면 좋겠어요.

이렇게 자존심을 버려보기는 처음이다. 닥터 한은 제이슨이 어떻게 대답을 할 것인지 몹시 걱정되었다.

– 밤새도록 운전하고 가도 비행기 시간에 댈 수는 없을 것 같은데 호텔을 알려 주시지요. 거기로 가겠습니다.

역시 제이슨은 매력있는 남자다. 닥터 한이 제이슨을 호텔에서 만나고 싶어 한다는 걸 벌써 알고 있었다.

– 취리히의 호텔, 캠브리안 호텔이에요.

– 될 수 있는 대로 빨리 도착하도록 하죠. 보고 싶어요. 사랑해요. 축지법을 배워둘 걸 그랬죠? 바이. 사랑해요 기다릴 수 없습니다.

제이슨은 제정신이 아닌 사람처럼 혼자서 떠들다가 전화를 끊었다. 닥터 한은 상식 밖의 말만 들어도 정신을 차릴 수 없이 흥분한다. 일행들이 비행기에서 서로 명함을 교환하고 얼굴들을 익히느라 바쁜데, 닥터 한은 멍청하게 창을 내다보면서 제이슨만 생각했다. 오로지 제이슨을 만나러 가는 여자였다.

잠깐 방에서 휴식을 취한 뒤에 저녁 만찬이 있었다. 시장이 베푸는 리셉션이었는데 사실은 이 만찬이 이번 행사에서 가장 화려한 이벤

트가 될 것이다. 뚱뚱한 여의사들도 서울에서는 입어 볼 엄두도 못 냈던 가슴 드러낸 드레스를 입고 나타난다.

닥터 한은 촌닭 같은 모습으로 만찬회장에 내려갔다. 한국에서 간 의사들도 전혀 상상 밖의 분위기를 연출한 모습으로 닥터 한을 놀라게 한다.

비행기에서 입었던 옷 그대로 한 구석에 칵테일 잔을 들고 방관자 같이 서 있다. 그래도 스쳐 가면서 시선이 마주치는 외국 의사들은 연신 미소를 보낸다.

얼마 동안 그렇게 웃고 서 있었던지 그만 아귀가 아플 정도였다. 제이슨이 도착하기만 기다린다.

까만색 실크 블라우스에 잿빛 넥타이를 매고 짧게 깎은 머리가 눈에 들어온다. 제이슨을 보자 눈이 부시다. 가슴이 터질 것 같았다. 온몸에 흐르고 있는 혈관이 팽창할 대로 팽창해져 뜨거운 열기를 뿜어냈다. 닥터 한은 제이슨이 닥터 한을 발견하기 전에 사람들을 헤치고 그에게로 급히 걸어간다.

제이슨은 그 안에서 남들이 보거나 말거나 닥터 한을 와락 끌어 안고 키스를 퍼붓는다. 바로 이런 흥분이었다. 닥터 한이 제이슨을 만나고 싶었고 그를 좋아한 것은 이렇게 엉뚱하고 충동적인 행동 때문이다.

– 보고 싶었어요.

제이슨은 입술을 붙인 채로 말한다.

옆에 있던 한국 의사들은 이만저만 충격이 아니었을 꺼다. 일부로 외면하면서 예의를 보이지만 닥터 한은 그들의 시선을 의식하지 않는다.

― 이 안에서 모든 사람을 통 털어도 제이슨만큼 멋있는 남자는 없어요.

― 나갑시다.

제이슨은 닥터 한을 끌고 호텔 밖으로 나갔다. 주차장에 세워둔 차로 가서 문을 열었다. 짙은 초록빛 스포츠카였는데 제이슨을 닮아 차도 멋졌다.

차를 몰고 호텔을 빠져나간다.

― 이렇게 아름다운 나라에서 닥터 한을 다시 만나게 되리라고는 꿈도 꾸지 못했습니다.

― 아무 예고도 없이 불쑥 찾아와서 미안해요. 중요한 일을 던져두고 온 건 아닌가요?

― 그런 의례적인 말은 싫습니다.

― 그럼 어떻게 말해요?

한 손으로 핸들을 잡고 다른 한 손으로 닥터 한의 어깨를 끌어 안았다. 몸이 한쪽으로 쏠리면서 제이슨의 어깨에 머리를 기대게 된다.

― 이렇게 불량한 자세로 운전을 하면 안 돼요.

– 이게 불량한 겁니까? 사랑하는 자세가 불량한 겁니까?

닥터 한은 제이슨이 늘 이렇게 생활하고 있었는지도 모른다는 생각을 하게 되면서 은근히 그가 싫어진다. 닥터 한은 제이슨의 팔을 풀어내고 몸을 똑바로 잡는다.

이렇게 다시 만나지 말고 서울에서 제이슨을 만났던 아름다운 환상을 머릿속에 가두어 둔 채로 살 걸 하고 후회한다. 그러나 밤을 꼬박 새워 차를 몰고 닥터 한을 만나러 여기까지 온 제이슨을 생각하면 그의 불량기까지도 사랑할 수밖에 없는 남자라는 걸 깨닫는다.

눈 덮인 산이 보이는 작은 모텔에 방을 정하고 통나무로 지은 레스토랑에서 저녁을 먹는다.

– 제이슨을 잠깐 만나고 서울로 돌아가면 또 얼마 동안 제정신을 못 차리고 허둥댈 거예요. 그런 열병이 싫어요.

– 그건 잘못 생각하는 겁니다. 사람이 열병에 걸려 그 뜨거운 열기 속에서 휘청거리면서 산다는 건 행복한 겁니다. 난 그렇게 살다 죽고 싶습니다.

제이슨은 맞은편에서 엉덩이를 들어 올리더니 건너편에 앉아있는 닥터 한의 입술에 입을 맞춘다. 닥터 한은 얼굴을 붉히면서 주위를 둘러본다. 바로 곁에 있던 손님이 부럽다는 표정을 보이면서 웃는다.

– 몇 시간 운전했어요?

– 열일곱 시간이요. 닥터 한을 만난다는 기쁨 때문에 쉬지 않고 달

렸는데도 전혀 피곤하지 않았습니다. 철들고 나서 이런 여행은 처음입니다.

식사는 와인 한 병을 비우는 정도로 간단하게 했고 제이슨은 호텔 방으로 닥터 한을 데리고 올라갔다. 고풍스러운 게 마치 고성에 살고 있는 성주 같은 느낌이 든다.

창문으로 보이는 그림 같은 산이 무척 아름답다. 제이슨은 창밖을 내다보고 있는 닥터 한을 뒤에서 포근하게 안아준다. 사람의 감촉을 갈망하면서 고독하게 살고 있는 닥터 한은 제이슨의 손길에 까무러 칠 것 같은 전율을 느낀다. 이것이 잠시 스쳐 가는 섬광에 불과한 사랑의 느낌일지라도 감사하게 소중하고 아름답게 받아들이고 싶다.

– 이런 집에서 살았던 사람들은 얼마나 행복했을까요?

– 이미 죽은 사람들일걸요. 지금 우리는 살아있으니까. 게다가 젊으니까 우리가 더 행복한 겁니다.

제이슨은 절대로 뒤돌아보지 않는다. 지금 현재를 만족스럽게 지내는 걸 최선으로 삼는다. 어떻게 생각하면 현명하기도 하지만 찰나주의 같은 퇴폐적인 분위기가 느껴지기도 한다.

– 나 이번에 서울에 가면 결혼할까 봐요. 박사님이 소개해주신 사람이에요.

– 그걸 왜 나한테 얘기하죠?

– 제이슨을 만나고 나니까 이젠 고독을 더 이상 못 참을 것 같

아요.

제이슨은 말없이 닥터 한의 옷을 한 가지씩 정성스럽게 벗긴다. 이렇게 순수한 여자를 앞으로 어떻게 사랑해야 할지 마음이 아프다.

나른한 시간

  - 너는 날 사랑하지 않는 것인지도 몰라.

  충식이는 기운 빠진 목소리로 던지듯 말한다. 그 아이는 언제나 자신 없는 목소리로 자기가 주장할 것을 죄다 하는 아이다. 대학가 어느 까페에서 커피 한잔을 시켜 놓고 세 시간이나 버텼다. 커피값이 비싼 탓도 있지만 나는 그 까페의 분위기에 잠기면 여간해서는 일어나고 싶지 않았다.

  이제 졸업반이다 싶으니까 대학 근처에서 맛보던 학교 일상적인 모든 냄새가 다 아쉬워진다. 졸업하면 더 이상 당당할 수 없다는 조건 때문에 충식이는 더욱 나를 들볶아대는 것 같았다. 여자가 일류 대학을 나왔다면 어디든지 취직이 되는데 남자들은 일류 대학보다는 삼류 대학이라도 수완 좋고 사회에 적응하기 쉬운 성격의 남자가 더 좋은 직장을 구한다. 그러고 보면 충식이는 똑똑하기만 했지 그리 자기 인생을 잘 요리할 것 같아 보이지는 않는다.

그래서 충식이는 어떤 형태가 나타나기 전에 어떤 확실한 조건을 만들어 놓기 위해서는 언약식 같은 것이라도 하고 싶다고 졸라댔다.

나는 언약이라는 것이 두 사람 사이의 약속인데 이제까지 쉴 새 없이 약속해온 것이 바로 그런 것이 아니냐고 되묻기만 했다.

이제는 그 안달의 빈도나 강도가 더 번거로워졌고 강해졌다.

요즘엔 화를 내기도 한다. 그럴 때마다 정이 떨어진다.

그러나 충식이는 자리를 박차고 일어나지도 못하면서 그렇게 화를 낸 얼굴을 미련스럽게 보이곤 한다.

나는 그렇게 걸핏하면 화를 내는 충식을 보면 한편으로는 가엾어진다. 여자 친구 하나를 마음대로 조종하지 못해서 절절매고 있는 걸까. 내가 너무 고집스러운 것일까 하고 자성해 보기도 한다.

생각해 보면 충식이는 좀 불쌍한 아이다. 이날 이때까지 내 경쟁자로 언제나 나 다음의 자리만을 차지해왔다. 공부도 그랬고 어린이회에서도 그랬다. 회장과 부회장이면 그는 언제나 부짜를 차지했다.

그렇게 습관화되어버린 짓눌림 속에서 그걸 당연하다고 생각하면서 자라왔다. 어떻게 생각하면 나를 쫓아오기 위해서 지금까지 피나는 노력으로 버티어 왔다고도 할 수 있다. 그런 의미에서 충식이네 식구들은 나를 인정하고 대접해준다. 자기 아들을 다른 길로 탈선하지도 못 하도록 잘 잡아주었으니까. 그렇다고 나는 내 인생에서 충식이와 영원히 짝을 맺고 살아갈 계획은 세워 두지 않았다. 다만 더 좋은 남자친구를 찾지 못한 것뿐이다.

사랑이란 이름은 아니지만 이런 것이 막연히 사랑이라는 것인지
도 모르겠다고 상상하기도 했다.

까페를 나오면서 충식이는 장미 한 송이를 샀다. 나는 그의 그 감
상주의적인 짓거리가 마음에 들지 않는 것이라는 것을 그제야 깨달
았다. 남자가 시시하게 꽃 같은 것을 사면서 자기를 꾸며보려고 하
는 짓 따위가 마음에 들지 않는다.

- 나 자장면 먹고 싶어. 물만두도 먹고 싶고.

내가 이런 말을 하면 충식이가 기껏 잡았던 환상의 감각이 깨어
진다는 것을 알면서도 그렇게 말해 본다. 심술쟁이 같은 짓이라는
것을 잘 안다. 그렇게 일부러 하고 싶다. 그렇게 정반대로 하고 싶
다. 그게 충식이한테 표현되는 관심의 방법인지도 모른다.

- 그러자 그 집에 갈까?

충식이가 그 집이라고 하면 나는 얼른 알아듣는다. 여러 말로 하
는 설명이 필요 없는 사이가 되었다는 것도 하나의 편리라고 할 수
도 있겠지만 그렇게 속속들이 다 알고 있다는 것은 무미한 생활로
이어지는 말하자면 변화 없는 일상으로 잠겨버리는 것하고도 연관
이 있었다.

그 집이란 중국 사람이 경영하고 그 사람이 직접 자장면 면발을
뽑아내는 그 중국 식당을 말한다.

그 집으로 간다. 그 집에는 식탁이 단 네개 밖에 없다. 오래된 좁고 작은 의자하고 기름에 절어있는 선반에는 오래된 잡동사니들이 떨어질 것처럼 얹혀져 있다. 위를 쳐다보지 말아야지 자장면 맛이 다 떨어지고 만다. 그렇다고 어느 곳에 시선 줄 데도 없다. 창문도 없는 답답한 홀이다. 그 집에 앉으면 별수 없이 마주 앉은 사람의 얼굴을 바라볼 수밖에 없다.

물만두 둘에 자장면 둘을 시키고 기다린다. 물만두가 먼저 온다. 하도 자주 오고 오랫동안 단골이라서 식성도 잘 알고 있는 아저씨다. 거친 피부의 손, 검정색인지 알 수 없을 정도로 더러워진 앞치마를 입고 일한다는 것은 그 요리사의 정신 자세를 평가할 수 있는 것이 된다면 그걸 좋게 봐야 할 것이다. 아무튼 질긴 면발이라든지 빨리 만들어내는 솜씨는 존경해야 한다.

장미 한 송이가 시들기 시작한다. 아직 내게 전하지도 못한 채로 식탁 위에서 시들어 간다. 물만두도 다 먹고 이번엔 그 타이밍이 알맞게도 자장면이 온다. 물만두가 배에 차기 전에 오는 자장면은 정말 맛있게 먹을 수 있다. 그 아저씨는 그런 타이밍을 잘 맞춘다. 그야말로 전문 요리사라고 할까.

배가 불러올 때쯤이면 나는 손가락 한 개도 꼼짝하기 싫어진다. 그렇게 되면 장미 한 송이든 돈 한 가방이든 모두가 시들해진다. 어쨌든 일어서야 한다. 테이블이 네 개밖에 없는 데다가 그 집이 진짜 중국 사람이 경영하는 걸 아는 단골들은 시도 때도 없이 찾아와서 주문한다. 그래서 테이블을 얼른 내 주어야 한다.

배는 부르고 할 얘기는 없고 어디 가서 마주 앉아봤자 또 충식이가 졸라댈 말은 뻔하고 뻔한 것이다. 그렇다고 헤어져서 각자 집으로 가기에는 이른 시간이다. 일단 떨어져서 따로따로 있어 보면 시간이 길고 무료해지면서 또 전화 걸어 만나고 싶어진다. 이런 게 만성병이다.

그냥 배부르게 먹은 자장면을 소화시키려는 목적밖에 없는 산책을 한다. 버스들의 소음이 귀를 때리고 먼지를 뒤집어쓰는 큰길밖에 없다. 그래야 눈요기를 할 수 있는 쇼 윈도우가 있으니까.

서강대 앞으로 넘어가는 길은 언덕이어서 내가 싫어하는데 충식이는 요즘 자꾸만 그 길로 가려고 한다.

내버려 둬 보자 거기 가면 나한테 보여줄 것이 있을 것 같은 예감이 든다. 배도 부르고 좀 더 강도 높은 워킹을 하지 않으면 안 된다는 필요성 때문에 나는 그가 가고 싶어 하는 길로 가도록 내버려 두었다.

언덕길을 넘자마자 충식이는 커피를 마시고 싶다고 한다. 나도 속이 느글느글하던 차에 커피라는 말을 들으니까 정말 오랜 친구하고는 통하는 데가 있구나 했다.

충식이가 커피집을 찾아서 나를 데리고 간 곳은 까만 유리에 갈색 페인트로 커피숍이라고 작게 써 놓은 집인데 좀 분위기 있는 커피 집 같았다. 그보다 학생들한테는 어울리는 커피집이 아닌 것 같았다.

역시 안락한 의자가 나를 무척 편안하게 해주긴 했지만 어울리지 않게 나를 구속하는 것 같았다.

마주 앉은 충식이가 너무 멀리 앉은 것처럼 아득했다. 가만히 얘기하면 충식이한테 들릴 것 같지 않게 테이블이 컸다.

충식이더러 내 옆자리로 이사해 오라고 손짓으로 전했다. 충식은 얼른 옮겨왔다.

아직도 충식은 그 장미를 들고 다닌다.

– 나 잠깐 화장실에 다녀올게.

그 허락은 내가 하지 않아도 가야 하는 문제인데 구태여 말할 필요도 없는데 말하는 걸 보면 충식이는 내가 금방이 자리를 박차고 나갈 것 같아서 걱정인 모양이다.

충식이가 아주 잠깐 화장실엘 다녀왔다. 그러면서 키를 테이블에 내놓았다.

– 이게 뭐야? 무슨 키야?

– 방 키야.

충식이의 얼굴이 홍당무처럼 빨개졌다. 숨소리마저 가쁘게 들렸다. 나는 충식이가 하는 짓이 하도 어이없고 귀여워서 피식 웃을 수

밖에 없었다.

충식이는 점점 더 굳어진 표정으로 부서질듯이 긴장해서 쩔쩔
맨다.

나는 방 키를 받아서 코트 주머니에 넣었다. 한 손으로는 커피잔
을 들고 한 손으로는 방 키를 만지작거리면서 나는 머리로 많은 것
을 찾아다녔다. 친구들이 화장실 거울 앞에서 킬킬대면서 누구하고
누가 무슨무슨 장으로 들어가는 것을 보았다는 얘기를 하던 장면을
떠올린다.

아예 집에서 무슨무슨 장으로 가는 아이도 있다는 얘기도 들었다.
점심시간에도 휴강 시간에도 아이들은 장행이라는 재미있는 얘기 꺼
리가 없었던 것은 아니다. 그 아이들은 어떻게 그렇게 장행을 뻔질
나게 하는 것일까. 그건 무슨 재미일까.

그렇게 이것저것 생각하고 있는데 충식이가 카운터로 가서 커피
값을 계산한다. 그동안 나는 어떻게 행동해야 하는지 몰라서 그 자
리에 앉아있었다.

충식이가 돌아와서 내게 일어나라고 눈짓을 한다. 아직도 얼굴이
빨개진 채였다.

나는 일어선다. 충식은 우리가 들어오던 문 말고 안으로 통하는
문으로 나간다. 거기에 계단이 있었다.

나는 주머니에서 방 키를 꺼냈다. 505호였다. 그러니까 4층 일거

다. 내가 앞장서서 층계를 올라갔다. 이왕 방으로 가는 길이라면 내가 자진해서 올라가는 게 보기에도 아니 두 사람의 느낌도 좋을 것 같았다.

내가 방 홋수를 찾아서 키로 열고 들어갔다.

– 우리도 별수 없는 인간이라는 거야. 그것만은 확실해.

나는 화가 난 목소리로 공격한다. 충식이가 말없이 문에 기댄 채 신발을 벗지 못하고 서 있다.

– 안 들어올 거야? 방을 예약하고 키를 받을 용기는 있고 나를 침대에 쓰러뜨릴 용기는 없다는 거야?

충식은 나를 빤히 본다. 그러나 차마 말이 나오질 않는 모양이다.

나는 창문에 기대고 서 있고 충식이는 방문에 기대어 서 있다. 그러나 그 사이에는 뜨겁고 강력한 전류가 흐르고 있다는 것을 느낄 수 있었다.

온몸이 떨리기 시작한다. 쓰러질 것 같다. 더 이상 버틸 힘이 없다. 나는 침대에 털썩 주저앉아 버렸다. 충식이는 방문턱에 걸터앉는다.

길게 한숨을 내 쉰다.

– 들어오든지 나가든지 해. 그렇게 하고 있으니까 나 숨막힐 것 같아.

내가 소리쳤다. 그 반동이라고 해야 옳을 것 같다. 충식이는 신발을 벗고 방으로 뛰어 들어온다. 와서 침대에 걸터앉은 나를 끌어안는다. 침대 밑에 꿇어 앉은 채로 내 무릎에 얼굴을 파묻었다.

나는 천천히 그리고 침착하게 충식의 겉옷 단추를 빼냈다. 티셔츠를 뒤집어 벗겨냈다. 마치 껍질을 벗기듯이 충식의 웃통 부분은 다 벗겨졌다. 아래 부분은 완전하게 입은 채로 웃통 벗은 모습은 마치 찰슨 브론슨처럼 보인다. 그 사람처럼 희극적인 모습은 아니지만 분위기는 같았다. 나는 웃는다. 그 웃는 소리에 충식이의 긴장이 풀린 모양이다.

– 나를 유치한 놈이라고 흉보겠지?

– 아니, 솔직한 건 좋은 것 아냐?

– 난 오래전부터 이렇게 하고 싶었다. 그래서 수없이 예행연습을 했고 시작했고 실험을 해봤어. 그러나 너하고는 언제나 상상 속에서도 실패로 끝나곤 했지.

– 그래 나는 여자의 매력이란 조금도 없는 여자니까. 말하자면 무슨 끼가 있겠어?

– 나는 어떻구?

– 너? 글쎄, 네가 남자끼가 있었다면 내가 오늘까지 공부만 조용히 하질 못했겠지? 너는 점잖고 신사답고 진지하고 신선하고 순수하고.

– 그만.

충식이는 나의 브라우스도 벗기지 못한다. 나는 스커트의 단추를 풀었다. 아까 먹은 자장면과 물만두가 지금에야 배를 채우고 올라오는 모양이다.

우선 배가 불러서 숨이 차다.

미끄러운 옷감이어서 미끄러져 내리면서 팬티스타킹을 입은 엉덩이가 보인다. 웃통을 다 벗은 충식이 하고 팬티스타킹만 입은 나하고 어쩜 그렇게 잘 어울리는 못난이들인지 거울 속에서 잘 보인다. 벗자. 벗고 편안해지자.

내가 그렇게 생각하고 있을 때 충식이는 내 가슴에 파묻고 있던 머리를 소처럼 받으면서 나를 침대 위로 밀어젖혔다.

불붙기가 무섭게 젊은 피는 타올랐다. 어떻게 옷을 벗어 던졌는지도 알 수 없다. 무엇이 어떻게 되어가는 것도 느끼지 못했다. 충식이도 마찬가지였다.

그냥 뜨거운 감정뿐이었다.

햐얀 시트를 둘이서 뒤집어쓴 채 얼굴을 쳐다보지 못하고 그냥 목소리만으로 말을 주고받는다.

– 미안해.

– 미안할 것 없어. 마찬가지야.

– 후회하지?

– 물론이지. 그런데 너 언제 다 그런 걸 배웠어?

– 다른 여자애들 한테서.

- 누구?

- 이름도 내게는 의미가 없어. 그냥 여자들이야.

- 들?

충식이는 무엇이든 숨기고는 못 견디는 아이다. 그래서 여자들이라고 정확하게 표현했을 것이다. 들이라는 의미는 나한테 대단한 충격은 못되었다. 다만 지금 이 시간이 따분하고 견디기 어렵기 때문에 건너가는 배에 불과한 것일 뿐이다.

충식이는 분명 나하고의 이 날을 위해서 많은 여자를 실험하고 경험하고 또 예행연습 하였을 것이다. 조금이라도 즐거움이나 쾌락을 위해서 옷을 벗었다면 충식이 자신이 자기를 용서하지 못했을 것이다.

- 몇 군데 가 본 결과 네가 편안하게 방으로 갈 수 있는 장소가 여기더라구. 자존심도 살려주고 또 그렇게 지저분하지 않아서 뒷맛도 개운하고 그리 비싸지 않아서 비용도 적당하고 여러 가지 좋은 점이 있는 장소였어.

- 헌팅을 잘하셨군.

내 말에는 다분히 충식이를 무시하는 느낌이 들어 있었다. 그가 얼마나 고생하고 신경을 썼다는 것을 전혀 인정하지 않았다.

- 넌 이제 도망 못 간다. 알았지?

- 도망은 왜 가니? 난 언제나 내 자리에 있어.

충식은 그제야 아까부터 들고 온 장미를 내게 준다. 발가벗고 장미를 들고 있는 충식의 모습이 하도 희극적이어서 나는 또 웃음을 터뜨렸다. 나는 왜 이렇게 중요한 순간에 웃기를 잘하는지 모르겠다.

– 그럼 너는 내거냐? 다른 여자들의 것도 되면서? 그렇게 해석할 수 있어? 그렇게 해석해도 되는 거야?

충식이는 대꾸하지 못한다. 나는 장미꽃의 기다란 대를 입으로 잘라 내고 침대 구석에 꽂았다. 장미꽃에 흔들릴 여자는 못 된다고 말하고 싶었다. 나는 그렇게 감상적인 남자보다는 차라리 박력 있고 우직하면서 소신 있는 그런 남자를 원한다.

그날 거기를 나와서 못 마시는 소주를 진탕 마셨다. 어쩐지 그렇게 하고 싶었다. 좀 허전하기도 하고 이상한 기분이 들었다. 이렇게 되려고 지금까지 충식이란 존재에 묶여서 지내왔는지 후회가 되기도 한다. 내꺼 라는 말에 화를 낼 것도 없었는데 화낸 것이 미안하기도 하고 연필이나 손수건처럼 소유될 수도 있다는 자신을 처음으로 자각하던 순간이 슬퍼지기도 했다.

그러나 난 아무것도 달라질 것이 없다. 그를 전보다 더 좋아하게 될 것도 아니고 그렇다고 해서 그의 말을 고분고분 잘 듣게 될 나도 아니다.

– 취하겠다.

- 취할라면 취하라지. 뭘. 내가 취하면 안 될 것 있니? 내가 술 깰 때까지 밖에서 시간만 같이 보내주면 되는 거야. 그건 할 수 있겠지?

- 물론이지, 너하고 같이 있는 시간은 얼마든지 길어도 좋으니까.

- 넌 내가 지겹지도 않니? 난 가끔 충식이가 지겨울 때가 있는데.

- 어떨 때?

- 그 조건이 뭐 따로 있는 것은 아니고 그냥 괜히 그렇게 느끼는 것이야.

그냥 쉽게 통과해 가기에는 좀 높은 언덕 길이었다. 걸음도 제대로 옮겨 짚을 수 없어서 충식이의 팔에 매달려서 아까 갔던 까페로 갔다. 구석 자리에 앉아서 나는 잠이 들었다. 술을 이기지 못하는지 나도 모르게 잠이 왔다.

충식이가 보기도 싫다고 느껴지기는 처음이다. 전화로도 얘기하고 싶지 않다. 나는 며칠 동안 학교에 가지 않는다. 노트만 카피하러 다른 친구를 학교 앞에서 만나고는 곧장 돌아왔다.

버스가 그 커피집 앞을 지날 때 나는 일부러 외면을 한다. 그 뒷맛이 찜찜해서 견딜 수가 없다.

아, 이제 철들어 가는 것이구나 하는 느낌이었다. 중간시험이 걱정이 되어서 집에서 마냥 뒹굴 수가 없었다. 충식이를 마주보기 싫어서 학교에 나가기 싫었다. 여러 번 전화를 걸어 왔지만 목소리조차 듣기 싫었다.

강의실 앞에서 충식이와 마주쳤다. 충식이는 감전된 사람처럼 그 자리에 굳어져 있었다.

– 어떻게 된 거야?

나는 충식을 보면서 아무 말도 하지 않았다. 다시는 만나고 싶지 않은 아이였다.

– 나 졸업하면 유학 가기로 마음 굳혔는데 너는 어떻게 할래?

– 유학이 다만 나를 이기기 위한 것이라면 안가도 좋아.

– 아니 너를 만나지 않고도 견딜 수 있는 방법을 연구해 봤더니 유학이라는 길밖에 없더라구.

– 그럼 내가 유학을 그만둬야겠군. 같이 가면 거기서 만나게 될 테니까.

그 말에 충식이의 눈이 반짝거리면서 빛났다. 같이 유학 가자는 말을 그렇게 한 모양이다.

– 잘 되었군. 같이 가자.

– 안돼.

– 함께 공부하면 더 능률이 오를거야.

– 천만에 나는 더 능률이 오를는지 모르지만 너는 안 돼. 집중력이 없어지니까

– 나를 형편없는 남자로 보는군.

– 솔직한 남자로 보는 거지.

어느 사이에 나는 충식이를 남자라고 불러주고 있었다.

솔직할 수 있다는 것은 가장 강한 힘을 가진 사람만이 보여주는 것이다.

나는 그 후 산부인과에서 임신중절을 하고 여자가 겪어야 하는 경험의 절반 이상을 겪은 셈이다. 나머지 출산의 경험만이 남았을 뿐이다. 꼭 그 절차를 밟아야 하는 것인지 아직은 선명한 답이 없다.

손해가 이만저만이 아니라는 계산이 나온다. 사랑한다는 일에는 언제나 여자가 손해를 본다. 나는 지금까지 손해 보는 인간관계는 가져본 적이 없다. 친구 사이에도 팽팽하거나 내가 이득이 있는 일에만 관심이 있지 그 밖에는 관심이 없다.

마치 기억상실증 환자처럼 나는 충식이하고의 커피집 사건을 완전히 지워버리고 말았다. 언제 그런 일이 있었느냐 하는 표정으로 담담하게 만난다. 더 가까워지지도 않았고 별다른 사이가 된 듯한 기분도 전혀 가지지 않기로 했다. 그게 뭐 어쨌다는 것이야? 충식이가 별다른 사이로 다가오려고 하기만 하면 나는 일부러 딴청을 부렸다.

어느 날 충식이는 까페에서 넌즈시 그전에 갔던 그 호텔방 키를 나한테 건네준다. 나는 그 키를 커피 테이블 위에 올려놓고 다른 사람들의 눈에 띄게 했다.

- 들여 넣어둬.

- 남이 보면 안 돼?

- 넌 좀 악취미가 있어, 그치?

- 아니, 나 이 방에 다시는 안갈 건데, 이 키는 충식이 것이잖아?
방값을 치렀으면 다른 상대를 찾아봐.

- 너 정말 이럴래?

- 내가 뭘?

충식이는 기가 막혀서 말을 잇지 못한다. 나처럼 사정없이 자기본
위인 여자도 없을 테니까. 그는 그렇게 당혹한 경우를 만나기 일쑤
였다.

충식이는 얼굴이 또 빨개진다. 생각만 해도 창피한 사건이었다고
느끼는 것인지 섹스라는 것을 그렇게 부끄럽게 여긴다는 것인지, 충
식이가 얼굴을 붉히는 걸 보면서 나는 왜 그렇게 불결하게 느끼는지
모르겠다. 수녀나 성녀처럼 말이다.

나는 키를 집어서 충식이의 무릎 위에 떨어뜨려 주었다.

- 다시는 안 가.

- 그렇게 부정적으로만 생각하지 말어. 얼마나 아름답고 즐거운
일이냐? 인간의 궁극의 목적은 섹스에 있다고도 했다지 않어?

- 그게 너야? 그렇게 살아봐.

나는 솔직하게 말해서 관심이 없는 것도 아니지만 손해를 많이 보

게 되서 싫다는 것뿐이다. 아이도 남자가 낳고 임신의 걱정도 남자가 하며 아니면 대등하게 공부하고 출세하는데 가정이라는 것이 여자한테 구속을 주지 않는다면 고려해 볼 여지가 있긴 하다. 그러나 그건 어림도 없는 일이다. 똑똑한 우리 교수님도 남편의 전화를 받을 때에는 벌써 응석을 부리면서 약한 동물의 아부가 시작되곤 하는 것을 자주 보았기 때문이다.

집에 돌아오면서 자꾸만 구역질이 났다. 충식이가 남자로 보인다는 것이 비위 상한다. 집에 들어서자마자 엄마는 나를 끌고 안방으로 들어간다.

－너 이 엄마한테도 솔직하게 말하지 않고 결국 다른 사람의 입을 통해서 듣도록 하다니 기막힐 노릇이다.

－진정하세요. 뭣 때문에 그렇게 화가 나셨어요?

－내가 다그치기 전에 요즘 충식이하고의 일을 죄다 말해라, 남이 다 알고 있는 얘기를 에미가 모르고 있었다니 부끄럽기 짝이 없더라.

－뭘요?

엄마는 충식이 엄마의 호들갑에 넘어간 게 분명하다. 충식이네 집안은 지나치게 솔직해서 탈이다.

－아니, 그 집에서 너를 며느리로 알겠다는 것이야. 그러니 유학을 함께 보내면 어떻겠냐고 물어왔다.

- 누구 마음대로요?

- 누구 마음이긴 다 네 마음이지, 그렇게 할 수밖에 없잖냐?

- 무슨 운명이래요?

- 네가 이미 충식이한테 몸을 허락한 사이라면서?

- 그게 무슨 말이에요?

- 난 내 입으로 우리 딸한테 그런 말을 다 할 수가 없다. 너무 충격적인 소식이어서 말이다.

- 엄마 그건 다 거짓말이예요.

- 아니다. 그 사람들이 거짓말할 분들이 아니다

- 그럼 엄마 마음대로 하세요.

- 그 의미는?

- 나를 보내든지 말든지 엄마가 좋을 대로 하시란 말이예요.

- 역시 너는 그렇게 되고 말았구나. 얼마든지 좋은 혼처가 있었는데 그렇게 되다니.

엄마는 내가 충식이를 어쩔 수 없이 선택해야 한다고 이해하고 있었다. 그렇게 생각한다면 그렇게 생각하도록 내버려 두자.

그저 유학을 같이 가는 게 괜찮을 것 같아서 져 주는 척 해본 것이다. 어차피 미국이란 사회가 젊은 우리들을 그냥 견디도록 내버려 두지 않을 테니까 미리 짝을 지어 가는 게 현명한지도 모른다. 에이즈에 걸릴 우려는 없을 테니까. 충식이처럼 말 잘 듣는 아이도 없다.

부모들이 끼어들어 뭔가 복잡하게 진행되어 가고 있는 것 같았다. 원래 잘 알고 있는 사이였기 때문에 어떻게 보면 우리보다 부모들끼리 합치는 것을 더 기뻐하고 있는 것 같았다.

비용을 아끼기 위해서 나는 결혼식을 뒤로 미루었다. 간단한 약혼식을 올렸다.

충식이 마저도 나하고 결혼할 것이라고 믿고 있었다. 그러나 나는 어디까지나 가봉한 상태라고 생각할 뿐이다.

─ 난 부담스러운 관계, 더욱이 내가 손해 보는 관계는 싫어.

─ 손해 안 보게 할게. 결국 네가 손해 보게 된다는 것은 내가 이익을 보는 관계 아니야? 나도 그런 관계를 싫어하니까 염려하지 말어.

내가 의미하는 것을 충식이는 잘 알지 못하는 것 같다.

그렇게 우리는 애매한 조건을 걸고 유학을 떠난다. 유학이란 취직이라는 인생의 막다른 골목에서 도망치는 핑게밖에는 안 된다. 벌써부터 살기 위한 돈벌이 경쟁에 매달리기 싫다.

충식이는 나를 핑계로 유학 가는 이유를 덧붙이지 않아도 되었다.

충식이네 집에서 오는 학비를 나는 받지 않았다. 교민들과 선배 그룹에서 주는 장학금으로 다닐 수 있는 행운을 잡았다. 충식이는 아무래도 차석이라는 성적 때문에 또 밀린다.

한국에 있을 때에는 내게 자리를 빼앗겨도 태연하더니 외국에서는 그렇지 않다. 전전긍긍이다.

244

- 나 서울 갈까보다. 가서 돈 버는 게 장래를 위해서 좋지 않겠어? 조금이라도 일찍 사회 물을 마시는 게 출세에 유리할 것 같은데 말이야. 넌 어떻게 생각하니?

- 마음대로 해.

- 너는 같이 안 갈래?

- 내가 왜 충식이하고 인생을 같이해야 할 이유가 있니?

- 우리는 헤어져서 살게 되지 않니?

- 그게 뭘?

충식이는 충격을 받는다. 드디어 내가 완벽하게 독립할 마음이라는 것을 알아차렸다.

- 너는 그렇게 하고도 다른 남자하고 결혼할 수 있다고 생각하니?

- 내가 결혼을 할지 안 할지 어떻게 알아? 그렇다고 치면 그걸 왜 충식이가 걱정해야 하니? 내 인생은 내가 책임져.

충식이는 화가 나서 그 이튿날 서울로 떠나버렸다. 공항에서 전화가 걸려왔는데 나는 태연스레 잘가라는 인사만 했을 뿐이다.

충식이는 울고 있었다. 우리들의 이별이 이렇게 처참한 것이 되리라고는 상상도 하지 못했다는 것이다.

충식이는 언제나 시인처럼 말을 잘한다. 나는 그 말에 한 번도 감동을 받아 본 적이 없다. 장미 몇 송이에도 흔들리지 않았으니까.

충식이가 가끔 보여주는 감상에 나는 구토를 느낄 정도였다.

내가 공부를 다 끝내고 돌아왔을 때 충식이는 다른 여자하고 결혼해서 아이도 낳고 직장에서도 평판 있는 연구원으로 자리잡고 있었다.

학교 근처 까페에서 옛날 생각을 하면서 차를 마시자고 내가 말했더니 충식이는 시간이 없다고 거절했다.

아마 내가 충식이를 만나서 괴롭힐 것 같은 느낌이 들었던 모양이다.

여자가 옛날 애인을 찾을 때에는 무척 외롭거나 곤경에 빠졌을 때라는 것쯤은 상식적으로 알고 있는 모양이다.

그러나 내가 충식이를 만나고 싶어 했던 것은 그저 커피 한 잔을 함께 마시고 싶었던 이유뿐이었다.

나도 충식이하고 결혼하지 않은 것을 천만다행으로 알면서 지내고 있는 터였다.

그런데 충식이의 눈에 비친 내 모습은 몹시 처량하게 느껴졌던지 경계하는 듯했다.

내가 돌아와서 얻은 자리는 충식이보다 세 자리나 높은 직위였다. 공부한 분야가 같은 것이기 때문에 우리는 한자리에서 만나지 않을 수 없게 되었다. 또 충식이한테는 내가 차지한 자리 아랫자리밖에는 차지할 수 없는 입장이 되고 말았다.

나이가 드니까 그게 충식이한테 미안하고 안되었다는 생각이 들었다. 이 세상에는 모르는 사람이 얼마든지 많은데 하필이면 충식이하고 경쟁의 계단을 거듭 오르게 되는지.

공식 자리에서 우리는 태연하게 일을 하지만 기분은 개운하지 않다.

- 나 아직 집을 구하지 못해서 P호텔에 묵고 있어. 언제 한번 식사나 함께 하자. 전화 해줘.

충식이는 전화를 걸 사람이 아니다.

그런데도 나는 그의 전화를 기다리고 있다. 매일 시계처럼 퇴근해서 온 신경을 전화소리에 귀를 기울이고 누워있다.

그 전처럼 합정동 어느 호텔이 아니라 두터운 카펫이 깔리고 폭신하고 소리 나지 않는 베드가 있는 방에서 평화스런 식사를 하면서 또 얘기도 하고 또 함께 누워도 보고 싶다.

그런 소망은 한 달 정도 뒤에 이루어졌다. 충식이는 장미 한 다발을 들고 호텔에 나타났다. 충식이는 내가 처음 그를 따라 호텔 방에 들어섰을 때처럼 기분 나쁜 표정이다. 더워서 땀을 흘리고 있었다. 그가 살고 있는 환경의 온도하고 이 방의 온도하고는 많은 차이가 있는 모양이다.

- 더우면 웃저고리를 벗지.

- 응.

충식이는 웃저고리를 벗었다.

- 또 벗을 것 없어? 찰슨 브론슨처럼 말이야. 그땐 참 우스웠는데 말이야. 지금도 우스울까? 그렇게 하면?

　- 나 결코 출세가 기쁨이 아니라는 것을 알았어. 우리가 지금 몇 살씩 먹었다지?

　- 서른 살인가?

　충식이가 서른 살 난 남자 같지 않게 깨끗한 미소를 보이면서 웃는다.

　- 생각나니? 우리 철없을 때 합정동 커피숍으로 들어가서 계단으로 올라갔던 505호실 방 말이야.

　다 늙은 여자처럼 그렇게 쑥스러웠던 지난 기억을 들춰낸다. 이런 걸 무슨 주책이라고 할까. 그리움일 수도 있다.

　역시 젊은 시절은 어떻게 돌이켜 봐도 아름답다. 나는 그렇게 고민 많은 시절로 돌아가 보고 싶다.

　지금도 충식이는 땀을 흘린다. 아마도 마주 앉아있는 이 자리가 진땀나는 모양이다. 내가 이미 그의 마음속에서 나가 버린 모양이다. 지루하게 생각하고 있는지도 모른다. 아니면 추억이 산산이 부서지는 순간인지도 모른다. 나를 천사의 모습으로 꿈꾸고 지금까지 살아오다가 오늘 그 꿈에서 깨어나게 되었는지도 모른다.

　충식이는 셔츠 한 가지를 더 벗는다. 러닝셔츠를 입고 있다.

　나는 깔깔 웃는다. 충식이는 정말 많이 변했다.

– 그게 뭐야? 그런 셔츠도 입니?

– 와이셔츠 안에 반드시 입고 다녀야 해.

– 반드시?

– 와이프가 싫어해.

나는 정신이 번쩍 든다. 아내 있는 남자 그러니까 충식이는 유부남이란 말이다

우리가 합정동의 호텔에 들어가던 그 시절의 인간들이 아니라는 것이다.

– 음, 무슨 말인지 알겠어. 웃저고리를 다시 입어, 우린 그냥 단정하게 앉아서 얘기를 하자.

– 나 부탁 한 가지 하자.

충식이는 정색을 하면서 말을 꺼낸다.

– 나 네가 원하는 것을 무엇이든지 들어 수 있어 옷을 벗고 같이 지내자면 그것도 할 수 있다.

– 나 그런 거 원하지 않아.

– 나하고 마주치지 않는 자리로 옮겨가 주겠어?

– 내가?

– 네가 일부러 여기 온 거 다 알아. 그만했으면 되지 않았니?

남자는 가장 상식적으로 살기를 원한다. 거기에 비하면 나는 날개 없이 날 수도 있고 물고기처럼 물속에서 살 수도 있다는 꿈을 꾼다.

남자는 한 여자한테 묶이는 것을 행복으로 알지만 여자는 그걸 불행으로 안다. 하고 많은 남자들 중에서 충식이를 내 경쟁자로 잡을 만큼 내가 그렇게 치졸하다고 알고 있는 모양이다.

나는 충식을 빤히 바라본다. 합정동 어느 호텔 방에서 내가 충식이한테 묶였더라면 충식이의 와이셔츠나 다림질하고 러닝셔츠를 챙겨주면서 충식이의 행동반경을 조이는 역할을 하고 있었을 것이다.

아이를 낳고 아이를 우리 사이에 앉혀놓고 웃으면서 때로는 서로를 괴롭히면서 시간을 함께하고 있었을 것이다.

– 좋아, 내가 충식이 눈앞에서 없어지면 좋겠어? 그게 다야?

– 아니야. 그것도 아니야.

서른 살 난 충식이는 결국 집으로 돌아갔다. 서른 살 난 여자친구를 호텔에 고이 남겨두고 집으로 돌아갔다.

그날 나는 처음으로 충식이를 사랑하고 있는 나를 발견했다. 이렇게 멋진 만남을 위해서 나는 공부하고 출세하고 충식의 눈앞에 나타난 것이라는 것을 깨닫게 되었다. 그 모든 것이 우연이었다고 알고 있었는데 그렇지 않았다. 나는 충식이가 원하는 대로 해주고 싶다. 그가 없는 곳에서 지내기는 무척 힘들겠지만 그게 내가 줄 수 있는 사랑의 한 조각이라면 그렇게 하겠다.

난 여기 말고도 더 좋은 자리를 얼마든지 구할 수 있다.

집을 정하지 않고 지금까지 호텔에서 지내고 있던 게 얼마나 다행스러운지 모르겠다. 내가 대전으로 떠나던 날 몹시 망설였다. 전화를 걸고 갈 것인지 그냥 떠날 것인지.

나는 그에게 빨리 잊혀지고 싶다.

Somewhre Over The Rainbow

아직도 나무 창살에 유리를 끼운 학교가 남아 있다는 건 그만큼 풍요로움이나 편리함에서 멀리 떨어져 있어 덜 오염된 동네라는 의미다. 나무 창살에 하얀 페인트를 덧칠해서 먼저 칠했던 하늘색 창살의 속살이 드문드문 보이기도 한다. 어떤 창문은 유리에도 길게 하얀색 페인트가 흘러내린 흔적이 있다.

다음 금요일 오후 대청소 때에는 유리창에 칠해진 페인트를 긁어내야 한다고 할머니 교장이 유리창 당번 여섯 명을 정해주면서 단단히 일렀다.

유리창 당번으로 찍힌 여섯 아이들의 공통분모가 무엇인지 모르지만 그렇게 정해져서 금요일 오후 교실에 남아서 유리창을 닦아야 한다.

그들 여섯 명은 아무리 봐도 비슷한 데가 없는 것 같다. 키가 큰 조건도 아니고 성실한 순서도 아닌 것 같다. 말썽꾸러기로 벌을 서야할 이유도 없다. 서로 얼굴을 바라보지만 지명된 이유를 찾을 길 없다. 그렇지만 할머니 교장이 스물일곱 명 반 아이들을 가만히 살펴 가면서 그들을 신중하게 골라낸 걸 보면 아무렇게나 집어낸 게 아니다.

할머니 교장의 눈에 오래 익은 아이들일 수도 있다. 모두 이 동네에서 태어난 아이들이다. 부모 또는 조부모 대로부터 이곳에 살아온 집 아이들이다. 물론 다른 아이들도 그랬겠지만 얼핏 보아 집이 서로 가까운 데 살고 있는 아이들이다.

이제야 알 것 같다. 유리창을 닦고 나서 해가 저물더라도 같은 쪽으로 모여서 집에 갈 아이들을 찾아낸 거다.

금요일이 가까워질수록 유리창 닦는 일에 지명된 아이들은 그게 무슨 벼슬이나 되는 것처럼 제각기 마음속으로 자랑스럽게 생각되기 시작했다. 그날이 기다려지기까지 하였다.

금요일 오후가 되는 그 중간의 날들은 필요 없는 날처럼 길고 지루했다. 공부 시간조차 쓸데없는 과정으로 밖에 생각되지 않았다. 기다려지는 일이 있다는 건 어린 가슴에도 설렘으로 가득 차는 일이었다. 어느 한 가지도 바뀌는 것이 없고 높은 미루나무 가지의 나뭇잎에 스치는 미풍처럼 조용하기 이를 데 없는 깊은 산골 작은 학교생활이 하잘 것 없이 보이는 아이들의 삶을 끌어가고 있었다. 그렇지만 아이들의 마음속에는 먼 훗날 만나게 될 무지개 너머의 꿈이 살고 있었다.

아주 오랜 기다림 끝에 금요일 오후가 왔다. 그러나 학교 교실에는 아무 변함이 없었고 다른 아이들은 여느 날처럼 웃고 떠들고 공부하다가 대청소 날의 북적거림으로 교실이 조금 붐비다가 집으로 돌아갔다. 여섯 명만 남긴 채다. 이상한 정적이 교실을 에워싸고 있다.

처음으로 산 그림자가 교실 안으로 들어와 그 무게를 느끼게 한다는 걸 알았다. 마치 하루의 마지막이 어둠으로 칠해져 사라지고 말 것처럼 느껴졌다.

남녀 통틀어서 반에서 키가 제일 큰 용희만 빼고 나머지 다섯 명은 모두 남자아이들이다. 기철이, 민재, 준수. 형민이, 진이. 이렇게 사내아이들은 알게 모르게 유리창 닦는 작업에 있어서 누가 지휘권을 잡을 것인가에 대해서 긴장하고 있었다.

누가 무슨 청소 도구를 가져 왔는지를 살피면서 교탁 위에 감춰 가지고 온 것들을 올려놓았다.

걸레, 신문지, 병에 덜어온 휘발유, 기다란 막대기 등이 쓰레기 더미처럼 쌓였다. 다섯 남자아이들이 용희 쪽으로 고개를 돌렸다.

마치 넌 뭘 가져 왔는데, 라고 묻는 시선이었다.

용희는 손 안에 감춰 두었던 양면 면도칼을 보였다. 그 자신만만한 표정은 그들을 제압하고 남았다. 맨손바닥 위에 놓인 날카로운 면도날이 전하는 위압감은 소리 없이 그들을 한 걸음 물러나게 했다. 소리 없이 주눅 들게 했다.

용희는 양면 면도날을 한 손 가운데 손가락과 엄지가락 사이에 휘어잡더니 적당한 탄력으로 눌렀다. 면도날은 딱 부러져 튕겨나며 두 쪽으로 갈라졌다.

그중 한 쪽을 기철에게 내밀었다.

면도날이 섬뜩하기도 했지만 집 안에 그런 위험한 물건이 있다 해도 아이들의 손이 닿지 않는 장소에 두어서 아이들이 가지고 놀거나 사용하지 않는 물건으로 알고 있다.

그런 면도날을 용희가 가지고 온 것이다. 그것도 종이에 싸지도 않고 맨손바닥에 쥐고 있었다. 조금만 힘을 주거나 비틀어지면 손이 베일 것 같았다. 선홍의 피가 흐르는 상처를 상상하면서 아이들의 뒷덜미에 소름이 쫙 돋았다.

용희는 하얀색 페인트가 흘러내린 유리창으로 가서 페인트 자국을 면도날로 긁어내며 시범을 보인다.

기철이는 면도날을 잡고 용희가 시범을 보인대로 다른 유리창에 흘러내린 하얀색 페인트를 긁어냈다. 끼긱끼긱 유리창과 면도날이 직각으로 닿는 소리를 냈다.

긴 막대를 들고 있던 진이가 주머니에서 휴지를 꺼내 양쪽 귀를 막았다. 두 눈을 꼭 감았다. 이가 시려서 어금니를 악물었다.

용희는 기철이의 손에서 면도날을 빼앗아 민재한테 건넸다. 이번엔 민재가 잘난 체하며 페인트를 긁어냈다. 역시 이빨 시린 소리를 냈다. 다음엔 준수, 형민이 모두 소리 안 내고 페인트를 긁어내는 데 실패하고 말았다. 끝판에 진이 차례가 왔다.

소리 내지 않고 면도날로 페인트를 긁어내는 데는 어떤 요령이 필요했다.

소리를 내지 않으려면 감각이 걸맞아 유리창과 면도날과의 각도를 알아내고 각도를 유지하면서 긁어내야 했다. 리듬도 중요하다. 리듬에 맞춰 손놀림이 좋아야 했다. 진이는 끼긱끼긱 이빨 시린 소리를 안 내기는 했지만 키가 작아서 손에 닿는 구역이 별로 넓지 않았다. 나머지 부분은 용희가 담당할 수밖에 없었다. 용희는 진이보다 머리하나는 더 컸다. 용희는 유리창의 윗부분을 맡았고 그 아래쪽에서 진이가 페인트를 긁어냈다. 진이는 작업을 다 끝낼 때까지 귓속에 휴지를 낀 채였다. 얼마나 유리창 긁기에 열중했는지 이빨 시린 소리가나는지 안 나는지조차 생각할 틈이 없었다.

조금 전엔 하얀 페인트 자국이 네모 난 푸른 하늘에 점들을 만들어 놓았지만 이젠 맑은 하늘이 유리창에 꼭 맞게 끼워졌다. 여섯 아이는 보람 있는 일을 잘 해낸 게 자랑스러웠다. 이젠 세상에서 못할 것이 없을 것 같았다. 이제 어른이 다 된 것 같았다. 동지애가 솟았다. 마치 독립운동을 성공적으로 해낸 것 같은 기분이었다.

다음 날 할머니 교장은 담임선생님과 반 아이들이 보는 데서 여섯 아이들을 교단에 올려세우고 크게 칭찬했다. 다른 아이들은 박수를 쳤고 그들은 태어나서 처음으로 자신들의 존재가 빛나고 있다는 걸 깨달았다.

그날 이후로 여섯 아이들은 제법 자주 뭉쳤는데 대개가 딱지치기나 구슬치기 놀이였다. 당연히 용희가 그들 가운데 우두머리가 되어 버렸다. 아무도 거부하지 않았고 서로 충성을 보이려고 노력하는 표정이었다.

용희는 저학년 시절부터 또래 여자아이들보다 사내아이들과 더 잘 어울렸다. 여자아이들은 나무 그늘에서 노래에 맞춰서 고무줄놀이를 하거나 쪼그리고 앉아서 공기놀이를 하곤 했지만 용희는 그런 놀이에는 별로 재미를 느끼지 못했다. 다른 여자아이들보다 키도 크고 덩치도 커서 고무줄 위로 껑충거리며 뛰논다든지 쪼그리고 앉아서 노는 게 쑥스럽다는 생각이 들었다. 남자아이들은 여자아이들이 고무줄넘기를 하고 있으면 지나가는 척하고 손에 숨기고 있던 주머니칼로 고무줄을 끊고 달아나곤 했다. 용희는 남자애들과 한패가 돼서 고무줄을 끊지는 않지만 먼 데서 구경하곤 했다.

용희와 친한 여자아이들은 남자아이들이 고무줄을 끊지 말게 해달라는 부탁을 하기도 한다. 용희는 그런 부탁을 받으면 성심껏 그 아이들을 지켜주곤 했다.

그럴 때마다 용희는 자기의 정체성에 대해서 생각해 보았다. 여자일까 남자일까 그 어느 것도 아닌 중성의 입장이라는 걸 조금씩 알게 되었다. 남자애들하고 어울려 다니면 편안하고 재미있긴 하지만 결국은 여자일 수밖에 없다는 걸 인정할 수밖에 없었다.

집에 돌아가도 재미있는 놀이가 없는 아이들은 되도록 학교에서 오래 버티다가 집으로 돌아 가곤했다. 오래 버틸 수 있던 놀이가 몇 가지 있었는데 용희와 사내아이들은 바닥이 판판한 운동장 가운데에서 딱지를 치거나 구슬치기 놀이 또는 자치기였다. 시간이 점점 지나면서 어두워지기 시작하면 아이들은 하나둘 집으로 돌아갔다. 결국 끝까지 남게 되는 아이는 그날 유리창 닦던 아이들 여섯 명이었다.

누군가 가지고 있던 딱지를 다 잃어야 딱지 따먹기 놀이가 끝났다. 번번이 딱지를 털리게 되는 역할은 용희 아닌 다른 남자애들 중에 하나였다. 아무리 잘 안 뒤집히는 신무기를 만들어 가지고 와도 용희의 손아귀에는 당할 수가 없었다. 때론 종이 상자를 홑겹으로 뜯어 무겁고 두꺼운 딱지를 만들어 오기도 하고 공책만 한 큰 딱지를 접어 가지고 오기도 했다. 제아무리 무거운 딱지도 용희가 치는 작은 딱지에 맥없이 훌떡 뒤집히곤 했다.

그러나 용희가 덩치가 크고 손아귀의 힘이 강해서가 아니라 딱지를 뒤집는 남다른 기술이 있다는 걸 아이들은 모르고 있었다. 적당한 리듬과 각도를 잡아 바람을 일으키고 힘을 모아 폭발하는 파괴력을 만들어내는 용희의 기법을 아이들은 아무리 배우고 싶어도 배울 수가 없었다. 거의 선천적인 센스라고 해야 했다. 뒤집힐 곳을 찾아내서 공격하는 것이다. 말하자면 바람을 불어 넣어 빠져나갈 수 없게 되면 딱지가 뒤집힐 수밖에 없다는 걸 용희는 저절로 알고 있었다. 벼라별 짓을 다 해서 만들어 온 딱지도 모두 용희 가방에 들어가고 말았다.

제일 먼저 딱지를 다 잃게 되는 아이가 진이가 아니기를 용희는 늘 기도했다. 누구한테라고 정할 수 없는 기도를 그냥 진심으로 했다.

용희가 그토록 기도를 하는데도 딱지를 먼저 잃고 빈털터리가 되는 건 늘 진이였다. 다른 아이들은 딱지를 다 잃어도 그 분함을 내색하지 않았다. 인내심의 한계에 다다른 날 어떤 아이는 씩씩거리면서 얼굴이 벌개가지고 집으로 돌아가지만 진이는 늘 소리 없이 주먹으로 눈물을 훔치면서 돌아가곤 했다.

– 짜샤, 울지 마. 네 꺼 다 돌려줄게. 몇 장 잃었는데?

용희는 진이 뒤를 따라가서 아이들한테 딴 딱지 한 움큼을 그의 가방에 찔러 넣어주었다. 진이는 돌아보지도 못하고 빠른 걸음으로 사라졌다. 다시는 진이 하고는 딱지치기를 하지 말아야겠다고 결심하지만 껴주지 않으면 그 애만 따돌리는 것 같아서 하는 수 없이 껴주고 나면 또 울리고 마는 꼴이 되곤 했다.

잃은 딱지를 되돌려 받기를 한두 번 하더니 진이는 더 이상 받으려고 하지 않았다. 이젠 울지도 않았다. 용희가 진이 딱지한테는 사정을 두고 친다는 걸 다른 아이들이 눈치채고 말았다.

진이는 원래 마음도 몸도 나약해서 어쩔 수가 없었다. 팔 힘도 형편 없고 마음도 모질지 못해서 이를 앙다물고 힘을 한군데 모으는 걸 할 줄 몰랐다. 다른 이유가 있을는지 몰라도 진이는 발육부진아처럼 키도 작고 몸집도 빈약하고 손도 작았다. 그래서 힘도 모자랐다.

진이는 엄마 없이 자란 애라 우울했고 놀이의 중심으로 들어오지 못하고 멀리서 구경만 하는 쪽이었다.

진이 아버지는 하루 일하면 이틀씩 앓고 나야 기운 차려 다시 일하러 나갈 수 있는 병약한 사람이었다. 집에 있을 땐 언제나 방문을 열어 놓은 채 가운데가 닳아빠진 문턱을 베고 누워 있었다. 술을 밥 대신 마시고 살았다. 아픈 데가 많아서 술기운이 아니고는 몸을 가눌 수가 없다고 했다. 진이가 집에 가도 따뜻한 밥을 차려 놓고 기다려 주는 사람이 없었다. 밥 먹고 기운 차릴 수 있는 형편이 못 되었다. 그래도 아무도 없는 것보다 차라리 아버지의 술주정조차 고맙게 생각할 지경이었다. 아버지가 술주정할 기운이라도 있고 눈을 뜨고 진이를 마주 보아주는 것만이라도 고마웠다.

가끔 아버지가 마음 내키면 열심히 딱지를 접고 있는 진이를 도와 같이 접어주곤 했다.

내일 이걸 가지고 쳐봐라 반드시 이길 것이라고 기를 모아 접어준 딱지도 결국 힘없이 용희의 딱지에 넘어가곤 했다.

구슬치기도 자치기도 그들 모두 용희를 당할 수가 없었다.

어찌 어찌해서 아이들은 졸업이 가까워왔다. 할머니 교장이 삼십 년 오지 마을 장기 근무교사로 표창을 받고 동시에 정년퇴직을 하였다. 아이들은 눈물 콧물 다 흘리며 할머니 교장을 보내드렸고 할머니 교장도 슬피 울었다. 슬픔이란 이렇게 마음이 찢어지게 아픈 것이라는 걸 아이들이 처음으로 알게 된 순간이었다. 할머니 교장이 학교를 떠나고 나서 평온하고 조용하던 마을에 무거운 슬픔의 그림자가 드리워졌다.

용희네가 마지막 졸업생이 될 줄은 생각지도 못했던 일이었다. 벌써 폐교공고가 교문에 나붙었고 못 보던 차들이 가끔씩 산골 동네에 나타나선 학교를 샅샅이 둘러보곤 했다.

그 뒤 모교가 어떻게 될 것인지 상상할 여유도 없이 졸업과 동시에 그 아이들은 모두 뿔뿔이 흩어지고 말았다. 더 이상 그 후 친구들의 소식을 물을 수도, 알 수도 없는 곳으로 부모를 따라 이사 가거나 운이 좋아 도시로 나가 중학교에 입학하기도 했다.

산골에서 책가방을 등에 메고 냇물을 건너 산을 넘고 밭고랑을 건너뛰면서 학교에 다녔어도 대통령만 되더라는 신화는 이제 더 이상 생기지 않았다. 그 심심산골에서 딱지치기하던 아이들은 그 모양 그 꼴로 자라서 나이 먹고 어느 도시 구석진 곳에서 숨을 쉬며 살아가고 있었다.

용희네는 작은 도시로 무작정 나갔다. 심신이 튼튼한 용희는 시장

통에 작은 좌판을 놓고 순댓국을 팔고 막걸리를 파는 엄마를 도왔다.

더 이상 산골의 평화는 만날 수 없었다. 엄마의 운명에 걸묻어서 용희는 밑바닥 생활의 조수 역할을 맡아 하게 되었다. 얼마 있다가 그나마 중학교도 스스로 집어치우고 아예 순대장사의 주역이 되고 말았다. 동생 셋을 공부시키는 데 엄마 혼자의 힘으로는 어림도 없었다. 용희는 학업에 아무 미련도 없었다. 공부에는 애초에 재미를 붙이지 못했고 선머슴처럼 이리 뛰고 저리 뛰며 놀기를 좋아했던 용희는 차라리 쟁반을 머리에 이고 순댓국을 배달하는 게 더 적성에 맞았다.

틈만 나면 쓰다 남은 공책에 외상장부를 정리하는 일은 용희의 몫이었다. 용희는 한글을 깨쳤고 엄마보다는 글씨체가 좋다고 엄마가 인정한 터였다.

어린아이가 열심히 엄마를 돕는다고 사람들이 머리 쓰다듬어 주면서 용돈도 쥐어주는 게 무척 행복했다. 때로는 순댓국 값보다 덤으로 받는 용돈이 더 많기도 했다.

엄마가 썰다가 부스러진 순대나 고기 조각을 작은 접시에 담아두면 용희는 배달하면서 들락거리다가 손으로 집어 먹곤 했다. 때로는 부스러기 말고 온전한 조각이 접시에 놓이기도 했다. 부스러기만 아이한테 먹이는 게 마음에 걸릴 때면 엄마는 그렇게 제대로 썰어놓은 순대를 접시에 얹어놓곤 했다.

손님들이 먹다 남긴 것이라고 말하지만 용희한테 남들이 먹다 남은 음식을 먹일 엄마가 아니었다.

그것마저도 엄마가 먹고 싶은 걸 남겨 둔다는 걸 알지 못했다.

한창 잘 놀고 잘 자랄 나이에 순댓국 쟁반을 머리에 이고 숨이 차도록 뛰어다니는 용희한테 죄스럽고 미안할 따름이었다.

얼굴 가득 웃음을 띠고 고기조각을 소금에 찍어 입에 넣고는 엄마의 입에도 큰 걸로 골라 넣어주는 용희를 보면 속으로 피눈물이 흘렀다.

아무리 성격이 선머슴 같아도 속은 편하지 않을 거라는 걸. 엄마가 눈치채지 않게 용희의 마음속에선 불이 일고 있을 것도 엄마는 알았다.

길 건너 큰 건물 코너에 있는 만수 부동산에 배달 갈 때가 제일 좋았다.

순대 한 접시 순댓국 곱빼기로 주문해서 한 번 배달에 매상이 세 배가 되었다. 게다가 팁도 만만치 않았다 혼자 사는 엄마를 도와주는 용희가 대견하다고 칭찬하는 그 말 뒤에 숨어있는 만수부동산 아저씨의 속내를 용희는 알 길이 없었다.

손님이 있을 때면 국이 다 식도록 거들떠보지도 않았다. 부동산 보러 온 손님과의 얘기가 쉬이 끝나지 않았다. 그렇게 오랫동안 말품을 팔고도 허탕 치고 말 때가 더 많았다. 그래도 만수부동산 아저씨는 나가는 손님 뒤에 대고 허리를 굽혀 인사를 하고 나서야 다 식은 순 댓국 쟁반에 덮은 신문지를 걷어냈다. 순댓국을 떠먹으면서 식으니 까 더 맛있다고 한마디를 꼭 하곤 했다. 작은 의자에 앉아서 그릇을 비울 때까지 다리를 흔들면서 기다리고 있는 용희한테 서울바람을 솔솔 불어 넣기 시작했다. 한 번 두 번 세 번 조금씩 마음이 흔들리 기 시작했다. 서울에 올라가 일하면서 공부할 수 있는 길을 알려주겠 다고 했다. 찾아갈 확실한 주소와 날짜를 종이쪽지에 적어 받은 날부 터 용희는 가슴이 뛰기 시작했다.

밤마다 코를 골며 고단한 몸을 방바닥에 내던지고 잠든 엄마의 얼 굴을 보면서 용희는 울었다. 입으로 찝찔한 눈물이 흘러 들어오고 베 갯잇이 흥건히 젖어 얼룩이 지고 흐느끼는 자기 흐느낌 소리에 용희 는 놀랬다.

엄마를 두고 어떻게 떠날까 서울 가서 잘 될까. 동생들은 누가 보 살필까.

어느 조건도 떠날 수 있는 사정이 못 되었다.

그렇지만 용희는 모질게 마음먹었다. 이대로 순댓국을 배달하며 살 아갈 수는 없었다. 나중에 성공해서 돌아오면 그때엔 엄마도 용서할 거라고 자신을 달랬다. 처음엔 엄마도 힘들겠지만 그런대로 살아가 게 마련일 거라고.

엄마의 운명에 용희가 같이 묻어갈 수는 없었다. 용희는 용희의 운명대로 살아갈 것이다.

용희는 커다란 냉동실과 유리문으로 들여다보이는 커다란 전기 오 븐만 있는 피자집 문 앞에 서서 안을 살폈다. 작은 책상 위에 놓인 컴퓨터를 열심히 들여다보고 있는 안경 낀 남자 한 사람뿐이었다. 아 무리 기다려도 밖에 서 있는 용희에게 눈길 한 번 주지 않았다.

피자집이라더니 손님 한 사람 없는 데 무슨 장사가 되는지 모르겠 다. 그때 빨간색 오토바이가 와서 멎고 빨강색 유니폼을 입은 배달원 이 헬멧을 벗어들고 안으로 들어갔다. 오토바이가 또 한 대가 왔다. 또 한 대가 들어왔다.

세 번째 배달원이 용희를 힐끗 보더니 관심 없이 지나갔다. 헬멧을 벗으니 아주 샛노란 색깔로 염색한 긴 머리카락이 사자 갈기 같았다. 조금 전에 들어간 배달원이 피자 박스를 들고나와 빨간 비닐 가방에 넣더니 뒷자리에 싣고 헬멧을 쓰면서 오토바이에 올라탔다. 눈 깜짝 할 사이에 사라졌다.

용희는 열린 문 안으로 발을 들여 넣었다. 살그머니 몸을 들이밀었 다. 안에 있던 직원이 넌 누구지라는 시선을 용희 쪽으로 보냈다. 용 희는 꾸벅 절을 하고는 시익 웃었다. 그리곤 주머니에서 고향의 만수 부동산 아저씨가 준 종이쪽지를 내밀었다. 그가 종이에 쓴 내용을 읽 을 동안 꼼짝하지 않고 그 자리에 서 있었다. 안에 들어갔던 배달원

두 명도 피자 가방을 들고 바람처럼 빠져나갔다. 노랑머리가 유리문에 모습을 비춰보다가 머리카락을 털어서 부풀렸다. 그 위에 헬멧을 슬쩍 올려놓았다. 역시 용희에겐 관심 없는 표정으로 나가 버렸다. 서울 사람들은 쌀쌀맞기가 이를 데 없었다.

전화 받고 바닥 쓸고 유리창을 닦는 일은 용희 몫으로 정해졌다. 맡은 일은 힘들지 않은데 몸은 몹시 고단했다. 밤에 자리에 누우면 밧줄로 묶어가도 모를 정도로 곯아떨어지곤 했다. 매일 밤 꿈속에서 엄마한테 편지를 썼다. 편지를 쓰다가 혼자서 울곤 했다. 흐느끼다가 제김에 잠을 깨기도 했다. 일 년쯤 그럭저럭 시간이 지나갔다. 이젠 울 일도 없었다. 고향이나 엄마의 존재가 점점 희미해지기 시작했다.
　일 년쯤 시간이 쌓이니까 피자집 식구들은 가까운 가족이 되었다. 배달원들이 일 년이 넘어도 바뀌지 않고 그대로였다. 오랫동안 붙어 있는 걸 보면 대체로 여기가 편안하다는 증거였다. 주인아저씨가 인정 많고 누구한테든지 똑같이 잘해주는 데다가 인간 대접을 해준다는 걸 알 수 있었다. 그보다도 같이 지내고 있는 동료들끼리 마음이 딱 맞았다. 멀지도 않게 가깝지도 않게 그러나 따스하게 봐주는 시선이 좋아서 그렇게 오랫동안 같이 지내고 있었다.
　이젠 집 생각이나 엄마 생각에서 멀어지면서 혼자서도 살아갈 자신이 생겼다. 철들고 세월이 간 다음에는 무언가 여기서 움켜쥐고 일어나야 한다는 생각이 들었다. 여기서 인생을 출발해야 한다는 생각이 들었다. 인생이 무엇인지 모르지만 용희가 용희대로 걸어가는 길이라고 할까.

노랑머리는 일이 끝나면 가게 구석에 걸어 두었던 커다란 색을 메고 퇴근했다. 노랑머리는 도장에 다녔다. 권투를 배우고 있었다. 처음엔 험한 세상에서 얻어맞지 않고 살려면 든든한 주먹이 필요하다고 생각했던 것이 이젠 주먹이 필요 없이 살게 되었다. 배가 부르면 게걸대지 않는 것처럼 주먹이 세지니까 주먹 쓸 일이 없었다. 노랑머리가 체육관에서 몇 시에 돌아오는지 아무도 몰랐다. 모두 잠든 뒤에 들어오기 때문이었다. 다행인 것은 피자집의 배달일은 점심시간부터 시작되기에 충분히 잘 수 있었다.

아침에 노랑머리와 마주치면 샴푸 향기가 났다. 길 건너편 찜질방에서 땀을 흠뻑 빼고 샤워까지 하고 돌아왔다.

짧은 시간만 이용하겠다는 조건을 달아서 반값으로 교섭을 해두고 매일 들락거렸다.

노랑머리가 용희에게 얇은 책 한 권을 던져 주었다. 단숨에 읽었다. 사장이 자기 운전수한테 돈을 모으는 방법을 가르쳐주었고 나중에는 부자가 되는데, 신기하게 재미있는 내용이었다.

돈을 모으는 것도 좋겠지만 빨리 출세할 수 있는 길을 찾아야 했다. 여자 복서가 되는 건 어떨까. 노랑머리를 따라 체육관에 나가보았다. 눈을 씻고 봐도 여자는 없었다. 노랑머리가 연습이 끝날 때까지 기다렸다가 그의 코치를 만났다.

차돌처럼 동그란 머리통에 살이 찔 대로 찐 코치는 용희를 보자 노랑머리에게 여동생이냐고 물었다.

권투를 배우겠다고 졸라대는 맹랑한 계집애라고 소개하면서 그렇지만 꿈이 큰 아이라고 덧붙여서 설명했다.

체격이랑 성격은 합격이라 했다.

연습비는 꼬박꼬박 잘 내겠다고 말했더니 코치는 웃으면서 용희 머리통을 주먹으로 쳤다. 조금은 아팠다. 띠잉 울림이 있었다.

이렇게 매일 두드려 맞아도 좋으냐고 코치가 묻는 것 같았다. 그렇지 않아도 여자 복서를 한 명쯤 키우고 싶었는데 잘 만났다고 했다. 연습비도 필요 없고 그 대신 훈련이 힘든 걸 각오하라고 말하곤 또 한 번 용희의 머리통을 툭 쳤다.

우리들은 운이 지독하게 좋은 거라고 노랑머리가 찜질방에 들어가서 땀을 빼면서 말했다. '우리'라고 말했다. 이제 복서가 되는 길을 같이 가게 될 공동체란 뜻이었다.

찜질방에서 땀 빼는 것은 복서가 체중조절을 할 때 필요한 필수훈련이니까 잘 익혀 두라고 가르쳐 주었다.

얼마나 배우면 되는 거냐고 물을까 하다가 입을 다물고 말았다. 참고 참아야 하는 게 복서라는 걸 용희는 짐작으로 알았다. 그러지 않고는 공부도 못했고 잘난 부모도 없고 그래서 돈도 없는 데다가 여자가 인물도 없지 무엇 한 가지 꼽을 데가 없는 용희가 맨손으로 노력해서 출세할 수 있는 길이 있을 수가 없었다.

코피가 터져도 눈이 찢어져 피가 흘러도 참아낼 수 있었다. 갈비 몇 대가 부러져도 저절로 붙을 때까지 기다릴 수 있어야 했다.

이제부터 가시밭길을 걸을 것이다. 아니 달릴 것이다. 용희는 일찍 일어나 노랑머리를 따라 초등학교 운동장으로 갔다.

나무와 나무 사이를 30m로 대충 정해놓고 그사이를 전속력으로 달렸다. 다음엔 피치 런 다음엔 스트라이드로 달리기 다음엔 옆으로 달리기를 반복했다. 끝으로 15분 달리기를 하는데 같은 속력으로 달리기도 하고 1분 빨리 1분 천천히 달리는 방법으로 달렸다. 인터벌 러닝이라는 단어를 여러 번 반복해서 말하곤 따라 해보라고 했다. 노랑머리는 용희가 무식하다는 걸 어느새 알아 버렸다. 노랑머리는 보조 코치인 동시에 영어 가정교사가 된 셈이었다. 노랑머리의 발음이 좋은 편이 아니라는 걸 짐작으로 알았지만 그 단어들을 기억하지 않고는 복싱을 할 수 없었기에 열심히 외워두어야 했다.

노랑머리가 외치는 대로 동작을 바꿔가며 용희는 순발력 있게 움직였다.

아무 기술도 필요 없이 무조건 달리기는 용희의 특기 중에 하나였다. 지치지도 않고 노랑머리가 시키는 대로 거뜬히 해내는 걸 보더니 그가 박수를 쳤다. 제법인데 하는 표정으로 빙긋이 웃으면서 엄지손가락을 치켜들어 보였다. 그 훈련을 비가 와도 눈이 와도 아무리 고단해도 하루도 빠지지 않고 해냈다.

운동장이 될 때도 있고 한강 둔치가 되기도 했다. 그들은 하루를 24시간 풀가동하면서 살아갔다. 노랑머리는 용희한테 자전거 타기를 가르쳤다.

몸의 균형을 잡고 유연하게 하는 데 꼭 필요한 운동이라고 설명했다. 나중엔 오토바이 면허를 따고 피자 배달도 할 수 있을 거라고 용희한테 미래를 보여 주었다.

용희는 운동하고 일하는 데 집중하다 보니 날짜가 어떻게 가는지 알 수 없었다. 3년이 훌쩍 지났다.

로프 스키핑은 도장 훈련 선수 중에서 용희가 제일 잘했다. 용희의 체력에 무리 다 싶은 웨이트 트레이닝도 잘 견뎌냈고 점점 강인해졌다. 상대 스파링 파트너도 용희가 여자 복서라는 걸 깜박 잊을 정도였다.

용희는 남자처럼 가슴이 납작했다. 요즘 여자아이들은 나이가 그만하면 처녀티가 물씬 풍기지만 용희는 거의 중성이었다. 보고 자란게 없는 데다가 남자들 틈에서 살아서 그런지 아니면 한창 사춘기에 복싱을 하겠다고 심한 훈련을 해서인지 여자다울 수 있는 시기를 놓쳐버렸다.

복서가 되겠다고 생각한 게 운명적이었는지도 모르겠다.

운동을 심하게 한 날 언젠가는 찜질방 갈대 돗자리 위에서 거의 죽은 사람처럼 쓰러져 잠이 들 때도 있었다. 그래도 새벽에는 시계처럼 잠에서 깨어났다. 모든 신체의 조건이 평상으로 돌아와 있었다.

물 한 컵 마시고 우유 한 통 색에 넣고 운동장으로 나갔다. 노랑머리도 용희 때문에 더 열심히 운동하게 되었다. 용희의 코치 노릇을 하려면 용희보다 더 빨라야 했고 지치지도 않아야 했다. 용희보다 월등히 실력이 나아야 했지만 때로는 용희한테 처질 때도 있었다.

점점 본격적으로 복싱 훈련으로 들어갔고 이젠 용희한테서 복서 냄새가 났다. 넓어진 어깨라든지 쓸데없는 지방이 나가고 단단한 근육으로 몸이 만들어지고 있는 게 눈에 보였다.

복근도 단단해서 여간한 펀치에도 끄떡도 하지 않았다. 도장 대항 시합이 있을 예정이었다. 상대편 도장에도 여자 복서가 있다는 소문만 들었을 뿐 만나 본 적이 없었다. 노랑머리의 말에 의하면 키는 작지만 몸통이 두터워 맷집이 무지 좋을 것이라고 했다. 용희는 며칠째 입맛을 잃었다. 체중 감량도 해야 했지만 걱정도 되고 잠도 오지 않았다.

코치님이 외출하면서 노랑머리에게 스파링 상대를 부탁했다.

- 와봐. 올려, 그래 그렇게, 옳지, 원 투, 원 투.

노랑머리가 질러대는 구령에 힘이 저절로 붙어왔다.

피자 배달은 주말에 더 바빴다. 사장님과 동료 선배들이 일을 대신 맡아 준 덕으로 여덟 시에 일에서 벗어났다.

열 시에 시합이 있을 예정이었다.

― 그 앤 용희 너보다 두 살이나 더 늙었다더라.

여자 티가 나면 끝장이지. 그 앤 암내가 물씬 풍겨. 벌써부터 눈알에 독기가 빠졌어. 첫 시합이 제일 중요해. 피를 토해도 이겨야 해, 네 몸뚱이한테 질 수 있다는 걸 가르쳐주면 안 된단 말이야.

노랑머리가 코치보다 더 열을 담아 코너에 앉아있는 용희의 귀에 힘을 불어넣었다.

시합 장소는 비교적 교통편이 좋은 상대편 도장으로 정했다. 양쪽 도장의 식구들과 그리고 몇몇 보호자들이 응원단원으로 참석했다.

양쪽 도장을 오락가락하며 권투를 배워온 사람들이어서 양쪽을 똑같이 응원해야 하는 사람들이 모인 셈이었다.

그 덕으로 용희는 외롭지 않았고 주눅 들지 않아도 되었다. 헛치는 주먹에도 박수가 나왔고 그들 모두 용희 편 코치 같았다.

상대방의 빠른 펀치와 집요한 오른쪽 옆구리 공격을 피하기 힘들었다. 무겁게 매달려있는 샌드백처럼 상대편 주먹을 대책 없이 맞으며 흔들리고 서 있었다. 용희는 끝까지 버티긴 했지만 판정으로 지고 말았다.

얼음주머니를 얼굴에 대고 코너 의자에 앉아 있었다. 노랑머리가 위로하느라 용희 귀에 대고 무슨 말을 하지만 아무 말도 들리지 않았다.

청각이 마비된 것 같이 모든 소리가 멍멍 개 짖는 소리처럼 들렸다. 이러다 귀머거리가 되는 것 아닌가하고 겁이 더럭 났다.

용희는 의자를 밀고 일어났다. 어깨에 걸쳐진 타올을 걷어치우고 노랑머리가 들고 있는 점퍼를 잡아당겨 입었다.

도장 문을 밀고 밖으로 나왔다. 가랑비가 오고 있었다. 겨울을 재촉하는 가을비가 내리고 있었다.

갑자기 눈물이 쏟아졌다. 억울하고 창피하고 모든 것이 후회되고 화가 나서 견딜 수가 없었다. 용희는 맨주먹으로 가로수를 후려치며 목이 터져라 외마디 소리를 질러 댔다. 코치가 용희의 어깨를 다독여 주더니 반대편 길로 사라졌다.

소주 할래. 입속으로 말하고 벌써 노랑머리는 포장마차 안으로 머리를 들이밀고 들어섰다. 기역자로 꺾어진 끝자리에 용희를 앉혔다. 사람들과 정면으로 보이지 않게 하려고 머리를 썼다. 포장마차 주인은 안주를 마련하느라 용희의 얼굴을 볼 사이가 없다. 본다 해도 어깨너머에 있는 사람을 잘 볼 수 없을 것이다.

온몸이 얼얼했다. 그러나 퉁퉁 부어올랐던 얼굴은 금세 가라앉았다. 상처도 없었다.

첫 시합이라고 해서 패배해도 괜찮다는 건 있을 수 없었다. 모든 장사가 마수를 잘해야 한다면 오늘 시합은 그 마수를 잘못한 것이었다. 아무리 소주를 입에 부어도 취하지도 않았고 분이 가라앉지 않았다.

피자 식구들이 용희의 얼굴을 바로 보지 않는다. 아직도 부기가 남아있는 얼굴을 보이기 싫어할 용희를 생각해서였다. 서서히 용희 스스로 마음을 가라앉히기를 기다려 주어야 한다고 생각하는 모양이다. 분위기가 썰렁하다.

식구들 모두가 조심하느라 조용조용 일만 했다. 용희는 되도록 높은 목소리로 주문을 받았다. 그만하면 기분을 되살렸다는 듯, 모두에게 들리도록 애쓰는 게 환히 보였다. 그런 모습이 더 싫다.

들어가 좀 쉬라고 말했지만 용희는 들은 체도 하지 않았다. 식구들이 위로하면 할수록 속으로 단단한 응어리가 생겼다. 그날 낮 용희를 찾는 전화가 걸려왔다.

저쪽에서 딱지… 라고 첫 마디를 꺼냈을 뿐인데 용희는 그 목소리의 주인이 누구인지 금세 알 수 있었다. 늘 용희한테 딱지를 다 잃고 훌쩍거리던 진이였다.

용희는 얼굴이 퉁퉁 부어 있다는 것도 생각하지 않고 그가 있는 장소로 달려갔다. 얼마 만에 만나는 것인지 달리면서 손가락을 꼽아 봤다. 열세 살에 초등학교 졸업하곤 모두 흩어져 소식 모르고 지냈다.

용희가 엄마 도우며 순대 장사하며 지낸 지 2년하고 상경하여 피자 집에서 주문받고 청소하는 일을 하며 야간 학교를 3년 다녔고 노랑 머리 쫓아다니며 복싱 시작한 지 2년이다.

벌써 7년이 흘렀다. 그제야 용희도 놀랐다. 그저 시간이 많이 갔다 는 것만 생각했지 꼭 집어 몇 년이 되었는지는 한 번도 세어본 적이 없었다.

진이는 어떻게 변했을까.

큰길 코너에 있는 별 다방으로 달렸다.

자동 유리문이 길 쪽으로 크게 입을 벌리고 있어서 아무 데로나 들 어설 수 있었다. 용희는 사람들이 차지하고 앉아있는 테이블을 한눈 에 쫙 살폈다.

그때 안쪽에서 한 남자가 마주 걸어 나왔다. 서로 코가 맞닿을 거 리에 다가서서야 걸음을 멈췄다. 반가움에 끌어안기라도 할 것처럼 급한 걸음으로 다가서기는 했지만 거기서 멈춰 섰다. 그러곤 마주 웃 었다.

물을 필요도 없이 상대를 알아봤다.

진이는 작은 일식당에서 주방장을 돕는 요리사로 일하고 있었다. 아버지와 단둘이 살던 진이는 일찍이 부엌일에 익숙해 져 있었고 배 안 고픈 직업을 고르다 보니까 요리사가 되었다.

고향을 떠나 아버지의 날품팔이 조수로 그날그날 살아가다가 결국 아버지는 알콜 중독으로 세상을 떠났다고 말하면서 진이는 손가락 끝으로 눈물을 찍어냈다.

– 울지 말라고 했지, 넌 아직도 울보냐.

용희는 진이를 위로하느라 하는 말이었지만 둘 다 울음을 터뜨리고 말았다.

서로 자기가 겪은 고생을 생각하면 눈물이 저절로 나왔다.

용희는 어제 있었던 복싱시합 얘기를 꺼낼 수밖에 없었다. 아무래도 진이가 용희의 부어터진 얼굴에 대해서 먼저 묻고 싶었겠지만 조심스럽게 접근할 방법을 궁리하고 있을 거라는 걸 알고 있었다.

– 승자는 얼굴도 말짱하거든. 내 이 얼굴이 패자의 징표야, 심판들은 양쪽 선수들의 얼굴 상태를 보고 점수를 먹이고 손을 들어줘도 정확할 걸.

용희는 그제야 부운 얼굴을 손으로 꾹꾹 눌러보는 척하면서 상처를 가렸다. 통증도 약간 있었다.

딱지치기 대회는 없었냐고 진이가 물었다. 딱지치기 대회에선 그렇게 얼굴을 두드려 맞지도 않았을 것이라고 웃기는 말을 했는데도 용희는 그냥 눈물이 피잉 돌았다.

진이도 매맞아 퉁퉁 부운 용희의 얼굴을 보고 마음이 아팠나 보다.

– 때린 만큼 맞아, 맞은 만큼 때리는 거지. 승자는 정확하게 때리지만 패자는 헛때리는 펀치가 많을 뿐이지, 괜찮아. 내일이면 가라앉

을 꺼야.

하필이면 이런 날 찾아오다니.

반갑고 만나고 싶어 참을 수가 없어 달려 나오긴 했어도 시기가 몹시 좋지 않았다. 그렇지만 앞으로도 이런 얼굴을 수없이 보게 될 텐데 차라리 처음부터 면역주사를 놓아주는 게 좋을 거란 생각이 들었다.

– 식당에서 번 돈으로 스태미너가 될 음식을 보급할게.

– 빠른 펀치를 날릴 수 있는 에너지를 만들어 줄게.

– 내가 이제부터 너를 챔피온으로 키운다.

– 내가 돈을 버는 목적을 찾았거든.

– 일하지 말고 복싱만 해.

– 그 대신 절대로 맞지 마.

진이는 돌아갔다.

내일까지 그 결심이 변하지 않기를 바라지는 않는다. 그러나 오늘 말한 그 순간의 마음으로 충분했다

노랑머리가 배달을 끝내고 용희더러 연습 가자는 말도 없이 색을 메고 나갔다. 진이의 출현을 눈치채고 삐졌는지도 모른다. 당분간 용희가 마음을 다잡을 때까지 기다려주자고 생각한 건지 아니면 용희가 아예 복싱을 그만두겠단 결심을 하고 있는지도 모를 일이다. 용희는 가게 문을 닫고 어둠 속에서 고개를 무릎에 파묻고 웅크리고 앉

아 있었다. 처음에는 아무 소리도 들리지 않더니 조금씩 들판으로 건너 지르는 바람 소리가 들린다. 바람 소리는 조금씩 커지더니 파도 소리로 변한다.

귀가 터질 것 같았다. 뇌가 흔들린다. 이러다가 어쩌면 일어서다 쓰러질는지도 모른다는 공포가 몰려왔다.

용희는 가만히 바닥에 몸을 옆으로 뉘었다. 구석에 새우처럼 몸을 구부리고 울다가 잠이 들었다. 얼마 동안 잤는지 눈을 떴지만 아무것도 보이지 않았다. 어둠인지 시력이 망가졌는지 알 수 없었다. 밖에서 들리는 자동차 소음을 들으려 했지만 적막강산이었다.

수백 미터 해저에 가라앉은 듯 마치 폐선이 된 느낌이다.

용희는 세상에서 버려졌다는 생각이 들었다. 이제 어떻게 해야할까.

용희는 충전 중인 전화가 놓인 책상으로 더듬어서 걸어갔다. 노랑머리의 핸드폰 번호를 눌렀다. 응답이 없었다. 계속 재 통화 버튼을 눌러댔다. 그제야 용희는 아무 소리도 들을 수 없기 때문에 노랑머리가 전화를 받아도 모르는 거라고 깨달았다. 용희는 핸드폰을 끌어안고 통곡했다. 책상 아래로 몸을 미끄러뜨리고 구석에 박혔다. 용희는 자기 울음 소리도 들을 수 없었다. 손바닥으로 만져지는 눈물의 홍수로 짐작이 갈 뿐 그쳐지지도 않을 것 같은 슬픔의 눈물이 강물처럼 흘러내린다.

어깨를 흔드는 손을 덮어 잡으며 용희는 울음을 그쳤다.

– 아무것도 보이지 않는 거야. 들리지도 않아. 난 이제 어떻게 해.

지치기도 했지만 이 사실을 말로 전한다는 것이 두렵고 무서워서 작은 소리로 웅얼웅얼 뱉어냈다.

어깨를 잡았던 손이 용희를 가만히 끌어안아 주었다. 어린아이를 달래듯 등을 다독거리면서 달랬다. 노랑머리가 무슨 말을 하면서 위로했을 테지만 들리지 않아 알 수 없었다. 그러나 용희는 조금씩 진정되어가고 있었다.

지금 몇 시쯤 되었을까.

용희는 청바지 뒷주머니에서 진이가 준 핸드폰 번호가 적힌 종이쪽지를 찾아냈다.

– 전화 걸어서 여기와 줄 수 있는지 물어봐 줘. 진이라고 내 소꿉친구 야, 내가 많이 아프다고 말해줘.

노랑머리는 용희가 하고 싶은 말을 마음으로 듣는다.

진이라면 용희가 어떤 일을 당해도 돌봐줄 수 있는 사람이라고 믿는다. 어린 시절 딱지치기를 할 때 그 어떤 딱지도 뒤집을 수 있다고 생각하면 생각한 대로 뒤집혔던 것 같은 믿음이 통할 것이라 믿고 싶었다.

노랑머리가 전화 버튼을 눌렀다. 신호가 갔다. 한참 만에 상대방 목소리가 들렸다. 어렴풋이 뒷모습으로 봤던 사내의 목소리라고 짐작이 갔다. 맑지만 다소 슬픔이 도는 목소리였다.

이른 새벽에 잠을 깨워서 미안하단 말을 해 놓고 잠시 뜸을 들였다.

저쪽에서 누구냐 무슨 일이냐를 다급하게 묻는다.

용희가 많이 아프다고만 했다. 벌써 그쪽에선 급하게 나서는 소리가 느낌으로 알 수 있었다.

용희는 단단한 돌처럼 몸을 동그랗게 말고 구석에 박혀있다.

노랑머리가 용희를 책상 밑에서 끌어냈다. 의자에 앉혔다. 종이컵에 냉수를 떠다가 용희의 손에 쥐여준다. 입으로 가져다가 천천히 마시게 하곤 등을 두들겼다. 십 분 정도 지났을까 말까 눈 깜박할 사이에 진이가 들어섰다. 노랑머리는 진이를 진정시키면서 의자를 권했다. 진이가 용희를 보고 놀라서 엉뚱한 반응을 보이는 걸 경계했다.

- 듣지 못해요.

- 말도 못해요.

- 볼 수도 없어요.

짤막하게 진이한테 설명했다. 복서들 중엔 첫 시합에서 무참하게 맞고 패배한 충격이 이렇게 며칠 뒤에 밀어닥치기도 한다는 말을 들었다고 했다.

조금만 기다리면 곧 회복할 수 있을 것이라고 노랑머리는 진이한테 설명했다. 진이만이 용희를 정상으로 회복시킬 수 있는 힘을 가진 사람일 거라고 생각했다.

누가 용희를 부축해야 할는지 노랑머리와 진이가 잠시 팽팽하게 겨루었다. 들을 수도 없고 말할 수도 없고 보이지도 않는 무생물과 같아진 용희는 자기가 세상에서 버려질 것이라는 두려움으로 떨었다.

머릿속은 그들한테 보내고 싶은 갖가지 싸인이 헝클어진 가시덤불 뭉치 같았다.

결국 노랑머리가 용희의 어깨를 잡고 일으켜 세운다.

용희는 두 다리가 부들부들 떨렸다. 발에 닿는 바닥을 제대로 짚을 수가 없었다.

- 응급실로 데려가야겠어요.

중환자실에 옮겨졌다. 용희는 하루가 걸릴는지 이틀이 걸릴는지 아니 일 년이 걸릴는지 모를 암흑 같은 터널 속으로 걸어 들어갔다.

진이가 중환자실 앞에 놓인 긴 의자에 앉아서 울고 있다.

딱지 다 줄게, 울지 마 임마.

진이의 귀에 용희의 목소리가 들리는 것 같았다.

명창 김화순

- 어허 이것 웬 말이냐. 에잉 여봐라 청아, 무엇이 어쩌. 어이 애비보고 묻도 않고, 네 이거 웬일. 못하지야 못하여, 내 눈 팔아 너를 살되, 너 팔아 눈을 뜨면, 무엇 보자고 눈을 뜨고 철 모르난 이 자식아, 애비 설움을 너 들어라. 너 낳은 지 칠 일 만의, 너를 안고 다니며, 동냥젖 얻어 먹여, 이만큼이나 장성, 묵은 근심 햇근심을, 너로 하여 잊었더니, 이것이 웬일이냐, 나 눈 안 뜰란다.

그때의 선인들이, 문전에 늘어서서, 심 낭자, 물때 늦어가오. 성화같이 재촉하니 심 봉사 이 말 듣고 엎어지며 넘어지며, 밖으로 우르르 쫓아나가. 내 몸으로 대신 가리라. 돈도 싫고 쌀도 싫고, 눈뜨기도 내 싫다. 가슴 쾅쾅 두다려, 목제비질 덜컥, 내리둥굴 치둥굴며, 죽기로만 작정하는구나. 이렇게 그냥, 울고불고 뛰고, 야단난 듸, 선인들이 정상을 보고, 심 봉사를 가긍이 여겨, 백미 백 석, 마포, 평생 먹고 입을 것을 내어 주었겠다, 심청이 하릴없어 부친을 동네 어른들께

의탁을 하고, 하릴없이 선인들을 따라 가난듸.

아랫목에 두터운 방석을 세 겹으로 높여 올라 앉은 명창 김화순이 같은 높이의 목판 위에 북을 올려놓고 북채를 잡고 있었다.

윗목 쪽으로 빙 둘러 댓 명 제자들이 마주 앉아있다. 얄팍한 담요 한 장 방바닥에 깔려 있지만 끝에 앉은 두 명은 엉덩이 반 정도밖에 걸치지 못하였다.

좁은 방안은 사람들의 체온과 입김으로 약간은 데워졌다. 그러나 온기라곤 손바닥 온기만큼도 없는 방안은 썰렁하다 못해 냉장고 같았다.

합궁딱, 궁딱딱, 궁궁딱.

화순의 북채는 중모리를 치고 귀는 제자들의 소리를 기다렸다.

웅크린 가슴으로 무슨 창이 나오겠냐 하는 애처로움이 담긴 시선이 차츰 아래로 떨어졌다.

제자들의 옷도 그리 좋아 보이지는 않았다. 어쩌면 선생인 화순의 고집을 그대로 배워 닮은 사람들인 모양이었다.

가르쳐 준 것 별로 없는데도 신통히도 모든 것이 선생을 닮아가는 게 고맙긴 하지만 미안한 마음 더 컸다.

아무렇게나 깎아 만든 북채가 손때 묻어 제법 좋은 북채처럼 보이는 걸 보고 화순은 자기를 닮았다고 생각했다.

몇 해 전에 명창이 되었어도 한 번도 자기의 창이 완벽하거나 완벽에 가까워졌다고 생각해 본 적이 없었었다. 손때 묻은 북채하고 나이 먹은 화순이의 모습이 똑같았다. 제자들이 따라 하는 심청가를 들어보면서 화순은 가끔 소름끼칠 때가 있었다. 얼굴의 어느 부분에, 아니면 청각의 어느 긴장된 줄을 튕겨 올리는 듯한 떨림을 느꼈다.

상상조차 못 했던 어떤 청을 만났을 때 그랬다. 그러나 긴 대목을 계속하지 못 했고 다음에 그 청을 또다시 되풀이 해내지 못 했다. 어쩌다가 내는 청이었다. 바로 그거다 하고 지적하지만 제자는 그것을 다시 찾지 못했다. 그 안타까움이란 손에 닿을 듯 말 듯한 문고리 같은 것이었다.

그게 아니야, 이렇게, 화순은 수없이 되풀이하여 들려주었다.

들을 줄 모르는 청은 흉내내어 소리를 낼 수도 없었다.

귀머거리는 소리를 듣지 못하여 음을 만들지 못한다.

두 시간을 꼬박 앉은 자리에서 소리공부를 계속했다.

화순은 북을 한 켠으로 밀어놓고 방석의 높이를 한 겹으로 내려뜨렸다.

그 높이는 스승과 제자의 차이를 상징했다. 화순은 올해 넘기면 쉰 살의 여자가 된다. 자기가 잠깐 생각해봐도 참 길고 긴 오십 년이었다. 열세 살에 창을 시작했으니까 그중 팔 할을 소리하는 일에 매달려왔다. 그 밖엔 아무것도 한 일이 없었다.

버선 한 켤레 기우지 않았고, 마당 한 귀퉁이 쓸지 않았다. 집안 일이라고는 해본 적이 없이 남자처럼 살아왔다.

그만큼 팔자가 좋았다는 말이 아니라 시집갔다 되돌아온 언니가 평생 화순이와 함께 살면서 살림을 도맡아 주었기 때문이었다.

어느 사이에 화순이 자매는 이제 희끗희끗 흰머리가 섞인 할머니가 되어갔다.

북장단 소리가 그치고, 방 안에서 두런두런 말소리가 들리면 건넌방에 있던 언니는 따끈한 화부차를 끓여왔다.

따끈한 찻잔을 두 손으로 모아 잡으면 추위가 조금은 풀렸다.

선생이 이처럼 냉방에서 지내는 걸 안타깝게 생각하지만 제자들 역시 어렵게 지내는 집 아이들이어서 도움을 줄 수 없었다. 그들이 내는 수업료라야 얼마 되지 않지만 그나마도 그게 선생의 생활비가 된다는 걸 알고 있기 때문에 한 달이라도 쉴 수가 없었다. 한 명이라도 인원수를 늘리고 싶지만 요즘같이 살기 좋은 세상에 창을 배워 업을 삼겠다는 제자를 찾기가 그리 쉬운 게 아니었다.

가끔 화순의 명성을 듣고 찾아오는 사람들이 있지만 몇 달 못 가서 발길을 끊었다.

그럴 때마다 화순은 몸살 앓듯이 자기원망을 치뤄야 했다. 방이 추워서 안 오게 된 걸까 아니면 배울 게 없어서 안 오게 된 걸까 아니면 창이라는 것에 실망해버린 걸까 이 생각 저 생각하면서 마음을 썩혔다. 이런 화순의 성질을 잘 아는 제자들은 섣불리 배울 사람을 끌어들이지 못했다. 하루 이틀 만에 손들어 버릴 사람들도 있을는지 누가 알까.

운명적으로 창을 하도록 되어있거나 뚜렷한 목적이 없이는 북채도 잡아서는 안 된다.

차를 마시는 동안 화순은 제자들의 얼굴을 가만히 뜯어보았다.

'가엾은 것들, 무슨 업으로 목에 핏줄 돋구는 짓을 따로 배우러 들었는지.'

한 모금 차를 마셨다. 손끝으로 전해오는 온기가 가느다란 전선을 타고 흘러 등으로 갔다. 넓적한 등판에서 퍼져버리면 그 온기는 간데 없이 사라졌다. 차 한 잔의 온기로는 언 몸뚱이를 어쩔 수 없었다.

화순은 눈물이 핑 돌았다. 어서 밖으로 내보내면 땅을 딛고 걸어가는 동안 몸이 풀릴 테지 하고 생각했다.

제자들을 보내고 나면 더 춥고 적막한 집안이 되겠지만 화순은 서둘러서 그들을 보냈다. 뒤에 손님이 올 거라면서 황급히 내쫓았다. 추운 방에 혼자 남아 있으면 잠들기까지의 긴 시간을 주체할 길이 없었다.

유난히 초저녁잠이 많은 언니는 저녁상을 물리기 무섭게 쓰러져 잠들었다.

웅크리고 등을 돌려댄 채 죽은 듯 조용해진 언니의 몇 년 뒤의 잠적을 미리 만나는 시간이었다.

소리 없이 자취 없이 인간은 땅속으로 들어가 누워버린다. 하던 일, 아끼던 것 모두를 내던지고 혼자 간다.

화순은 이리 뒤척 저리 뒤척 잠이 오지 않는다. 벽을 보면 벽에 서린 냉기가 코끝으로 다가와 정신을 더욱 말똥거리게 하는 것 같아 돌아누워 보면 언니의 꼬부라진 잠이 눈물나게 서러워 그만 혼자서 울어버렸다.

훌쩍이면서 눈물을 손끝으로 찍어내곤 눈을 깜박거려 눈을 떠본다. 동네 어귀의 가로등이 창문을 비춰주어서 언제나 대낮처럼 환하다. 때로는 어두운 곳에서 잠을 청하고 싶을 때 방해가 되거니 했지만 불을 켜지 않고도 시계를 볼 수 있어서 고마울 때도 있으니 덕이 될 수도 있는 셈이다.

겨우 자정인데 한잠을 이제 들면 새벽 서너 시에 깨어나게 되는데 그 다음 시간을 주체하기 힘들 터이니 아예 더 좀 있다가 잠을 자야지 하는 생각이다.

날이 새면 그 양반을 만나봐야지 하는 조바심이 일기 시작하면 또 한밤을 꼬박 새우게 된다.

만나서 이 세상 일을 부탁해 두어야지. 눈 감으면 다시는 못 일어날는지도 모르는 게 인생이 아닌가.

화순은 새벽녘에 목욕탕으로 갔다. 네 시 반이면 목욕탕 문이 열린다는 걸 알아두었다가 잠을 설친 날이면 으레 거기로 쪼르르 달려

갔다.

덥고 맑은 물통에 몸을 입까지 담그고 눈을 감으면 나른하게 온몸이 물 속으로 물감 물 풀리듯 풀어져 가는 것 같았다.

그 맛에 화순은 새벽녘 목욕을 자주 했다. 만나는 사람이 별반 없어서 좋았고 깨끗한 새벽의 첫길을 밟는 맛이 비할 데 없이 좋았다.

독공 때 산길을 오르던 기억이 겹치며 화순은 삼십 년 전 기억 속으로 되돌아갔다.

육순이 넘으신 스승께선 이것이 마지막 가르침이 될 것이라고 마음먹고 있는 것 없는 것 모든 재간을 화순에게 쏟아부었다.

그 뒤 일 년도 채 못 되어 스승은 예감대로 타계하셨고 화순은 그의 마지막 제자가 되어 당당하게 국악의 명창이 되는 길로 들어서게 되었다.

스승의 무더기 정성과 기능을 모조리 받아들인 화순은 마치 신들린 여자처럼 스승의 더늠을 뽑아냈다.

그 청에 반한 시인 월하 선생은 화순의 소리를 들을 수 있는 장소라면 전국 어디든지 쫓아다닐 정도였다.

화순은 스물셋 나이치곤 숙성했고 곱지는 않으나 월하 선생을 매료시키기엔 그 어딘가에 은은한 정감을 지닌 여자였다.

월하 선생은 처자식이 있고 오십이 넘은 시 화백으로 세상이 다 아는 사람이었다.

- 화순의 소리에 비하면 내 시는 시도 아니요, 화순의 북 장단에 비하면 내 그림은 그림도 아니요, 나는 한낱 사내일 뿐이요. 술상 앞에 앉아 가부장 다리를 틀고 앉은 껍질뿐이란 말이요.

화순의 청은 얼음장 아래로 흐르는 겨울 냇물이요, 새벽녘 풀잎을 적시는 이슬 같은 깨끗한 청이요.

- 과찬이시지요. 세인의 평가도 얻지 못하는 소리꾼에 지나지 않습니다. 선생님.

- 천만에 말씀. 화순의 청을 알아주기엔 이 세상이 너무나 어둡소. 그 청을 월하가 사랑하지 않고서는 견디지 못하겠소. 그러나 내 화순에게 어떤 청을 하리요. 그저 사랑한단 말 밖에는.

화순은 까마득히 멀고 높은 곳에 있는 월하의 고백을 듣고는 그 자리에서 그의 여자가 되기로 마음먹었다.

다만 황송하고 감격할 뿐이었다. 사랑이 있어야 하는지 아닌지도 따지기 전에 월하의 무릎 위에 엎어져 사흘 낮 밤을 술 마시고 시 읊으며 마주 앉은 월하를 남편으로 맞이하였다.

이렇게 사흘 낮 밤이 화순의 결혼생활 전부였다.

그 뒤 화순은 월하를 만난 적 없고 또 찾으려고 생각해 본 적도 없었다.

첫 새벽, 목욕 가는 길에 월하를 생각하며 그렇게 여자의 한평생이 홀러갔음을 돌아다보았다. 그 돌이킴도 요즘에 와서야 여유가 생겼다. 여유라기보다는 정리하는 마음이었다.

화순은 유난히 정성들여 몸을 씻고 집으로 돌아왔다. 곱게 머리를 빗아 빗고 구석구석 주름진 얼굴을 다듬었다.

가슴 설레임을 누르면서 거울 속을 자꾸만 들여다보았다. 화순은 입을 옷을 꺼내어 다림질 해놓고 옷 위에 버선까지 갖추어 올려놓았다. 그래도 전화 앞에 앉을 자신이 없었다. 차 한 잔을 마셨다. 아무래도 전화 걸기엔 이른 시간인 것 같았다. 그것도 이십여 년 만에 처음 거는 전화인데 그렇게 불쑥 걸 수는 없는 일이었다.

화순은 이른 아침 기운이 지나가길 기다렸다. 기다리는 동안 길고 길었던 자기 자신의 일생을 더듬어 보았다. 울기도 많이 울었다. 춥고 배고픈 날도 많았고 가슴이 찢어지게 괴로운 날도 수없이 있었다. 외로움은 차라리 사치였고 몸에 와닿는 고통의 세월이 그 반은 넘었다. 이렇게 살아왔어도 살 만한 가치가 있었는지 월하에게 물어볼 생각이었다. 남들은 요즘 말로 요정도 차리고 돈을 벌어들인다던데 화순은 혀 물고 죽으면 죽었지 청을 팔면서 돈을 벌 생각은 없었다.

그럭저럭 하루가 다 지나고 화순은 또다시 주저앉고 말았다. 이러기를 한 달에도 두세 번씩이나 되풀이하다가 한 해가 다 가곤했다. 이러다가 월하가 죽어 버린다면, 아니 화순이 죽고 세상에서 사라진다면 마지막이라는 생각도 해봤다. 그래도 진정 대문을 밀고 월하를 찾아뵐 용기가 없어 이렇게 세월을 보냈는데 새삼 오늘이라고 다를 리 없었다.

- 어이구, 또 병이 도졌네잉.

아침상을 차려가지고 문턱을 넘으며 언니가 혀를 찼다. 화순이 저러는 날은 집안이 죽은 듯 조용하고 그 울화병이 가라앉으려면 대엿새는 걸려야했다. 그럴 때마다 언니는 그렇게 죽은 듯이 조용히 집안에서 숨을 죽이고 다녀야 한다는 게 감옥살이 같아서 괴로웠다.

오죽하면 저러랴 하고 이해하고 동정하지만 이젠 언니도 늙고 귀찮은 게 많아진 나이여서 얼굴부터 찌그러졌다.

이번엔 월하를 만나 속을 털고 오려나 하고 매번 속으면서 이십여 년 지내왔어도 또 오늘도 기대해 보았다.

이런 홍역을 치를 때마다 화순의 생명을, 삶의 의욕을 덜어냈다.

작년만 해도 서울, 대학에서 국악과 강사로 한 시간짜리를 주었는데 화순은 그 일을 보람 삼아 가난과 고난을 지워버릴 수 있었다. 그런데 그나마도 금년 학기엔 끊어진 모양이었다. 가만히 있으면 딛고 서 있는 모래땅이 사방으로 무너져 버리는 사막 위의 성처럼 화순이 딛고 서 있던 발판은 녹아버리고 공중에 떠 있게 되었다.

그걸 빼앗겼다고 알기엔 세상이 너무나 각박한 것 같아 화순은 스스로 내주고 물러났다고 위로하였다.

누가 화순을 밀어내고 그 자리에 들어선 게 아니라 화순이 보다 더 멋진 자리를 만들어서 우뚝서게된 다른 자가 있었다고 믿자. 사람들의 시선이 그쪽으로 옮겨가는 것은 당연한 일이었다.

다른 재주는 몰라도 체념하는 재주만은 타고난 듯했다. 그 절망도 하루 이틀이면 치유되었다. 이 추한 모습으로 어울리지 않는 대학 건물 계단을 오르내리느니 춥고 작지만 깊숙이 파묻힌 방 한 칸만이라도 변함없이 차지할 수 있는 팔자이니 얼마나 고마우랴 하는 생각이 스쳐갔다.

대엿새가 지나면 닭이 알을 품었다가 털고 일어나듯 화순은 툭툭 자리를 털고 일어났다

– 언니 한잔하시겠소?

화순은 모과주 단지를 기울여 잔에 채워 들고 언니에게 술을 권했다.

화순은 권주가를 뽑고 손바닥으로 무릎을 쳐올리면서 잔을 들었다.

차마 눈물 시린 눈을 뜨고 화순을 마주볼 수 없어 언니는 두 손으로 잔을 잡고 그 속에 얼굴을 묻었다. 잔 속에 눈물이 가리워졌고, 화순의 얼굴이 가리워졌고 아픈 세월이 묻혀 버렸다.

얼쑤.

언니는 화순의 소리가 하도 좋아 저절로 튀어나오는 추임새를 어찌지 못했다.

– 그라지 말고, 월하를 이 집에 청하면 어떻겄냐?

언니의 말을 듣고 잠잠한 화순의 얼굴을 살폈다. 화순도 그런 생각

을 하지 않았던 것은 아니지만 그것 역시 아름다운 짓거리가 아님을 판단했던지 오랬다. 세상일 가운데에서 아름답지 못한 짓거리는 한 가지도 하지 않으리라 마음먹고 살아온 여자였다. 그렇게 아무렇게나 살려고 했으면 옛날에 팔자를 고쳤을 것이다.

화순은 말없이 잔을 내밀었다.

— 따루랴 받으랴?

언니는 엉거주춤 한 몸짓으로 물었다.

— 무슨 말씀이오? 아우 잔을 채우는 형님이 계시요?

화순의 청도 평시 말을 할 때엔 잘 나오지 않아서 군데군데 끊어지곤 했다. 워낙 높고 큰소리로 소리를 해온 탓인지 소근거리고 작은 음성이 되어지질 않았다.

언니는 잔을 받았다.

철철 넘치도록 술을 붓고, 두 손으로 받쳐 올려 주며 화순은 흐느꼈다.

— 내 몹쓸 팔짜에 치여 요렇게 살아오신 우리 형님, 내 무슨 힘으로 그 은혜 갚아 드리오리까. 아우 때문에 머리 흰 형님이 이 세상에 또 있으랍뎌?

— 아이구 관둬. 관두라니까. 이게 내 팔짜지 어디 너 때문이겠냐?

언니의 눈에 비 오듯 흐르는 눈물이 술잔에 졌다.

— 나 더 이상 월하 생각 않을랍니다. 그까짓 남자 나하고 무슨 상

관이 있남.

화순의 목은 더 이상 열리지 않았다. 대강 그런 의미의 얘기이리라 짐작될 뿐이었다.

밤새 취하게 마시곤 추운 줄 모르고 하루를 지냈다.

늦도록 두 형제가 일어나지 못하고 있는데 대문 두드리는 소리가 계속 들렸다. 웬만한 사람이면 돌아갔을 만한데도 끈질기게 두들겨 댔다.

언니는 옷매무새를 고치고 대문으로 나갔다.

점퍼 차림새의 청년이 우뚝 서 있었다.

– 뉘시요?

– 여기가 김화순 여사 댁입니까?

– 그런디요.

– 만나 뵙고 드릴 말씀이 있습니다.

– 지금 몸이 불편해서 만날 수가 없을 것 같은 디, 다음날 오면 안 되겠소?

– 어디가 불편하십니까?

청년은 부득부득 안으로 들어서면서 물었다. 어디선가 많이 본 얼굴이었다. 그런데도 딱히 누구라고 알아낼 수 없는 청년이었다. 화순의 제자 중에 이 집에 와서 소리 공부하던 청년 중에 하나인가.

언니는 줄렁줄렁 청년을 쫓아 들어갈 뿐 앞을 가로막고 멈추게 할 수 없었다.

꼭 만나야겠다는 각오가 단단히 서 있는 태도였다. 밀어닥치는 파도 같은 힘으로 마루 위까지 올라섰다.

— 잠깐 거기 서 있으셔. 만나게 해 줄 테니께.

청년은 거기서 동작을 멈추었다. 어느 방이든 방문을 열어젖힐 태세였으나 그도 무엇인가 찔린 듯한 갑작스런 충동으로 그 자리에 굳어진 채 서 있었다.

화순은 하룻밤 사이에 수척해진 얼굴로 청년을 맞았다.

— 뉘 시요 댁은?

— 월하 선생을 아시는가요?

청년은 맞대어 물었다. 만만치 않은 대면이란 생각을 하며 화순은 정신을 가다듬고 가슴을 진정시켰다.

월하가 보낸 사람이라면 곧 월하와 만나게 되는 길이 가까워졌음을 의미하는 것이었다. 이십 년 넘게 망설여 온 만남이 아니었던가.

어금니를 악물어도 자꾸만 떨려오는 가슴을 누를 길이 없었다. 죄지은 여자도 아닌데 왜 이렇게 겁먹은 가슴처럼 떨려오는지 알 수 없었다.

화순은 잠시 눈을 감고, 두 손으로 가운데 가리마를 더듬으며 머리를 감싸쥐었다.

– 제가 월하 선생의 셋째 아들입니다.

– 그럼 자네가 내 아들인가?

– 아니요.

– 그럼?

– 제 아우의 소식을 알 수 있을 거라는 아버님의 말씀을 듣고 여기 찾아 왔습니다.

– 그렇다면 그 아이는 어디에 있단 말이오? 월하 선생 댁에서 크고 있는 줄로만 알았는데.

– 고등학교 나올 때까지는 함께 살았습니다.

그 뒤 집을 뛰쳐나갔고, 그렇지만 똑똑하니까 어떻게든 대학엘 다니고 있을 겁니다.

– 어느 대학을 갔는가?

– 서울 대학에 입학했단 편지가 있었습니다.

– 왜 집을 나갔는가?

– 말씀드리기 죄송한 말씀이지만 자기 출생이 그렇다는 걸 알게 된 이후인 것 같습니다. 아버님은 이만하면 철이 들었고 자기 어머님에 대해서 용서할 수 있고 어쩌면 자랑스러움을 느낄 수 있으리라고 믿고 밝혔던 같습니다.

실은 아버님도 요새 건강이 몹시 안 좋으십니다. 이것저것 털어 놓고 마음 편하시고 싶으셨던 것 같습니다. 저도 감쪽같이 모르게 하셨던 일을 그렇게 밝히신 걸 보면 유언이나 마찬가지라고 생각됩니다. 김 여사님도 아버님께 한이 맺히셨으리라 알고있지만 부디 아버님을 용서해 주십시오.

화순은 쓰러질 듯 머리가 횡 돌았다. 누가 누구보다 세상을 먼저 뜬다는 말인가,

– 그렇잖아도 나도 월하 선생을 한번 뵙고 세상을 떠나야지 않겠나 하는 마음이었네. 그래, 그 아이 이름은 뭐라 했는가.

– 순필이라 했습니다. 나중에 알고 보니 김화순 여사의 순자를 기념하신 뜻으로 생각되는군요.

– 그 아이 순필이가 혹 댁의 여러분께 심려 끼치지나 않았는가?

– 전혀 그런 적이 없습니다. 워낙 똑똑하거든요.

– 그럼 안심이네. 제 앞치레는 하겠구먼. 아버님 은공 알 날도 올 것이고. 죄송하다고 말씀 전해주겠소?

– 그럼요, 언제 날짜를 정해 두 분께서 만나시지요. 아버님께서도 그러고 싶으실 겁니다. 이제 조금은 아버님의 뜻을 알 수 있을 것 같습니다.

청년은 일어섰다.

화순은 다리에 맥이 없고 충격이 큰 탓으로 일어설 수가 없었다.

지붕 가운데로 포탄이 날아와 박히고 하늘이 훤히 올려다뵈는 방에 앉은 느낌으로 화순은 멍하니 허공만 보았다. 청년이 가고 언니가

황망히 문을 열고 들어와 무엇인가 다그쳐 결판을 낼 모양으로 마주 앉았다.

– 나 머리 어지러우니까 가만 내버려두시요. 언니.

화순은 다시 자리에 덜렁 누워 이불을 덮어 썼다.

– 이러고 있을 일이 아녀. 잘 생각해봐, 세월이 오남, 가지.

언니는 순필이란 조카의 소식을 귓전으로 듣고도 보고싶어서 안달이 났다.

하물며 화순이야 오죽할까 그러면서도 이불을 뒤집어쓰고 견뎌낼 수 밖에 없는 아우를 보며 뼈아픈 고통을 함께 겪었다. 화순은 오로지 견디고 이겨내는 일로 일생을 일관해왔다. 그것이 아무런 형태로도 남지 않는다는 걸 잘 알면서도 그런 방법으로밖에 살아갈 수 없었다.

화순은 낮에 제자들을 가르치다가 갑자기 손목에 들었던 힘이 쏘르르 빠져나가는 것 같은 나른함을 느꼈다.

온몸에서 식은 땀이 흘렀다. 손끝이 졸아드는 듯 저려왔다. 한동안 기다렸다가 등으로 땀 줄기가 흘러 옷에 잦아든 다음에야 북채를 바로 잡고 장단을 맞추었다.

– 선생님, 어디 편찮으세요?

– 아니여. 어제 과음했는가 좀 그라네.

– 그럼 쉬세요. 선생님 저희들끼리 공부할께요. 북채 이리 주세요.

- 아니여, 그냥 해.

화순은 눈을 감고 선창했다. 여전히 청은 낭랑했다.

끝내 차 마시는 일까지를 마친 뒤에 제자들을 놓아주었다.

철저하고 완벽한 스승으로 살아왔고 그 모습으로 그들과 마지막 날까지 남는 게 화순의 신념이었다.

제자들이 돌아간 뒤엔 화순의 기진맥진한 몸이 무덤 속으로 던져지는 듯 죽음 속으로 빠졌다.

깨어나 보면 새벽 두 시 반쯤.

곁에는 화순의 팔자의 껍질처럼 언니의 쪼그린 몸뚱이가 누워있고, 방 안엔 고질화된 고독이 비비 말라 비틀려서 매달려있었다.

그 시간부터 화순은 미친 사람처럼 환상 속 여행을 떠났다.

눈 속을 헤치며 솔가지를 주워다 아궁이에 불을 지피던 독공 시절의 시간으로 날아갔다.

그때엔 얼음장 밑으로 흐르는 냇물로 쌀을 씻어도 손이 시려운지 몰랐다.

심열이 뜨거웠던 시절이었기 때문이리라.

그러다 환상 속인지 아닌지 그 사이로 깜박 잠이 들었다.

요란스런 전화벨 소리에 잠을 깼다.

벌써 열 시가 되어왔다.

늦어서 무언가를 놓쳐 버린 당황함으로 얼른 수화기를 잡았다. 찾아온 손님을 반기듯 화순은 외로움을 뿌리치는 기분으로 전화에 매달렸다.

　－ 김화순 선생님 계십니까. 여기 호암아트홀입니다.

　－ 제가 긴데요, 호암아트홀이라면 연주홀이 아닌가요?

　－ 맞습니다. 만나뵙고 의논드릴 일이 있는데 시간이 어떠십니까? 오늘 중으로 만나뵙고 싶습니다.

　－ 무슨 일인가요?

　－ 연주 스케줄로 의논드리고 싶습니다.

　－ 그러면 진작 그렇게 말씀하실 일이지 사람 애를 닳이는 건가요?

　화순은 버선발로 뛰다시피 호암아트홀을 찾아갔다.

　심청전을 완창할 수 있다면 이번 연초행사로 스케줄을 잡고 싶다는 의견이었다.

　심청전을 완창할 수 있는 명창은 김화순 밖에 없을 거란 어느 분의 얘기를 듣고 제의한다고 했다.

　화순은 눈물나게 고마웠다. 이 세상 어느 구석에 박혀 살고 있는 화순을 인정해주고 끄집어내주는, 마치 갯벌 속에서 진주를 찾아내주는 그 손길을 가슴에 꼭 끌어안고 싶었다.

　－ 해보긴 하겠지만 으짤는지 모르겠소, 체력이 당할는지도 의문이고, 청은 남았는지 모르겠소.

　－ 겸손하신 말씀이십니다. 김화순 여사의 심청전의 더늠은 시쳇말

로 끝내주시는 것 아닙니까? 심 봉사의 넋두리를 누구보다도 가슴 찡하게 연주하시는 명창이시라는 걸 모르는 사람은 무식한 사람이지요. 아니 불행한 사람이랄 수 있지요.

– 아이구 이거 몸둘 바 모르겠소, 이런 칭찬 받기 두 번째요. 내가 처음 독공을 끝냈을 때 우리 선생님이 그런 말씀하셨구 이번이 두 번째인 것 같소.

화순은 그사이에 끼워넣어야 할 월하까지 생각했으나 이미 화순의 생애에선 묵음(默音)으로 잦아들어 버린 사람이라는 걸 깨닫고는 숨겨버렸다.

– 준비하실 기간을 드려야 하겠지요?

– 예. 마음을 정결하게 가지자면 한두 달 정도 필요하겠소.

화순은 연습이라기보다 일생일대, 마지막 공연이 될는지도 모르는 이 완창 연주회를 위해서 기도하고 싶었다.

월하를 만나기 위해 이십 년 넘게 새벽 목욕을 하였다. 망설이고 조바심하며 절망하고 다시 일어나는 힘을 얻으며 인생 전부를 보내왔다.

화순은 신들린 사람처럼 하루에 한 번씩 심청전 완창 연습을 하였다. 신열이 나고 나중엔 누우면 눈앞에 허깨비가 날아다녔다.

화순은 무대 위에서 쓰러질는지도 모르는 불안한 예감으로 무대에 섰다.

관객석에 앉은 사람들의 얼굴이 희미하게 안개 속에 잠긴 듯 보이지 않았다.

고수의 얼굴이 낯설다.

화순은 쉰 살이 되도록 소리로 인생을 메꾸어온 여자였다. 이렇게 형편없이 정신이 허약하다니.

화순은 무대 뒤로 들어갔다. 객석에선 웅성거리고 잡음이 들려왔다.

- 왜 그러십니까? 지금 TV에서도 생방송 중입니다.

진행부의 직원이 냉수를 담은 컵을 내밀었다. 화순의 창백한 얼굴을 보고 진정시키려는 듯 주변 사람들을 밀어냈다.

- 오늘 고수가 누구지요? 그 얼굴이 낯설어서요. 김원규가 아니잖소?

- 예, 그분이 갑자기 모친상을 당하셨습니다. 그래서 그분의 제자 중에서 대신 왔습니다.

- 그 말을 왜 진작 알려주질 않았소?

- 오히려 불안해하실까 봐서 염려했습니다. 푹 마음 놓으셔도 좋을 고수라고 추천한 사람입니다. 젊은 분이지만.

- 그럼 되었소. 나가 시작합시다. 난 좀 놀랬던 것뿐이니께.

화순은 거울 앞에서 머리를 손질해서 눌러 놓곤 부채를 두 손으로 소중하게 맞잡고 무대 중앙으로 걸어나갔다.

객석에선 박수가 간간히 시작되다가 일제히 폭포수처럼 화순의 가슴에 쏟아졌다.

　- 송나라 원풍 말년의 황주 도화동 사는 봉사 한 사람의 사난듸, 성은 심가요, 이름은 학규라. 누대 명문거족으로 명성이 자자 터니, 가운이 불행하야, 삼십 전의 안맹하니, 뉘라서 받들소냐. 그러나 그의 아내 곽 씨 부인이 있난듸, 또한 현철하사, 모르는 게 전혀 없고 백집사 가감이라. 곽 씨 부인이 품을 팔아 가장을 받드난듸.

　합 꾸웅딱 구웅딱 궁궁딱 구웅궁.

　화순의 귀에는 고수의 북 장단이 불안하여 그 소리만 크게 들려왔다.

　- 삯바느질 관대 도복 행의·창의 직령이며, 협수 쾌자 중추 막과 남녀의복 잔누비질 상침질, 갓끔 질과 오을 뜨기 꽤담이며 고두누비 솔올 뜨기, 망건 꿈이 갓끈 접기, 배자토수 버선 행전, 포대·허리띠, 댓님 줌치, 쌈지 약낭, 필낭 휘양, 볼지 복건 풍채이며….

　딱딱 늦고 빠름 없이 고수의 장단이 들어맞았다.

　점점 화순의 불안이 가시고 흥이 돋기 시작했다.

　화순의 옆얼굴을 빤히 바라보면서 시선을 고정시킨 채 북채를 잡은 모습이 그제야 시야에 들어왔다.

　다섯 시간 반이나 꼼짝없이 장단을 맞춰야 하는 이 힘든 연주를 해야할 나이치곤 너무나 젊다는 생각이 들었다.

　소리는 세월이 불렀다. 북장단도 역시 그럴 텐데 어쩌나.

화순은 얼른 시선을 객석으로 보냈다. 젊은 고수를 바라보는 순간 다시 불안이 되살아났다.

화순은 고수를 이끌어가며 심청가를 완창했다. 꼬박 다섯 시간 반이었다. 김원규와 연습할 때와 일 분의 차이도 없이 그대로 연주되었다.

화순은 객석에 대고 크게 절하고 나서 앉아있는 고수의 팔을 잡아 일으켜 세워놓고는 객석의 박수를 그에게 전했다.

그제서야 객석에 앉은 청중의 얼굴이 눈에 들어왔다.

맨 앞줄 중앙에 유난히 크게 눈에 띄는 얼굴이 있었다. 화순은 시력을 모아 그 얼굴에 초점을 맞추었다.

몹시 쇠약해지고 늙어보였지만 스물셋에 뵈었던 월하였다. 가물거리며 꺼져가는 생명줄을 바들거리는 손끝으로 잡고 벼랑에 선 듯한 파리한 노인이었다.

'월하는 지금 몇이나 되었는가.'

혼자말로 중얼거리다가 화순은 고수의 손을 높이 들었다 내리고, 그 손등에 입술을 댔다.

– 수고했어요.

화순은 저고리 고름으로 고수의 이마에 번져있는 땀을 닦아 주었다.

문득 그 얼굴에서 자신을 발견했고, 그것은 고집스럽게 소리만으로 채워온 어리석음 같은 게 이 청년의 얼굴에 배어있기 때문이라고 생각했다.

지금 화순이 닦아주고 있는 것은 땀방울이 아니라 그의 눈물이라는 걸 깨닫고는 화순은 가슴이 써늘해지면서 찬비를 만난 것 같았다.

심청가를 완창했다는 기쁨의 눈물이었는가.

아니면 무슨 의미의 눈물이었는가.

화순은 또다시 객석의 박수에 응답하면서 크게 절했다. 월하에게 보내는 절이라고 여기면서 깊이깊이 허리를 굽히고 머리를 숙였다.

고개를 들었을 때 월하의 모습은 이미 거기에 없었다.

환각이었는가.

화순은 분장실로 돌아와 옷을 갈아입었다. 제자들이 끌어안고 함께 기뻐했다. 쪽지를 남기고 간 젊은 고수를 화순은 며칠 몸을 쉬면서 생각했다.

제자를 그토록 정성들여 길러왔지만 김원규가 키운 그 젊은 고수만큼 훌륭한 제자 한 사람도 얻지 못했다.

화순은 김원규에게 연락하여 그 날의 고수를 만나게 해달라고 부탁하였지만 그는 오지 않았다.

– 그렇게 훌륭한 제자를 두어서 좋으시겠소.

– 글쎄올시다.

– 무슨 대꾸가 그렇소? 아뭏든 난 이제 죽어도 한이 없소, 내 마

음 아시겠소?

- 물론이요.

화순은 그 전화를 끊고 잠들 듯 세상을 끝냈다. 이렇게 행복한 채로 눈을 감고 싶었다. 이후의 시간 중에서 이보다 더 행복한 순간이 있을 것 같지 않았다.

화순의 자살을 사람들은 욕하지 않았다. 화순의 죽음은 꽃길 위에 날아가는 나비의 춤이라고 말하는 이가 있었고 월하는 화순의 죽음을 행복한 잠이라고 말했다.

그 날의 젊은 고수가 화순의 아들인 순필이었다는 것을 아는 사람은 월하와 순필이 본인뿐이었다.

어머니의 음악적인 피를 어쩌지 못하여 북채를 잡은 순필은 화순의 장지에서 흙을 덮으면서 실컷 울었다.

마지막으로 완창한 화순의 심청가의 녹음테이프를 들으면서 사람들은 관 덮은 흙을 밟았다.

그 위에 가랑잎 덮이다

겨우내 얼어있던 흙이 삐죽삐죽 묻힌 돌 사이로 거뭇거뭇 녹아나고 있다. 축축한 흙이 온전히 등산화에 밟히면 제법 폭신하다. 이런 느낌이면 봄이다. 아직 등에 한기가 덮쳐 오지만 양지에 나서면 햇살이 따갑다.

나는 길이 나 있지 않은 곳으로만 산을 오르는데 이골이 났다. 이른 봄이면 젖은 흙에 가랑잎이 덮여 잘 못 짚으면 미끄러지기 일쑤다. 그래 가느다란 등산지팡이를 들고 다닌다. 지팡이가 넘어지지 않는 데 힘이 되어 주지는 못 하겠지만 적어도 마음의 의지는 되어 준다. 마른 나무에 아직 새순이 돋아나지는 않았지만 그 회색빛 속에 푸른색이 숨어 있어 멀리서 가즈런한 나무들을 주욱 훑어보면 어딘가에 회녹색 봄 기운이 보인다.

나는 나뭇잎이 덮인 평평한 곳에 장갑을 깔고 자리를 잡는다. 잠시 앉아서 숨을 돌리고 싶다. 산에서는 아무 소리도 들리지 않는다. 인적이라곤 없는 산속이다. 일반 등산객들은 앞서가는 사람의 등산화 뒤꿈치만을 보고 따라가며 산에 오른다. 어떤 사람은 산 구경은 않고 그저 오르고 내려갈 뿐이다.

산에 오르는 것이 어차피 걷는 운동일 테니까 산 구경은 안 해도 된다는 생각이다.

뒤꿈치를 쫓아 오르는 사람들의 무리랑 나는 아무 상관 없으면서 같은 산에 있다.

그냥 같은 시간에 같이 있을 뿐이다.

장마철이면 물이 흘렀을 것 같은 계곡의 흔적이 보이는 그 안쪽을 들여다본다. 사진처럼 가랑잎으로 덮여있다. 겨우내 찬바람과 눈에 젖었다 마르고 젖었다 말라 그 색깔이 낡을 대로 낡아있다. 이제 봄이 오지 않고는 이 산의 생명체들이 견딜 수 없을 지경에 이르렀음을 알리고 있다.

나는 점퍼 주머니에서 사탕 한 개를 꺼내 껍질을 벗겨 입에 넣는다. 커피 사탕이다. 사탕 한 알 속에는 커피가 얼마나 들어있을까.

커피 한 모금 마시는 것과 같은 양이었으면 좋겠다.

아버지는 커피를 끊으려고 마음먹고 커피 사탕을 먹기 시작했다. 아버지의 옷 주머니 속에는 늘 커피 사탕이 한두 개가 들어있었다.

언제부터인지 나도 커피 사탕을 먹기 시작했다. 하루에 한두 개다가 이젠 거의 한 봉지를 다 먹는다. 그 도수가 점점 높아가고 있다. 어떤 날엔 점심때도 안 되었는데 한 봉지의 사탕이 다 떨어지기도 했다.

가끔 흙벽처럼 아늑한 장소를 만나기도 하는데, 잘 찾아보면 작은 구덩이가 있다. 바닥은 매끈거리는 게 사람이 들어앉아 뭉갠 흔적이 보인다. 늘 그렇게 지워져가는 흔적을 볼 뿐이다.

오늘도 하루 종일 산을 헤맸지만 허탕이다. 이젠 허탕이란 생각도 없다. 산을 오르고 내리는 것이 인적 없는 곳으로만 찾아다니는 것만 다를 뿐 운동삼아 등산하는 사람들과 조금도 다를 게 없다.

등산화가 해져서 창이 떨어져 털썩거린다. 내려가는 길에 등산화 장수를 만나면 새 등산화를 한 켤레 사야겠다. 네 켤레째다.

그 자리에서 떨어진 신을 벗어 던지고 새 신으로 바꿔 신고 내려온다.

밥 지을 시간이다. 시계도 없는데 산 그림자를 보면 몇 시쯤인지 정확하게 알 수 있다. 남편 유민서가 약간 취기가 돈 얼굴로 들어선다. 술 냄새도 조금 풍긴다. 알코올 분해력이 다른 사람보다 떨어지는 체질이라 술 한 잔 소화시키기도 힘들어하는 남자다. 아마 그가 직장생활을 하는 데 있어서 제일 힘든 것은 출근하는 일도 아니고, 상사한테 손 비비는 일도 아니고, 능력이 없어서도 아니다. 동료들과 어울려 술 한 잔 기분좋게 하기가 제일 어렵다.

곧잘 이해를 해주다가도 가끔씩 술자리에서 괴롭히는 동료들이 있다. 성실하고 정직한 남자가 그럴 때마다 쓸쓸해지고 기운이 빠진다.

유민서는 방에 들어가자마자 자리에 누워 잠들어버렸다. 나는 혼자서 꾸역꾸역 밥을 입에 떠 넣고 티비를 보면서 자꾸자꾸 씹는다. 김치하고 밥이다. 가스렌지 위에는 먹다남은 청국장도 있지만 데우기 싫어서 그냥 식탁 위에 차려있는 김치 그릇 뚜껑만 열고 저녁을 먹는다. 혼자 먹는 밥은 정말 눈물난다.

그래도 산에 오른 탓인지 밥이 거저 들어간다. 눈물 나거나 말거나 밥을 먹는 일은 다분히 동물적이다.

오래전 엄마의 모습을 보는 것 같다. 이태도 넘은 일이다.

방금 엄마 생각을 했는데 엄마한테서 전화가 걸려온다. 똑같은 벨소리인데도 엄마가 건 전화라는 걸 알 수 있다. 느낌이 다르다. 그리고 걸려오는 시간이 그 시간이다. 내가 전화를 기다리고 있거나 엄마의 소식이 궁금해지는 시간 바로 그 즈음이다.

관악산에 매화가 피었더냐고 엄마는 빙 돌려서 묻는다. 오늘도 또 산에 갔었느냐, 이젠 얼음이 많이 풀렸을 거라는 생각, 그리고 이제 그 고생스런 고집 그만 버리라는 말까지 모두 합해서 내게 전하는 거다.

수고했다는 인사말까지 들어있을 것이다.

그러나 내가 산에 가는 것은 엄마를 위해서 가는 것이 아니다. 그건 내가 할 일기 때문에 가는 것이고 고집이라든지 수고라든지 라는 말을 내게 할 사람은 아무도 없다.

작년 어느 겨울 내가 꽁꽁 얼어서 산에서 내려온 날 유민서가 어렵게 꺼낸 말 중에 그런 말이 있었다. 이젠 그 일을 잊어버리자고 했는데, 나는 미친 여자처럼 길길이 날뛰면서 소리 지르고 울부짖었다. 성난 늑대처럼이란 말이 꼭 어울리는 그런 모습이었다. 내가 나를 볼 수 있었다. 일부러 나를 내던져 보았고, 그 모습을 구경하고 싶었다. 내가 어디까지 추해질 수 있는지, 내가 갈 수 있는 이성의 끝은 어디인지 알고 싶었다.

그 뒤로 유민서는 나를 두려워했고, 다시는 그 말 근처에 가지 않았다.

그런 말을 하고 싶으면 자자거나 밥을 먹자거나 목욕을 하자거나 하는 말로 돌리곤 했다.

산 매화 향기는 독하다. 사람들이 안 보는 데서 피고 진다. 독하지 않고는 그 고독을 견딜 수 없을 거다. 내던진 막대기 같은 마른 가지에 밥풀처럼 하얗게 피어나 봄을 알리지만. 아무도 그 소식을 알지 못한다.

무심코 식탁에 앉아 현관에 놓인 새 등산화를 본다. 등산화 세 켤레가 다 떨어지도록 산을 헤맸고, 이젠 눈을 감고도 산을 넘을 수 있을 만큼 산길에 익숙해졌는데, 그저 시간만 헛되이 지나갔을 뿐 아무것도 얻지 못했다.

혼자서 저녁 상 앞에 앉아 있는데 눈물이 나온다.

나도 이젠 산을 헤매는 짓을 그만 두어야 한다고 생각하면서도 그게 쉽게 끊어지지 않는다. 마약이나 담배를 끊는 일처럼 습관적으로 손이 가고 생각이 거기에 붙잡혀 있듯이, 밥해 먹고 집안 일을 다 끝내고 나면 나도 모르게 현관으로 가서 작은 배낭을 꺼내 등에 메고 등산화를 신는다.

내일부터는 정말 산에 가는 일을 하지 말아야지 엄마 말대로 내게 주어진 인생의 시간을 아껴야지 하는 생각을 하면서도 또 누가 시키는 것 처럼 저절로 그쪽으로 걸어가고 있는 나를 말리지 못한다.

교문 앞에 학생들이 쭈그리고 앉아서 농담하며 킥킥대며 뭉쳐가고 있다. 오후 두 시다. 앞줄에 화염병들이 주르르 세워져 있고, 머리띠 두른 열강파들이 바쁘게 움직인다. 그 주동자들은 학생이라기보다 어른들이다. 덩치도 크고 제법 운동권으로 몸매가 잡혀있는 것 같이 보인다. 나이가 들면 남자들은 키가 크는 것도 아닌데 몸집이 크게 보인다.

아직 경찰이 도착하지 않아서 데모를 시작하지 않는다는 소식이 줄 옆에서 새어 넘어온다. 언제부터인지 경찰이 나타나서 저지하지 않으면 데모의 의미가 없다는 것을 알게 되었다. 우리는 철창이 장착

된 경찰차가 도착하고 경찰들이 방패와 곤봉을 다리 사이에 끼고 방탄조끼를 입는 시간을 기다려준다. 철저하게 패어 플레이다.

나는 첫날부터 보도블록을 잘게 깨서 공급하는 작업반에 들었다. 말하자면 총알을 제조하는 작업이다. 데모 대열하고는 좀 떨어진 곳에서 계속 보도블록을 부수는 일을 한다. 던지기 좋을 정도의 크기로 잘게 만들어 놓는다. 그것도 쉬지 않고 하면 수북이 쌓여간다. 그렇게 많아질 때에는 마음이 뿌듯해지곤 한다.

야 김은진, 앞으로 나와.

그때 남학생의 목소리가 머리 위에서 들린다.

고개를 쳐들고 위를 본다. 과 선배 유민서다 그의 얼굴에서는 늘 긴장한 파란 기운이 돈다. 공부할 때도 그랬고, 데모할 때에도 그랬다. 멀리서 보면 그 파란 기운이 더 잘 보인다.

유민서는 여학생들뿐만 아니라 남학생들 선후배 사이에서도 인기가 높다. 데모도 잘하지만 공부도 늘 톱이고 생김새도 빼어났다. 군중 속에서 더욱 빛나는 모습이다.

그 선배가 나한테 관심을 가지고 있다는 것은 의외다. 게다가 이름까지 정확하게 기억하고 있다는 것도 가슴 떨리는 일이다. 그를 바라본다.

나는 일어섰다. 그리고 손에 끼고 있던 면장갑을 벗으면서 역광을 피해 눈을 가늘게 뜨고 그를 바라본다.

유민서는 말없이 등을 돌리고 앞으로 걸어갔다. 그의 등이 따라 오라는 말을 하고 있다.

나는 그의 구두 뒤꿈치만 보고 따라간다. 맨 앞으로 가더니 멈춰서서 나를 돌아보다가 대열의 가운데쯤을 손으로 열고 자리를 만들었다. 그러곤 나를 그사이에 끼워넣는다. 데모 대열의 맨 가운데 앞자리에 꽂혀진다.

옆에 서 있던 학생들이 나를 힐끔힐끔 살핀다. 나는 다소 우쭐해진다. 유민서가 나를 지목했고, 게다가 이름을 똑 떨어지게 불러주었고, 이렇게 중요한 자리에 나를 꽂아 넣었다는 것이 자랑스럽다.

정보에 따르면 오늘은 학생 몇 명쯤 희생양으로 잡아갈 것이라고 한다. 아무래도 오늘 데모가 격렬해질 것 같은 예감이 든다.

오늘의 데모 메뉴는 모 기업의 문어발 회사 중 하나 W 산업의 산재 보상금을 올리라는 것이다. 하도 메뉴가 다양해서 그들이 들고 있는 플래카드의 글을 매일 확인하지 않고는 무얼 위해 소리쳐야 하는지를 모를 때도 있다. 의도적으로 강도 높게 진압하는 방침이 세워진 날이 있다. 그 정보가 간혹 새어 나오면 흥청 흥청 움직이던 주동 학생들도 상당히 긴장하게 마련이다.

이젠 습관처럼 상투적이고 형식적인 데모에서 몸을 다치게 될 정도로 격렬한 것은 서로 원치 않는다. 그러나 이런 방침이 내려온 날에는 누구인가 희생적으로 양쪽 몇 명은 몸을 다치게 되어있었다.

스크럼을 짜고 대열을 다듬는다. 저쪽 마즌편에서 경찰들이 구보로 다가와 열을 짓는다. 시커먼 유니폼이 위압적이다.

– 왜 너를 여기 세웠는지 알지?

앞줄을 정리하면서 기를 불어넣는 듯 지나가던 유민서가 내 귀에 대고 작은 소리로 속삭인다. 그의 입김이 몹시 자극적이다. 그런 느낌 처음이다.

내가 유민서의 눈을 바로 쳐다본 것은 이번이 처음이다. 선량하지만 강한 눈빛이다. 그의 눈빛에는 타협이란 없어 보인다. 거부할 수 없는 힘이 느껴진다.

– 알아요.

나는 짧게 대꾸했다. 시선을 유민서의 눈동자에 박은 채다. 몹시 원망스럽지만 언젠가는 이런 역할을 맡아야할 날이 올 것이라는 걸 알고 있다.

뒷전에 물러나서 보도블록만 깨는 일이 다른 학생들한테 미안한 일이라는 걸 알게 되면서 죄책감을 안고 있다.

앞자리에 불려가면서 나는 각오했다. 바로 오늘이구나 하는 각오로 서 있다. 유민서가 구태여 말하지 않아도 안다.

나의 아버지는 학교 앞 파출소 소장으로 근무하고 있다.

그는 학생들 사이에서 악랄하고 냉혈적인 인물로 평판이 나 있다.

다른 전경들이 진압을 할 때에는 그것으로 끝나지만, 파출소가 그 지휘를 맡는 날에는 그리 쉽게 끝나지 않는다. 게다가 오늘은 강경 진압이라는 정보가 흘러나온 날이다.

대열이 교문을 향해 전진한다. 스크럼 지은 팔에 힘이 느껴지고 조금은 걸음이 빨라진다. 몸이 부딪치기 바로 직전 나는 마스크 한 경찰의 얼굴에서 아버지를 본다. 아버지는 아니다. 그러나 그들 모두가 아버지 같다. 아버지는 아니다 라고 생각하는 순간 내 눈 속에 박히는 눈 하나. 얼굴 피부가 약간 검고 그리 젊지 않은 한 남자, 그의 어깨가 둥그스름한 게 나의 아버지다. 늘 늦은 밤에 들어와 밥상을 받고 식탁에 혼자 앉아있던 바로 아버지의 그 어깨다.

진아, 너.

아버지는 가슴으로 외치고 있다. 묵음의 마스크 안에서 외치고 있다. 아버지가 딸을 향해서 최루가스를 뿌리지 못한다. 그렇지만 나는 돌을 던진다. 프로텍터를 입은 아버지의 메마른 가슴에 던진다. 세게 던지지만 툭 소리를 내면서 프로텍터를 맞고 미끄러져 내린다.

결국 교문을 못 빠져나가고 데모의 충돌은 중단되고, 경찰은 철수한다.

길 밖 공터를 깨끗이 치우고 그들은 사라진다.

– 수고했어. 김은진.

깨진 보도블록들을 화단 안으로 밀어 길을 치우는 작업을 하고 있는데, 유민서가 찾아와 말한다. 얼마나 황송하고 자랑스러웠던지.

낙랑 공주가 자명고를 찢었던 날의 느낌도 이런 것이었을까.

유민서는 그 날 학교 뒷동네에 있는 민속 주점에서 격려 행사를 가졌고, 처음으로 나도 그 자리에 참석한다. 그리고 다른 학생들에게 소개되고 박수를 받는다. 비굴한 영웅이 되어 피 안 흘린 전투를 기념한다.

다소 흥분되고 자기 자신 안에서 엉킨 가족네트를 추스리지 못해 나는 생맥주를 많이 마셨다. 아주 많이 몸을 가눌 수 없도록, 집을 찾을 수 없도록 마셨다. 세상에 태어나서 처음으로 아버지를 배신했던 날이다. 나는 아버지한테 눈동자처럼 소중하고 어여쁜 존재로 자라 왔다. 한때는 아버지의 직업이 경찰이라는 것 때문에 우울한 적도 있었지만, 처음 아버지의 존재를 인식하던 날 아버지가 입었던 경찰 유니폼은 멋지고 훌륭한 남성의 이미지로 굳혀져있다. 자랑스런 아버지로 살아가는 것은 경찰이거나 아니거나 나에게는 중요하지 않다. 나의 단단한 울타리 역할을 하시는 분이라면 그것으로 만족하기로 했다.

줄곧 아버지를 부르며 나는 울었고 유민서는 철들지 않아서 처치하기 힘든 후배 나를 들쳐업고 아이들이 말하는 대로 우리 집을 찾아 헤맸다. 끝내 집을 찾지 못하고 작은 비교적 말끔한 장에 방을 잡아 부려놓고 유민서는 갔다.

그 날부터 나는 유민서를 기다리기로 한다. 존경하고 그립고 어디 선가 우연히 만나거나 부딪치기를 기대해 보지만 거의 그런 일은 일 어나지 않는다.

유민서는 지금도 학생운동의 주동자로 그들의 중심에 있는 존재다.

그의 미래는 어떤 것일까. 크게 된다면 정치권에 어렵지 않게 치고 들어갈 수 있는 인물이 될 것이고 지금도 그가 주무르는 운동권의 자 금이 만만치 않다는 소문도 나돈다. 나는 유민서의 외모도 내면도 능 력 그 모든 것을 사랑한다. 나의 이상적인 남성상이랄까.

나는 그를 위해 데모대의 맨 앞줄에 서서 경찰과 대치하는 역할을 자진해서 맡는다. 오직 그를 위해서다. 나는 국가관도 사회적인 비판 능력도 없다. 다만 평범하고 안이한 대학생활 보다는 연애라도 진하 게 해보고 싶은 심정이다. 그것도 모든 여학생들이 사랑의 표적으로 삼는 유민서라면 더할 수 없는 자랑이 될 것이다. 나중에 세월이 제 법 흐른 뒤의 내 역할은 어느 정치인의 아내이고, 유민서는 마이크를 잡고 높은 단상에서 큰 목소리로 대중들에게 외치며 쩌렁쩌렁 세상 을 울리는 그런 남자가 된 유민서를 꿈꾼다.

도망치다 골목으로 몰려 독 안에 든 쥐가 된 유민서네들이 나를 앞 장세우고 돌파구를 트라고 했다.

거기서 나는 아버지와 다시 맞닥뜨리게 되었고 그 골목 끝쯤에서 심하게 부딪쳤다. 아버지가 담 쪽으로 몸을 돌려 내 얼굴을 피하는 모습을 보았다.

유민서네가 그런 틈으로 재빨리 뚫고 뛰었다.

나도 유민서네 일행이 사라진 쪽으로 뛰어간다. 그들이 가는 것은 정해져 있다. 시간이 되면 늘 그곳에 모인다. 민속 주점이다. 흙벽에 검은 유성 사인펜으로 안주 메뉴가 적혀있고 그 사이사이에 남녀의 이름이 마치 성교를 하듯 붙어 씌어져있다. 대낮 개들의 그짓처럼 보인다.

— 야, 김은진 고맙다. 한잔해.

유민서가 생맥주잔을 보낸다. 그리고 내가 잔을 받아 건배하기를 기다린다.

나는 충성을 맹세하듯 잔을 들고 유민서를 본다. 유민서가 예사롭지 않은 시선을 보낸다.

오늘은 취하지 마라.

다른 학생들이 와르르 웃어댄다. 그래도 나는 유민서의 특별한 관심을 받는 여자임이 자랑스럽다. 허영이겠지 하면서도 구체적으로 유민서를 유혹할 계획을 세운다.

생맥주 두 잔을 연거푸 마시고 나서 나는 가방 속에 있는 사인펜을 찾아 꺼낸다.

나는 민속주점 흙벽 메뉴판 사이에 내 이름을 쓴다. 그 옆에다가 유민서의 이름을 뒤집어서 바짝 붙여쓴다.

김은진 서민유. 아무도 모를 거다. 서민유가 유민서의 이름이라는 걸 지금 이 자리에 있던 사람들 말고는 쓴 대로 읽고 읽는 대로 그 이름이 누구인가를 생각할 것이다.

이번엔 사람들이 웃지 않고 박수를 친다. 성공인 셈이다.

— 이건 이름끼리 먼저 섹스하는 거야.

내가 말한다. 사람들이 또 소리 지르며 박수를 친다.

그렇게 나는 유민서를 내 남자로 도장을 찍었다. 그런 용기가 어디 서 났는지 나도 궁금할 때가 있다. 그 대답은 분명히 엄마이다. 나는 가끔 내 안에서 엄마를 찾아내고 놀랄 때가 있다.

우리는 내친김에 하이웨이 모텔로 갔다. 누가 누구를 끌어간 것도 아니고 그렇게 두 사람의 발길이 같은 방향으로 돌아가고 속도를 맞 추고 기분을 맞춘다.

방으로 들어가 문을 닫으면서부터 나와 유민서는 서로의 옷을 벗 기기 시작한다. 팔이 엉켜서 티셔츠를 올릴 수가 없을 때엔 한쪽은 바지를 벗긴다.

일 분도 채 안 걸린다.

유민서가 불을 끈다. 그래도 창밖 가로등이 방안을 가득 채워 대낮 같이 밝다. 다른 모텔의 네온사인이 깜박거리며 우리들의 움직임에 리듬을 맞춘다.

— 그날은 김은진이 많이 취했었지. 나는 죽은 짐승은 안 먹는 야

생호랑이거든.

유민서의 목소리는 아주 나직하고 섹시하다

- 그래도 난 그날 무척 슬펐지. 내가 매력이 없거나 아니면 유민서는 공부와 데모하는 데만 관심이 있고 섹스는 잘 못 하는 사내인가. 이건 내 인생을 삭막하게 할 뿐이라고 생각했지.

섹스에 설명이 필요한 건 서로 밀착하지 못했다는 것을 의미한다.

아무튼 이렇게 시작한 것이 이제는 심심하거나 시간이 나면 자판기 앞에서 커피를 마시듯 우리 둘은 엉키곤 했다.

사람들이 하는 말로 우리는 잘 맞는 모양이다. 우리는 데모 커플이다.

엄마도 이랬을까. 이제야 엄마를 조금 알 것 같다.

아버지는 늘 야근이다. 정기적으로 정해진 날 야근도 다른 직업보다 많은 데다가 돌발적인 사고가 생겼을 때 어쩔 수 없는 외박도 잦았다. 어떤 때는 아버지의 얼굴을 잊어버릴 만큼 볼 수가 없었다. 식구들에게는 상징적인 가장으로 존재했다. 아이들은 분명히 고아가 아니고 엄마도 분명히 과부가 아니라는 것이다.

처음엔 엄마는 밤을 새우며 털실로 스웨터도 짜고 책도 읽었다. 그러다가 친구들을 집으로 끌어들여 먹고 놀기도 하고 가끔 화투도 치곤했다.

도수가 점점 높아져서 다른 장소로 원정도 가고 가끔은 춤을 추러도 다닌다는 걸 나는 알고 있었다.

지독한 한 사건도 생각난다. 벌건 대낮에 천호동 변두리 카바레를 급습해 춤바람 난 주부 소탕작전을 나간 날 경찰인 아버지와 엄마가 거기서 마주쳤다는 거.

그 사건은 우리 집 기둥을 뿌리째 흔들어 놓는 충격이었다. 그런데도 우리 식구 모두 말없음표로 잠잠하게 삭혀갔다.

그러나 잠정적 용서는 엄마의 바람을 인정한 셈이어서 그 수위가 점점 높아져 갔다. 춤뿐만 아니다. 엄마에겐 남자도 있는 것 같다. 당일치기 여행도 같이 하고 맛있는 것도 함께 먹고 선물도 주고받는 모양이다.

엄마의 손에 안 보이던 반지가 끼워진 날도 있고 엄마가 그렇게 입고 싶어 하던 털 코트도 옷장에 걸려있다.

그래서 아버지가 집에 없는 그 무료함에도 엄마는 조금도 힘들어 하지 않는가. 그래서 엄마의 표정이 늘 밝은가.

아버지가 가끔 몸이 아파서 쉬는 날엔 엄마는 하루 종일 안절부절이고 울리는 전화마다 잘 못 걸려오는 전화다.

아버지는 죽은 듯이 누워서 잠을 잔다. 그렇게 하루 종일 잠을 자고 나면 아무 약도 안 먹었어도 병이 나았는지 아버지는 다음 날 아침 일찍 점퍼를 입고 가볍게 집을 나선다. 그래도 가죽점퍼가 옛날 같지 않다. 쿨렁쿨렁 어깨에서 팔로 떨어지는 선이 많이 비어서 헐렁하다. 마치 여름옷 위에 코트를 입은 것처럼 바람이 가득 차 있다.

아버지도 용서하는 엄마의 바람을 나는 나쁘다고 말하지 못한다. 다만 아버지의 체중이 조금씩 눈에 띄게 줄어들고 있다는 것을 나는 보았다. 엄마도 못 본 것을 나는 본다. 사랑의 눈으로 본다.

아버지가 나가고 난 뒤 엄마가 집안 청소를 한다. 엉덩이를 치켜올리고 아주 기분 좋은 걸음걸이로 마루를 건너다닌다. 힐긋힐긋 유리창 밖을 보다가 시계를 본다. 약속이 있는 모양이다. 나는 소파에 길게 기대앉아서 엄마의 움직임을 지켜본다.

저러고 싶을까. 그렇게도 나가고 싶을까.

그래도 엄마를 미워하지 못하는 것은 저렇게 정신없이 바람을 피우면서도 집안에 먼지 하나 없이 냉장고에 상한 음식 하나 만들지 않고 세탁기에 빨래 한 가지도 밀리지 않는 엄마라는 것이다.

그래 엄마가 어쨌다는 거야 라고 말하면 아무도 할 말이 없을 것이다.

체질적으로 참을 수 없는 성욕 그리고 외로움을 못 견디는 엄마가 정신병 환자가 되지 않고 온전하게 지탱해 나갈 수 있는 방법일 수도 있다.

미치는 것 보다 낫고 가출하는 것보다 백 배 낫다. 그 완벽함에 소름끼치기도 한다.

누구든 식구들이 집에 있을 때엔 엄마는 늘 집에 같이 있다. 엄마는 늘 집에 있는 사람이다. 엄마는 식구들에게 그런 엄마로 보이고 싶어한다. 끝내 약점 없는 엄마로 남아있고 싶어한다. 결국 나는 엄마를 위해 엄마보다 먼저 집에서 나가야한다.

그래야 엄마가 마음 놓고 외출할 수 있을 것이다.

내가 그러는 건 엄마를 위해서가 아니다. 외간 남자를 만나러 허둥대며 나가는 엄마의 못난 모습을 본다는 것 그 자체가 나의 슬픔이기 때문이다.

나는 갑자기 급한 일이 있는 것처럼 후닥닥 몸을 일으켜 화장실로 간다. 대충 샤워하고 젖은 머리의 물기를 털어 가며 외출한다.

콩 튀듯 준비하고 뛰어나와서 내가 가는 곳은 겨우 동네 입구에 있는 인터넷방이다. 거기서 일간지를 뒤적이고 신곡 차트도 훑어보다가 그 앞으로 엄마가 지나가는 것을 본다. 골목 어귀 어디에서 엄마를 기다리고 있는 승용차가 있을 것 같지만 그걸 확인하고 싶지 않다. 나는 다시 집으로 돌아온다. 베개를 가슴에 끼고 방바닥에서 뒹굴뒹굴 구르며 음악 듣고 시간을 보내고 싶다.

엄마 나이에 애인이 있다는 건 행복 중에 행복일 것이다. 일밖에 모르는 남편과 소리 나지 않게 살아가려면 지금 엄마가 하는 방법이 제일 좋은 것이다. 엄마가 기도하는 것은 아내가 바람난 걸 남편이 눈치채지 못하도록 해달라는 것 그것뿐이다.

방바닥에 배를 깔고 엎드려있는데 초인종이 울린다. 인터폰을 든다. 뜻밖에 아버지의 얼굴이다. 열림 버튼을 누르며 내 가슴은 쿵쾅거린다.

그러나 아버지는 아무 말 없이 방으로 들어가 침대에 눕는다. 엄마는 어디 갔느냐고 물을까봐 더욱 가슴 조인다. 친구 만나러 나갔다고 해야지 라고 대답을 준비하고 있다.

저녁이 되어오자 아버지가 잠에서 깨어나 샤워를 한다. 속옷을 갈아입으러 들어온 것이다. 또 야근인가.

저녁 진지를 준비할까요?

화장실 밖에서 내가 묻는다. 내 말을 듣지 못했는지 아버지는 대답이 없다.

아버지도 나처럼 젖은 머리를 털면서 집을 나선다. 아직 바람이 찬데 머리 말릴 시간도 없는가 보다.

혹시 아버지도 큰길 어디에선가 엄마의 외출을 확인하고 나서 집에 들어온 것인지도 모른다는 생각이 문득 든다.

나와 아버지는 엄마의 바람을 묵인하는 사람들이다. 아버지는 일년 열두 달 엄마를 내버려 두는 죄로 묵인하고 나는 나를 위해서 묵인한다. 가출하거나 별거하거나 이혼한 엄마보다는 바람난 엄마가 낫다.

엄마의 바람은 어느 날 엄청난 사실로 드러났다. 바로 한강 건너에 지하철로 한 정거 떨어진 아파트에서 그 남자와 살고있다는 것이다.

그 재수 없는 정보는 꽃 상가에서 아르바이트하는 내 유치원 동창생이 전해준 것이다.

- 너의 엄마 쌍둥이야?

불길한 정보라는 걸 예감했지만 친구의 입을 막고 그 말을 듣지 않을 수는 없었다.

- 웬 남자가 백합 100송이를 사서 자기 집에 배달을 부탁했지. 결혼기념일이래. 멋진 남자도 다 있다 싶었지. 그런데 그 남자의 아내가 말이야 김은진 너의 엄마하고 똑같이 생겼던 거야. 우리 친구 엄마하고 똑같아요 라고 말했더니 그래요 라면서 웃더라구. 별일이 다 있지? 너도 그 여자 한번 보러갈래?

그 친구가 일러준 아파트 이름과 동 호수를 기억하지 않으려고 나는 무척 애썼다.

엄마가 두 집을 오가며 살림을 한다. 한 집에는 밖에 나가 일만 하고 돈만 벌어다 주는 남자가 있어 좋고 한 집에는 꽃다발 보내고 섹스를 잘하는 남자가 있어서 좋겠다.

학기말시험을 앞두고 큼직한 데모가 계획되고 있다. 아마 이것이 대학생활을 뜨겁게 했던 마지막 데모일 것이다.

안양천 무허가주택 철거 반대가 오늘의 주제다. 여름만 되면 넘치는 강물을 피해 안양천 사람들이 둑으로 올라와 비를 맞으며 서 있다. 비에 젖어 착 달라붙은 얇은 티셔츠 속으로 풍만한 젖이 그대로 드러난 여인이 보도 사진에 실렸다. 머리카락도 비에 젖어 흘러내렸는데 등에 업힌 아이가 천진하게 웃으며 빗물을 손으로 받으며 논다.

그 사진을 크게 확대해서 플래카드에 찍었다. 이쯤 되면 플래카드 제작도 예술이다. 오늘은 시험공부 하기 싫은 학생들을 모으기 쉬운 날이어서 데모의 규모가 제법 클 것이다.

그렇게 되면 데모 저지가 격렬해질 것이고, 다치는 학생 경찰들도 생길 것이라는 예상이다.

유민서는 다소 긴장한 표정이다 움직임도 여느 날과 다르다. 빠르고 힘이 있어 보인다. 그런 날에는 늘 내가 그 중앙에 서게 된다.

– 김은진 오늘은 뒤에 있어.

유민서가 빠르게 내 곁을 지나가며 짧게 그러나 강하게 말했다. 이유를 묻지 않아도 알 수 있다. 이젠 유민서가 나를 보호할 의무가 있는 남자가 되었다는 전달이다. 나는 그럴 수 없다. 뒤에 숨어있는 건 유민서를 사랑하지 않는 것이고, 젊음을 비굴하게 만드는 것이라고 생각했다.

다른 아이들은 확신을 가지고 돌을 던지지만 나는 안양천 철거민들하고는 아무 상관 없는 돌팔매질을 하고 있다. 유민서와 동류항으로 살기 위해 돌을 던진다. 저 의롭고 멋진 민중의 투사를 사랑하면서 나는 돌을 던진다. 그 상대가 아버지네들이라는 것도 까맣게 잊고 있다.

그 날 나는 마스크를 쓴 아버지를 향해서 돌을 던졌다. 내 눈엔 아버지가 보이질 않는다. 아버지는 없다. 마스크를 한 정부의 앞잡이들이 검은 울타리처럼 막아 서 있다.

숫자 적으로 눌린 경찰이 맥없이 흩어지면서 돌진하는 우리들한테 무너진다. 다수는 큰 힘일 수밖에 없다는 논리가 민주주의를 외치는 우리들의 머릿속에 씁쓸한 기쁨으로 가라앉는다. 다시 민속주점에 모였다.

몇 사람 병원에 실려가 치료를 받고 돌아와 합석했다. 그들이 합석하자 분위기에 열기를 더했고 술맛은 더 좋아진다. 어깨에 붕대를 맨 친구가 아프지 않은 팔로 생맥주잔을 들어올린다.

ㅡ 오늘 이 마지막 투쟁을 끝으로 우리는 늙음 속으로 간다. 몸도 정신도 이젠 더 이상 젊음이 아니다. 자, 가버릴 우리들의 젊음을 위하여 건배!

갑자기 잔을 든 얼굴들이 굳어진다. 우리들은 곧 졸업하게 될 것이고, 이 자리에 있던 사람들은 사회 어디에선가 밥그릇을 위해 뛸 것이다. 그렇게 되면 모두 보통 사람으로 돌아간다. 밥을 벌어먹고 사는 평범한 사람으로 세상을 살아가게 될 것이다.

그러나 이들 중에서 오늘의 이 맑은 정신을 접지 않고 살아가면서 세상을 향기롭게 할 사람이 몇 사람은 있을 것이다. 그중에 유민서

한 사람은 분명하고, 다른 몇 사람이 더 있겠지 라고 우리들 모두 그렇게 생각했다.

십 년 후 오늘 이 시간 이 자리에서 우리 다시 한번 뭉칠까? 우리가 어떻게 변해 있을는지 궁금하니까 말이야.

유민서는 한 옥타브 더 높여서 소리친다. 모두 소리 낼 수 있는 물건들을 두들기면서 함성 질러댄다. 이제는 소리 지를 일도 별로 없을 것이다. 유민서의 말대로 늙음 속으로 사라져 버릴 수도 있다. 바로 십 년 뒤에 어떤 모습일는지 대충 짐작이 간다. 서글픈 일이다.

나는 갑자기 정신이 아뜩해진다. 유민서가 없는 대학생활이 제대로 될 것 같지 않다.

누구랄 것도 없이 이날 이 자리에 있던 우리들은 모두 제정신이 아니게 취했다. 주점 주인이 내준 큰 방 하나를 차지하고 밤샘을 했다. 새벽 세 시가 넘으면서 이 구석 저 구석에 구겨 박혀서 웅크리고 잠든 사람들이 늘어간다.

끝까지 남은 건 나와 유민서, 그리고 두 명의 여학생이다. 유민서와 같은 과 친구들이다. 그들은 이제 졸업하게 되면 자주 만나지 못하게 될 것을 아쉬워했다. 그들 사이의 감정은 아주 애매한 사랑의 느낌이 들어 있음을 나는 안다. 유민서는 여학생들 모두에게 인기였으니까. 빨간색 머리띠를 매도 흰색 머리띠를 매도 그의 얼굴은 날카롭고 이지적으로 빛났다. 그 얼굴엔 힘이 느껴졌고 불의와 타협하지 않는 고집스러움과 맑게 솟아나는 샘물 같은 생명력이 보였다.

그런 남자를 어디 가서 찾는단 말인가. 입학해서 오늘날까지 유민서를 해바라기 하던 여학생들이고, 어느새 데모의 주동자가 되어 그가 군에 다녀오는 동안 유급하면서까지 유민서 역할을 보조했던 여자들이다.

말하자면 동지들이다.

유민서는 눈치를 보면서 그 자리를 빠져나가고 싶었다. 그와 나는 습관처럼 모텔 방으로 들어가 잠자고 싶어 했다. 섹스도 중독성이 있는 거라서 한 번 두 번 거듭될수록 스테레오 타입으로 돌아간다. 만나면 으레 옷을 벗고 뒹굴고 싶어진다. 그렇지만 오늘은 참아야 한다는 걸 안다. 새벽 다섯 시가 가까워지면서 쏟아지는 잠을 무엇으로도 막을 길이 없어 서로 엉키고 설켜 쓰러져 잠이 들었다.

24시간 열린 해장국 집으로 몰려 들어가 국에 밥 한 그릇을 말아 목으로 넘기곤 헤어졌다. 그 이별이 우리 모두에게 마지막이라는 것을 아무도 실감하지 못했다. 다시는 학교에 모일 일도 없었다. 이것으로 우리들의 청춘은 끝이 났다. 앞으로 살아가는 동안에 맹목의 사건에 목숨 거는 일도 없을 것이고 그렇게 인생을 낭비할 열정도 없을 것이다.

거리에는 출근하는 사람들의 발걸음이 바쁘다. 몇 시쯤인지 알 것 같다. 여덟 시 정도일 것이다.

끝내 나는 유민서의 소맷자락을 잡았고, 약속이 되어 있었던 것처럼 검은 모텔의 유리문을 밀고 들어갔다. 아침 시간의 섹스는 다소 생소하다. 어쩐지 체온도 오르지 않고 입 안의 타액도 고이지 않는다. 아무래도 출근하기 전에 옷을 벗고 정신을 흩어뜨리는 건 앞으로도 삼가야 할 일이라는 생각이 든다.

- 왜 이러지?

유민서가 내 옷을 침대 아래서 찾아내 가슴 위에 던져 주면서 우울한 목소리로 물었다.

- 괜찮아.

내가 오히려 유민서를 위로해 주면서 면죄부를 준다. 언제부터인지 주위의 시선을 피하면서 급하게 쫓기면서 즐기던 버릇이 들어있다. 편안한 침대 위에서 시간 넉넉하게 즐기는 그런 섹스가 재미없어졌다. 늘어지고 처지는 기분이고 급히 열이 오르지도 않는다. 샤워만 꼼꼼하게 정성을 들여서 하고 냉수 마시고 머리 손질까지 잘하고 나서 모텔을 나섰다.

유민서는 지갑을 뒷주머니에 쑤셔 넣으면서 씨익 웃는다. 그 얼굴을 나는 사랑한다. 금방 지갑에서 나간 모텔 값이 아깝다는 유민서의 말을 나는 알아들었다.

유민서는 학교로 들어가고, 나는 집으로 간다. 집에 들어가 잠을 자야 한다. 이러다간 빨리 늙어버릴 것 같다. 여자는 잠을 잘 자야 미인이 된다는데, 졸업반이 되면서 얼굴이 늙어가는 걸 느끼겠다. 피부도 피부지만 눈빛이 흐려지고 있다. 그건 시도 때도 없이 유민서하고 옷 벗고 뒹구는 것 때문이라는 것도 안다.

집에는 아무도 없다. 낮잠 자기 딱 좋은 조건이다. 누가 낮잠을 깨울 사람도 없고, 왜 낮잠을 자느냐고 복달할 식구도 없다.

엄마는 강 건너 남자네 살림을 하러 갔을 것이고 아버지는 또 어느 사창가 아니면 캬바레 안에서 남자 가슴에 붙어 돌아가는 할 일 없는 주부들을 검거하러 나갔을 것이다.

그때 전화벨이 울린다. 빈집에 울러 퍼지는 전화벨은 가구들을 돌아서 딩딩 울린다. 유리잔을 손가락으로 연주하는 사람처럼 나는 가구들을 잡고 돌았다. 뭐야. 우리 집에 전화 거는 사람도 있단 말인가. 사람 사는 집 같네.

나는 코드리스 수화기를 찾아다니다가 그냥 벽에 걸어둔 전화기를 집어내렸다.

- 네에에.

엄마의 억양대로 나도 그렇게 대꾸를 한다. 귀에 배어 있는 대로 입으로 나오는 모양이다. 나도 모르게 엄마의 흉내를 내고 있었다.

- 이제야 받으시는군요. 여기는 서경병원인데, 어제 오후 데모 저지하시다가 아버님이 부상을 당했습니다. 밤새 연락을 했는데 집에 아무도 안 계셨습니다.

잠이 갑자기 달아나면서 머리가 새벽 공기처럼 맑아진다.

아버지는 어깨뼈가 부러져 험상궂게 붕대를 말고 병상에 누워있었다. 나는 아버지를 부르거나 아버지의 손을 잡을 자격도 없다. 아버지한테 돌을 던지고 각목을 휘두른 것도 나를 대신하는 우리들이었다.

나는 창가에 붙여놓은 병상에 아주 작은 체구의 늙은 남자를 건너다다 본다. 많이 낯익은 얼굴이다.

한동안 아버지를 지켜보다가 밖으로 나왔다, 병동 관리 카운터로 가서 아버지의 부상 상태를 물었다.

어깨뼈와 팔을 심하게 다쳤는데 아직은 부어있는 상태라 깁스를 할 수 없다고 한다. 아버지가 이렇게 부상을 당할 만큼 일선에 나선 적은 없었는데, 어제 데모는 워낙 격렬했고 우리로서는 마지막 행사로 알고 죽기 아니면 살기로 달려든 친구들이 많았다. 마지막 혈기를 쏟아 부었다고 할까.

지금쯤 그들 모두들 못다 잔 잠을 늘어지게 자고 일어나 목욕탕의 거울을 보면서 이런 것이 얼마나 무모한 짓이라는 걸 생각할 것이다.

간호사는 통증 때문에 잠을 재우는 약을 투약했다고 말했다.

나는 엄마한테 전화를 건다. 받지 않는다. 지금 엄마는 카바레에 가 있을까 그 남자의 집에 가 있을까.

아마 아버지는 저 수면 상태가 행복할는지도 모른다. 데모 패거리

속에서 돌팔매질하던 딸을 생각하지 않아도 되고, 늘 밖에서 지내는 걸 아내한테 미안해하지 않아도 된다. 슬픔과 고요 그리고 휴식이다.

고단했던지 나도 아버지의 병상 발치에 가슴을 대고 잠이 들었다. 땅으로 꺼져 들어가 그 위로 흙이 덮이고, 그 흙의 기운이 따뜻하다 느껴지면서 나는 깊은 잠 속으로 파묻혔다.

누군가 내 어깨를 흔들어 깨운다. 처음엔 먼데서 느껴 오는 진동이었다가, 마치 배의 흔들림 같이 몸 가운데에서 일어나는 진동이었다가 조금씩 옆으로 비껴가면서 그 흔들림이 명확해진다. 나는 무겁게 고개를 들었다. 뇌의 흔들림을 억제하면서 눈을 뜬다.

시야는 맑은 백색이다. 날은 밝았고 병실의 벽은 온통 희어서 눈을 뜰 수가 없다. 이렇게 밝은 아침을 다시 만날 수 있다는 것은 축복이고 고마움이다.

병상은 빈 모포만 구겨진 채 비어있다.

- 우리 아버지는요?

간호사는 화장실에 노크해 본다. 아무 기척이 없다.

- 담배 태우러 나가셨는가 보죠?

아버지는 오래전에 커피도 담배도 끊었다. 그것도 하루아침에 결심한 대로 아주 단호하게 담배를 끊어 온 가족의 박수를 받은 적이 있다. 그 이후로 아버지는 담배에 대해 털끝만큼의 미련도 없어 보였다. 그는 담배뿐만 아니라 소유에 대한 욕망은 남다른 남자다. 한 가지 일에 몰두하면 그것 외에는 생각하지 않는 성격이다.

파출소로 전화를 걸었다. 오히려 밤새 아버지의 병세가 좀 좋아졌는 지를 묻는다. 부하 직원이 병원으로 달려왔지만 뾰족한 수가 없다. 그가 오자 아버지의 실종이 선명해졌다. 아버지는 위궤양이 깊어져. 위암으로 의심을 받았다는 날부터 성격이 확 달라졌다는 것이다.

오히려 밝아진 표정으로 바뀌었고 매사에 너그러워졌고, 급하기만 했던 동작까지도 느긋해진 게 여유로워졌다는 것이다.

말하자면 꼬장꼬장하고 모든 일에 파고들던 사람이 대충대충 넘길 줄도 알고, 자주 웃는 표정이 보였다는 것이다. 동료들에게 자주 점심도 사곤 했다고 말한다. 뭔가 가정에 행복한 일이 생겼거나 아닌 말로 중년에 애인이 새로 생겨서 인생을 새롭게 보게 되었는가 하고 은근히 축하하는 시선으로 보기도 했다고 한다.

– 집에는 아무 변화도 없었어요. 더 악화 되었으면 되었지 더 좋은 일은 생기지 않았거든요.

나는 딱 잘라 말할 수 있다. 나도 엄마도 아버지의 행복에 이로운 존재가 아니었기 때문이다. 엄마는 다른 남자하고 살림을 차렸고, 딸은 아버지를 향해서 돌팔매질을 하질 않나, 사내자식하고 대낮에 모텔 방에서 허벌지게 놀고 들어오질 않나.

아마 아버지의 그 예민한 직감으로 식구들의 모든 걸 벌써 감지했을 것이다.

그런 고민을 견딜 수 있었던 약은 인생을 포기할 만큼 깊은 병이었을 것이다. 열심히 살고 난 뒤 찾아온 허무감이랄까, 해방감이랄까.

– 알겠어요. 아버지는 병원으로 다시 돌아오시지 않을 거예요.

피로 이어진 사람들 사이에는 서로 통하는 직감이라는 것이 있었다. 아버지는 실종되었다. 병을 치료할 만큼 돈도 없었고, 세상에 대한 애착도 없는 사람이었다. 오늘까지 경찰이라는 일에만 온 인생을 걸고 살아온 사람이다.

찾을 수 없을 것이다. 아버지는 범인을 잘 찾는 민완 경찰이었던 만큼 숨는 자리도 잘 골라 숨었을 테니까.

퇴원 수속을 마치고 병실에 남아있는 아버지의 물건을 가방에 담으면서 나는 울었다. 아버지가 쓰던 치약, 칫솔, 그리고 작은 구형 핸드폰 뿐이다.

이제 세상에 관심 있는 일이 아무것도 없단 의미일 것이다.

이를 닦을 필요도 없고, 세상 돌아가는 것도 알 필요가 없는 시간과 공간 속에 그가 있을 것임을 말해주고 있다.

그는 세상 밖으로 나간 것이다. 그래도 몸은 어디에 남아있을 텐데.

양지바른 산속에 누워 나뭇가지 사이로 보이는 푸른 하늘을 보고 숨을 쉬며 살 수 있는 날이 며칠이나 될까 생각하다가 가물가물 정신이 혼미해져 잠이 들고 그러다 숨을 거두었을 것이다.

나는 그 날부터 배낭을 메고 산속을 뒤지기 시작했다. 서울 근교에 있는 산들을 골짜기마다 들여다본다는 말이 정확하다. 남의 눈에 띄지 않는 자리에 웅크리고 누었을 아버지의 모습을 상상하면서 문득 그런 아버지의 모습과 맞닥뜨리게 되는 걸 두려워하기도 했다.

알아보기 힘들만큼 부패되었거나 말라 버렸을 아버지의 잔해를 찾아다닌다.

부스럭거리는 나뭇잎 소리가 요란한 가을 어느 날 북한산 깊은 골짜기에서 나는 다른 사람의 발자국 소리를 들었다. 온몸에 소름이 돋는다.

걸음을 멈추었다. 저쪽에서도 경계의 낌새가 전해 온다. 움직임이 없다. 누가 얼마나 오래 버티는가에 따라 승패가 결정된다. 나는 숨도 쉬지 않는다.

결국 저편에서 급히 발길을 돌리는 소리가 들린다. 발소리가 멀어지면서 사라진다. 더 이상 산에 있고 싶지 않은 날이다. 천천히 산을 내려온다.

하늘은 가을비가 내릴 것 같은 흐림이다. 종점 집에 들어가 묵 한사발과 막걸리를 한 잔 시켰다. 아직도 못 찾았수? 벌써 이년 반이네.

나는 막걸리를 마신다.

보도블록을 돌로 깨면서 쪼그리고 앉았던 그 길가도 이렇게 흐린 가을이었다.

내 눈앞에 남자의 구둣발이 들어왔고, 나는 천천히 올려다보았다.

아버지가 나를 내려다보고 서 있었다.

- 점심 먹었나?

나는 아버지하고 학교 근처 작은 식당에 마주 앉았다. 그때 아버지는 묵 한 접시와 막걸리 한 잔 그리고 내게는 칼국수 한 그릇을 시켜주었다.

- 아줌마 칼국수도 한 그릇주세요.

나는 갑자기 식욕이 생겨난 듯 칼국수를 주문했다.

막걸리 한 잔에 취기마저 돈다. 비틀거려 보는 것도 기분이 좋다.

버스를 타려고 길을 건너 승차장으로 갔다.

자판기에서 더운 커피를 뽑고 있는 여인이 있다. 엄마다. 나는 피했다. 엄마와 마주치고 싶지 않다. 아버지를 죽인 두 모녀가 마음 아파하는 꼴을 서로에게 확인시켜주기라도 하듯, 그건 살아있는 사람의 자기변명일 뿐이다.

그렇게 삼 년째다.

이젠 산이 좋아서가 아니라 산에 가지 않으면 병이 생기니까 산에 간다. 산에 가지 않은 날 밤에는 악몽에 시달리고 밤새도록 식은 땀을 흘리며 산비탈 굵은 모랫길을 미끄러져 내려와야 한다. 멈출 수 없는 발걸음으로 하산하면서 산은 높지도 않은데, 저 아래까지는 언제나 가마득하다, 그렇게 미끄러져 내려오다가 잠이 깨면 날이 밝아

있다.

압력밥솥에 아침밥을 올려놓고 남편 유민서의 와이셔츠를 대려야 한다.

그는 점점 더 불쌍한 샐러리맨이 되어 간다. 생활비가 모자라지 않게 통장에 채워주기 위해 일한다. 그는 직장의 상사 눈에 드는 직원으로 지내면서 뒤지지 않게 진급하고, 그걸 자랑스러워하는 그런 남자가 돼있다.

– 우리 부장이 오늘 묻더군. 당신은 2세를 안 가질 예정이냐구. 우리 부장 참 자상하다니까. 우리가 아이가 없다는 걸 어떻게 기억하고 있지?

상사의 관심이 그렇게 눈물 나게 고맙고 자랑스럽기까지 한 남자가 되어버렸다.

나는 아무 대꾸도 하지 않는다. 내가 사랑했고 존경하기까지 했던 옛날의 유민서가 아니다. 아버지의 실종과 맞바꿀 만한 그런 남자는 더욱 아니다.

이제 나는 유민서를 내 인생에서 뺀다.

하여튼 아버지는 엄마한테 무거운 죄의식을 가슴에 안겨 주었고, 내게도 이 힘들고 끝없는 산행을 숙제로 내주었다.

엄마는 엄마대로 나는 나대로, 아버지의 실종은 자기 탓이라고 생각하며 일생을 살아갈 것이다. 아버지는 이제 산에 없다. 혼도 몸도 이제는 바람에 날아가 저 하늘 어디에선가 내 산행을 지키며, 또 엄마의 장바구니를 들여다보면서 우리를 놓아주지 않을 것이다.

오늘 저녁에도 엄마는 또 내게 전화를 걸 것이다. 오늘도 산에 갔었느냐고.

소주 한 병 더 주슈

허 씨는 나이도 그렇게 많은 것 같지 않은데 몸은 무척 쇠약해서 아주 늙은이같아 보였다.

목소리를 들으면 더욱 기운 없어 보였다. 깡마른 몸집에 힘줄이 불거져 나온 팔뚝이랑 거친 손끝 두터운 손톱을 보면 그래도 힘깨나 쓰면서 살아온 남자라는 걸 알 수 있었다.

일산댁은 얼음이 다 녹아 미지근한 물이 되어버린 아이스박스에서 소주 한 병을 꺼냈다.

겉으로만 차가워 보일 뿐 소주는 차지 않았다

ㅡ 별로 차지 않은데 그래도 드려요?

ㅡ 인줘 보슈.

허 씨는 소주병을 만져보았다. 손바닥이 원체 두꺼워서 뜨거운 것도 차가운 것도 감지할 수 없었다.

ㅡ 마셔봐야 알겠는데 그냥 따슈.

- 허씨가 좋아하는 온도가 아니에요. 내가 알아서 묻는 건데.

- 그냥 따라니까. 목구멍만 넘어가면 찬 거나 뜨거운 거나 다 매한가지니까.

- 하기야 그렇지요. 사람 사는 것도 다 그런 건데. 눈 감으면 잘난 사람이나 못난 사람이나 다 같은 거 아니겠어요? 찬 소주도 미지근한 소주도 마찬가지겠네요.

일산댁은 양파 당근 오이를 썰어서 된장 한 숟가락 곁들여 일회용 접시에 담아 내놓았다.

그렇지 않으면 허 씨는 깡 소주로 배를 채울 듯이 마실 게 뻔했다.

그래도 허 씨가 술에 취해서 혀 꼬부라진 말을 한다든지 걸음걸이를 흐트러뜨린다든지 하는 모습을 한 번도 본 적이 없었다. 그래서 허씨의 주량이 얼마나 되는지 짐작할 수가 없었다.

그러니 허 씨가 왜 그렇게 술을 많이 마시는지도 알 수 없었다.

허 씨는 잠깐 사이에 소주 한 병을 비우고 주머니를 뒤적거렸다. 아마도 술값이 부족한 모양이었다.

- 밥 한 공기 드릴까요?

- 됐어요.

- 되긴 뭐가 됐다는 거예요? 밥 한 공기 드시겠냐니까요. 저 먹는 대로 한술 뜨시면 그래도 속이 쓰리지 않을 거예요.

일산댁이 자상하게 관심을 보이는 건 오늘이 처음이었다. 언제나 부지런하게 움직이는 손과는 다른 무심한 표정이었고 전혀 말이 없던 여자였다. 허 씨는 이상하다 하는 눈으로 일산댁을 빤히 바라보았다.

일산댁은 허 씨의 시선을 무시하고 밥 한 공기하고 고추볶음 김치 등 밑반찬 몇 가지를 허 씨 앞으로 밀어 주었다. 일산댁은 자기 밥공기도 들고와 허 씨 맞은편에 앉았다.

– 같이 드셔요.

– 고맙소, 실은 난 오늘 술값도 모자라는데 밥까지 먹여주면 어떻게 되는 거요?

– 이 밥은 나 혼자서 꾸역꾸역 밥숟가락을 입에 넣기 싫어서 허 씨하고 같이 드시자고 드린 거구요. 술값은 다음에 주시면 되는 거구요. 어서 드십시다.

일산댁은 숟가락 통에서 수저를 골라서 허 씨 손에 쥐어주었다 허 씨는 마지못해서 밥공기를 들고 한술 떠서 입으로 가져갔다. 갑자기 눈물이 왈칵 쏟아졌다.

허 씨는 이 세상에서 밥 한 끼 같이 먹을 사람 없이 외롭게 살아왔다. 거의 술로 허기를 잊었고 밥숟가락을 잡아본 기억도 가마득했다.

허 씨는 포장마차 긴 나무 의자에 앉아 있으면서도 아늑한 안방에서 두 사람이 밥상을 마주하고 있는 느낌이 들었다.

일산댁은 허 씨의 감격 어린 눈물을 보고 덩달아 눈물을 찍어냈다.

허씨가 어째서 밥 한 공기에 감격하는지 짐작할 수 있었다. 허 씨는 외로움에 지쳐있는 사람이었다. 누가 조금만 친절해도 정신을 못 차릴 정도로 인정에 굶주려 있었다.

일산댁은 허 씨의 밥 위에 다가 기름에 볶아낸 소시지 조각도 올려주었다.

– 그래 요즘은 일거리가 좀 들어오는가요?

일산댁은 입에 가득 밥을 넣고 물었다. 그렇게 하는 말이 더없이 정답고 고맙게 느껴졌다. 마치 한가족 같은 느낌이었다.

허 씨는 자기도 그렇게 밥을 한입 가득 떠 넣고 대답했다.

– 승마구두가 어디 잘 해져야지 일거리가 들어오지요. 한 주일에 한 켤레 짓기가 고작이오.

그러나 승마구두 얘기가 나오자 허 씨는 즐거운 표정으로 바뀌었다.

– 그렇지만 구두를 만지고 있는 시간은 배도 고프지 않고 술 생각도 나지 않으니 웬일인지 모르겠소.

– 그 일 하는 게 그렇게 좋으세요?

– 일 하는 게 좋은 게 아니라 구두를 만지고 있으면 미끈한 말을 매만지는 기분과 같아서 행복한 거지요.

일산댁이 승마구두를 짓고 있는 허 씨를 처음 본 것은 오 년 전이었다.

이층짜리 낡은 상가에 쓰레기통처럼 납작하게 지붕을 달아 내놓은 작은 방에서 허 씨는 십 년도 넘게 혼자서 일하고 있다.

그러나 그 이상 허 씨에 대해서 알고 있는 사람은 없었다, 어디서 어떻게 지내다가 여기까지 흘러와 승마구두를 짓고 있는지 묻는 사람도 없었고 또 허씨가 누구하고도 자기 얘기를 늘어놓을 만큼 가깝게 사귀지도 않았다.

일산댁은 언제나 이만큼 거리를 두고 허 씨를 관찰하였는데 오 년 동안 한결같았다. 술값이 없다는 말을 한 것이 이번이 꼭 두 번째였다. 정말 돈이 없을 때 그렇게 되는 모양이었다.

– 밥 한 공기 더 드려요?

– 됐슈.

– 내일부터는 식사를 나하고 같이 하시죠. 하루 한두 끼 먹으면 되는 걸 내 그 정도 못 해드리겠어요?

일산댁은 용기를 내서 사랑을 고백했다. 허 씨를 보살펴주겠다는 구체적인 사랑의 고백이었다. 일산댁도 이젠 외로워서 견딜 수가 없었다. 포장마차에서 소주병 따면서 일하는 보람도 목적도 없었다, 이렇게 살려면 차라리 죽어버리는 게 낫겠다는 생각에 이르렀다.

일산댁은 재미 삼아 발을 들여놓은 경마에다 끝내 밥상의 반찬 값다 날리고 아이 등록금 다 날리고 빚지고 집 날리고 남편도 자식도 날렸다. 그래도 경마장 가까운 데서 지내고 싶어서 이러고 산다. 일산댁은 하루라도 말굽 소리를 못 들으면 미칠 것 같았다. 말들이 달려들어 올 때 지르는 사람들의 함성을 들으면 일산댁의 지난날의 시간들이 되돌아오는 기분이 들어서 환상의 공간으로 날아갔다.

그래서 허 씨가 승마구두를 만지고 있으면 행복하다는 의미를 누구보다도 잘 이해했다.

말에 미친 사람끼리 마주보면서 지내는 것도 얻기 힘든 행복의 시간이 될 것이라고 생각했다.

— 나는 좋지만서도 일산댁이 여간 손해가 아닐 텐데 그렇게 하겠소?

— 이제 손해가 되면 얼마나 손해가 될 것이며 이익이 되면 또 얼마나 이익이 되겠어요? 나는 이미 다 절단 난 인생이고 이대로 살다 가기엔 너무 허무하단 생각이 문득 들었어요.

허 씨는 자주 멍청하게 초점 없는 시선으로 서 있던 일산댁을 떠올렸다. 남들이 알 수 없는 고통의 긴 시간을 지내온 여자라는 것을 쉽게 알 수 있었다. 허 씨는 이런 여자를 위로하고 다독거려줄 마음의 여유나 경제적인 여유가 없었다. 그러니 부적격자임에 틀림없었다. 이런 허 씨한테 무얼 보고 그런 제안을 하는지 이해할 수가 없었다.

일산댁은 종이컵에 뜨거운 물을 붓고 거기다가 봉지 커피 한 개를 찢어 탔다.

— 커피도 소주처럼 그렇게 마시는 거예요.

일산댁은 커피잔을 허 씨한테 밀었다.

- 일산댁이나 마시시요.

- 그럼 반씩 나눠요. 한 잔은 너무 많아요. 난 커피를 마시면 잠이
안 오거든요.

일산댁은 다른 종이컵을 꺼내서 커피를 반씩 나누려고 했다.

- 그냥 반 잔 마시고 남겨 줘요. 종이컵 한 개라도 절약하는 게 좋
지 않소?

- 씻으면 돼요.

일회용 종이컵을 씻어서 쓴다는 일산댁을 보고 허 씨는 빙긋 웃었
다. 이런 여자 같으면 같이 살 수 있을 것 같은 예감이 들었다.

반 잔씩 나누어 담은 커피를 들여다보면서 일산댁이 혼자 말처럼
중얼거렸다.

- 난 보잘것없는 포장마차 집 여자지만 허 씨한테 밥 지어주는 여
자로 만족할래요.

- 과분한 말이요. 난 구두를 짓는 일밖에는 아무것도 할 줄 모르
는 무능한 남자요, 무슨 재주로 일산댁을 행복하게 만들어 줄 수 있
겠소?

- 지금 그대로 계시면 되요. 여기서 소주 드시고 구두 짓고 남
는 시간을 나하고 마주앉아 있기만 하면 되겠어요. 더 바라는 게
없어요.

허 씨는 아무래도 귀신에 홀린 것 같았다. 이런 걸 이심전심이라는 걸까. 허 씨도 일산댁이 자꾸만 이유 없이 눈에 아물거릴 때가 있었다.

그들에게 결혼이란 첫 번째 의미는 다만 마주 앉아서 밥을 같이 먹는다는 것뿐이었다.

– 나하고 톨스토이하고 누가 더 구두를 잘 지을 같소?

엉뚱하게 허 씨는 톨스토이한테 자기를 비교해 본다.

– 톨스토이라뇨? 구두 짓는 톨스토이도 있어요? 동화책에 나오는 주인공 이름인 모양이죠?

– 아니 진짜 톨스토이 말이요. 러시아 작가 말이요. 전쟁과 평화를 읽어봤소?

– 영화로 본 것 같아요. 그게 삼십 년도 더 넘었는가요. 그래 그 톨스토이가 승마구두를 지었다는 말인가요?

– 그렇다니까 그 사람 얘기를 어디서 읽었는데 그 사람은 당신의 구두뿐이 아니라 사위의 구두까지 지어서 선물했다는 거요.

– 손재주가 좋았던 모양이죠?

일산댁은 허 씨가 구두 짓는 사람을 톨스토이란 대문호한테 비하고 싶은 심정을 충분히 알고 있다.

– 그가 살던 기념관에 가면 그 승마구두가 잘 진열되어 있는데 아주 잘 지은 구두라는 구만요. 나도 한번 눈으로 확인해보고 싶구만.

– 그러려면 러시아엘 가야 하는데 그게 당대에 이루어지겠어요?

톨스토이가 손수 구두를 지어서 신었다는 말은 아무리 생각해도 신기한 일이었다. 허 씨가 보통 사람은 넘는 것 같았다. 이 하찮은 포장마차 속에서 톨스토이가 입에 오르내리고 러시아 공화국도 오르내릴 수 있는 것은 일산댁이 허 씨를 잘 만난 덕이라고 생각했다.

그렇지 않고서야 일산댁이 일생 살아본들 톨스토이를 꿈에서도 불러봤을까.

여자 팔자는 뒤웅박 팔자라더니 그 말이 그래 두고 하는 말인 것 같았다.

허 씨한테 수제 승마구두를 주문하는 사람들이 점점 줄어들었다. 외국산 승마장비가 들어오면서 높은데 모르고 허영심이 커가는 사람들한테는 허씨가 지은 구두가 발에 맞든 안 맞든 성에 찰리가 없다. 우선 구두 속에 이름 있는 상표가 붙지 않았다는 것이 치명상이었을 것이다.

그걸 먼저 알아차린 건 허 씨보다 일산댁이었다.

일산댁이 새벽 한 시 가까운 시간에 뒷설거지를 하면서 못 보던 접시 한 개를 발견했다. 이게 어디서 난 것일까 하고 생각한 것과 동시에 접시 밑바닥에 써있는 상표를 찾아보았다. 다 지워져서 잘 보이지 않았지만 끝자가 코리아는 아닌 것 같았다.

차이나라고 써있다. 그럼 중국제인가.

일산댁은 잘 닦아서 가방에 넣었다.

집에 가져가서 과일을 깎아서 그 접시에 담아냈다.

- 있잖우, 이 접시 좀 봐줘요. 좋아 보이지 않우?

언제부터인지 허 씨한테 건네는 일산댁의 말투는 남편과 곰삭아서 자연스러워진 아내의 말투였다.

- 접시가 다 같지 좋은 건 또 뭐요?

상대적으로 허 씨의 말투도 그렇게 주고받게 된다. 그게 서로를 행복하게 하는 방법이라는 걸 알고 있었다.

일산댁의 말투가 지나치게 친근한데 허 씨가 깍듯이 거리를 둔 말로 대꾸해도 그건 상대방을 무시하는 것이었다.

접시 위에 담았던 과일 쪽을 상 위에 쏟아놓고 접시를 뒤집어서 허 씨한테 보였다.

- 여기 뭐라고 써있어요? 중국이라고 써있지 않우?

- 음, 차이나라고 써있군. 그건 구워서 만든 그릇이란 말이지. 그 아래에는 행림이라고 써있는 걸.

- 차이나란 말이 그런 뜻이우? 난 또 중국에서 만든 것이라는 건 줄 알았우. 무식해서 난 불쌍한 여자라우. 그건 그렇구, 오늘 난 중요한 걸 깨달았는데 내 말 좀 들어보시겠수?

일산댁은 눈을 크게 뜨고 희번덕거리며 중요한 사건을 붙잡은 것처럼 흥분한 표정이었다.

허 씨는 언제나 즐거운 화제를 들춰내는 일산댁을 사랑스러운 시선으로 바라보면서 하루의 의미를 거기서 찾을 수 있었다, 새로운 행복에 감사했다.

– 오늘은 당신이 찾아낸 행복의 메뉴는 뭔데?

– 레테르라는 거 있잖우?

– 그렇지. 차이나라고 쓴 것 말인가?

– 한번 실수는 봐 주 슈.

일산댁은 솔직하고 명랑했다. 허 씨는 일산댁이 어린아이 같아서 좋아했다. 비록 일산댁이 아무도 짐작할 수 없는 어두운 과거를 가진 여자라고 해도 겉으로는 조금도 내색하지 않았다.

그 모습이 더욱 대견했다.

– 우리가 만든 구두에다가 레테르를 붙이자는 거유.

허 씨는 일산댁이 하는 말을 듣자 웃기 시작했다. 허 씨는 그 웃음을 멈출 수가 없었다.

일산댁은 허 씨가 웃음을 그치기를 기다렸다. 그 웃음은 허 씨의 겸손함을 대신하는 것이었다.

그걸 이해할 것 같기도 하고 이해할 수 없을 것 같기도 했다. 그래서 일산댁은 자기의 의견을 우습게 생각하는 것으로 생각하면서 서운하기도 했다.

허 씨는 배를 움켜잡고 웃다가 일산댁이 서운한 표정으로 마주보는 걸 알아차렸다. 급히 정신을 차리고 웃음을 그쳤다.

  ─ 뭐라고 할 꺼요?

  ─ 손칼국수가 요즘 얼마나 인기 있는 줄 아슈?

  ─ 그러니까 내가 지은 구두도 손 구두란 말이요? 손에 신는 구두
로 알면 큰일이군.

  ─ 수제품 허 스 승마화라고 하면 어떻수?

  ─ 많이 연구했구려.

  ─ 종일 소주는 안 팔고 그저 그것만 연구했수. 그러면 안 되우?

  ─ 그것보다 톨스토이 승마화라면 좋지 않소?

  ─ 아니 허 씨가 어째서 톨스토이라는 거유?

  ─ 허 씨 보다야 톨스토이가 더 낫지 않소?

  일산댁은 허 씨한테 필요한 것이 무엇인지 이제야 깨달았다. 그가
이제까지 맥없이 살아온 이유를 확실하게 알았다. 일산댁이 포장마
차에서 병을 따면서 장사는 했어도 그 장사가 보람 있고 즐거워서 하
는 것이지만 허 씨는 그렇지 않았던 것 같았다. 비관 속에서 절망의
시간을 삭이기 위해서 구두를 지었던 것 같다.

  일산댁은 그걸 허 씨한테 알려줘야 했다. 구두를 짓는 일은 소주를
파는 일보다 훨씬 값진 것이고 보람 있는 일이며 후세에도 두고두고
남을 일이라는 것을 알려줘야 했다.

  그러나 일산댁은 그런 걸 알려주기엔 너무나 무식하고 말재주가

없다는 것을 한탄하면서 한숨만 내쉬었다.

  ─ 허 씨라는 이름을 붙이려면 옛날 내가 한창 말을 탈 때 붙였어야했지. 지금은 다 허수아비 허짜 같은 이름일 뿐이요.

  ─ 허 씨가 말을 타던 분이라는 소문을 듣긴 들었지만 헛소문이겠지 했는데 사실이네요.

  ─ 그때 나는 꽤 구두를 까다롭게 고르던 성미였지. 만져보고 건너편에 놓아보고 신어보고 걸어보고 뛰어보고 말에 올라서 말의 배를 조여 보고 나서야 그 구두를 신을 것인지 말 것인지를 결정하곤 했었지.

  일산댁은 허 씨가 구두 얘기를 하는 동안 아득한 경마장으로 꿈속을 날듯 달려가고 있었다.

  삼만 원어치 마권을 사서 칠십 만원을 만들었던 어느 눈 오던 오후를 잊지 못했다.

  아이의 등록금을 들고 은행에 가던 길에 들렀던 날이었다. 몽땅 잃는 날엔 아이를 대학에 못 보내게 되는데도 일산댁은 그 모험을 했었다. 온 세상이 좁쌀 알만해 보이는 게 갑자기 둥둥 떠서 다니는 느낌이었다.

  허 씨는 말에 딱 붙어서 일착으로 달려 들어오고 있었고 주로에 눈이 덮이고 있었다. 사람들이 뿌린 마권이 눈처럼 하얗게 흩어져 있었다. 일산댁은 한동안 정신을 차릴 수가 없었다. 스무 배를 땄던 날과 허 씨가 기수로 달려 들어오던 환상을 복합해서 그 속에 푹 빠져있었다.

허 씨는 일산댁의 무릎을 흔들었다.

– 그때 일산댁을 만났더라면 내가 이렇게 구두 짓는 늙은이로 변하지는 않았을 것이요.

– 아니요, 나는 지금 허 씨의 모습이 마음에 드는 걸 어쩌겠수.

그건 허 씨를 위안하는 말일 뿐이라고 허 씨는 생각했다.

일산댁은 더욱 진지하게 다가오면서 레테르에 관한을 말을 계속했다.

– 대대손손으로 허 씨 구두를 물려받아 신을 구두를 만들겠다는 생각으로 일하는 거에요.

– 그런 맘이지만 사람들은 내가 만든 구두보다 훨씬 비싼 외제 구두를 좋아하는 데야 어쩌누.

– 우리 구두도 비싸게 팔죠. 대신 좋은 가죽으로 최고의 구두를 만드는 거예요.

– 쌀값은 누가 걱정하구?

– 일산댁이 괜히 있는 줄 알우?

허 씨는 천천히 일산댁의 손을 잡았다. 포장마차에서 하루 종일 물을 만져서 거칠어진 손이긴 하지만 따스하고 고마운 맘씨로 솜처럼 보드라웠다.

허 씨는 이를 단단히 악물고 최고의 명품을 내 손으로 지어내고 싶다는 각오를 새롭게 했다.

세계에서 제일 좋은 구두를 만들 자신이 있었다. 어떤 구두가 좋은 것인지 누구보다도 구두를 신어봐서 알 수 있는 허 씨이기 때문이었다.

– 2005년에 시작하다. 허 스 승마화.

레테르에 그렇게 쓰고 싶었다.

세계에서 제일 좋은 구두를 만들 자신이 있었다.

밖에서 문을 크게 두드리는 소리가 들렸다. 문이랄 것도 없는 문을 누가 열어주지 않아도 문을 열면 되는데 누가 귀찮게 두드리는 것인가.

허 씨는 일어설 때마다 몹시 힘들었다. 두 손을 무릎 위에 올려놓고 손목에 힘을 모아서 짚는다. 그래야만 일어날 수 있었다.

허 씨는 몸을 일으켜서 문 쪽으로 갔다. 문을 밀었다. 문은 힘없이 열렸다.

낯선 남자가 서 있었다.

– 뉘 시요?

– 영감님이 허 선생입니까?

– 예.

– 좀 들어가도 좋습니까?

– 들어오시죠. 누추할꺼요.

허 씨는 키가 작은 의자를 그 남자한테 권했다. 그 남자는 의자를 끌어다가 가랑이 사이에 넣고 앉으면서 구둣방 안을 둘러본다.

– 추운데 연탄난로 옆으로 가까이 앉으시요.

– 아니요 됐습니다.

그 남자는 연탄가스에 익숙하지 않았는지 연신 목을 조이면서 기침을 했다. 허 씨는 보다 못해서 일어섰다. 뒷담과 마주 닿은 작은 창문을 열었다.

– 연탄 냄새가 심할꺼요.

– 미안하지만 밖에 나가서 말씀드리면 안 되겠습니까?

그래서 두 사람은 차가 다니는 길이 보이는 문밖으로 나가 섰다.

환한 데서 보니까 그 남자는 인상이 아주 좋은 편이었다. 결코 손해를 끼치려고 찾아온 사람 같지는 않았다. 손해를 끼친다 해도 가진 것이 없는 허 씨는 그런 걱정을 하지 않아도 좋다.

– 허 선생 얘기를 많이 듣고 왔습니다. 이번에 우리 회사에서 수제 승마구두를 지어서 팔고 싶은데 허 선생을 기술자로 모셔 가려고 왔습니다.

– 내가 무슨 기술자요?

– 그런 걱정은 제가 할 일이고 허 선생은 지금 하시던 대로 구두를 지으면 되는 겁니다. 승낙하시겠죠?

- 승낙하고 말고가 어디 있습니까? 난 죽을 때까지 구두 짓는 일을 하기로 작정한 사람인데.

- 좋습니다. 모든 계약 조건은 허 선생한테 만족할 만큼 해드리겠습니다. 내일 회사로 나와 주십시요.

이건 크리스마스에 받는 싼타크로스의 선물처럼 더 큰 행운이었다. 그 남자가 돌아가고 허 씨는 허둥지둥 일산댁의 포장마차로 갔다. 싱글벙글 입이 터질 것 같은 표정으로 들어섰다. 가락국수를 먹고 일어서는 손님이 한사람 있을 뿐 날씨가 추운 탓인지 아무도 없었다.

- 소주 한 병 주슈.

- 귀에 익은 목소리네요.

일산댁은 능청스럽게도 허 씨의 얼굴을 쳐다보지도 않고 소주잔을 허 씨 앞에 놓았다. 그리고는 소주 뚜껑을 딴다.

허 씨는 병따개와 소주 병뚜껑을 손으로 덮어씌우고는 일산댁의 손도 함께 잡는다.

- 웬일이우? 내가 혹시 다른 남자하고 노나 하고 나와보신 거유?

- 나보다 더 멋진 남자가 있을 때엔 언제든지 보내주겠소. 말만 해요.

- 오 년 넘게 지켜보다가 찾아낸 사람이 허 씨인데 그런 사람을 찾으려면 또 몇 년 걸려야 할 꺼유.

일산댁은 허 씨의 정직한 표정에 늘 감사한다. 겉으로 봐도 오늘은 허 씨가 무척 행복해 보였다. 좋은 일이 생긴 게 틀림없었다.

- 오늘은 문 닫고 우리도 저 안에 들어갑시다.

- 저 안이라뇨? 경마장 말이유?

허 씨는 짓궂은 웃음으로 대답했다.

- 그립시다. 요즘은 말이 날아다니는지 거꾸로 다니는지 구경 좀
해봐야겠수.

- 설마하니 거꾸로야 다니겠소? 그렇지만 날아다니는 놈은 있을
꺼요.

일산댁의 재치에 허 씨도 지지 않았다.

- 그런데 그런 기분이 왜 난 거유?

- 내일 얘기해줄 테니까 하루만 기다려 줘요.

일산댁은 궁금했지만 기다리기로 했다. 일산댁은 잡히는 대로 먹
을 것을 은박지에 쌌다. 소주도 두 병 신문지에 말아서 넣었다.

일산댁은 허 씨의 팔에 매달려서 아이처럼 즐겁게 팔짝팔짝 걸었다.

- 우리 마권 없이 경마를 구경할 수 있는지 시험해봅시다.

- 그런 염려 마슈, 난 그런 유혹에서 벗어난 지 오래되었수.

나란히 의자에 앉아서 달리는 말을 보면서 전혀 경주마를 짚어 보
지 않기로 했다.

만약에 그런 예상에라도 재미를 붙이는 날엔 옛날에 빠졌던 수렁
에 또 빠지게 되는지도 모른다는 생각이 들었다. 그걸 일산댁은 알고

있었다.

알콜 중독을 고치는 병원에서의 생활보다는 퇴원한 뒤에 일생을 살아가면서 술을 입에 대지 않는 그 노력이 더 힘들고 피 나는 것이라고 했듯이 일산댁한테도 그런 것이었다. 사람들의 함성을 들으면서 포장마차 속에서 일하는 것 말발굽 소리를 들으면서 닭똥집을 굽는 것은 바로 그런 노력이었다.

전광판에 불이 켜지고 마번이 깜박거리는 걸 보면서 허 씨는 일산댁을 살핀다. 일산댁은 그럴 때마다 가지고 온 꾸러미에서 먹을 것을 꺼내서 허 씨한테 권했다. 또 허 씨는 종이 잔을 일산댁한테 내밀었다.

– 누가 우리더러 취하지 말라고 하겠소?

일산댁은 마음 놓고 소주잔을 넝큼넝큼 받아 마셨다. 드디어 일산댁도 허 씨도 걸음을 제대로 걷지 못할 정도로 취했다. 아니 행복에 취했다는 게 맞는 말이었다.

– 난 난생 처음으로 기분 좋게 취했우. 허 씨는요?

– 나두요.

아직도 몇 경주가 남았는데도 그들은 달리는 말이 눈에 들어오지 않았다. 밖으로 나왔다. 슬슬 걸어서 서울대공원으로 갔다.

이 추운 날에도 아이들을 데리고 공원에 놀러 온 젊은 부부들이 보였다.

그런 모습을 보더니 일산댁은 금방 눈물을 글썽였다.

– 아이들이 지금 몇 살이요?

– 아이요?

일산댁은 배를 잡고 웃어댔다. 허 씨는 일산댁이 웃음을 그치기만 기다렸다.

일산댁은 너무 웃어서 눈물이 난 것처럼 눈물을 닦아냈다.

– 아이가 아니라 마흔이 가까운 아줌마겠수. 그 년은 이제 어미는 이 세상 사람이라고 생각하지 않을꺼유.

허 씨는 일산댁의 어깨를 꼭 끌어안아 주면서 다독였다. 모든 고통을 녹여주는 것 같았다.

허 씨는 다음 날 아침 캐비닛 속에서 양복을 꺼냈다.

– 이 양복 좀 다림질 해주겠소?

– 양복은 왜요?

– 좀 다녀올 데가 있소.

허 씨는 오늘 결과를 보고 확실한 행복을 선물하고 싶었다.

몸이 났는지 허리가 굽어진 탓인지 양복 품이 좁았다.

– 멋있수.

일산댁은 넥타이를 바로 잡아 주면서 새댁처럼 웃었다.

– 오늘 기분은 우리가 신접살림 차린 신혼부부 같은데 일산댁은 어떻소?

허 씨는 사당동으로 나와서 지하철을 탔다. 그것도 난생처음 타 본다. 그 남자가 건네준 명함을 들고 잠실로 갔다. 29층 빌딩이었다. 허씨는 빌딩 앞에서부터 속이 메슥거렸다. 이런 사람들 틈에서 견뎌낼 것 같지 않았다. 어둡고 좁은 골방에서 20와트 형광등 켜 놓고 구두를 짓고 살아온 지난 날이 휴짓조각처럼 사라질 것이 두려웠다. 허씨는 그 앞에 우두커니 서서 한동안 가슴을 가라앉혔다.

허씨는 죄인처럼 기웃거리면서 빌딩 안으로 들어갔다. 수위한테 명함을 내보였다.

- 당신이 이 분을 무슨 일로 만나겠다는 거요?
- 글쎄 모르지요. 한번 찾아와보라고 했소.

수위는 힐끔힐끔 허 씨의 몰골을 훑어보면서 전화를 건다.

수위는 허겁지겁 전화를 끊더니 허 씨를 데리고 엘리베이터로 간다. 허 씨가 찾아갈 방문 앞에까지 모셔다 놓고 달아난다.

어제 본 남자가 문 앞에까지 나와서 허 씨를 맞이한다.

방안은 으리으리하다, 까만 가죽 소파가 놓여있다. 허 씨가 보았던 가죽에는 이렇게 좋은 건 없었다.

허 씨는 가죽을 손으로 쓰다듬어 본다.

그 남자는 허 씨 거동을 바라보면서 빙긋이 웃는다.

- 그 가죽보다 더 좋은 가죽으로 구두를 지어 보시겠습니까?
- 훌륭한 구두가 되겠지요.

허 씨는 아무래도 귀신에 홀린 것 같았다. 그 남자는 차를 내고 담배를 권했다. 이렇게 어마어마한 빌딩에 있는 남자가 허 씨 구두방에 들려주었다는 것만으로도 황송했다.

－ 저희는 최고의 기술로 최고의 명품을 만드는 회삽니다. 그 대신 양보다 질이고 권위를 내세웁니다. 거기에 허 선생의 승마구두가 뽑혔습니다.

－ 아니요, 잘못 들은 걸 꺼요. 내 기술은 그저 밥 굶지 않을 정도요.

－ 그건 저희가 결정합니다.

남자는 책상에서 계약서를 가져왔다.

－ 아마 이 계약 조건은 허 선생한테 불리한 것은 하나도 없을꺼요.

－ 다만 내가 일하던 방에서 일할 수만 있다면 어떤 조건도 좋소.

－ 더 좋은 작업실을 드릴 텐데요.

－ 난 내 구둣방이 아니면 일이 안 되니까.

－ 알겠습니다.

허 씨는 눈을 꽉 감았다. 좋아서 가슴이 터질 것 같았다

남녀 사이즈별로 다섯 켤레씩 구색 맞춰 지으려 해도 열 켤레를 한꺼번에 지어야 하는 작업량이 갑자기 생긴 셈이다. 일이 없을 때에는 그게 걱정이더니 할 일이 많은 것도 체한 것처럼 답답하고 초조했다.

허 씨는 잠도 제대로 자지 못하고 일했다.

－ 천천히 하세요. 그러다가 몸살 나겠수.

– 할 일이 밀려 있으면 잠이 안 오는 게 내 성미요.

– 그렇다고 한꺼번에 다 팔려 나갈 것도 아니잖아요? 우선 두 켤레만 지어다 주면 되겠구려.

– 아니야, 난 뭉칫돈으로 듬뿍 받고 싶어서 그래.

– 그래 가지고 뭘 하게요?

허 씨 생각은 따로 있었다. 가게가 달린 집 한 칸을 얻어서 일산댁은 거기서 소주 팔고 허 씨는 구두 지으면서 지내고 싶었다.

일산댁을 편안하게 앉혀두고 살아갈 수만 있다면 그 이상 좋은 데가 없을 테지만 그럴 자신은 없었다. 일산댁도 그걸 원하지는 않을 것이다.

일산댁이 눈을 떠 보면 그 시간까지도 허 씨는 웅크리고 앉아서 일하고 있었다.

일산댁은 실눈으로 허 씨를 살피다가 다시 잠이 들었다. 일산댁이 밤잠을 설치고 자주 깨어나는 것이 허 씨가 불 켜놓고 일하기 때문이라는 것을 알게 되면 허 씨를 더 힘들게 하는 것이라고 생각했다. 일부러 잠꼬대도 하고 사지를 허우적거리면서 잠을 험하게 자는 시늉을 했다.

허 씨는 어떤 날엔 밤을 꼬박 새우기도 했다. 힘든 줄 모르고 일에 매달렸다.

구두마다 다른 디자인으로 지금까지 손에 익은 모든 재주를 다 동원했다. 일을 다 끝낸 날 허 씨는 이제 죽어도 아무 미련도 있을 것 같지 않은 후련한 기분으로 일산댁의 포장마차로 나갔다.

오랜만에 집 밖에 나와 본다. 일산댁은 멀리서 걸어오는 허 씨의 걸음걸이만 봐도 그가 어떤 기분이라는 걸 알 수 있었다. 일산댁은 아예 소주잔을 준비해놓고 기다렸다.

허 씨가 자리에 앉자마자 소주잔에 소주를 가득 따랐다.

– 마시다 남은 소주가 있었소?

– 허 씨 기분이 째지게 좋다는 걸 알았거든요. 일을 다 끝 마쳤수? 이제야 내 얼굴이 제대로 보이겠구랴? 솔직히 말해서 허 씨가 할 일 없이 나만 바라보고 기다려주는 날이 더 좋았수, 그때는 행복했는데 요즘은 살맛이 안나요. 말동무가 있나 포장마차를 뒤에서 밀어주는 사람이 있나 이게 어디 같이 사는 거예요?

– 미안하오, 이젠 그렇게 한꺼번에 일거리를 많이 가지고 오지 않겠소, 약속하겠소.

일산댁은 일부러 억지를 써본다. 일산댁이나 허 씨나 돈이 궁해서 이렇게 살고 있다는 걸 뻔히 알면서도 그래 본 것이다.

일산댁은 양념을 듬뿍 넣어 곱창을 무쳐서 구워낸다. 그 냄새가 포장마차 안을 가득 채운다. 그것은 마치 그들이 코로 맡을 수 있는 행복의 냄새처럼 느껴졌다.

당장 큰돈이 들어온 것도 아닌데 무엇 때문에 이렇게 마음이 넉넉해졌는지 알 수 없다.

이튿날 허 씨는 회사에서 보내온 차에 승마화를 싣고 회사로 들어갔다.

- 수고하셨습니다. 그렇게 빨리 작업을 끝내시리라고는 상상도 못했습니다.

- 나도 내 능력이 어느 정도인지 실험해보고 싶었던 차였소.

- 역시 우리나라에서 제일가는 분입니다.

허 씨는 말로는 겸손하게 그 칭찬을 사양했지만 속으로는 뿌듯했다. 이렇게 큰돈을 한목에 받아 보는 것이 일생에 처음 있는 일이었다.

허 씨는 오백만 원을 받았다. 젊어서 일거리가 많았을 때가 있었지만 그때에는 승마화 값이 얼마 되지 않았기 때문에 큰돈이 된 적이 없었다. 겨우 재료값이 되었을 뿐 집세와 술값으로 다 나가고 지갑에 머물러 있을 돈이 없었다.

- 앞으로 이 승마화가 우리나라에서는 물론 세계에서도 이름 있는 상품으로 인정받도록 할 것입니다.

- 아이구 미천한 이 늙은이가 이렇게 밥 먹고 살게 되는 것만도 모두 사장님 덕분이오. 더 큰 욕심은 없소.

허 씨는 집으로 돌아오는 길에 은행으로 가서 통장을 만들었다. 몫돈을 만들기 위해서는 은행에 넣어두어야만 건드리지 않고 넣을 수 있다는 걸 알고 있었다.

통장으로 일산댁한테 맡기면 안전할 것이라고 생각했다.

일산댁은 오백만 원이 들어있는 예금통장을 받아들고 눈물을 흘렸다. 지난날들이 생각난다. 집에 있는 통장을 몽땅 털어서 마권을 샀고 아이들의 등록금도 잘라서 마권을 샀다. 결국 일산댁 식구들은 뿔뿔이 흩어지고 말았다. 그 뒤로 일산댁은 이런 통장을 구경해본 적도 없다. 그런데 허 씨는 무얼 믿고 일산댁한테 통장을 맡기는 것일까. 그 뒤로 일산댁은 누구한테든 사람대접 받아본 적이 없었다. 그 후 처음 있는 일이다.

- 울긴, 자 어서 일산댁도 한잔하지.

- 장사는 누가 하구요?

- 내가 하지. 일산댁은 입으로 지시만 하라구. 명령대로 만들테니까.

일산댁은 잔을 받는다. 이런 날이 올 줄은 꿈에도 하지 못했었다. 그저 질긴 목숨이 붙어있는 날까지 살다가 죽기로 하고 숨을 쉬며 살아 있었는데 우연히 불쌍한 허 씨를 만나 식은 밥 나누어 먹고 남은 안주를 처리하려고 줬던 것뿐인데 허 씨는 이렇게 기쁜 날을 일산댁한테 선물한다.

- 고맙수, 나 이제부터 열심히 살래요. 나머지 인생을 허 씨를 위해서 바치겠수.

- 왜 이러는 거요? 술기운으로 이런 말을 하는 건 아니겠지?

일산댁은 손님들이 앉는 긴 의자로 나와 앉았고 허 씨가 안으로 들어가 섰다. 일산댁이 서서 일하는 것보다 더 어울리는 것 같았다.

그때 체구가 유난히 작은 두 청년이 비닐 포장을 가르고 들어왔다. 일산댁 옆자리에 자리를 잡았다.

- 아저씨 여기 소주 한 병하고 꼼장어 한 접시 꾸어줘요.

- 예 알았습니다.

허 씨는 일산댁이 하던 솜씨대로 소주잔을 내주고 소주 한 병을 따서 내주고는 꼼장어를 그릇에서 덜어내서 불판에 올려놓았다. 일산댁이 아무리 눈짓을 해도 한 접시 분량 두 배가 되게 불판에 올려놓았다.

- 두 접시에 담아서 한 접시는 날 줘요.

허 씨는 잘 구어진 꼼장어를 접시에 몽땅 다 담아서 두 청년 앞으로 놓아주었다.

- 아니, 둘로 나눠서 한 접시는 절 주시라구요.

- 우린 다른 걸 먹지, 뭘 줄까요?

- 그 꼼장어를 달라니까요.

- 이 사람들한테 한 접시는 내가 서어비스하는 거요. 자네들은 기수들이지?

- 예, 그걸 어떻게 아십니까? 아저씨도 경마장 팬이십니까?

– 아니, 척 보면 알지. 맞아 오늘은 월요일이었군 그래.

– 역시 아저씨는 경마장 포장마차 주인 자격이 있군요.

– 이봐요. 이 분이 포장마차 할 사람으로밖에 뵈질 않우?

일산댁은 듣다 못 해서 소리를 질렀다.

– 포장마차 주인이 어때서요? 우리도 돈벌이 좋고 마음 편한 직업이 차라리 좋을 꺼란 생각도 해봤는데요.

– 이분은 허 스 승마화를 만드시는 최고의 기술자란 말이우. 사람 볼 줄 알아야지.

허 스 승마화란 말을 처음으로 듣는 두 청년은 어리벙벙하게 일산댁과 허 씨를 번갈아 본다.

– 내가 자네들한테 구두를 지어줄 테니까 원가만 낼 텐가?

허 씨는 지난번 열 켤레를 만들고 남은 가죽으로 두 켤레를 만들 수 있다는 계산을 머릿속으로 하고 있었다.

계약금도 없이 그 자리에서 발 사이즈를 쟀다. 마음만 먹으면 어디든지 길이 있었다.

진작 이렇게 적극적으로 장사를 했더라면 부자가 되었을 텐데 그 아까운 시간을 다 지나보내고 나서 이제야 정신이 들다니.

허 씨는 멍청하게 일산댁을 건너다보았다. 이 여자를 위해서 남은 시간과 힘을 다 쓰고 가야지 하는 각오를 한다. 인생의 확실한 목적을 만들어 준 존재니까.

허 씨는 기수들에게 있는 대로 안주란 안주는 다 내주었다.

일산댁은 말로 조리법을 가르쳐주는데 허 씨는 척척 만들어냈다.

– 아저씨가 만든 안주가 더 맛있는데요?

– 당연하지, 이 안주는 공짜니까.

"아닙니다. 돈을 드려야지요. 무슨 말씀이십니까? 우리도 돈 있어요, 아저씨보다 많아요.

– 그래? 나보다 많아?

일산댁과 허 씨는 마주 보면서 눈짓을 했다. 그들은 누구보다 부자임에 틀림없었다.

허 씨는 포장마차 뒷자리에서 접시를 닦는다. 콧노래를 부르면서 일산댁의 펑퍼짐한 엉덩이를 바라보는 것이 그의 즐거움인 것처럼.

허 씨는 인생을 다시 시작한 청년처럼 가슴이 부풀어 오른 느낌이다.

– 이 봐요, 일산댁. 우리 한 달에 하루 쯤은 쉽시다. 산다는 게 뭐요? 우리가 누구한테 매여서 사는 건 아니지 않소?

– 그래요. 한 달에 하루 쯤 쉰다고 큰일 날 것도 아니죠, 그게 허씨 소원이라면 그렇게 하시구려.

일산댁은 언제나 허 씨가 제안하는 일에 반대하지 않았다. 그것도 시원하게 첫마디에 찬성해준다. 허 씨의 말이라면 무조건 따르겠다는 기본 원칙을 세워둔 것이다.

사람이 태어나서 무조건 복종하고 따를 수 있는 상대를 만날 수 있다는 것은 일생의 행운이라고 할 수 있다고 까뮤가 말했다. 일산댁은 이제 그런 대상을 만난 셈이었다. 허 씨의 말이라면 다른 생각하지 않고 그대로 따를 수 있었다. 그렇게 하지 않으려면 이제 와서 남자를 택할 이유가 없었다.

한 달에 하루 쉬는 날에 무엇을 하든 그 이유가 어떤 것이든 묻지 않았다.

첫 번째 쉬는 날엔 허 씨는 일산댁을 데리고 관악산엘 갔다. 산속 깊은 골짜기에 아직도 피어있는 개나리랑 진달래를 구경했다. 허 씨는 다리 힘이 없어서 힘들어하는 일산댁의 팔을 끌어당겨 주었다. 일생 동안 운동이라고는 알지도 못하고 지내온 일산댁의 몸은 말이 아니었다. 제 나이보다도 열 살은 더 노화했다. 오히려 허 씨는 보기에는 나이가 들어 보였어도 실제로는 강단이 있었다. 일산댁은 숨을 헐떡이면서 발을 무겁게 옮겼다.

체중을 거의 모두 허 씨한테 의지하고 겨우겨우 발을 옮겨 짚었다. 등산이 즐거움이긴커녕 어떤 노동보다도 더 힘들었다.

- 우리 여기서 좀 쉬어 갑시다. 급히 올라가서 누가 상을 준다는 거유?

- 그럽시다.

길에서 좀 들어간 자리에 진달래를 등지고 앉았다. 허 씨는 일산댁의 얼굴에 밴 땀을 닦아주었다. 화장기 없이 거친 피부를 들여다보는 순간 허 씨는 이 여자를 행복하게 해주어야겠다는 생각이 들었다.

– 내가 닦을께요. 이리 줘요.

일산댁은 허 씨의 손에서 수건을 뺏어 들었다. 햇빛에 그대로 드러난 얼굴을 이렇게 가까운 데서 보여주는 것이 부끄러웠다. 여자다운데라고는 한 군데도 없는 여자라는 것을 일산댁 자신이 너무 잘 알고 있었다. 여자로 살기를 오래전에 포기한 사람을 이렇게 여자로 보아주는 것만으로도 얼마나 감사한 일인지 모르겠다.

허 씨는 배낭에서 사이다 캔을 꺼내서 딴다.

일산댁의 입에다 대주면서 마시라고 권했다. 일산댁은 얼굴을 돌렸다.

– 한 모금 마셔봐요 훨씬 힘이 솟을 꺼요.

일산댁은 어린애처럼 어리광스럽게 고개를 돌렸다.

– 마셔 보래두요.

– 인 줘요, 내가 마실께요.

일산댁은 허 씨가 들고 있는 캔을 잡아당겼다. 허 씨는 꽉 움켜잡고 놓치질 않았다.

– 내가 먹여줄게. 그냥 입을 대고 있어보슈.

일산댁은 목으로 조금씩 넘어오는 사이다 때문에 목이 간지러웠다. 게다가 이런 간지러운 짓은 평생 한 번도 해본 적이 없다. 이런 재미

도 모르고 다 늙어버렸으니 분명히 팔자 사나운 여자였다. 이런 대접
을 받으면 간지럽고 쑥스러우니 이것도 보통 병은 아니다. 산에서 내
려올 때엔 허 씨 등에 업혀서 내려올 지경으로 파김치가 되었다.

　─ 일산댁은 나보다 나이가 훨씬 아래니까 더 오래 건강하게 살아
야하는데 오늘 보니까 믿을만한 여자가 아니구려.

　─ 그런 걱정은 말우, 무슨 일이 있어도 내 허 씨 무덤에 흙을 얹어
주고 죽을 테니까요.

　─ 그래 주겠소?

　─ 물론이우. 골골해도 오래 산다는 거 모르시우?

　─ 이래 가지고 무슨 힘으로 오래 살겠소?

　등으로 느껴 오는 일산댁의 출렁거리는 살집의 감각이 좋아서 허
씨는 힘든 줄도 모르고 산을 내려왔다. 이런 날만 있다면 한 달에 열
번 놀아도 좋을 것 같았다.

　일산댁은 넘치게 고마워서 허 씨의 목을 꼭 끌어안고 그의 뒷덜미
에다가 입을 맞추었다.

　허 씨는 근지러워서 목을 자라처럼 움츠렸다.

　히히히 호호호.

　천국이 따로 없었다. 아무리 어둡게 살아온 지난날의 기억이 있어
도 지금 이렇게 둘이서 즐거우면 그게 천국이지 더 이상 바랄 것이
무엇인가.

그날 두 사람은 오랜만에 해본 등산이라 깊은 잠을 달게 자고 일어났다. 죽은 사람들처럼 땅에 파묻힌 것처럼 잠을 잤다.

이렇게 평화롭고 달콤한 잠을 자보기도 오랜만이었다. 허 씨는 청년시절에 말을 탈 때 그런 잠을 자 보곤 처음이다. 일산댁은 아마도 태어나서 처음으로 이렇게 단잠을 잔 것 같았다. 두 사람은 상쾌한 표정으로 마주 보았다. 서로에게 고마웠다.

일산댁은 이른 아침에 노량진 수산시장으로 장을 보러 갈 채비를 했다.

- 나도 같이 가면 안 될까?

- 어딜요?

- 당신 가는 데면 어디든지.

- 언내처럼 보채는 거유?

- 수산시장에 가는 거 아니오?

허 씨는 일산댁이 들고 가는 쇼핑백을 들고 덜렁덜렁 뒤쫓아 갔다.

- 일산댁은 미스 엉덩이를 뽑는데 나가면 일등일꺼요.

- 뒤쫓아 오면서 그렇게 놀리려면 나 혼자서 갈 거니까 같이 가려면 얌전하게 따라와요.

일산댁은 돌아다보면서 싫지 않은 표정이었다.

일산댁은 생선장수들이 보는 데선 일부러 더 허 씨한테 어리광을 부렸다. 나도 남편이 있다는 것을 자랑하는 게 빤하게 보였다.

- 일산댁이 시집갔다더니 정말이네요. 이 양반이 남편이세요?

좀 친한 생선 장수는 허 씨한테 인사를 먼저 했다. 허 씨는 얼굴이 빨갛게 달아올랐다. 이 나이에 새장가를 가는 것도 그렇고 여자나 밝히면서 새벽시장까지 쫓아다니는 걸 이 여자들은 어떻게 생각할는지 몰랐다.

- 약해 뵈시네.

한 여자가 어디 남자 구실을 할 수 있겠냐고 흉보는 투로 말했다.

- 나보다 힘은 더 세 다우, 나를 업고 산에서도 나비처럼 내려오는데요?

일산댁은 바보가 다 된 여자처럼 그들의 말에 꼭꼭 대꾸를 했다.

어떻게 장을 봤는지 주머니의 돈이 모자랐다. 분수없이 칭찬하는 아줌마한테는 지나치게 많이 팔아주었고 사지 않아도 될 물건도 인사하느라고 일부러 찾아가서 사다 보니까 그렇게 되었다. 시장에서 돌아올 때쯤에 일산댁은 후회스러웠다. 내일 시장에 왔을 때 덜 사면 되겠지 하는 생각으로 돌아섰다. 허 씨는 끙끙대면서 짐을 들고 걸었다. 택시를 잡자는 걸 버스로 가자고 일산댁은 고집했다.

시간을 더 오래 끌고 싶었고 사람들이 보는 앞에서 오랫동안 같이 걸어 다니고 싶었다. 그동안 과부 생활에 넌더리가 났기 때문이었다. 아무도 그런 말을 하지 않아도 일산댁은 늘 그런 마음으로 살아왔다.

첫 손님이 포장마차를 내다 놓자마자 들이닥쳤다. 우동 한 그릇 하고 떡볶기를 주문했다.

허 씨도 우동을 잘 말았다.

- 허 씨도 앞치마를 하나 입어야겠수.

- 잘 어울릴 것 같소?

- 그럼요.

일산댁은 이래도 저래도 허 씨가 하는 말을 들으면 즐거웠다.

- 소주 한 병 드려요? 드시겠수?

- 그럽시다. 오늘 소주 값은 한 셈이니까.

- 언제든지 허 씨는 소주 값 이상으로 내게 사랑을 주는데 소주 한 병 가지고 어림도 없수.

허 씨는 참으로 기분 좋아서 취하고 싶은 날이었다.

다음 날,

기수들이 포장마차에 와서 허 씨를 찾았다. 일산댁은 소주 손님들을 그대로 앉혀두고 그들을 데리고 집으로 갔다.

기수들이 구두를 주문한다는 사실은 여간 중요한 일이 아니었다. 포장마차에서 소주 몇 잔 꼼장어 몇 접시 더 파는 문제하고는 비교도 안 되는 일이었다. 허 씨는 대낮에 일없이 혼자서 집에 있게 되는 날에는 무덤 속 같이 답답한 시간을 보냈다. 일산댁을 따라서 포장마차에 가고 싶지만 일산댁이 가끔은 혼자 일하는 게 좋을 것도 같아서 사양했다.

– 웬일이요? 이 시간에?

– 귀한 손님을 모시고 왔수. 들어오세요.

일산댁은 어설픈 커피 대접까지 해주고는 포장마차로 돌아갔다.

– 제 친구를 데리고 왔습니다. 선배님이 지은 구두가 어찌나 좋았는지 소문났습니다.

– 정말이오? 그런 평판을 얼마나 기다렸는지 모르겠소.

– 이 친구 구두도 주문하려구요.

– 고맙소. 이제야 내가 한평생 일한 보람을 얻었소.

허 씨는 이 자리에서 죽어도 여한이 없었다. 소리라도 지르고 싶은 심정이었다.

허 씨는 서둘러서 짓지 않아도 될 구두인데도 일거리를 놓아두고 잠을 못 자는 성미였다. 방 안에 있는 등이란 등은 모조리 켜고 일을 했다. 그전 같지 않아서 눈이 어두웠다. 바늘을 낄 때도 어림잡아 낀다. 그래도 그렇게 시간이 오래 걸리지는 않았다.

허 씨는 바늘땀 하나마다 승리를 빌면서 구두를 지었다. 그런 정성과 기도가 통했는지 허 씨의 구두를 새로 신은 날엔 반드시 행운이 왔다. 입에서 입으로 전달되어 마치 허 씨의 구두는 신들린 구두로 소문이 나돌았다.

누구는 바이올린을 깎을 때 그 혼을 집어넣는다고 했다지만 허 씨는 구두를 만지는 손끝에 힘을 불어넣으려고 일부러 정신을 모았다.

마치 부적을 붙이고 다니는 사람들처럼 기수들은 허 씨의 구두를 신고 달리고 싶어 했다.

일이 많고 몸이 고단하면 돈이 모인다는 말이 맞았다. 반년 만에 그들은 가게가 달린 전세방을 얻을 돈을 모았다. 일산댁은 수시로 허 씨가 일하는 방을 들락거리면서 장사 할 수 있어서 좋았다. 일산댁이 바쁜 것 같으면 허 씨가 가게로 나가서 일을 도울 수 있었다. 일산댁은 되도록 허 씨를 가게로 불러들이지 않고 싶었다. 그를 존경하고 아끼고 싶다.

지금까지 남편을 제대로 섬겨보지 못했던 것도 한이 되려니와 이제 일산댁의 가슴에 남은 사랑과 존경심을 허 씨한테 아낌없이 주고 싶어졌다. 남자한테 미쳐서 저런다고 생선장수 아줌마가 일산댁의 뒤통수에 대고 비웃었다. 일산댁은 그 웃음을 눈치채면서도 그냥 흘려버렸다. 일산댁은 그 어떤 비난도 두렵지 않을 만큼 자신 있었다.

점심때 쯤에 아이를 업고 가게에 들어선 젊은 여자가 있었다, 가게 안을 휘휘 둘러보다가 허 씨한테 물었다.

– 혹시 이 집에 일산댁이라고 계신가요?

– 예 그렇소. 댁은 누구요?

– 어디 가셨어요?

젊은 여자는 대답 대신에 또 다른 질문을 했다.

– 곧 올 겁니다. 기다려 주시겠소? 거기 의자에 앉아요.

버릇없는 젊은 여자의 인상이 썩 좋지는 않았지만 일산댁을 만난 이래로 처음으로 그 여자를 찾아온 손님인데 푸대접할 수 없었다.

- 뜨끈한 국수 한 그릇 말아 드릴까요?

- 되었어요. 그냥 여기서 기다릴게요.

등에 업힌 아이는 고개를 아래로 부러질 듯이 떨구고 잠들어 있었다. 허 씨는 가만히 그 여자를 바라보다가 어느 구석에선가 일산댁을 닮은 듯한 분위기를 발견했다.

- 일산댁 따님 이슈?

- 그렇게 보이세요?

- 어딘가 모르게.

- 맞아요.

허 씨는 갑자기 친근감이 들고 같은 피가 흐르고 있다는 착각을 일으켰다.

- 아저씨가 우리 엄마의 새 남편이시군요?

아니라고 말할 수 없어서 허 씨는 혼자 웃고 말았다.

- 아직은 아무것도 결정 진 것이 아니지만 앞으로 그렇게 될 거요.

- 그럼 지금은 동거 중이군요?

젊은 여자가 못하는 말도 없구나 하고 입속으로 중얼거리면서도 연신 겉으로는 좋은 인상을 보이려고 노력했다, 가락시장에서 돌아온 일산댁과 그 여자가 마주쳤다. 두 여자는 무표정했다. 화난 사람들처럼 말없이 노려보았다.

한참 만에 젊은 여자가 울음을 터뜨렸다. 등에 업힌 아이가 잠깨어 같이 울었다.

그러자 일산댁은 아이한테로 가서 아이를 안아 내렸다.

– 네 새끼냐?

– 응, 엄마.

젊은 여자는 의자에 주저앉아서 마음 놓고 울었다.

허 씨는 영문 알 수 없는 울음바다 가운데 정신을 가다듬느라 힘들었다.

일산댁한테 세수수건을 건네주었다. 일산댁은 수건으로 아이의 얼굴을 닦아주더니 젊은 여자한테로 던져주었다.

두 여자가 울고 있는 동안 허 씨는 슬쩍 자리를 비켜주었다. 필시 사연이 있는 방문인 것 같았다.

허 씨는 일이 손에 잡힐 것 같지 않아서 작업 의자에 쪼그리고 앉은 채로 기수들이 경마장에서 가져온 경주 시간표를 들여다보았다. 그건 지나간 것들이라도 들여다보고 있노라면 즐거웠다. 달리는 말, 기수들의 채찍 휘두르는 모습이 눈에 선했다. 때로는 환청처럼 사람들의 환성과 말굽 소리도 선명하게 들리는 것 같았다.

일산댁은 아이를 어르면서 머리 위로 올렸다 내렸다 행복한 표정이었다.

- 엄마, 저하고 집으로 가세요.

- 집? 내가 무슨 얼굴로 너희들을 다시 보겠냐?

- 우리들은 모두 엄마를 용서했어요. 아버지도 이젠 건강이 좋지 않으셔서 얼마 못 사실 거예요.

- 그 양반도 날 보기 싫을 것이고 나도 그렇다. 너희들 생각을 하면 밤에 잠이 안 오곤 했지만 그것도 이젠 다 지난 얘기다.

- 엄마, 나도 아이 엄마가 되었어요. 엄마의 심정을 충분히 이해할 수 있어요.

- 넌 아직 모른다. 그냥 이렇게 가끔 찾아와서 얼굴 보여주면 되고 게다가 녀석까지 안아볼 수 있게 해주니 고맙다.

- 고집부리지 마시고 들어가세요.

- 아니다. 난 결혼했다. 아까 본 아저씨 있지?

- 엄마.

- 너희들은 아무것도 모른다. 내가 얼마나 외롭게 이 세상에 버려진 채로 견디어 왔는지. 이제는 더 이상 외롭지 않아 그 아저씨하고 서로 의지하고 살아가기로 약속했으니까.

일산댁의 목소리가 작업장으로 새어 들어왔다. 일산댁이 한마디도 꺼내지 않던 집안 얘기를 모두 알 수 있었다.

앞으로도 일산댁이 말하고 싶어 하지 않으면 묻지 않겠다고 결심하면서 허 씨는 가게로 나갔다. 일산댁 모녀를 위해서 밥상을 차려주고 싶었다. 허 씨는 낙지를 잡았다. 고추장에 무쳐서 불에 구워내고 된장국도 데웠다.

– 이리 와서 식사합시다.

일산댁이 허 씨의 목소리를 듣더니 멀리서 괴로움에 허우적거리다가 정신이 든 얼굴로 고개를 돌렸다.

– 이리 오시오.

일산댁이 딸의 손목을 잡고 허씨 앞으로 걸어왔다.

– 애가 내 딸이우.

– 잘 오셨소, 어미와 딸이 그렇게 오랫동안 소식 모른 채 지내서야 되겠소? 어서 식사하고 밀렸던 얘기를 다 털어놓으시오.

– 우리 엄마 불쌍한 엄마예요.

딸은 또 울기 시작했다.

– 자, 어서 식사를 합시다. 이제 일산댁은 불쌍하지 않소. 내가 있으니까 고생도 이젠 하지 않아도 될 꺼요.

– 고마워요, 아저씨.

다시는 엄마 걱정을 하지 않겠다면서 허 씨한테 큰절을 드렸다. 딸은 밤새도록 가게에서 일산댁을 돕다가 아이를 업고 돌아갔다.

딸이 나타났다가 간 뒤로부터는 일산댁은 딴 사람처럼 명랑했다. 시원하게 짐을 벗어 버린 것 같은 심정이었다. 세상에 살고 있는 인간들은 저마다 자기의 인생의 주인이 되어서 열심히 살아가게 마련이란 걸 확인했다.

두고 온 자식들이 그립고 걱정이 되던 일산댁은 이제 그 아이들로
부터 벗어났다.

허 씨를 만난 이후 아이들 생각을 완전히 잊고 살았는데 이제 그
문제를 어떻게 해결해야 할 것인지 그 길이 보이는 것 같았다. 일산
댁은 경마장 근처에서 살고 싶었고 허 씨도 역시 그럴 것이고 둘이
서 마음을 합쳐서 살기만 하면 밥 굶을 염려는 하지 않아도 될 것 같
았다.

아이들한테도 용서를 받아 홀가분한 마음으로 새로운 행복을 만들
어갈 각오가 섰다.

일산댁이 잠시 시무룩해지려는 순간에 손님들이 몰려들어왔다. 기
수들이었다.

– 웬일들인가? 오늘은 술을 마실 날이 아니잖은가?

– 물론이죠. 술을 마시러 온 게 아니구요. 아저씨를 내일 대상 경
주에 초대하려구 왔습니다.

– 영국 황태자 컵 대상 경주가 있거든요. 그날 로열박스에 아저씨
내외를 초대하려구요.

– 황태자 컵이라니? 그분이 우리 경마장에 오신다는 건가?

– 제가 아저씨의 승마화를 신고 뜁니다.

허 씨는 눈물이 핑 돌았다. 머리 뒤통수에서부터 경마장 함성이 들

려오는 것 같았다. 머리가 머엉해졌다.

이렇게 좋은 날 허 씨는 소주를 안 마실 수 없었다.

– 소주 한잔씩 하자.

허 씨는 소주잔을 이빨로 소리도 없이 간단하게 땄다.

작은 잔을 그들에게 일일이 쥐어 주곤 술을 따랐다.

– 자네들이 잘 달려줘야 내가 신이 나서 더 좋은 구두를 지을 수 있을껠세. 자네들이 내 힘이란 걸 잊지 말게.

– 내일 오셔서 지켜봐 주십시오. 아저씨의 구두가 어떻게 말 위에서 멋지게 보이는지 아실 겁니다.

– 우리 인생에 최고로 행복한 날이 되겠군, 자 우승을 위하여.

소주잔이 보석이 부딪치는 소리를 냈다.

서른아홉 살 영호

농촌으로 시집오겠다는 처녀들이 없다. 농촌에서 태어난 처녀들마저 시골 생활이 싫어서 공장이라도 좋고 마트의 점원이라도 좋으니 도시로 가서 뭉개다가 거기서 사람을 만나 결혼하면 농사일을 하지 않을 수 있다고 생각하는 세상이다.

올해 서른아홉이 된 영호는 인물 좋고 농고를 수석으로 나와서 머리도 좋은 데다가 물려받은 농토도 적지 않게 가진 괜찮은 신랑감이다.

그런데도 불구하고 시집오겠다는 처녀가 없어서 곧 마흔을 채우게 될 판이다.

점심을 먹으려고 잠깐 집에 들른 사이에 농협의 신 부장한테서 긴급한 일로 의논할 게 있으니 만나자는 연락이 있었다. 학교 선배인 데다가 농협에 단골로 거래를 하던 터라 영호는 점심을 먹다 말고 농협으로 달려갔다.

중요한 얘기라고 하더니만 신 부장은 실실 웃기만 할 뿐 얼른 말을 꺼내지 않는다.

웃기만 하던 신 부장이 입을 연다.

– 자네 장가 한번 가 볼라나?

– 중매 하실라고요? 또 퇴짜맞을 텐데 아예 그만두겠습니다. 그럴 때마다 명이 짧아지는 것 같더라구요. 그럴 바에야 하루라도 오래 사는 편이 낫지, 공연히 소용도 없는 일에 심장 뛰게 할 게 뭐 있습니까?

– 아니, 길고 짧은 것은 대봐야 한다고 했잖은가?

도대체 어떤 처녀길래 신 부장이 중매를 선다는 것인가. 영호는 말로는 그렇게 시들하게 말하지만 내심으로는 기대에 부풀었다.

– 앉게.

– 예. 점심도 먹다 말고 달려왔습니다. 무슨 급한 일이 생긴 줄 알았습니다.

– 급하지 않은가? 장가가는 일보다 급한 일이 있으면 말해보라구.

영호는 신 부장의 말이 옳다고 생각하면서도 어처구니없다는 듯 웃어버렸다.

– 이제 마흔 살 문턱에 올라서게 되었으면 좀 솔직해질 수 없는가?

– 어떻게 하는 것이 솔직한 것입니까?

– 장가보내 달라고 통사정을 하던가, 아니면 중매를 하겠다고 나서면 고맙다는 얼굴로 웃어보라 구. 아니면 당장 술을 사겠다고 나오든가. 뭐, 점심을 먹다 말고 나왔는데 그깐 일을 가지고 그랬냐는 표정 같은데 말이야.

– 급하지 않습니다. 헌 고무신짝도 짝이 있다는데 언젠가 만나게 되겠지요. 뭘, 공연히 얼굴 보여주고 망신만 당하려면 아예 그만두겠습니다. 이젠 선보는 것이 두려워졌습니다.

– 사내 녀석이 선보는 게 두렵다니? 공짜로 처녀 얼굴 구경한다 치면 되는 거지, 그게 손해 볼 것도 아닌데 걱정될 게 뭔가?

– 남의 처녀 얼굴을 보면 뭘 합니까? 그게 무슨 소용이 있습니까?

영호는 이제야 실토한다. 짜증만 날 뿐이다. 처녀들 얼굴을 보면 뭘 하는가. 아무 소용도 없는 짓이고 시간만 소모하고 신경만 쓰고 말 일이란 게 뻔하다. 요즘 처녀들은 남자가 어떻든 농촌으로 시집오고 싶지 않다는 것이다. 그렇게 뚜렷한 생각을 마음속에 가지고 있기 때문에 다른 것은 눈에 들어오지도 않는다.

– 이번에는 말이지 농촌으로 시집오겠다는 의사를 가지고 만나는 처녀야.

– 그런 천사가 이 세상에 살고 있을까요?

– 천사라고 했겠다? 그런 천사가 있다면 어떻게 하겠나?

– 그렇다면 어서 만나 봐야지요. 그게 언젭니까?

영호는 바짝 다가앉으며 물었다. 농촌으로 시집오겠다고 생각하고 있는 처녀의 얼굴이라도 보는 게 소원이었다. 그 처녀가 마음에 들든 말든 그건 두 번째 문제였다. 그런 천사가 있다면 그건 아마도 요정처럼 보자마자 사라져 버릴 그런 존재일 것이다. 아니면 어딘가 결함이 있다거나.

신 부장은 봉투와 함께 집게로 집어놓은 공문서를 내놓았다.

농촌의 모범적인 청년 네 명을 농협이 추천해 달라는 방송국으로부터 보내온 공문서였다.

- 방송국에서 중매를 한 대요?

- 바로 그걸세. 방송프로에 농촌과 도시를 잇는 인간 가교를 놓는데 그 방법으로 우선 청년들의 결혼을 택했다는군.

- 그래가지고요?

- 그런 프로를 한 번도 못 봤는가?

- 못 봤는데요. 일하고 들어가면 고단해서 밥 먹고 쓰러지는 게 급해서 텔레비전 볼 시간도 없습니다.

- 그 말이 맞을 걸세. 설명을 하면 뭘 하나? 자네가 직접 올라가서 경험을 하고 오면 그만인데 말일세.

영호는 방송국이란 말을 듣고 벌써부터 떨리기 시작한다.

그러고 보면 영호가 장가를 못 간 이유는 농촌에서 살기 때문이 아니라 남자다운 배짱이 없어서 못 간다는 말이 맞을 것 같았다.

- 서울 올라가서 방송프로에 출연해야 하는 것일세.

- 그런 걸 제가 어떻게 합니까?

- 남들도 다 하는데 자네라고 못 할 거야 없지. 그냥 올라가면 알 것이야.

영호는 대답 못하고 우물쭈물했다. 방송까지 나갔다가 장가도 못 가면 그때엔 영원히 못 가고 말 것이다. 신중하게 생각해야 한다.

- 그래, 부장님은 누구누구를 추천하려고 하시는데요?

- 그건 아직 모르지만 어떤 사람이 나가든 그게 무슨 상관인가?

- 비교가 되면 어쩌나 해서지요.

- 자네야 특급인데 걱정이 뭔가? 속는 셈 치고 한번 해봐.

아무튼 자신이 있든 없든, 특급이든 일급이든 영호는 방송 중매에 도전하기로 했다.

- 이번 일요일이네.

- 알겠습니다.

영호는 내심 기뻤다. 서울구경도 하고 님도 볼 겸 얼마나 운이 좋은 것인가.

영호는 저녁 밥상 앞에서 신 부장이 했던 얘기를 어머니한테 전했다.

세상이 참 우스워졌다고 한탄이다. 남자야 어떻든 여자가 남자를 공개적으로 구한다고 얼굴을 들고 많은 사람들 앞에 나오다니. 어머니는 그런데서 무슨 색싯감을 얻어오겠느냐고 고개를 절레절레 흔든다. 영호는 어머니의 말이 백번 옳다고 생각했지만 세상이 변한 것을 어른들은 모르니까 그런 속에서도 좋은 여자를 운 좋게 만날 수 있을지도 모른다고 기대했다.

진주는 더러운 감탕 흙 속에 있기 마련이다. 진주를 찾으러 가자. 눈을 크게 뜨고 목적을 위해서 전심전력을 다 하자. 영호는 여간 각오를 단단히 한 게 아니다. 버스에서 얼마나 이를 악물었던지 턱이 다 아플 지경이다.

버스에서 다른 세 사람의 후보를 만났다. 한 청년은 목장에서 일하고 있었고 또 하나는 과수원을 관리하는 젊은이였고 다른 한 사람은 병아리 부화장에 다니는 직원이었다.

따지고 보면 그들은 다만 도시 아닌 시골에 살고 있다는 것뿐이고 농사일로 생계를 유지하는 것이 아니라 월급을 받는 사람들이었다.

결국 농사일을 하면서 땀을 흘리고 손마디가 굵어졌고 퇴비 짐을 져 날라야 하는 사람은 영호 뿐이었다. 말하자면 진짜 농사꾼은 영호 뿐이라는 것이다. 그래서인지 그 세 사람은 넥타이에 양복을 잘 다려 입었고 세련돼 보였다. 농촌 사람의 냄새라고는 전혀 없었다. 시외버스를 타고 서울 가는 것이 다소 불편하게 여겨질 뿐인 그들이었다.

영호만 누런 점퍼에다가 줄무늬 티셔츠를 입고 있었다. 옷차림만으로도 낙제일 것이라는 생각이 먼저 들었다.

아무리 촌놈이라도 양복 한 벌은 있어야 하는 것이고 이럴 때 양복을 입고 나서는 게 예의이고 상식이라는 것쯤 영호도 안다. 그러나 영호는 정말로 양복이 없다. 양복을 입을 기회도 없었고 꼭 그렇게 해야 하는 자리에도 가본 적이 없었다.

이 점퍼도 별로 입을 일이 없지만 예의를 차리고 만나야 하는 사람이 있을 때 입으려고 사 둔 것이다. 한 번도 입어보지 않은 새 옷이었다.

영호는 버스 안에서 줄곧 책을 읽었다. 아무래도 승산 없는 일에 시간만 뺏긴다는 걸 예감하고 있었다.

두 시간 남짓 달려서 여의도에 있는 방송국에 도착했다. 공개홀이라는 넓은 홀에 들어섰다. 밝은 조명등이 천장 가득 켜져 있었다. 방청석에 몇 사람 앉아 있었고 조명이니 카메라를 들여다보면서 일 하고 있는 직원들이 영호네를 본 체도 않는다.

네 사람의 신랑 후보들은 주욱 자리를 잡고 앉았다. 한참 뒤에 비상계단 같은 나선형 계단으로 내려온 책임자 한 사람이 그들 앞으로 온다.

- 멀리 오시느라고 수고하셨습니다. 저는 이 프로 제작을 맡고 있는 박 피디입니다.

방송을 보셨으면 아실 테지만 아주 보람 있는 프로라는 자부심을 가지고 일하고 있습니다. 그리고 농촌·도시할 것 없이 인기가 높은 프로입니다. 나오셔서 농촌에서 살고 있는 사람들의 자랑스런 모습을 유감없이 보여주시면 됩니다.

곧 조연출자가 내려와서 진행 방법을 소개할 것입니다. 오늘 신부감들은 병원에서 일하고 있는 간호사들입니다. 그 처녀들 중에서 좋은 상대를 만나서 결혼까지 골인하시도록 빌겠습니다. 저는 그만 올라가서 일하겠습니다.

그가 나선 층계로 올라가고 그보다 더 의젓해 보이는 조연출자가 다가와서는 방송하는 순서와 주의사항을 설명한다.

설명이 필요 없는 것이라는 것을 누차 얘기하는 것을 보면 출연자들이 실수라도 해서 시청자들을 웃겨주기를 바라고 있는 눈치였다. 어차피 방송이란 보는 사람들이 즐거워야 하는 것이기 때문인 듯싶었다.

모든 조명이 켜지고 신부 후보들의 자리에 네 명의 아가씨들이 나와 앉았다. 영호는 우선 그들의 얼굴을 봤다. 모두 하얀 얼굴에 매끈하고 연약하게 생겼다.

그중에 누구도 농촌에서 흙일을 할 수 있게 생긴 여자는 없었다. 우선 실망했다. 정말 공연히 시간을 허비할 뿐이란 후회만 늘어갔다.

각자의 앞에 명패가 놓여 있다. 영호는 이름을 주욱 훑어본다. 이름으로 봐도 농촌의 촌부가 될 아가씨는 없는 것 같았다.

모두 멋쟁이 이름들이다.

간단하게 자기소개를 하는 순서가 첫 번째였다.

영호는 몇 번 입속으로 웅얼거려봤다.

오늘 방송하려고 서울 와본 일 외에는 시골을 떠나본 일이 없는 진짜 촌놈이고 수학여행 때조차 사랑니를 빼느라고 기회를 놓쳤기 때문에 아무 데도 못 가본 위인이 옳습니다 라고.

그렇게 여러 번 입속으로 연습하고 웅얼거려본 말이 막상 자기 차례가 왔을 때에는 아무것도 생각이 나지 않아서 두 번이나 엔지를 내어 다시 해야만 했다.

아가씨들이 웃는다. 영호는 점점 더 당황한다. 남들을 웃겨 보려고 궁리한 말은 생각이 나지 않고 그저 영호가 바보라는 것으로 그들을 웃기게 되었다.

네 번이나 엔지를 내고 겨우 자기소개를 마쳤는데 이마에서는 땀이 비 오듯 했다. 손수건조차 가져오지 못해서 맨손바닥으로 땀을 닦아내야 했다.

엔지를 내고 잠시 틈이 생긴 사이에 맞은편 의자에 앉았던 아가씨가 핸드백에서 포켓용 휴지를 봉지째 던져준다. 땀을 닦으라는 뜻이었다.

이걸 몽땅 주면 어떻게 하나 하는 표정으로 그 아가씨를 바라보았다.

그 아가씨는 눈치 빠르게도 얼른 알아듣고 가지고 있던 자기의 손수건을 들어서 흔들어 보여주었다. 손수건이 있으니까 걱정하지 말라는 의미였다.

영호는 고개를 끄덕여 인사했다.

언제 찍어 온 필름인지 농협에 있는 신 부장이 영호에 대해서 신상설명과 사람됨을 장난기 있는 말투로 설명하는 녹화테잎이 돌아가고 있었다. 참 별일도 다 있다. 영호한테는 말 한마디도 없이 이런 걸 다 찍어 와서 돌리다니.

― 학교 후배인데요, 가장 큰 자랑이라고 할까요? 그것은 밥을 끝내주게 잘 먹고 많이 먹는다는 것이죠. 흠이라면 양복 한 벌도 없는 알짜 촌놈이라고 할까요. 그러나 마음 하나는 진국입니다. 힘 좋고 머리 좋고 부지런하고 진솔하고 제가 보증하고 책임지겠습니다. 저는 누구냐구요? 헤헤헤.

그 씬에서 스톱모션으로 멈추고 곧장 스튜디오로 넘어와서 영호의 얼굴로 겹친다. 영호는 쓱쓱 머리를 긁는다. 멋쩍기 그지없다. 신 부장이 저렇게 나를 위해서 장가보내려고 없는 수단 있는 수단을 다 부렸는데, 여기서 아가씨 하나를 못 골라가지고 간다면 면목이 안 설 것 같았다.

정신이 번쩍 들었다.

그리고는 앞에 나란히 앉은 아가씨들의 얼굴을 진지하게 살폈다. 자꾸만 아까 휴지를 던져주던 아가씨한테 마음이 끌린다. 사람이 어떻게 이렇게 얍삽할까. 그까짓 몇백 원짜리 휴지를 주었다고 좋게 보여 진다는 것일까.

값이 문제가 아니라 땀을 흘리고 있는 걸 자상하게 보살펴 준 마음씀이 고맙고 좋았다는 의미다.

그 아가씨는 여자 형제만 셋인데 그중에서 막내라고 자기소개를 했다. 셋째 딸은 선도 안 보고 데려간다는데 미인인가 아니면 마음이 고운가. 그 두 가지 다였다. 그렇지만 나 같은 알짜 촌놈한테 시집을 오려고 할까.

방송프로의 진행은 서로를 관찰하고 묻고 싶은 말을 충분히 물을 수 있으며 답변과 함께 자기를 정확하게 보일 수 있는 기회를 주었다.

1대 1로 질문할 수 있는 기회도 있었다. 마음에 드는 아가씨한테 질문을 하든지 아니면 관심 있는 문제를 여러 아가씨한테 질문을 하든지 그것은 자유였다.

영호는 네 아가씨한테 전반적인 질문을 했다. 농촌과 도시의 차이점과 그것을 극복할 수 있는 방법을 알고 있으면 한 가지씩만 말해 달라고 부탁했다.

– 문화적인 시설에 차이가 있어서 문화적인 생활을 할 수 없다는 것이에요. 결국 교통이 편리하게 되어야 도시로 왕래하면서 충족시킬 수 있다고 봅니다.

– 생활방법인데 주부들의 집안 일을 하는 환경조건에 차이가 있다고 봅니다. 그것은 얼마든지 스스로 개선할 수 있다고 생각합니다.

– 의식주 모든 것을 일하는 것에 비해서 충분히 누리지 못한다고 합니다. 그것은 오랫동안 쌓인 차이라고 생각합니다. 앞으로 노력해서 그 수준을 올려야 한다고 생각합니다.

– 사람 사는 것을 어떻게 똑같이 할 수 있겠습니까? 좋은 사람과 농촌에 살면 그 속에서 행복을 얻을 수 있고 거기서 가치 있는 일을 얼마든지 찾을 수 있을 것 같습니다. 도시와 농촌을 같도록 할 수는 없습니다. 어린 시절을 시골서 살던 추억이 그리워서 농촌으로 가고 싶습니다. 그것이 공상일 수도 있습니다. 그러나 사랑하는 사람하고 함께 있다면 아름다울 것이라고 믿습니다.

영호는 감탄했다. 네 아가씨가 모두 똑똑하고 말도 잘한다. 아무리 잘 비교해도 그 우열을 가릴 수 없을 정도로 야무진 아가씨들이었다.

역시 영호가 장가를 못 가는 것은 여자를 다 좋은 눈으로 보기 때문에 모두 사랑한다고 할까, 그래서 선뜻 어느 여자 하나를 고르지 못하기 때문이었다.

다 똑같이 똑똑하다면 역시 휴지를 건네준 아가씨를 골라야 할 것 같았다. 그렇게 공식적인 탐색전이 있은 뒤에 컴퓨터가 그 짝을 찾아주는 순서였다.

영호는 두근거리면서 그 아가씨가 걸리지 않으면 어쩌나 하고 걱정했다. 뿌뿌뿌 삐삐삐 컴퓨터의 입자가 한참 튕기다가 짝을 골라 주었는데 영호의 짝은 역시 휴지를 건네주던 그 아가씨였다.

대강 네 명의 신랑 후보들도 자기가 마음먹었던 짝을 찾게 된 것 같았다. 이심전심일까, 컴퓨터가 정확한 것일까.

서로 제 짝을 찾아서 옆에 나란히 섰다. 앉은키로만 보았는데 막상 옆에 서니까 키가 훤출한 게 미인이었다.

- 서로 손을 잡으시지요.

진행자가 능청을 떨었다. 유치원 아이들처럼 하라는 대로 손을 잡았다.

하기야 악수하는 게 보통인데 손잡는 정도 가지고 뭘 망설일 것인가.

영호는 그 아가씨의 손을 어떻게 잡았는지 정신이 없었다. 한참만에야 두 사람의 손 사이에 손수건이 끼워져 있었다는 것을 느꼈다.

그 아가씨가 아까부터 손수건을 들고 있었는데 여기까지 가지고 나온 모양이었다.

결벽증인가. 영호는 약간 머리를 갸웃거린다.

그 기미를 알아차렸는지 그 아가씨는 다른 손으로 손수건을 빼간다. 맨손으로 느껴지는 아가씨의 손은 보드랍고 말랑말랑하다. 여자라는 촉감이 느껴진다. 이래서 사람들은 결혼을 하고 싶어 하는 모양이다.

– 이렇게 선택되리라고는 상상도 하지 못했어요.

영호가 말한다.

– 누가 선택했는데요? 제가 선택하지 않았는데요.

– 그럼 어떻게 된 겁니까? 마음속으로만 좋다고 느끼고 있었던 것뿐인데 서로의 전류가 통해서 이렇게 된 것이 아니겠습니까?

– 전류요?

– 정말 농촌으로 시집와서 살 자신이 있습니까?

– 농촌이 뭐 지옥이라도 되는 것처럼 말씀하시는데 그런 속에서 어떻게 살고 계세요?

– 모든 여자들이 그렇게 알고 있기 때문에 그렇게 말한 것뿐입니다.

– 농촌에 꿈을 심을 사람은 꿈을 심어야지요.

(이것 봐라?)

영호는 혀를 날름거려 입술에 침을 발랐다.

(이 여자를 놓치면 안 돼.)

– 성함이 뭐라고 했던가요?

– 박라미요.

– 한국 이름입니까?

– 라미요?

– 서양 이름 같습니다.

- 아빠가 지었어요. 예쁜 이름으로 연구하신 끝에요. 미국에 가서 살아도 지장이 없고 미국 이름을 새로 짓지 않아도 되도록 하려구요.

- 미국에 가서 살기를 원하십니까?

- 그게 아니라요, 아빠는 멋쟁이시고 또 미래지향적이셔서 딸의 장래를 다각도로 상상해보신 것이겠죠. 꼭 미국에 가라는 것도 아니고, 가고 싶다는 것은 더욱 아니고요.

박라미가 미국을 그리 좋아하지 않는다는 말을 들은 영호는 안심했다.

그렇게 짝을 지어놓고는 상품을 주는데 옷, 구두, 텔레비전, 침대, 화장품 등등 눈알이 돌아가게 주었다. 마지막으로 육 개월 안에 결혼식을 올리게 되면 신혼여행 비용과 예식장비용을 모두 대준다는 것이었다.

그 말을 듣자 박라미는 영호의 얼굴을 반짝이는 눈으로 쳐다본다.

그렇게 되었으면 얼마나 경제적이냐고 묻는 눈치였다.

영호는 마주 웃었다. 아무리 공짜가 좋다지만 그렇게 하기 위해서 서두를 일이 아니잖냐고 말하고 싶었다.

이것저것 선물 티켓을 안고 방송이 끝났다.

- 이것들을 모두 어디서 찾아가지는 것입니까?

영호가 방송국 휴게실에서 차를 마시면서 박라미한테 물었다.

- 그 티켓 뒤에 설명이 모두 적혀있어요. 함께 가실래요? 도와드

릴께요. 시골에 사시죠?

그야 당연한 말을 묻는다. 이 여자가 머리가 있는 여자인가 없는 여자인가.

농촌으로 시집가겠다고 방송에 나왔다면서 영호가 시골에 사는 것을 확인해야 한다는 것인가.

그렇다면 짝을 지어준 문제의 후속조치가 의심스러웠다. 앞으로 어떻게 할지 궁금했다.

영호는 데이트 비용이라고 받은 현금 봉투를 박라미가 받았단 생각이 들었다. 그 돈을 어떻게 할 것인지, 그것만 자연스럽게 해결된다면 다른 것도 다 해결이 되는 셈이었다.

차를 마시면서 그 돈 봉투만 생각했다. 거의 일어설만한 시간에 박라미는 핸드백에서 돈 봉투를 꺼낸다.

봉투를 열고 돈을 세어봤다. 이십만 원이다. 박라미는 오만 원짜리 두 장씩 나누어 영호한테 내민다.

– 이 돈 똑같이 나누었어요.

– 나누어서 어떻게 하는 것입니까?

– 개운하잖아요.

– 그럼 데이트는 말구요?

– 우리 둘이서 데이트를 하자 구요?

– 잘하면 결혼도 할 수 있는 사이라는데 데이트를 해봐야 하는 것

아닙니까?

박라미는 영호의 말을 듣고 나서 깔깔대면서 웃는다. 영호는 당황한다. 무슨 우스운 말을 했는지 몰라서 두리번거렸다.

– 제가 실수라도 했다면 용서하십시오.

영호가 하도 진지하게 사과하는 말에 박라미는 마음을 바꿨다. 데이트라는 형식은 아니지만 이 돈을 쓰기 위해서 어딘가 함께 가야 할 것 같았다.

알짜 촌놈이라고는 하지만 예의 바르고 잘 생긴 남자이고 무엇보다도 순수한 남자여서 그리 싫지는 않았다.

하루쯤 촌놈을 위해서 적선을 하자는 생각을 했다.

– 시간은 얼마나 있으세요? 오늘 안으로 집에 내려가셔야죠?

박라미는 병실에 입원하고 있는 환자만큼 만만하게 영호를 대했다.

– 물론이죠. 막차가 용산역에서 아홉 시 반에 있습니다.

– 그럼 시간은 앞으로 세 시간 정도 있군요?

영호는 박라미가 하자는 대로 따라나섰다. 나누어 가졌던 돈을 합해서 박라미가 가졌다.

우선 저녁을 호화로운 레스토랑에서 먹고 분위기 있는 카페에 가서 칵테일 한 잔씩 하면 그 돈으로 충분할 것 같았다.

박라미는 택시를 잡았다. 용산역에서 가까운 63빌딩으로 갈 생각을 했다. 무엇인가 상징적인 곳을 보여주고 싶었다.

거의 해가 다 떨어져서 전망이 좋지는 않겠지만 서쪽 하늘이 내다보이는 창가에 앉으면 그래도 마음이 시원해질 것 같았다. 이런 남자한테 보여주면 농촌이 별로 좋은 곳이 아니라는 걸 느끼게 될 것이다.

초고속 엘리베이터로 59층에 올라갔다. 영호는 기분이 나빴다. 그는 이런 데 데리고 오는 목적이 촌놈을 기죽이려는데 있는 것이라고 미리 알아차렸다.

그러나 영호는 내색하지 않았다. 그냥 고마울 뿐이다. 데이트라는 걸 하면서 영호를 위해서 시간을 내준 것을 고마워해야 한다.

레스토랑에 마주 앉더니 박라미는 턱을 받치고 창밖을 본다.

– 어때요? 가슴이 시원해지는 것 같지 않아요?

– 저는 전혀 답답한 줄 모르고 삽니다. 시골에 있으면 언제나 시원한 시야가 있습니다. 넓은 땅, 높은 산, 맑은 하늘이 있으니까요.

박라미가 기껏 자랑해 본 전망이 보기 좋게 넉아웃이다.

새우프라이 정식을 시켰다. 영호는 새우란 말에 이것 또한 수입식품이구나 하는 생각이 들었지만 참고 먹었다. 도시 사람들이야말로 얼마나 가엾은지 모르겠다. 냉동식품밖에는 먹을 수 없으니까 말이다.

– 우리 동네 맑은 냇가에 가면 피라미를 잡아서 도리뱅뱅이라는 요리를 만들어 먹습니다. 정말 신선한 물고기로 만들어서 매콤하고 달

달한 게 맛있습니다. 한번 우리 동네에 오시면 만들어 드리겠습니다.

영호는 진지한 표정으로 말했다.

박라미는 어림없다는 듯 웃기만 했다.

영호는 이번 식후의 칵테일은 자기가 사겠노라고 제안했다.

박라미는 아직도 데이트 비용이 남아있으니까 칵테일도 이 돈으로 마셔야 한다고 우겼다, 그러나 영호는 남자답게 데이트 때 지갑을 열게 해달라고 우겼다.

박라미는 영호의 부탁이 재치 있어서 그만 허락하고 말았다.

박라미는 이름도 들어보지 못한 요상한 칵테일을 시켰고 영호는 맥주밖에는 아는 술이 없기에 맥주를 마셨다.

- 오늘 이렇게 행복한 기억을 오랫동안 잊지 못할 겁니다.

- 저도 그래요. 아무튼 방송에 나가면 짝이 되어야만 상품을 많이 탈 수 있는데 우리가 짝이 된 게 얼마나 다행이었는지 모르겠어요.

영호는 이제야 모든 것이 분명해졌다. 영호는 신부 감을 얻으려고 방송출연을 했던 것이고, 박라미는 상품을 타기 위해서 나온 것이다. 목적이 다르기 때문에 한참 동안 톱니가 맞지 않아서 삐그덕거렸던 것이다. 이제는 영호도 마음을 잡았다.

섭섭하거나 속았다는 느낌이 없이 집으로 돌아갈 수 있었다. 더욱 박라미를 원망하지도 않는다. 얼마나 현명한 생각인가. 잠깐 나와서 말 몇 마디 하면 그렇게 많은 상품이 생기는 것인데.

칵테일 잔에 바닥이 나고 일어설 시간이 되었다. 영호는 끝내 좋은 인상을 주기 위해서 노력했다. 어차피 한번 만나고 다시는 만나게 되지 않을 여자다. 구태여 나쁜 인상을 남길 필요가 없다.

– 주소를 가르쳐 주실래요?

박라미가 그냥 미안하니까 하는 말이라고 하는 것까지 알면서도 영호는 꼼꼼한 글씨로 적어주었다. 그러면서도 박라미의 전화번호를 묻지 않았다.

전화 걸 일도 없을 것이라고 이미 짐작하고 있었던 것이다.

영호는 용산역까지 배웅해주는 박라미의 진심이 어디까지인지 몰라서 기분 나쁠 정도였다. 상품 때문에 방송에 나와 신랑감을 찾아서 농촌으로 시집가겠노라고 뻔뻔하게 거짓말하던 영악한 여자가 이렇게 별 이득도 없는 일을 하면서 시간을 낭비하다니.

– 어서 가보십시오. 오늘은 정말 행복했습니다. 많이 고맙구요.

– 즐거우셨으면 됐어요. 안녕히 가세요. 혹시 병원에 올 일이 있으면 B병원 외래로 연락하세요. 그런 일은 없어야겠지만서두요.

– 고맙습니다. 사람 일이란 알 수 없으니까요. 잘 기억해 두겠습니다.

영호가 탄 기차는 어둠 속으로 들어갔다. 생각할수록 박라미 같은 여자들이 괘씸했다. 상품 때문에 허튼소리를 하러 나오다니. 속았다는 생각이 점점 더 진해지면서 영호는 잠도 오지 않는다. 마흔 살이

가깝도록 숙맥처럼 살아왔다는 게 얼마나 부끄러운지 모르겠다.

그러나 한편으로는 숙맥처럼 살아도 조금도 불편하거나 손해 보는 것 없이 살 수 있었던 고향에 대해서 고마운 생각이 들었다. 저절로 자신이 행복하다는 생각을 하면서 입가에 웃음이 번졌다.

그런 곳에서 만나게 되는 여자들한테 희망을 걸 수 없다고 미리 안 보고도 알고 있던 어머니의 현명함에 또 한 번 감탄한다.

늦도록 어머니가 기다리고 있었다.

- 어떻게 되었는지 묻지 않으십니까?

- 뻔한 일이지 뭘. 안 들어도 안다.

영호는 웃었다. 어머니도 빙긋이 웃는 것이었다.

영호는 마음을 가라앉히고 일을 시작하는데 사나흘 걸렸다.

어머니가 밭으로 달려 나왔다.

- 편지다. 서울서 온 편지인 모양인데 그때 서울 가서 만났던 아가씨한테서 온 거 아니냐?

영호는 손에 묻은 흙을 대강 풀잎에다가 쓱쓱 문질러 털어내고는 편지를 건네받았다.

박라미한테서 온 편지였다. 지난번엔 정말 미안했다는 사과였고 이번 일요일에 시골로 놀러 오겠다는 내용이었다.

영호는 몇 번이고 편지를 읽었다. 이거야말로 찬스였다. 놓치지 말아야지 하고 주먹을 꽉 쥐었다.

일요일이 돌아오는 데에는 하루가 서른 시간도 더 되는 것처럼 더디 왔다.

영호는 박라미가 온다는 시간에 고속버스 터미날에 나가 있었다. 꼭 약속대로 첫차를 탈 것인지 알 수 없지만 시간만은 정확하게 지킬 것 같은 예감이 들었다.

간호사라는 직업에서 온 습관을 믿기로 했다. 그래야만 그날로 돌아갈 수 있을 것이라고 말했으니까.

어머니도 다소 흥분상태였다. 며느릿감이 내려온다는 말은 그리 간단한 문제가 아닌 것 같았다.

첫차가 정확한 시간에 들어왔다.

몇 사람 안 되는 승객들 중에 박라미가 끼어 있었다. 이렇게 첫차를 타고 내려온 것을 보면 여간 성의 있는 일이 아님을 짐작했다. 성격도 열정적일 것이라는 생각도 들었다.

영호는 손을 흔들었다. 마치 오래전부터 사귄 사이의 연인들처럼 친숙한 표현이었다.

- 힘들었습니까?

- 아뇨. 마중 나오지 않으셔도 주소대로 찾아가면 될 텐데 그러셨어요?

- 조금이라도 일찍 보고 싶어서요.

- 저를요?

- 그럼요!

- 어쩌면 마음이 그렇게 통하죠? 어쩐 일인지 서울에서 만나고 가신 뒤로 얼굴이 잊혀지질 않았어요. 운명이란 것이 이런 것인가 보다 하는 생각이 들었어요. 시골로 시집가겠다고 장난친 벌로 여기 오지 않고는 못 견디게 된 것 같아요.

박라미는 이상하게도 빙빙 돌려서 고백한다. 결국 영호를 만나고 싶었고 이곳으로 시집오고 싶다는 두 가지 말을 한 셈이었다.

영호는 박라미의 손을 잡는다.

- 열심히 노력하겠습니다. 잘 왔어요, 정말.

영호는 자기도 모르게 박라미의 손등에 입술을 가져다 댄다. 누가 가르쳐 준 것도 아니고, 그렇게 용기 있는 영호도 아니었는데.

파주땅

토요일 2시 17분에 티오프하기로 한 골프 약속에 맞추기 위해서 최 이사는 회사가 끝나자마 집으로 돌아갔다. 집에 가서 아내를 태우고 S골프장으로 가야한다.

지금까지 최 이사는 회사를 경영 한답시고 여유 있는 주말을 아내와 함께 지내본 적이 없었다.

주말 골프는 언제나 바이어들과 부품업자들과 비지니스 골프만 쳐왔다. 말하자면 골프도 사업의 연장이었고 이기거나 지거나 모두 목적이 있는 골프였다. 제대로 건강을 위해서거나 재미를 위해서 아니면 친구들과 놀기를 목적으로 한 골프는 쳐본 적이 없다.

그러다가 어느 날 문득 식탁에 마주 앉아서 과일을 깎아주고 있는 아내의 모습을 얼핏 보았을 때 '아니 저 여자가 어느새 할머니가 되었네' 하는 느낌이 들었다.

가엾고 미안한 생각이 들었다. 처음부터 있는 돈으로 시작한 것이 아니기 때문에 쪼들리면서 겨우겨우 꿰맞춰 가면서 오늘까지 이르렀다. 그렇게 밥술을 먹고 큰딸은 시집보냈고 아들도 월급 받는 직장에 나가니 제 몫을 하게 되었다.

요즘처럼 경쟁이 심해진 판국에도 워낙 기반을 튼튼히 닦아 놓은 덕에 최 이사는 다른 회사보다는 수월하게 지내고 있다.

그래도 요 몇 년 사이엔 직원들 월급을 주겠다고 아내더러 돈을 빌려오라는 아쉬운 소리는 하지 않게 되었다.

– 당신도 골프를 좀 배우면 어떻겠나?

– 골프요? 내가 무슨 골프를 쳐요?

– 골프 치는 사람은 뭐 정해져 있나? 그만하면 당신도 가끔 골프 치고 즐길 자격이 있을 만큼 고생했소, 이 회사가 제대로 돌아가고 있는 게 당신 노력이 반 이상이었소.

– 무슨 회사 창립 기념식에 하는 연설 같군요.

– 배워두면 나하고 슬슬 필드에 같이 나갑시다. 나이 들어 보이는 노부부가 골프를 같이하는 모습은 참 보기 좋습디다.

– 우리가 그렇게 늙었다는 거예요?

아내는 벌써 최 이사의 뜻을 알아들었는지 발끈 화를 냈다. 그러나 아내도 최 이사도 이미 늙어버린 것은 분명했다. 그렇게 말 한마디 했는데 아내는 본격적으로 아주 열심히 골프를 배우기 시작했다. 그러고도 일 년이 넘도록 최 이사는 아직 한 번도 아내를 필드로 데려가주지 못했다.

오늘이 바로 아내를 머리 얹어주기로 한 날이었다.

친구 부부와 함께 갈 약속이 되어 있는 날이었다. 아파트 주차장에 들어서는데 아내는 벌써 골프백을 들고 아파트 경비실 옆에 나와 서 있었다. 어린아이처럼 다소 흥분한 표정이었다. 최 이사는 눈물이 핑 돈다. 저렇게 좋아하는 걸 지금까지 한 번도 해주지 못했구나 하는 미안함이 무겁게 짓누른다.

차를 몰아 골프장을 향해 출발했다.

– 그 부부는 잘 치죠? 당신 낯 깎이면 어쩌죠?

– 골프 못 친다고 낯 깎일 일은 전혀 없소. 아무 걱정하지 말고 마음 편하게 치기만 해요. 친한 친구니까 당신 머리 얹어주러 기꺼이 같이 가는 거요.

그때 휴대폰으로 전화가 걸려왔다. 최 이사는 전화를 받지 않는다.

– 왜 전화를 안 받아요?

– 골프 못 갈 일이 생긴다면 어쩌겠소? 우린 이미 골프장에 간 거요. 골프 약속은 애비가 죽어도 지켜야 하는 거라는 말이 있소.

– 그거 아주 고약하네요.

그러나 전화는 또 걸려온다. 견디지 못하게 울리고 또 울린다.

아내는 블루투스를 찍었다.

– 최 이사, 나요.

같이 골프 치기로 한 정 사장이었다.

  - 시간이야 칼같이 지키지. 확인하긴. 나를 그렇게 야만인 줄 알았나?

  - 그게 아니라 지금 뉴스 들었나? 라디오를 켜보게. 김일성이 죽었다는군.

  - 뭐라구 김일성이가 죽어? 이게 무슨 농담이야? 또 헛소문 아니야?

  - 이번엔 정말인가 본데, 우린 어떻게 하지? 골프는? 지금 어딘가?

  - 워커힐 뒤쪽이야

  - 그럼 E골프장으로 전화를 걸어볼까? 그 골프장은 워낙 북쪽에 있으니까 말이야.

전화가 끊어지고 최 이사는 갑자기 가슴이 뛰기 시작했다.

통일이란 말은 최 이사에게 있어서 그 어느 것보다도 커다란 부분을 차지하면서 최 이사의 인생을 끌어왔다. 누구한테보다도 더 진하게 더 깊이 큰 의미로 최 이사의 인생을 지배한 단어였다. 최 이사가 지금까지 살아온 보이지 않는 힘은 북에 두고 온 어느 한 사람 때문이었다고 말한다면 서운해할 사람이 있겠지만 사실이 그런 걸 변명할 수 없는 일이었다.

다시 전화가 걸려왔다.

  - 죽은 김일성은 김일성이고 골프 칠 사람은 골프를 쳐야할 것 아

니냐고 말합디다. 그 참 오래 살다 보니까 김일성 죽는 꼴을 다 보겠구만요. 어쨌든 오늘은 김일성 죽은 기념치곤 아주 멋진 기념행사가 되겠습니다. 최 이사.

– 그렇군요.

최 이사는 정 사장이 말하고 있는 것처럼 김일성이 죽었다는 말은 예사로운 일이 아니었다. 통일이 되면 이라는 말과 함께 최 이사의 인생이 크게 변할 것이라는 생각으로 머리가 터질 것 같았다.

모처럼 아내와 함께 골프를 치는 날인데 최 이사의 기분은 그리 안정되고 행복한 것만은 아니었다. 아무것도 눈치채지 못하고 마냥 즐겁고 행복해하는 아내한테 미안한 생각이 들면서도 골프에 전념할 수 없었다.

대충 그렇게 아내한테 봉사하는 골프를 치고 늘 그랬듯이 저쪽 평북이 고향이라는 냉면 집에 들어가 냉면도 먹고 그 화제의 김일성 죽은 얘기를 냉면집 주인과 주고받기도 했다.

– 죽으려면 진작 죽든지 아니면 조금 더 있다가 죽든지 할 것이지 하필이면 남북정상회담을 앞두고 죽느냔 말이요. 하여튼 도움 안 되는 인간이구 만요.

라고 냉면집 주인이 간단명료하게 한마디로 논평한다.

최 이사는 며칠 동안 망설였다. 이제는 이 말을 아내한테 털어놓아야 할 때가 온 것 같았다. 아직도 통일이란 문제가 그림의 떡 같아서 그냥 가슴 속에 넣어두고 살아왔는데 앞으로 김일성 죽듯이 그렇게 자기가 세상을 뜬다면 그때 가서 할 일을 못다 하고 가는 게 될 것 같았다.

최 이사는 그 말을 꺼내기 위해서 우선 아내한테 새 차 한 대를 사 주었다.

놀란 아내가 다소 화가 난 표정으로 따져 물었다.

― 차, 웬 새 차?

― 당신도 좋은 차를 타고 행복할 나이가 얼마나 남았소, 고생 많이 했는데.

― 누구 말대로 오래 사니까 별일을 다 겪네요. 고마워요.

아내는 뭔가 불안한 낌새를 느꼈는지 새 차를 사줘도 별로 흡족해 하는 것 같지 않았다.

며칠 동안 최 이사는 말할 기회를 노리면서 회사가 끝나기가 무섭게 일찍 집에 들어왔다.

밤늦게 최 이사가 혼자서 텔레비전을 보고 있는데 아내가 들어왔다. 이젠 퇴근 시간이 거꾸로 되어간 것 같았다.

― 여보, 우리 친구가 그러는데 남편이 갑자기 많이 변하면 그게 위기라고 하더라구요. 바람을 피우고 있든가 아니면 건강이 안 좋든가요. 요주의 상황이라고 하데요. 당신 나한테 할 말 있죠?

아내는 농담 반 진담 반 한 말인데 최 이사는 가슴이 뜨끔했다. 내가 그랬던가.

– 여보 당신은 이북에 땅문서 같은 거 가지고 나온 것 없어요? 글쎄 이북 땅문서로 돈을 빌리고 빌려준대요. 봉이 김선달이 따로 없더라구요.

– 가지고 왔던 문서도 이제는 기다리다 지쳐서 모두 찢어버렸을 꺼요. 통일이 되긴 될 모양인가?

– 당신만큼 통일이 되길 학수고대 한 사람도 없을 텐데 통일이 되긴 될 모양인가 하고 이제 와서 뒷걸음질 치는 건 왜 그래요?

최 이사는 다시 한번 생각했다. 말해도 될 것인지 아닌지를 마지막으로 잘 생각해 보았다.

– 만일 통일되면 말이야 난 이북으로 갈 텐데 당신은 어쩌겠소?

– 그야 당연히 당신 따라서 가야지요.

– 그런데 만일 거기에 말이지.

– 거기에 뭐예요?

최 이사는 또다시 입이 떨어지지 않았다.

최 이사는 이북에 남기고 온 갓 결혼한 새색시 그리고 유복자처럼 자랐을 자식의 얼굴과 노부모의 얼굴이 떠오른다. 못 할 짓을 하고도 지금까지 잘도 살아왔다.

새색시는 최 이사의 나이만큼 되었을 테니까 이미 할머니가 되었을 거고 아직도 혼자서 고생하며 살고 있다면 그 얼마나 미안하고 죄스러운 일인가. 그러고도 최 이사는 저 혼자 살겠다고 피난 나와서 새장가도 가고 이북에 있는 가족을 끼맣게 잊고 사는 날도 부지기수였는데 통일을 고대하던 최 이사에게 결코 그것이 기쁨으로만 오는 것은 아니었다. 고통으로 아니면 앙갚음으로 오는 것처럼 느껴졌다.

아내는 점점 얼굴이 딱딱하게 굳어지면서 몸을 곧바로 세우고 최 이사의 말에 온 신경을 기울이고 긴장했다.

그럴수록 최 이사의 입은 더 굳어진다.

- 뭐예요? 답답하고 궁금해 죽겠네요. 거창하게 통일을 들먹이고 말이예요.

최 이사는 끝내 마음에 있는 말을 하지 못했다.

적당하게 통일과 고향 얘기를 얼버무리고 아내의 관심을 다른 데로 돌리고 겨우 위기에서 빠져나왔다.

아무래도 통일은 아직도 말뿐인데 그 얘기를 꺼내서 서로의 감정을 상처 낼 필요가 없을 것 같았다.

최 이사는 회사에 앉아서도 줄곧 이북에서 애비도 없이 자랐을 자식을 생각하고 있었다.

먹을 것도 없는 데에서 시부모 모시고 어떻게 여자 혼자의 힘으로 아이를 키웠을까.

골프다 새로운 승용차다 하고 호강하고 있는 아내와 비교해보면 눈물 나도록 불쌍한 여자다.

이상하게도 나른해지는 기분이다. 일이 손에 잡히질 않는다. 정 사장한테 전화를 걸어 점심을 같이하자는 약속을 해놓았다. 그 시간조차도 쉽게 오질 않았다.

약속 장소에 미리 가서 정 사장을 기다렸다. 뭔가 조바심이 난 탓이었다.

여름엔 보신탕이 제일이라고 늘 개장국 타령을 하던 정 사장이기에 최 이사는 오늘 그걸 꼭 대접하고 싶었다.

― 최 이사 웬일입니까? 개장국은 야만인이나 먹는 거라고 그렇게 경멸하시더니 먼저 개장국 말을 꺼내다니 참 이상한 일입니다.

― 사람들이 그렇게 좋다하는 건데 나라고 못 먹을 거야 없지요. 다만 안 먹고 지낸 것뿐이었습니다. 오늘은 정 사장하고 친구해서 개장국에 소주 한잔하고 싶습니다.

정 사장은 멍한 얼굴로 최 이사를 돌아다보았다. 게다가 낮술까지도 마시겠다니 사람이 변해도 많이 변했다는 생각을 하면서 겁이 덜컥 들었다. 사람이 갑자기 많이 변하면 죽는다던데 이 사람 어떻게 된 게 아닐까 하는 느낌으로 조심스럽게 살폈다.

못 먹을 것도 없다더니 최 이사는 개장국 좋아하는 정 사장 못지 않게 아주 맛있게 개고기를 먹었다.

― 아주 담백한 게 맛 있구만요. 우리 이북에서는 개고기를 많이 먹습니다. 어렸을 때 아버지를 따라 장마당에 가서 개고기를 먹던 기억

이 아주 생생하게 살아납니다.

최 이사는 온통 생각이 고향에 가 있다. 무슨 건더기만 생기면 거기로 달려갔다.

정 사장은 내일 병원에 입원하고 종합 진단을 받을 약속이 되어있다면서 오늘 최 이사가 개고기를 사주니 정말 의미 있는 날이 되었다고 기뻐했다.

– 난 이날 이때까지 종합 진단 같은 건 하지 않고도 잘만 살았습니다. 그거 마음 약한 사람들이 하는 것 아니요?

– 죽는 건 겁나지 않지만 아무 준비 없이 죽으면 남아있는 식구들이 얼마나 난감해하겠소?

그 말을 듣고 보니 최 이사야말로 그렇게 덜컥 죽으면 안 될 일을 남겨놓고 사는 사람이 아닌가.

최 이사는 정 사장을 따라 그의 안면으로 정 사장과 함께 종합 진단을 하기로 즉석에서 전화로 예약을 했다.

– 별걸 다 급행열차를 타는구만요.

모든 게 컴퓨터로 재고 체크하는 것이라 병원에 들어와 진찰하는 것이 아니라 마치 자동차 서비스 센터에 들어가서 자동차의 엔진을 체크하는 것 같았다.

하기야 인체도 기계처럼 정확하고 복잡한 것이니까.

결과는 놀랍게도 정 사장은 모든 게 정상이었는데 최 이사는 간을 더 정밀하게 체크 해봐야 한다고 의견서를 첨부해서 진단 결과를 보내왔다.

결국 아무렇지도 않게 일 잘하고 밥 잘 먹던 최 이사가 간암으로 진단이 났다.

최 이사는 도무지 믿어지지가 않았다. 그래서인지 절망도 걱정도 하지 않았다.

― 얼마나 더 살겠습니까?

최 이사는 일부러 불안을 감추려고 농담처럼 물었다. 의사도 농담처럼 받아들였다. 그렇게 해야지만 충격을 덜 줄 것 같았다.

― 한 반년 정도는 여유가 있습니다.

― 반년이라고 했습니까?

최 이사는 점점 의사의 말이 현실로 다가오기 시작했다.

정 사장은 마치 죄인처럼 곁에서 지켜보았다. 공연히 종합 진단을 해보라고 말한 것이 크게 잘못한 것 같았다.

그러나 조용하고 침착하게 운명을 받아들이고 있는 최 이사의 인품이 그지없이 아름다워 보였다.

사형선고를 받고도 최 이사는 조금도 변함없이 회사에 나와서 그전처럼 일하면서 지냈다. 아직 아내한테도 말하지 못했다. 아무튼 완벽하게 준비를 해야 한다. 어떻게 생각하면 얼마나 행복한 사람인지, 떠날 시간도 알고 그래서 지금까지 벌여놓았던 것들을 정리 정돈할 수 있어서 얼마나 좋은가.

최 이사는 아직 나이가 어려서 회사를 맡길 수 없는 외아들 대신 창업에 공로가 큰 김 이사한테 경영을 부탁했다.

그리고 법적 재산상속도 미리 다 해두었다. 회사의 상속인이 아들 이름 외 1인으로 되어있다. 외 1인이 누구인지 아무도 묻지 못했다 .

지금 살고 있는 아파트의 명의도 아내 앞으로 바꿨다.

최 이사는 지금까지 내 것이라고 이름 붙여가지고 있던 모든 것의 이름표를 떼 내고 지우는데 한 달 이상이 걸렸다.

최 이사는 김 이사한테 전권을 넘긴 뒤 회사에는 월요일과 수요일에만 나가기로 했다. 그동안 아내한테 소홀했던 것을 모두 해주고 싶었고 한동안 만나지 못했던 옛날 친구들도 만나보고 싶었다. 시간표를 짜가지고 최대한으로 나머지 시간을 유용하게 써야 한다.

아내가 이상하게 생각할까 봐서 매일 출근하는 것처럼 집을 나오긴 하지만 나와서는 다른 일을 하고 다녔다. 우선 병원에 들러서 담당 의사를 만나 차를 마시면서 얘기도 하고 진단도 하고 마음의 각오를 하는데 도움이 되었다.

공장 부지로 이북 가는 길목에 땅을 좀 사두었었는데 아무래도 그 땅은 이북 고향에 있는 딸인지 아들인지 모를 그 이름으로 남기고 싶었다.

아내가 서운하게 생각하지만 않는다면 좋겠는데 마지막으로 평생 최 이사를 위해서 함께 고생해온 사람에게 서운함을 남긴다는 것은 도리가 아닌 것 같아서 몹시 고민이었다.

만약에 그 아이가 물려받을 수 없을 만큼 통일이 영영 오지 않았을 때를 생각하지 않을 수 없었다.

그렇다면 그 땅도 유복자의 이름도 가명인 데다가 주소도 명확하지 않고 그렇다고 이북에 남기고 온 아내의 이름으로 남긴다는 것은 더욱 불가능하다.

그보다도 지금의 아내가 용서하기 힘들 일이라는 것을 쉬이 짐작하고도 남는다.

최 이사는 만평이나 되는 이 땅을 살 때에는 여러 가지 의미가 있었다. 고향으로 가는 길목이라는 이유와 통일되면 제일 먼저 가겠다는 염원과 만약에 통일을 못 보고 죽을 때에는 고향에서 가장 가까운 북쪽 땅에 묻히고 싶다는 의미였다.

그러나 지금에 와서 이 땅은 정말 최 이사를 곤란하게 했다. 그렇다고 그냥 던져둔 채로 내버린다 해도 아까운 땅이었다.

아내는 최 이사의 아픈 고민도 눈치채지 못한 채로 새로 배운 골프에 홀려서 매일처럼 골프장에 나가거나 연습장에서 살았다.

자기가 재미있는 놀이에 빠져서 정신 못 차리다 보니까 남편의 표정이 눈에 들어올 리 없었다.

빚을 지면 날이 빨리 지나간다더니 이보다 더 빠르게 지나가는 것은 바로 시한부 인생의 날이었다. 빠르다기보다 잠을 안 자고 날을 밝혀도 날짜는 다음 날이라는 것이다.

갑자기 최 이사의 병색이 얼굴로 나타나기 시작하고 아내의 눈도 속일 수가 없게 되었다.

아내는 그제야 울고불고 당황하지만 이미 당황하고 울고불고할 때는 지나가 버린 것.

최 이사 본인은 차분하게 체념하고 이미 정리정돈이 끝난 무렵이었다.

차라리 이렇게 두 사람이 나누어서 충격을 받으니까 훨씬 견디기 수월했다. 오히려 최 이사가 아내를 달래고 위안했다.

정 사장 부부와 마지막 골프를 치던 날 아내는 우느라고 공을 치지 못했다. 최 이사는 공을 치는지 세상에 대한 미련을 날려 보내는지 그저 허공에 대고 채를 휘두를 뿐 공이 똑바로 날아가지 않았다.

— 그래도 얼마나 다행한 일인지 모르겠습니다. 내가 이 세상에 없을 때 우리 집사람 소일거리를 만들어 주었다는 게 말입니다. 정 사장 사모님 가끔 우리 집사람 필드에 초대해주십시오.

최 이사는 마음에 있는 말을 한 것뿐인데 세 사람을 울리고 말았다.

— 말이 나온 김에 정 사장이 있는 데서 해둬야 할 얘기가 있습니다. 나중에 정 사장이 도와줘야 할 일입니다. 이북으로 가는 파주 길

목에 만여 평 사둔 땅이 있는데 그 땅은 말입니다. 이북에 있는 식구들한테 남기고 싶습니다. 통일이 되면 말입니다.

– 이북에 식구들이라니요?

– 이북에 내 전처와 유복자처럼 자란 아이가 있습니다. 아마도 살아 있겠지요. 고생 많이 하고 살아왔을 겁니다.

최 이사는 아내의 표정에 전혀 관심이 없었다. 마치 유언처럼 들렸는지 마지막 18홀 티그라운드에는 무거운 공기가 돌았다.

– 이 얼마나 아름다운 인생이었습니까? 사랑하는 아내와 골프 치면서 평생 내 인생의 훌륭한 친구였던 정 사장 내외하고 마지막으로 작별하는 이 자리가 얼마나 멋있습니까?

모두 침통해 하는 분위기를 흐트러뜨리면서 최 이사는 밝은 목소리로 그들을 흔들어 깨우듯 말했다.

– 마지막 홀인데 우리 잘 칩시다. 그리고 끝내고 시원한 냉면을 먹읍시다. 자 내가 오너인가요?

– 아니지요. 17홀에서 최 이사 부인이 파를 했으니까 사모님이 오너인데요.

최 이사는 아내에게 진심으로 박수를 보냈다. 박수의 의미는 여러 가지였다. 감사함, 사랑함, 미안함, 부탁함, 대견함 그리고 마지막으로 슬퍼함이 들어있었다.

드라이브

벚꽃이 흐드러지게 피던 봄날이 그렇게 순식간에 끝나버릴 줄 몰랐다. 나는 바쁜 일을 대충 끝내놓고 잠시 눈을 들어 창밖을 보면서 차를 마셨다. 차를 마시면서 라디오 스위치를 습관적으로 켰다. 음악인지 말소리인지 아무튼 방 안에 내 소리가 아닌 다른 소리가 들렸다.

그때 문득 나의 사랑하는 어머니는 지금 무얼 하고 계시는지에 생각이 미쳤다. 나는 어머니에게 전화를 걸었다. 한참 만에 열 번도 더 신호가 간 뒤에 어머니의 목소리가 들렸다. 아주 차분하게 아무 일도 없었던 고요 속에서 잠깨어 부시시 일어난 어머니의 목소리가 늘 나를 잠재워주던 자장가처럼 포근하고 아늑하게 들렸다.

- 저에요.

- 그래, 무슨 일 있냐?

어머니는 내가 전화 걸면 꼭 무슨 중요한 일이 있어서 어머니를 찾는 거라고 알고 있었다. 지금까지 사사로운, 그냥 안 해도 될 말을 하려고 전화를 건 적이 없는 나였다. 맥적은 일로 말하자면 '그냥이요'라는 말로 끊는 전화는 한 번도 걸어본 일이 없었다. 나는 그렇게 사분거리지도 않고 재미도 없고 늘 바쁜 일을 하고 있는 딸로 어머니한테 인정받고 있었다. 또 어머니가 그런 내 모습을 대견스러워하고 있다고 믿고 있었다. 그래서 사무적으로 전화를 걸듯 무슨무슨 일이 어떻게 일어났으니까 그렇게 하시라고 하는 지시거나 공지사항을 읽듯이 전화를 했었다.

그러던 나답지 않게 지금 건 전화의 용건은 그야말로 그냥 걸어본 것이었다.

– 지금 뭘 하세요?

– 잠시 졸고 있었다. 봄의 끝이라서 그런지 나른하고 졸리는구나.

항상 어머니의 말에는 아름답고 자상한 수식어가 붙었다. 다정하고 따스한 성품의 여인이었다. 보기에도 어머니는 참으로 조용하고 아름다운 여인으로 내 곁에 있었다.

– 저하고 드라이브하실래요?

– 드라이브는 젊은 사람이나 하는 것이지 나 같은 늙은이도 하는 거냐? 늙은이가 차의 앞자리에 타고 달리는 걸 보면 흉하더라.

어머니는 항상 보고 평가하는 모두가 예리하고 옳았다. 그리고 판단이 빨랐다. 드라이브라는 말에 달려 나오는 사고의 실타래가 그렇게 길고 형형색색이라는 것을 듣고는 나는 깜짝 놀랐다. 그렇게 현명하고 그렇게 사리에 밝은 어머니가 한해 한해 늙어가서 쓸모없는 구석으로 몰려 얹혀지고 있는 것이 안타까웠다. 이젠 어머니의 경세력도 창의력도 생활력도 다 소용없게 되었고 가만히 앉아서 위함 받는 자리에 올라가 있는 것이다. 별로 행복하고 풍족한 자리이지도 못하면서 효도라는 이름으로 뒷전에 밀려버린 셈이었다. 아무 걱정 말라면서 매달 월급처럼 자식들이 꼬박꼬박 온라인으로 보내오는 생활비로 넉넉하게 지내고 있다. '넉넉하게' 라는 말은 별로 쓸데가 없는 단조로운 노인의 생활에는 넉넉하다는 의미였다.

− 여의도 국회 의사당 가는 길에 벚꽃이 그렇게 예쁘게 피었대요. 그런 줄도 모르고 봄이 다 가버렸네요. 그래도 교외로 나가면 진달래나 벚꽃, 개나리가 산에 남아있을 것 같아요.

− 그러자꾸나. 나야 꽃 피는 봄이 무슨 의미가 있겠냐. 젊은 네가 그걸 놓쳤다니 안됐구나.

어머니는 두 번 사양하지 않았다. 당신보다도 딸을 위하는 일이라고 생각했기 때문이었다. 나는 차를 몰고 어머니가 살고 있는 잠실의 작은 아파트로 찾아갔다. 베란다에 서 계시던 어머니는 벌써 내 차가 들어서는 것을 보고 화사한 웃음을 보여주고는 곧 창문을 닫았다. 곧 내려가마 하는 신호였다.

중부 고속도로를 버리고 광주로 빠져나왔다. 내가 알고 있는 교외란 퇴촌 부근밖에 없다. 언젠가 바오로 2세가 들렀다는 천진암이 어던지 몰라서 궁금해할 때 친구가 약도를 그려 주면서 열심히 설명했었다. 그 길로 가면 물도 있고 코스모스도 있고 숲도 있고 단풍도 있다고 친구는 꽤 시적으로 그 길을 내게 소개했었다. 그래서 나는 그 길을 꿈길이라고 막연히 이름을 붙여놓고 시간이 생기면 거길 가보리라고 마음먹었다.

그 길을 어머니하고 달리면 얼마나 즐거울까. 그날이 바로 오늘이 된다면 어머니도 억울하게 인생을 살고 있다는 생각은 하지 않을 것이라고 나 혼자 위안하고 있었다. 나직한 산에 연초록빛과 진한 초록빛이 뭉게뭉게 피어오르는 것처럼 산을 덮고 있었다. 그 틈바구니에 벚꽃이 신부의 하얀 드레스 자락처럼 나부끼고 있었다. 산 아래쪽에는 빈약한 가지에 빈자리 없이 짙은 분홍빛 꽃을 피운 진달래가 술 취한 색시처럼 바람에 흔들리고 있었다.

한참 달리다 보면 주유소 옆으로 길을 따라 개나리를 심어 놓았는데 그야말로 인위적인 아름다움이 꽃을 망치고 있었다. 그런 길에서는 일부러 어머니의 시선을 다른 데로 돌리게 하려고 말을 돌렸다.

― 이런 신작로를 보면 옛날 일이 생각나. 내가 열네 살 나던 때의 일이 바로 엊그제같이 생생하게 살아나네. 굽이굽이 빤히 보이는 신작로, 신작로라야 돌멩이가 울퉁불퉁 박혀있는 흙길이었지. 달구지가 가끔 지나갔고 트럭이라고 할지 사람이 타는 차였는데 그것도 특별한 사람이나 타고 다니던 차가 바람을 일으키며 지나가곤 했지. 바람

에 흙먼지가 날려 눈을 뜰 수가 없었어. 그때마다 길옆으로 비켜서서 눈을 감은 채 몸을 돌려놓고 먼지가 가라앉기를 기다리곤 했어.

시집간 언니가 보고 싶어서 보러 가는 길이 꼭 이런 길이었지. 아마 우리나라의 시골길은 다 똑같이 생긴 모양이지. 그 길처럼 생겼다기보다 꼭 그 길이야, 언니는 나보다 네 살 위 있으니까 열여덟이었는데 옛날에는 다 그 나이면 시집을 보냈었지. 일찍 어머니를 여의고 홀아버지 밑에서 자매가 자랐는데 언니를 엄마처럼 의지하고 살던 난 언니가 시집간 날부터 매일 울면서 지냈거든.

언니네 동네에서 온 아저씨 인편에 언니가 보고 싶다고 전했더니 한번 놀러 오라는 전언이 왔던 거야. 벼르고 별러 어느 날 아침 밥을 먹고 일찍 집을 나섰지. 언니가 시집 간 동네까지 걸어서 가는 가야, 말로는 20리 길이라고 했지만 어린 걸음으로는 콧등에 땀이 맺히도록 부지런히 걸어서 점심때쯤에 도착할 수 있었지.

– 20리면 자금 단위로 8km정도네.

– 8km라구? 그럼 어디서 어디까지 될까. 우리 아파트에서 잠실 운동장까지밖에 안 돼? 그렇게 가까운 것 같지 않았는데, 내가 언니네 집에 가봐야 그 가난한 언니네 시집에 가서 쌀이나 축내고 오는 일밖에 더 되었겠어? 어린 나이니까 그런 건 생각도 못 했지. 그저 언니를 만날 수 있다는 것만 좋았지. 언니가 나한테 먹일 밥을 걱정하리라는 건 꿈에도 몰랐던 거지.

그래도 우리 언니는 누구나 다 좋아하는 사교적인 성격이어서 온 동네 여자들이 언니네 집에 가득 모이곤 했었나 봐. 그날도 여인들이 많이 있었지. 집안일은 모두 그 여인들이 거들어주곤 할 정도였거든. 그 여인들과 함께 점심을 한 상에 놓고 먹었는데 그날 밥이 어찌나 맛있었는지 아직도 그때처럼 그렇게 맛있는 밥은 먹어본 적이 없는 것 같다. 둥근 상에 빙 둘러앉아서 젓가락도 없이 밥을 커다란 양푼에 산더미처럼 높이 퍼담아 왔지. 반찬이라야 묵은 동치미를 썰어서 된장을 찍어 먹고 또 한 그릇은 동치미를 채 썰어서 물에 담가 훌훌 마시는 것뿐이었는데 밥도 맛있고 동치미도 맛있었지. 옛날 가난한 집은 다 그렇게 살았어.

나는 언니 얼굴을 보고 언니의 일하는 모습을 보면서 하루 종일 언니를 졸졸 따라다니면서 좋아했어. 차마 언니는 그렇게 언니를 만나서 기뻐하는 동생에게 이제 그만 집에 가보라는 말을 못 하겠는지 날이 어둡도록 내버려 두었던 거야. 또 언니네 집에서 저녁 숟가락을 들게 되었지. 철이 없어서 한 그릇의 밥이 얼마나 부담스러운 것인지도 전혀 눈치채지 못하고 밥상에 붙어 앉았던 거야.

그때 언니는 시어머니한테 얼마나 사분거리면서 재미있는 말을 하면서 웃는지 슬며시 나는 화가 났어. 언니가 저렇게 좋아하면서 우리 식구들하고 얘기하는 걸 한 번도 본 적이 없었는데 여기 와서는 이러고 사나 싶은 게 갑자기 정떨어지는 거야. 밥숟가락을 놓자마자 나는 일어났지. 집에 간다고 언니한테 말했더니 언니 벌컥 화를 내면서 가려면 진작 일어날 것이지 어두워진 다음에 그런 말을 하면 어떻게 하느냐고 시집의 낯선 식구들 앞에서 나를 윽박질렀지.

나는 눈물이 폭 쏟아지더라구. 언니가 그렇게 보고 싶어 왔는데 이젠 이미 다른 집 사람이 되어서 우리 식구들 생각은 완전히 잊어버리고 말았구나 하는 섭섭한 생각이 들었지. 이젠 나도 언니를 잊어버리고 집안 일을 열심히 해야지. 그리고 나는 절대로 집안 식구들을 버리게 되는 시집 같은 건 가지 말아야지. 만약에 그게 안 되면 절대로 식구들을 잊어버리는 여자는 되지 말아야지 하고 결심까지 하게 되었어.

언니가 그렇게 붙잡는데도 나는 그 밤중에 집을 향해서 길을 나섰지. 언니네 대문을 나서는 순간부터 후회했지만 집을 향해서 갈 수밖에 없었거든. 어찌나 무섭고 슬프던지 엉엉 울면서 집으로 돌아왔지. 그 이후로 언니 생각은 되도록 하지 않았지. 어른이 되어서야 나는 언니가 그때 시집 식구들에게 그렇게 사분거렸던 이유를 이해하게 되었어. 그렇지 않아도 가난한 집에 친정 동생이 와서 두 끼씩이나 쌀을 축내는 게 미안해서 그렇게 웃는 얼굴로 그들의 비위를 맞추느라 그랬던 거였어.

그 이듬해 꽃 피는 봄 언니가 친정 나들이로 집에 다니러 왔는데 언니가 어찌나 어른스러웠던지 정말 죽은 엄마가 되살아 돌아온 것 같았지. 언니는 아버지에게 시집살이 하소연을 하면서 왜 그런 집에 시집을 보냈느냐고 원망하는 소리로 울기도 하고 큰소리로 대들기도 했지. 아버지는 아무 말씀도 없이 언니의 투정을 다 받아주시고는 언니의 등을 툭툭 두드려 주었지. 그래 실컷 울어라 네 어미가 살아있었으면 네 심정을 다 알아주었을 텐데 애비가 네 속을 어떻게 다 알겠느냐 하면서 눈물을 보이지 않으려고 애쓰던 아버지의 모습이 오늘 또 생각나는구나.

그러니까 내 나이 팔순이니 예순다섯 해나 지난 일인데 바로 엊그제 일인 것처럼 생생하게 떠오르네. 지난 일을 잘 기억하는 것도 약간 노망현상이라면서? 열네 살 때 일이란 생각이 안 드네. 아버지는 언니가 시집으로 돌아갈 때 집에 있는 귀한 것은 죄다 보따리에 꽁꽁 싸서 보냈는데 동네 저 멀리까지 들어다 주었지. 아버지와 나는 언니가 산모퉁이를 돌아서 안 보일 때까지 서서 배웅을 했지. 눈물을 닦으면서 눈길을 돌려 올려다보았을 때 그 산은 진달래로 덮은 것처럼 진보라색이었지. 그러니까 그때도 이맘때였지 아마?

어머니의 옛날 이야기가 끝날 때쯤 물가에 낡은 것처럼 운치 있게 새로 지어놓은 회색빛 호텔이 보였다. 주차장에 차를 세우고 안으로 들어갔다. 커다란 유리창으로 강물이 시원하게 내다보이는 자리에 앉아서 차 한 잔을 마셨다. 그 안에는 빈자리 없이 손님들로 가득 차 있었는데 대부분 남녀가 쌍쌍으로 부부인지 연인들인지 아니면 여자들끼리 떼로 몰려와 있었다. 우리 모녀처럼 노인과 봄 구경을 하러 나온 모습은 보이지 않았다. 어쩌면 그 좋은 분위기를 우리가 망쳐놓았을 거다. 아름답고 화창한 분위기에 싱싱하지 못한 사람들이 섞여서 그들의 시야를 어지럽혔을까.

오랜 시간 그 좋은 자리를 차지하기가 미안해서 뒷 건물에 있는 식당으로 옮겨 늦은 점심을 먹었다. 갈비와 냉면을 시켰는데 어머니는 고기가 질겨서 얼마 못 드신다. 오래된 의치가 잘 맞지 않아서 불편한데도 새것을 극구 마다하고 그대로 불편함을 참고 사는 어머니를 사랑하면서도 때로는 미워질 때가 있다. 그게 나를 생각하는 것이 아닌데도 꼭 그렇게 고집을 부린다. 내가 이길 수 없는 고집으로 나를 아프게 할 때가 있다. 결국 갈비 2인분은 내가 다 먹고 어머니는 냉면 한 그릇만 차지한 셈이다.

오랜 시간 모처럼 시원한 풍경을 보면서 식사를 했다. 이런 시간은 이삼 년에 한두 번 낼까말까 하다. 이래도 살고 있다고 말할 수 있을까. 잎이 더 커지는 여름이 되면 또 한 번 좋은 풍경을 찾아서 어머니를 기쁘게 해드려야겠다고 마음 먹지만 아마 그리 쉽게는 안 될 것이라는 것까지 나도 어머니도 알고 있다. 서쪽으로 많이 옮겨간 해를 마주보고 돌아오면서 얼핏 백미러로 뒷자리의 어머니의 얼굴을 살폈다. 아까보다 밝은 빛이 아니다.

– 힘드세요?

- 아니.

- 졸리시면 기대서 눈을 좀 붙이세요.

- 딸이 운전하는데 내가 졸면 어떻게 하니?

- 다리 양쪽으로 물이 있으니까 경치가 참 좋지요?

- 그래. 이렇게 좋은 곳을 우리 형님은 못 보시고 세상을 살고 있구나. 이젠 봐도 좋은지도 모르니 모시고 나올 재미도 없게 되었구. 그분은 왜 그렇게 맹랑하게 되었는지 몰라. 평소에 너무 마음이 좋아 편안했기 때문일까?

- 글쎄요. 뇌를 잘 쓰지 않으면 쉽게 굳어진대요. 머리 나쁜 사람을 돌대가리라고 하잖아요? 돌이 되는 것은 뇌세포의 활동이 없다는 것이래요. 옛날 사람들은 그렇게 의학적인 현상을 어떻게 알고 말을 만들어냈을까요?

아직도 어머니는 집에만 갇힌 듯 여생을 보내고 있는 팔순이 훨씬 넘은 언니 생각에서 한시도 떠나본 적이 없다. 그렇게 언니가 좋을까. 요즘은 전화를 걸어도 말이 안 통하는 치매끼가 있는 언니가 안쓰러워 슬퍼지곤 하는 어머니의 표정에서 또 하나의 걱정을 엿본다. 아주 잠들 듯이 세상을 떠야 하는데 자식들한테 몹쓸 신세를 끼치게 되지 않기를 매일 기도하고 있는 어머니의 기도를 하느님은 들어줄 것이라고 믿고 있다. 강 건너 물 가까운데 작은 묘가 보인다.

- 저 무덤 주인은 참 좋겠다. 매일 물 구경하고 조용한데 누워있

구나.

 - 그렇지만 저 자손은 얼마나 걱정이 많겠어요?

 - 어째서.

 - 비 많이 오면 떠내려갈까봐 청개구리처럼 울어야 하잖아요?

한참 웃다 보니까 그 묘가 보이는 곳에서 멀리 떨어져 나올 수 있었다. 나는 어머니하고 영원히 이별하게 될 날을 생각하면 일을 하다가도 슬픔이 목까지 차올라 잠시 쉬어야 했다.

 - 서울엔 정말 차가 많구나. 운전할 때는 언제나 조심해라.

어머니는 아파트 마당에서 내리며 늘 당부하는 말을 덧붙인다. 어머니의 얼굴엔 늘 사랑과 기쁨이 넘친다.

2041년 여자만세

　문밖에서 열댓 명의 작은 사내아이들이 바쁘게 뛰어다녔다. 큰아이도 섞여있다. 얼굴 생김새가 다 비슷비슷한 걸 보면 형제들 같기도 하고 같은 유니폼을 입혀놔서 그렇게 보이는 것 같기도 했다. 잉글리시 블루와 짙은 녹색 줄무늬로 짠 반팔 스웨터에 모두 까만 타이즈를 입혀 놓았다.

　귀여운 애완동물들처럼 올망졸망 움직이고 있는 게 앙증맞다.

　그 아이들은 잔디밭에서 뭔가를 줍고 있었다. 깰깰 대면서 서로 장난치며 일한다기보다 놀고 있는 것처럼 보였다.

　그때 문 안에서 백 살 넘어 보이는 할머니가 얼굴을 내밀더니 크게 손뼉을 두세 번 쳤다.

　사내아이들이 쪼르르 할머니 앞으로 병아리들처럼 모였다.

　커다란 소쿠리를 내밀자 사내아이들은 손에 들었던 것을 그 안에 털어 넣었다. 그리고는 어깨에 메고 있던 주머니도 뒤집어 털어

넣었다.

─ 십분 뒤에 다시 오겠다. 열심히 따서 모아라. 열심히 따서 모아라. 알겠지?

─ 네.

사내아이들은 사방으로 흩어져 달아났다. 또 잔디밭에서 뭔가를 찾으면서 뛰어다녔다. 쉬잇 하는 바람 소리가 멀리서 들렸다. 아이들은 바람 소리가 나는 쪽으로 고개를 돌리면서 동시에 잔디밭 양쪽으로 갈라서 사열하듯 줄을 맞춰 섰다.

갑자기 바람처럼 저 끝에서 나타나서 잔디 위로 크루즈미사일처럼 미끄러지듯이 유선형 승용차가 날아왔다. 미끄러져 오는지 굴러오는지 날아오는지 순간에 나타났기 때문에 보이질 않았다.

잔디밭 끝에 현관으로 뻗어있는 계단 앞에 정지했다.

차의 곡면 유리문이 위로 올라가더니 그 안에서 치렁치렁한 치마를 입은 여인이 내렸다. 키가 훤칠하고 짙은 화장에 가느다란 허리며 높이 치켜 올라간 어깨가 당당한 자리에 있는 걸 말해 주는듯한 여인이다.

눈을 내리깔고 천천히 몸을 움직인다. 바쁠 것이 하나도 없이 태평한 사람이라는 것을 알 수 있다.

집 안에서 두 청년이 나와서 여인을 맞이했다. 여인 뒤로 하얀 양복을 입은 남자가 내렸다. 또 이어서 감색 양복을 입은 키가 큰 남자가 내렸다. 그 남자는 여인의 핸드백을 들고 옷을 걸어놓은 옷걸이를 들고 내렸다. 마중 나왔던 청년한테 옷걸이를 내주었다.

그들은 묵묵히 움직이고 있었는데 뭔가 중요한 행사가 있을 것 같은 분위기였다.

땅땅하고 키가 작은 남자가 앞장서서 집 안으로 들어가고 그 뒤에 여인이 그리고 키 큰 남자가 들어갔다.

두 청년이 그들이 타고 온 승용차를 몰고 차고로 갔다.

현관을 들어서자 넓은 홀이 있고 그 홀 바닥에는 온통 보라색 작은 꽃잎으로 덮여 있었다. 밖에 있는 사내아이들이 잔디 속에서 따온 들꽃 잎이었다.

천장 가득 화려한 별빛 조명등이 켜져 있었다.

여인네 5대가 살고 있는 집이다. 백 살 난 고조할머니, 일흔다섯 살 난 증조할머니, 쉰 살 난 할머니 그리고 지금 차에서 내린 서른 살 난 여인과 여섯 살 난 딸이 살고 있는 집이다.

오늘은 서른 살 난 이 여인이 세 번째 남편을 맞이하는 잔칫날이다.

첫째 남편은 카레이서로 젊었을 때에는 세계적으로 명성을 날리던 남자였다. 돈 버는 것과는 거리가 멀고 높은 명성과 멋진 직업을 가지고 있어서 남편의 직업을 흥미롭게 관찰하기에 아주 재미있어서 좋았다. 목숨 걸고 용맹스럽게 헬멧을 벗어들고 여인에게 승리를 약속을 하며 손을 흔들 때 여인은 온 세계를 다 차지한 기분이었다. 그것도 챔피언 시절이 좋았지 그 타이틀을 놓치면서 여인은 경주장에 나타날 이유가 없어졌다, 그 여인의 허영심을 채워주기엔 모자란 남편이었다.

그다음에 나타난 남자는 패션모델 겸 가수다. 패션쇼에서 처음으로 그 남자를 발견했다. 어떤 작품도 멋지게 소화시킬 수 있는 매력을 가진 모델이었다. 그 여인의 취미는 남성 의상을 디자인하는 것이어서 만든 옷을 그에게 입혀볼 때가 가장 행복했다.

그의 리사이틀을 열고 노래마다 어울리는 옷을 입혔다. 그 리사이틀을 보러 온 관객들은 그의 노래보다는 그가 입은 의상에 박수를 보냈다.

두 번째 리사이틀을 그 여인의 저택 원형 홀에서 열면서 그를 둘째 남편으로 맞이했다.

첫째 남편은 슬픔과 절망을 가슴 속으로 밀어 넣고 그 축하연을 준비하고 진행시키는데 성의를 다했다. 그리고는 차석으로 물러나고 둘째 남편에게 사랑의 자리를 모두 양보했다.

그리고는 크루즈 승용차 운전기사로 전락하고, 둘째 남편을 보좌하는 역할을 불만 없이 처리해 나갔다.

그렇게 화려하고 엄청났던 그 결혼식 겸 리사이틀을 거행한 지 삼 년만에 셋째 남편을 얻는 행사가 오늘 또 재현되는 것이다.

어떤 인물이 뽑혔는지 모두가 궁금했다, 컴퓨터로 인물정보를 오랫동안 검토하다가 세 사람의 후보로 좁혔다.

그 세 명의 후보 신상명세를 비교한 결과 한 사람을 선택했다.

그는 열 살 때부터 골프를 배웠고 스무 살부터 근육을 가꾸었고 백 미터를 십 초 팔로 뛰며 테니스 스키 등 못하는 스포츠가 없으며 열 관리 회계사 컴퓨터 그래픽 대형 버스 운전 헬리콥터와 소형자가용 비행자격증 등 면허증을 열다섯 개나 가지고 있다.

그리고도 지참금을 백만 달러나 가지고 온다는 조건이 붙었다. 인 물도 거의 완벽에 가까울 정도의 작품인 셈이었다. 여인은 윗대 모친 들의 의견을 들은 결과 결정을 보았다.

이제 가수 겸 모델인 둘째 남편도 뒷자리로 물러날 때가 온 것이 다. 아직도 몸맵시나 노래하는 목청이 싱싱한데도 한물간 보좌역할 의 위치로 물러나야 한다는 것은 쉽게 받아들일 수 있는 일이 아니 었다. 나이도 이제 겨우 서른다섯인데 말이다. 마흔 살인 첫째 남편 에 비하면 억울하기 짝이 없었다.

그러나 오늘 맞이하는 셋째 남편이 가지고 있는 조건을 보면 입이 열 개라도 할 말이 없었다.

점점 그 조건이 완벽해지는 게 몇 년 전 빛나던 조건들이 초라하 게 느껴지는 것은 세상이 너무 급하게 변해가는 탓이다.

신부인 여인이 저 아득한 자리에 놓인 하얀 의자에 앉아 있고 문 에서부터 열댓 명 화동들이 꽃을 뿌리고 그 꽃잎을 밟으면서 세 명의 남자가 입장했다. 첫째 남편, 둘째 남편의 에스코트를 받으면서 오늘의 주인공 셋째 남편이 입장했다.

아득한 곳에 앉아서 가다리고 있는 여인 앞으로 군인처럼 당당한 걸음으로 걸어 들어왔다. 나이는 어쩔 수 없는지 낡은 남편 일수록 초라하고 기운 없어 보였다.

걸어 들어오는 세 남자를 보는 여인의 시선은 오직 가운데 있는 새로운 남편에게로 쏠렸다.

사내아이들은 여인의 뒤편 오른쪽으로 줄지어 섰다. 그리고는 맑고 깨끗한 코러스로 축가를 불렀다.

셋째 남편은 영원불변할 사랑을 약속했고 무릎을 꿇고 영원한 사랑의 노예로 예속됨을 맹세했다. 여인은 새 남편의 손을 잡아 일으켜 세웠다. 가볍고 상큼한 입맞춤으로 답례했다.

예식이 끝나자 그 자리에서 파티가 시작되었다.

둘째 남편이 목숨 걸고 절규하듯 축가를 이어 불렀다. 그 많은 노래가 어디서 나오는지 기계 속에 있는 칩을 골라서 때리듯이 연달아 나왔다.

앞으로 오 년 이상은 싫증 내지 않고 생활하기에 충분한 재주를 가진 셋째 남편일 것이라는 예상이었다. 누가 봐도 그걸 인정하지 않을 수 없었다.

후천적인 조건은 인정할 수 있지만 선천적 조건은 정밀한 과학적

검사를 통하지 않고는 알 수가 없었다.

유전 공학이 가장 발달했다는 중국 유전공학 연구소로 검사를 예약한다는 E 메일을 보냈다.

검사 날짜에 맞춰서 그를 중국으로 보냈다. 검사보고서를 받고 난 뒤 만족할 만한 남자임을 확인했다.

셋째 남편한테서 여자아이 한 명을 얻어 대를 이을 계획을 세웠다.

지금 키우고 있는 아이는 아무래도 만족할 만한 인물이 못 될 것 같았다. 아무튼 비교해 보고 우수한 아이한테 가권을 물릴 생각이다. 좀 더 우수한 종족을 보존시킨다는 데는 서열이나 인정이 필요 없다.

세상 밖에는 버려진 남자들로 냄새가 날 정도였다.

나이가 많고 능력 없는 남자들은 독신촌에서 난민들처럼 불쌍하게 생명을 유지하는 정도로 살아가고 있었다. 집단으로 수용되어 살면서 외출할 때도 일일이 허가를 받아야 했다. 고아원엔 버려진 사내아이들로 바글바글했고 엄마가 있는 사내아이들조차도 거의 집안에서 심부름꾼으로 쓰여졌다. 여간 재정적으로 넉넉하지 않고는 기본소양을 갖추게 할 수가 없어서 무능한 남자로 낙오되고 말았다.

고작해야 남성 독신촌에 수용되어 먹을 걱정은 면하게 될 정도였다. 그것도 재수가 좋아 독신촌 신청권을 상순위로 가지고 있는 남자가 되려면 아무리 기다려도 차례가 오지 않았다.

그런 세상에서 남편으로 뽑힌다는 것, 더욱이 황금자리인 셋째 남편의 자리에 오른다는 것은 대통령이 되는 것보다 더 운이 좋은 것이었다.

여인이 움직이는 곳엔 언제나 동반하게 되어있다. 그동안 첫째, 둘째 남편은 저희들끼리 쇼핑도 하고 골프도 친다. 여인이 싫어하는 술, 담배도 집이 빈 동안에 몰래 둘이서 작당해서 즐긴다. 지나가는 다른 여자도 구경하지만 그건 위험천만한 모험이다. 만약 여인의 귀에 그 정보가 들어가는 날엔 독신 촌으로 추방당하고 말 것이다. 이유도 변명도 통하지 않는다.

그러나 그 두 남자는 몰래 즐기는 재미를 서로 동정하면서 돕는다. 제아무리 자유가 없고 만족한 행복이 보장되지 않는 전 남편의 자리라 해도 밖에선 이만한 조건도 찾을 수 없었다.

여인은 셋째 남편과 소형비행기로 골프 여행을 떠났다. 한번 길을 떠나면 며칠씩 골프장에서 산다. 거기 가면 대단한 여인들의 남편 콘테스트 느낌이 든다. 누구나 남에게 빠지지 않는 남편을 동반하고 나타난 것이다.

그야말로 육체적으로 내면적으로 완벽하게 닦은 남편들이다. 입을 열면 어떤 화제든 전문가를 능가하는 지식을 가지고 있다. 무엇보다도 아내에 대한 자긍심이 최고도에 이른 남편들이다.

행복하고 편안한 마음으로 사랑의 여행을 한다. 물론 골프치고 아름다운 풍경을 보는 것이 여행의 목적이지만 실제로는 아이를 가지

기위한 목적이 있는 여행이다.

먼저 일어나 커피를 끓여놓고 방안에는 향기로운 스프레이를 뿌려놓고 기다리다가 여인이 눈을 뜨면 소리 없이 다가와서 부드럽게 입을 맞추는 감촉으로 존재하는 셋째 남편이 있다.

— 언제 일어났어요?

여인은 새로운 느낌으로 다가오는 셋째 남편의 분위기가 좋아서 새삼스레 행복을 맛보며 물었다.

— 잠을 전혀 못 잤습니다. 잠자리가 바뀌고 침대 방향이 변해서 공중에 둥둥 떠 있는 기분이었습니다.

— 그렇게 예민해요?

— 그리고 겨우 당신의 체온을 몸에 익히려는 중이었는데 이 시트의 감촉이 집에서 덮었던 것과 전혀 달라서 살갗을 쓸어내는 기분이었습니다.

— 저런. 그럼 우리 집에 있는 실크시트를 가지고 올 걸 그랬죠, 다음 여행에는 그렇게 준비 해두도록 일러요.

— 아닙니다, 습관 들이면 괜찮을 겁니다. 그래서 철이 든다고 말하는 것 아니겠습니까?

— 아니죠. 철이 든다는 것은 낡아간다는 뜻이고 신선하지 않다는 것은 생명이 닳아가는 과정이죠. 그건 슬픈 일이에요. 당신은 언제까지나 내게 새롭고 신선하고 낯선 남자로 존재해주길 바래요, 나도 이

젠 새 남편을 찾기엔 너무 지쳤어요. 이젠 그러기 싫어요. 당신은 영원한 남편으로 있어줘요.

여인은 그렇게 말하면서 둘째 남편한테도 똑같은 말을 했었다는 생각이 떠올랐다. 그래서 혼자서 웃었다.

사랑이란 왜 이렇게 쉽게 변하는 것인지 모르겠다. 최고의 남편이라고 고른 남자가 길어야 삼 년, 그 전에 이미 냄새가 나기 시작한다. 그가 말하는 목소리도 듣기 싫고 그가 생각하는 모든 것에 불만을 가지게 된다. 한 가지 옷을 두 번만 입어도 싫증 나듯이 그와 함께 모임에 나가는 것조차도 즐겁지 않다.

그러나 세 번째 결혼은 그 전과 조금 다른 느낌이었다. 새롭고 낯선 것이 무조건 좋은 것이 아니라는 생각이 든다. 그것이 유치하게 느껴지기도 하고 길들이는 작업이 번거롭게 생각되기도 하다.

– 이번 아이는 내가 낳아볼까 하는데 어떻게 생각해요?

– 그건 불필요한 모험입니다. 일 년이란 시간이 얼마나 인생에 있어서 중요한 줄 알고나 계십니까?

– 그렇지만 우리 할머니는 우리 어머니를 직접 낳으셨거든요. 그래서 그런지 나와 우리 어머니 사이의 정하고는 전혀 다른 정이 흐르고 있어요.

– 그건 우리가 쌀을 먹고 빵을 먹던 시간대의 말씀입니다. 일종의 복고풍을 그리워한다는 의미입니다.

- 아무튼 난 그렇게 할래요.

- 위험합니다.

- 그렇게 해서 내 마음에 딱 맞는 여자아이를 태교로 만들어 볼 참이에요. 말리지 말아요.

- 인도로 보내서 대리모한테 부탁하십시다. 그러다가 무슨 일이라도 생긴다면 난 어떻게 삽니까? 고집부리지 말아요.

- 무슨 일이 있겠어요? 더 강한 여자가 되는지 압니까? 재래식은 언제나 우리가 생각지 못했던 장점이 있다는 것을 난 알아요.

- 마음대로 하십시오. 아이가 더 필요하다고 생각하는 것부터가 재래식이니까 어쩔 수 없습니다.

약간 화가 난 것 같은 말투로 양보했다. 여인은 어처구니없다는 표정으로 셋째 남편의 얼굴을 바라본다. 귀엽다고 봐야 할는지 기분 나쁘게 봐야 할는지 몰라서 한동안 멍하게 시선의 초점을 흐려놓고 바라보았다.

집에 돌아왔다. 사내아이들이 잔디밭에 일렬로 늘어서 있다. 좀 더 큰 아이들이 대여섯 명 더 불어나 있다.

고아들만 모아서 키우고 있는 소년의 집에서 탈출한 아이들이라고 했다.

- 당신이 기술훈련을 시켜봐요. 당신이 알고 있는 기술을 모두 저 아이들한테 배워주면 안될까요? 당신도 심심하지 않고 좋잖아요?

― 안됩니다, 호랑이 새끼를 키우는 결과가 될 겁니다.

― 호랑이 새끼가 되더라도 그렇게 해요. 쓸모 있는 남자가 많아질수록 여자들의 천국이 될 테니까요. 알았어요?

머리 좋은 셋째 남편은 겉으로는 거부하면서 내심으로 기뻐했다.

일벌처럼 노동력으로 존재하는 소년들은 여인의 동산이었다. 그 노동력으로 재산이 늘어났다. 그 소문을 듣고 소년들은 어디선가 많이 모여들었다.

그들은 자급자족으로 의식주를 해결했다. 가끔 문밖에서 자란 사내아이들을 보곤 여인은 흐뭇했다. 비 온 뒤 죽순 자라듯이 사내아이들은 쑥쑥 자랐다.

게다가 기술교육을 시켜서인지 눈동자도 살아 움직였다.

여인은 예정대로 여아를 분만했다. 초산인 데다가 노산이어서 제왕절개를 하였는데 그 광경을 지켜보던 백 세 넘은 고조할머니가 까무러쳐서 영영 일어나지 못했다.

고조할머니의 영혼을 받고 태어난 여자아이라고 해서 고조할머니의 이름을 그대로 물려주었다. 이길녀 라고 했다. 성조차도 그대로 붙였다.

이길녀는 이 시대의 실험적인 인물이었다. 재래식으로 잉태되어 그렇게 자라서 또 열 달을 채워 생물학적으로 가장 진화되지 않은 길을 밟고 태어난 인물이었다. 이 생명이 잘 커서 정상적으로 지능을 얻고 지식을 갖춘다면 차세대의 지배자가 될 것이라는 예감을 안겨 주었다. 계획된 대로 그 아이는 완벽할 만큼 잘 창조된 여자였다.

아이는 우유를 먹고 일흔여섯 된 증조할머니의 방식으로 길러졌다.

– 저들 속에서 이 아이의 배필을 고를 테니까 당신은 저 사내아이 들을 잘 훈련시켜주세요.

– 무슨 그런 구식 사고를 하십니까? 우리 아이가 자라서 결혼할 나이가 되면 지금 우리가 했던 그런 결혼 방법으로 하지않을 겁니다.

– 그럼 어떤 방법으로 할 건가요?

– 그냥 초원의 짐승들처럼 살게 되는지 모릅니다.

– 안 돼요 그렇게는 안 돼요.

여인은 아이를 안고 파르르 떨었다.

얼마나 꼭 끌어안았던지 아이가 새파랗게 질렸다. 아이를 안고 있 는 여인의 팔을 느슨하게 풀어주면서 셋째 남편은 여인을 달랬다.

– 그건 아무도 모릅니다. 내가 당신의 셋째 남편으로 만족하면서 살게 된 것처럼 누가 무엇을 예상할 수 있겠습니까?

– 그럼 당신은 나하고 살면서 불행하단 말인가요?

– 아닙니다. 영광스럽고 행복하고 그리고 무척 감사합니다.

– 그럼 됐어요.

표독해졌던 여인의 안면근육이 부드럽게 풀어지면서 얇은 미소로 변했다. 그러나 여인의 마음 깊은 곳에서는 넷째 남편을 찾아야겠다는 작은 칼날이 솟고 있었다.

아이를 기르는 일은 쉰 살 넘은 어머니와 청년 세 명이 전담했는데 그중에는 중국에서 온 소아과 의사도 있었다. 그 아래 사내아이들이 열 명 정도 시중을 들게 되어있다.

같은 또래 여자 친구가 있는 집으로 큰아이를 매일 놀러 보내는 일은 그의 아버지인 첫째 남편이 맡아서 했다. 그것은 그가 기다리는 유일한 외출 기회였다. 그렇지 않고는 바깥 구경도 하지 못한다. 둘째 남편은 아이가 없으니까 그만큼 세력이 없다. 처음부터 관상용에 지나지 않았다. 이젠 노래 부르고 좋은 옷을 입을 기회도 없어졌다.

아직은 셋째 남편의 위력이 막강하지만 그것도 몇 날 안 가서 무력해질 것이 틀림없다.

큰 아이가 열아홉 살 때 문밖에서 자란 한 사내아이를 발견했다.

예쁘장하고 잘 웃는 편이었는데 다소 허약해 보였다. 핏기없이 파리해 보이는 것에 매력을 느꼈는지도 모른다.

그를 안으로 들여넣었다. 큰 아이의 모든 심부름을 시키기로 했다. 말하자면 큰 아이의 몸종이었다.

– 어머니, 저 아이하고 결혼하면 안 돼요?

딸아이가 드디어 마음조리면서 두려워하던 폭약을 터뜨렸다.

여인은 큰 아이와 새하얀 얼굴의 사내아이를 번갈아 보았다.

그러면서 아직 열세 살밖에 안 된 작은 아이의 미래를 생각하지 않을 수 없었다.

들에 있는 야생동물들처럼 살게 될 것이라고 말하던 셋째 남편의 말이 생각난다.

그렇다면 문밖에서 자라는 사내아이들에게도 철저하게 교육을 사킬 필요가 있다. 언제 그 화가 여족들한테 되돌아오는지 모를 일이기 때문이다.

인구는 점점 줄고 아이를 낳고 싶어 하는 여자도 없어지면서 지구는 동공의 상태로 바뀌어간다. 사람의 모습이 줄어들면서 사람은 잘 살고싶어하는 욕망도 없어지고 사랑하고 싶은 상대도 찾고싶지 않다.

가뭄 끝에 지쳐버린 사막의 동물들처럼 그저 멀뚱멀뚱 눈을 뜨고도 아무것도 보려고 하지 않는 상태로 살게 된다.

쉰 살 된 여인은 이제 더 이상 원형의 홀에 꽃향기를 피우지 않았다. 사내아이들은 잔디밭에서 들꽃 잎을 따지 않아도 되었다.

넷째 남편을 찾아보고 싶은 욕망도 줄었다. 세 남편들과 함께 잔디밭에 뒹굴다가 숯불에 밤을 구워 먹고 참새도 구워 먹었던 옛날 얘기를 나누면서 낄낄대는 것이 큰 즐거움이었다.

ㅡ 작은 아이한테 활쏘기를 가르치고 번개 불을 이용하는 법을 일러두세요.

ㅡ 그건 뭣에다가 쓴답니까?

아무래도 여인의 머리가 어느 남편들보다 좋았다. 미래를 보는 눈이 훨씬 밝았다. 살아남는 데에는 남자보다 여자가 더 우수하다. 그것은 하느님이 주신 종족보존을 위한 특혜였다.

여인의 명령대로 작은 아이는 활쏘기를 익혔다. 사내아이들이 들고 있는 수십 개의 빨간 과녁을 향해서 시위를 당겼다.

처음에는 과녁에 전혀 미치지 못했다. 화살은 힘없이 허청대다가 땅에 떨어진다. 여인이 높고 큰 의자에 앉아서 처음부터 끝까지 무술 훈련을 지켜보았다.

닷새째 되는 날에는 화살이 제대로 날아갔다. 과녁판을 들고 있는 사내아이들의 손을 뚫기도 하고 머리 위를 스치고 날아가기도 했다.

과녁을 훨씬 지나쳐서 멀리 날아가는 화살도 있있다.

– 화살이 과녁을 못 미치는 것이나 과녁을 지나치는 것은 다 똑같은 것이라고 몽테뉴가 말했지.

여인이 아주 나직한 목소리로 작은 아이한테 일렀다.

– 과녁은 언제나 일정한 거리에 놓여있질 않아요. 어머니.

딸아이가 높은 소리로 대꾸했다. 그리고 화살을 여인한테로 겨냥했다가 다른 데로 돌리면서 예쁘게 웃었다. 셋째 남편도 그렇게 웃었다.